ullstein

CHRISTIANE LIND liebte es schon ihr Leben lang, Geschichten zu erzählen. 2010 veröffentlichte sie ihren ersten Roman, auf den zahlreiche weitere folgten. Ihre Texte wurden für unterschiedliche Preise nominiert, haben einige gewonnen, und die Autorin erhielt mehrere Stipendien des Hessischen Ministeriums für Wissenschaft und Kunst für ihre Projekte. Seit Christiane Lind das erste Mal im Tölt auf dem Rücken eines Islandpferdes durch den Wald geschwebt ist, ist sie den charakterstarken und temperamentvollen Ponys verfallen. Die Insel aus Eis und Feuer ist ihr Traumreiseland. Mit ihrem Mann und fünf Katzen lebt sie in einem Dorf bei Kassel.

CHRISTIANE LIND

WINTER GLÜCK

AUF DEM KLEINEN PFERDEHOF IN ISLAND

Roman

Ullstein

Besuchen Sie uns im Internet:
www.ullstein.de

Wir verpflichten uns zu Nachhaltigkeit
- Papiere aus nachhaltiger Waldwirtschaft und anderen kontrollierten Quellen
- Druckfarben auf pflanzlicher Basis
- ullstein.de/nachhaltigkeit

MIX
Papier
FSC FSC® C083411

Originalausgabe im Ullstein Taschenbuch
1. Auflage Oktober 2023
2. Auflage 2023
© Ullstein Buchverlage GmbH, Berlin 2023
Wir behalten uns die Nutzung unserer Inhalte für Text und Data
Mining im Sinne von § 44b UrhG ausdrücklich vor.
Umschlaggestaltung: Sabine Kwauka, München
Titelabbildung: © Sabine Kwauka unter Verwendung von
shutterstock-Motiven:
© kzww (Himmel / Hintergrund); / © Andrew Mayovskyy
(Landschaft/Häuser); / © winyuu (Schnee); / © wirakorn deelert
(Schneeflocken); / © Juice Verve (Paar); / © Rodrigo Lourezini
(Islandpferd); / © Naurider (Pferdeschweif); / © Annabell Gsoedl
(kleine Islandpferde); / © Life morning (Tasse); / © Edalin
Photography (Sahne/Zimt); / © Nattika (Anisstern); / ©
Anastasiia Malinich (Zapfen); / © LUMIKK555 (Zweig oben); / ©
domnitsky (Zweig unten); / © New Africa (Plätzchen); / © Irina
Rogova (Sternanhänger)
Gesetzt aus der Albertina powered by *pepyrus*
Druck und Bindearbeiten: CPI books GmbH, Leck
ISBN 978-3-548-06745-2

Kapitel 1

Aufgeregt beugte Laura sich vor, um aus dem winzigen Flugzeugfenster zu spähen. Noch versperrte ihr eine dichte Wolkendecke den Blick auf ihr Ziel. Die Stimme des Kapitäns erklärte den Passagieren, dass sie bald mit dem Landeanflug auf Keflavík, den internationalen Flughafen Islands, beginnen würden.

Laura konnte es kaum erwarten, Island das erste Mal zu sehen. Endlich spürte sie im Magen, wie der Flieger Schub wegnahm und tiefer sank. Sie ließen die Wolken über sich zurück, und langsam konnte Laura etwas anderes erkennen als deren endloses Weiß. Ihr Herz pochte schneller vor Aufregung und Freude, bald die Insel aus Feuer und Eis erblicken zu können.

Doch bisher gab es auf ihrer Seite nur Himmel und Wasser zu sehen. Das Meer schimmerte in tiefen Blautönen, der Himmel zeigte sich in einem bläulichen Weiß, durchzogen von sanften orangefarbenen Schlieren.

Doch auf einmal zeigte sich noch etwas anderes: Unter den tief hängenden Wolken, die wie muntere Schafe über den Himmel zogen, erhob sich Land aus dem Wasser. Laura spähte an dem großen Flügel vorbei, und ja, dort war es – Island. Ihr Herz schlug schneller, als sie die Insel erspähte, von der sie so viel gehört und über die sie so viel gelesen hatte.

Selbst aus dieser Höhe konnte Laura Strände erkennen, die sich ins Blau des Meeres erstreckten. Weiß brandete das Wasser an diese dunklen, fast schwarzen Flächen. Obwohl sie nur einen ersten Eindruck gewonnen hatte, war Laura sicher, dass Island ganz anders aussah als alle Länder, die sie bisher bereist hatte.

Die Strände gingen in braune Erde über, was Laura ein wenig enttäuschte, denn sie hatte so sehr auf Schnee gehofft. Sie liebte weiße Winter, es machte sie glücklich, wenn alles unter einer dicken Schneedecke verschwand und die Welt hell und glitzernd aussah. Wann hatte es in Deutschland das letzte Mal weiße Weihnachten gegeben? Meist schneite es vor dem Fest und nach dem Fest, aber an Weihnachten selbst war die Welt grau, matschig und trostlos, etwas, das Laura inzwischen persönlich nahm.

Als wollte Island ihren Wunsch erfüllen, tauchten die ersten Schneefelder auf. Ruhig zog das Flugzeug darüber hinweg, Laura spürte nur an dem leichten Druck im Magen und in den Ohren, dass die Maschine tiefer sank.

Ihr Sitznachbar, der den ganzen Flug über an einer PowerPoint-Präsentation auf seinem Laptop gearbeitet hatte, lehnte sich ebenfalls vor und beugte sich an ihr vorbei, um aus dem Fenster spähen zu können. Sie musterte ihn aus dem

Augenwinkel. Er war groß und schlank, hatte dunkle Haare und tiefblaue Augen. Er trug einen maßgeschneiderten Anzug, und zu seinen Füßen stand eine elegante Aktentasche. Was er wohl beruflich machte?

Laura stellte sich vor, wie er als erfolgreicher Geschäftsmann durch die Welt reiste und in luxuriösen Hotels übernachtete. Dagegen fühlte sie sich klein und unbedeutend. Was führte ihn wohl nach Island? Als hätte er ihre Neugier gespürt, lächelte er sie an.

»Waren Sie schon mal in Island? Für mich ist es das erste Mal«, sagte sie stockend.

Es hatte sie Mut gekostet, ihn auf Englisch anzusprechen. Laura hatte sich die Worte im Kopf zurechtgelegt, bevor sie das Gespräch mit ihrem Sitznachbarn begann, und selbst dann war ihre Zunge über die fremde Sprache gestolpert. Kurz hatte sie überlegt, ein paar isländische Worte einzuflechten, die sie in den vergangenen Wochen gelernt hatte, aber das hatte sie sich nicht getraut. Vielleicht würde sie bei ihrer Gastfamilie einen Versuch mit der Sprache wagen.

»Oh nein.« Er erwiderte ihr Lächeln. »Ich lebe hier, war beruflich in den USA und komme rechtzeitig zu Weihnachten nach Hause.«

»Wie schön. Weihnachten ist das Fest der Familie«, antwortete Laura nachdenklich, und sie wusste nicht, ob sie mehr mit dem Fremden oder zu sich selbst sprach. Für sie war Weihnachten die schönste Zeit des Jahres. Sie liebte es, die Fenster mit weihnachtlichen Fensterbildern zu dekorieren, Lichterketten über den Bäumen im Garten zu verteilen, Lichterbögen im Haus aufzustellen, einen Weihnachtsbaum auszusuchen. Auch wenn sie ihn allein schmücken musste. Weder ihr Ehemann Dominik noch ihre Tochter Merle waren Weihnachtsfans. Jedenfalls nicht so sehr wie Laura. Nein, an Dominik wollte Laura jetzt auf keinen Fall denken, daher wandte sie sich wieder an ihren Sitznachbarn.

»Ich beneide Sie darum, auf dieser wunderschönen Insel zu leben. Island ist doch wundervoll, nicht wahr?« Die Reiseführer und Dokumentationen, die sie sich angesehen hatte, hatten ihr die Insel von der schönsten Seite gezeigt, allerdings meist im Sommer. »Wie ist Island im Winter?«

»Island ist zu jeder Jahreszeit etwas ganz Besonderes.« Der Fremde lächelte und klappte den Laptop zu. »Ich beneide *Sie*, dass Sie zum ersten Mal meine Heimat kennenlernen. Reisen Sie über den Golden Circle?«

Der goldene Kreis war eine der beliebtesten Routen für Islandreisende, und ursprünglich hatte Laura geplant, sich die Sehenswürdigkeiten dieser Tour anzusehen. Doch dann war alles anders gekommen, und sie hatte ihren Plan Hals über Kopf geändert.

»Ich reise in den Norden, um dort drei Wochen auf einem Pferdehof zu verbringen.« Noch immer konnte sie kaum glauben, dass sie diese Entscheidung wirklich getroffen hatte. »Ich bin vor Jahren geritten und freue mich sehr, die Islandpferde kennenzulernen.«

»Das mit dem Norden sollten Sie sich gut überlegen.« Er zwinkerte ihr zu. »Reykjavík ist eine Reise wert. Ich bin dort aufgewachsen.«

»Vielleicht auf dem Rückweg. Erst einmal fliege ich weiter nach Akureyri und werde dort abgeholt.«

»Und ist es nicht zu kalt für einen Reiturlaub?« Laura bemerkte, dass ihr Sitznachbar sie skeptisch musterte. »Und es gibt nur vier Stunden Tageslicht.«

»Ich weiß.« Laura zuckte mit den Schultern, als wäre das kein großes Ding, aber in Wahrheit fragte sie sich erneut, ob sie die richtige Entscheidung getroffen hatte. Sie hatte spontan und rein nach Bauchgefühl den Hof namens Dalurstadir aus der Vielzahl der Angebote im Norden Islands ausgewählt. Der Norden sollte es sein, weil ihre Mutter vor vielen Jahren dort auf einem Hof namens Bláskógur gewesen war, den Laura allerdings nicht hatte finden können.

Irgendetwas an den Bildern von Dalurstadir auf der Internetseite hatte ihr Herz angesprochen. Die Stallungen lagen neben einem roten Haus, strahlend weiße Wellblechhütten mit einem taubenblauen Streifen darauf. Die Farbe wiederholte sich in den Fensterrahmen und bei der großen Scheunentür. An die Wand des Stalls hatte jemand ein Islandpferd gemalt, dessen Mähne und Schweif im Wind flatterten. Möglicherweise hatte das den Ausschlag zur Buchung gegeben. Der Hof gehörte einer Familie namens Halldórsson, das klang sympathisch. Und sehr isländisch.

»Reiten Sie?«, fragte sie ihren Sitznachbarn. »Ich habe gelesen, in Island gibt es mehr Pferde als Menschen.«

»So viele Pferde sind es nicht«, antwortete er mit einem Lächeln. »Früher bin ich geritten. Heute arbeite ich zu viel.« Er deutete auf das Notebook.

»Viel Erfolg.« Laura blickte wieder aus dem Fenster, und ihr Herz machte einen Sprung. Vor ihren Augen erstreckte sich eine unendliche Eisfläche. Das musste der Vatnajökull sein, der größte Gletscher Islands, der in einem unwirklich anmutenden Weißblau glitzerte. Es war das eine, den Gletscher auf Fotos zu sehen, aber es war etwas vollkommen anderes, daran entlangzufliegen und sich klein und winzig neben dem gewaltigen Eis vorzukommen. Viel zu schnell flogen sie an den Eismassen vorbei. Wolken zogen auf und beeinträchtigten die Sicht auf das Land. Es kam Laura vor, als wäre Island eine Insel in einem mystischen Reich über den Wolken, umgeben von tiefblauem Wasser.

Zwischen den schäfchenweißen Wolken tauchten plötzlich graue Rauchschwaden auf. Brannte es etwa irgendwo? Laura verengte die Augen und beugte sich weiter vor, bis sie fast mit der Nase an das Plastikfenster stieß. Ungläubig schüttelte sie den Kopf. Das konnte nicht sein, oder?

Sie wandte sich ihrem Sitznachbarn zu, der auf seine Tastatur eintippte.

»Entschuldigung, dass ich noch einmal störe, aber ist das der Rauch eines Vulkans?« Sie flüsterte, so beeindruckt war sie von dem Naturschauspiel.

»Sie reisen auf die Insel aus Eis und Feuer«, antwortete er mit einem Glitzern in den blauen Augen. »Und nun haben Sie schon beides gesehen, bevor Sie einen Fuß auf den Boden gesetzt haben. Beeindruckend, nicht wahr?«

Laura konnte nur nicken, verstummt vor der Urwüchsigkeit dieses besonderen Landes. Und immer wieder schimmerte das Meer in den unterschiedlichsten Blautönen unter ihnen. Die Maschine überflog nun eine breite Straße und eine tiefblaue Bucht, und dann entdeckte Laura sie im Hintergrund: majestätische, mit Schnee bedeckte Berge.

Ein Kloß bildete sich in ihrem Hals. Nun konnte sie endlich verstehen, warum ihre Mutter sich gewünscht hatte, nach Island zurückzukehren. Umso trauriger war es, dass es ihr nicht gelungen war. Beim Gedanken an Clara wurde Lauras Herz schwer, hatten sie diese Reise doch gemeinsam geplant. Erst nach dem Tod von Lauras Vater vor drei Jahren hatte ihre Mutter ihr verraten, wie sehr es sie auf diese Insel zog. Es war, als hätte sie Laura in ein jahrelang gehütetes Geheimnis eingeweiht. Vorher hatte sie nie ein Wort über Island verloren, sondern die Urlaube entweder in Deutschland oder irgendwo im Süden verbracht. Erst nach und nach war ihre Mutter damit herausgerückt, dass sie vor fast 40 Jahren auf einem Hof im Norden Islands gearbeitet hatte. Warum sie ihrer Tochter diesen Aufenthalt verschwiegen hatte, würde Laura wohl nie erfahren … Der Blick aus dem Fenster lenkte sie von ihren düsteren Gedanken ab. Überrascht legte Laura die Hand auf ihren Mund. Sie schüttelte ungläubig den Kopf, doch das Bild vor ihr blieb bestehen. Unter ihr zeigte sich ein tiefblauer Fjord, der so schön war, dass Laura den Atem anhielt.

Viel zu schnell setzte das Flugzeug nun zur Landung an, und Laura tat es leid, dass sie nur für den Transfer in Reykjavík bleiben würde. Sie hätte ihren Urlaub anders planen, ein paar Tage die Hauptstadt genießen sollen. Aber nein, dafür hätte ihr die Geduld gefehlt. Sie konnte es kaum erwarten, endlich den Norden des Landes kennenzulernen, auf den Spuren ihrer Mutter zu wandeln und herauszufinden, was sie mit dieser Insel verbunden hatte. Sie dachte an den sehnsuchtsvollen, aber auch traurigen Blick, den sie in den Augen ihrer Mutter gesehen hatte, wann immer diese über Island gesprochen hatte.

Das Flugzeug setzte auf, und Lauras Herz pochte schneller.

»Geht die Landung immer so schnell?«, wandte sie sich an ihren Sitznachbarn, der sein Notebook inzwischen zugeklappt hatte und es in seiner Aktentasche verstaute.

»Ja, die Landebahn ist kurz und der Anflug ebenfalls, aber nichtsdestotrotz faszinierend, nicht wahr?«

Sie konnte nur nicken, denn Traurigkeit stieg in ihr auf, Bedauern darüber, dass sie die Reise nicht wie geplant mit einem Menschen, den sie liebte, unternahm. Weder mit ihrer Mutter, die es zu Lebzeiten nicht mehr nach Island geschafft hatte, noch mit Dominik, der sie im Stich gelassen hatte.

»Ist alles in Ordnung?«, fragte ihr Sitznachbar in diesem weichen, sanft klingenden Englisch, das ganz anders war als der harte deutsche Akzent, der ihre Aussprache begleitete.

»Ich wollte die Reise eigentlich mit meiner Mutter antreten«, sagte Laura zu ihrem Erstaunen. Seit wann suchte sie den Trost von Fremden? Ihre Stimme versagte, und sie schaute auf ihre Hände, um dem Blick des Mannes auszuweichen.

»Wo ist Ihre Mutter?«, fragte er jetzt.

»Ich habe die Reise so oft verschoben und …« Erneut fehlten ihr die Worte. Der Fremde sah sie nur an, sein Blick war sanft und freundlich, was ihr die Kraft gab weiterzureden. »Meine Mutter ist im Frühjahr unerwartet gestorben.« Laura schluckte schwer. Noch immer schmerzte es, als wäre es erst gestern gewesen, dass das Schicksal zugeschlagen hatte.

»Das tut mir sehr leid.«

»Danke. Meine Mutter war als junge Frau auf Island.« Sie lächelte, um dem Gespräch die Schwere zu nehmen. »Genau genommen waren wir beide hier. Sie war mit mir schwanger, als sie auf Island war.«

»Dann wären Sie fast auf Island geboren worden?«, hakte er nach. »Dann könnten Sie jetzt Ingibjörg oder Dagný heißen.«

»Ich glaube nicht. Ich meine, ich weiß gar nicht, ob meine Mutter bereits wusste, dass sie schwanger war. Aber es ist eine schöne Vorstellung, dass wir gemeinsam …« Erneut stieg Traurigkeit in ihr auf, und sie wechselte das Thema. »Sagt man eigentlich ›auf Island‹ oder ›in Island‹?«

Das hatte sie sich schon oft gefragt, denn Island war eine Insel, und deshalb hätte es »auf Island« heißen müssen, aber gleichzeitig war es ein Land, was für »in Island« sprach.

»Soweit ich weiß, heißt es ›auf Island‹, wenn es um die Insel geht, und ›in Island‹, wenn man den Staat meint.« Er nickte ihr zu. »Ich wünsche Ihnen jedenfalls eine großartige Zeit auf unserer schönen Insel.«

»Danke.«

Das Licht, das an den Anschnallgurt erinnerte, war bereits erloschen, und etliche Menschen, dem Anschein nach Touristen, erhoben sich aus den Sitzen, um ihre Siebensachen zusammenzusammeln, auch wenn der Kapitän um Ruhe und Gelassenheit bat. Nur wenige Reisende blieben entspannt sitzen. Der Mann neben Laura wartete gelassen, genauso wie einige andere Männer und Frauen, die ihm ähnelten. Laura hatte viel über Island gelesen, und es schien tatsächlich zu stimmen, dass die Isländer es nicht so eilig hatten wie die Deutschen. Dass sie das Leben mit mehr Spaß und Freude annahmen. Vielleicht würde es ihr gelingen, auf dieser Reise ihre Freude wiederzufinden, die ihr so sehr fehlte.

Während sie darauf wartete, dass der schmale Gang sich leerte, wanderten ihre Gedanken zurück zu dem furchtbaren Tag vor zwei Monaten, an dem sie ihre Islandpläne hatte begraben wollen.

Kapitel 2

Zwei Monate zuvor

Island! Noch konnte Laura kaum glauben, dass sie wirklich für fast drei Wochen dorthin reisen würde. Vor einer halben Stunde war sie aus der Innenstadt zurückgekehrt, wo sie die Flugtickets für ihren Islandurlaub abgeholt hatte. Laura kniff sich in den Unterarm. Sie und Dominik würden wirklich und wahrhaftig nach Island reisen.

Erneut spürte Laura den Stich des schlechten Gewissens, weil sie die Reise mit ihrer Mutter immer wieder verschoben hatte, bis es plötzlich zu spät gewesen war. Tränen traten in ihre Augen. Immer wieder war etwas dazwischengekommen, und Clara und Laura hatten einander versprochen, dass sie spätestens zu Lauras vierzigstem Geburtstag den Plan in die Tat umsetzen würden.

Doch dann war alles anders gekommen: Clara hatte die Diagnose Krebs erhalten und war unerwartet verstorben. Nach dem Tod ihrer Mutter hatte Laura beschlossen, ihr Versprechen zu halten und noch vor ihrem vierzigsten Geburtstag auf die Insel zu reisen. Sie plante eine Rundreise durchs Land und wollte auf jeden Fall den Hof im Norden besuchen, auf dem ihre Mutter gearbeitet hatte. Bláskógur – so hieß er, mehr wusste Laura nicht. Jede Frage danach, was sie auf Island damals gemacht hatte, hatte Clara mit den Worten abgewehrt: »Das erzähle ich dir, wenn wir dort sind.«

Nun musste Laura es selbst herausfinden. Obwohl ihr Mann Dominik lieber im Süden Urlaub machte, hatte er sich bereit erklärt, Laura nach Island zu begleiten. Nun hatte Dominik vorgeschlagen, ihren vierzigsten Geburtstag auf Island zu verbringen. So konnte sie das Versprechen an ihre Mutter einlösen und gleichzeitig ihren runden Geburtstag feiern, der am 27. Dezember sein würde. Als Kind hatte Laura es gehasst, kurz nach Weihnachten Geburtstag zu haben. Denn es hatte immer geheißen: »Das große Geschenk bekommst du zum Geburtstag.«

Inzwischen hatte Laura sich mit dem Termin arrangiert. Das Haus war an ihrem Geburtstag noch weihnachtlich geschmückt, es waren noch Kekse da, und man konnte gemütlich bei Kerzenschein feiern und hoffen, dass der Schnee noch käme.

Nur nicht in diesem Jahr. In diesem Jahr würden Dominik und sie die Ringstraße in Island bereisen, Gletscher sehen, in heißen Quellen baden, an schwarzen Stränden entlangspazieren, sich möglicherweise sogar in die Nähe eines aktiven Vulkans wagen. Obwohl es noch mehr als zwei Monate bis zu ihrer Reise waren, klopfte Lauras Herz aufgeregt vor Vorfreude.

Erneut senkte sie ihren Blick auf den Bildband über Island, den sie sich am vergangenen Tag gekauft hatte. Das Buch zeigte wunderschöne Bilder von prachtvollen Wasserfällen, grünen Landschaften, schneebedeckten Bergen und hübschen Ponys, und Laura freute sich wahnsinnig, wenn sich auch eine Spur Traurigkeit in die Vorfreude mischte, weil sie Island ohne ihre Mutter bereisen würde. Sie würde ihr nicht einmal von ihren Erlebnissen dort erzählen können.

Laura saß auf dem Sofa im Wohnzimmer und studierte die Landkarte. Sie dachte an ihre Mutter und daran, wie sie vom Norden Islands geschwärmt hatte. Von den endlosen Weiten, der magischen Landschaft, den majestätischen Bergen und den geheimnisvollen Fjorden. Laura spürte, wie ihr Herz schneller schlug, als sie sich vorstellte, all das mit eigenen Augen zu sehen. Sie lächelte, als sie an all die Abenteuer dachte, die Dominik und sie erwarten würden. Sie würden über die einsamen Straßen des Nordens fahren, in abgelegenen Dörfern übernachten und die atemberaubende Schönheit der Natur erleben. Sie würden wandern und die heißen Quellen besuchen, die ihre Mutter so geliebt hatte. Laura spürte, wie ihre Augen feucht wurden, als sie an Clara dachte. Mit aller Kraft versuchte sie, ihre Gedanken in eine andere Richtung zu lenken. Im Kopf ging sie immer wieder durch, was sie im Vorfeld der Reise zu tun hatte. Auf gar keinen Fall durfte sie den Adventskalender für Merle vergessen, ebenso wenig wie das Weihnachtspaket für ihre Tochter. Glücklicherweise waren keine Impfungen für die Reise notwendig, da musste Laura also nicht weiter drüber nachdenken. Aber es blieb auch so noch genug zu tun. Der Winter auf Island war garantiert kälter als der in Deutschland, vor allem würden sie ja auch viel Zeit draußen verbringen. Laura musste sich um die richtige Kleidung kümmern, ihr feiner Wollmantel würde ganz sicher nicht ausreichen, fror sie darin auch im deutschen Winter schon oft.

Da das schöne Buch Besseres verdient hatte als einen Menschen, der es nur halbherzig durchblätterte, legte Laura es mit einem Seufzer zur Seite, nahm Block und Stift zur Hand und begann, in ihrer geschwungenen Handschrift eine Liste zu schreiben:

– *Adventskalender Merle*

Die Post nach Australien brauchte ziemlich lange; daher war es wichtig, den Adventskalender bald vorzubereiten und ihn spätestens Mitte November loszuschicken.

– *Weihnachtspaket Merle*

Auch das durfte sie auf keinen Fall vergessen.

– *Belle anrufen*

Ihre beste Freundin hatte mehrfach gesagt, wie gern sie Laura begleitet hätte, aber Belle musste an den Feiertagen arbeiten. Außerdem konnte Laura sich nicht vorstellen, dass Dominik und Belle es miteinander aushalten würden. Obwohl Laura sich darauf freute, mit ihrem Ehemann Island zu erkunden, gab es einen Teil in ihrem Herzen, der dieses Erlebnis lieber mit Belle geteilt hätte. Denn Belle hatte Lauras Mutter gut gekannt und beinahe so sehr geliebt wie Laura. Mit ihrer Freundin könnte Laura Erinnerungen teilen und sich gemeinsam fragen, was für eine Geschichte Clara und Island wohl verband. Dominik dachte zu praktisch, um darüber zu spekulieren, was es mit dem Hof Bláskógur auf sich hatte.

- *Temperaturen recherchieren und Kleidung kaufen*
- *Winterstiefel*
- *Reiseführer*
- *Ponyhof anfragen?*

Die Wahrscheinlichkeit, dass ihr Mann sich auf den Rücken eines Islandpferdes setzen würde, war gering, aber einen Versuch war es wert. Schließlich galten die zähen Ponys als gutmütig und auch für Menschen geeignet, die noch nie auf einem Pferd gesessen hatten. Vielleicht konnte sie Dominik bei seinem sportlichen Ehrgeiz packen und ihn dazu überreden, wenigstens einen kurzen Ritt zu wagen.

Als Teenagerin hatte Laura eine Pferdemädchen-Phase gehabt, allerdings hatte sie bisher nie ein Islandpferd geritten. Der Urlaub wäre eine großartige Gelegenheit, das endlich nachzuholen. Sie schwelgte in der Vorstellung, wie Dominik und sie auf diesen niedlichen Ponys an einem schwarzen Strand entlanggaloppierten.

Laura fröstelte. Es war zwar nicht bitterkalt im Haus, aber kühl genug, um das Feuer im Kaminofen zu entzünden. Der gewaltige Kachelofen nahm eine Wand im Wohnzimmer ein, ein Korb mit Feuerholz und Anzünder standen daneben. Laura mochte die besondere Wärme, die der Ofen abgab, und hatte ihre Anzündetechnik perfektioniert. Die warmen Flammen strahlten eine Gemütlichkeit aus, die sie liebte.

War es schon Zeit, das Abendessen vorzubereiten? Laura sah auf ihre Armbanduhr. Dominik würde erst in einer Stunde nach Hause kommen, denn er trainierte wieder im Fitnessstudio. Damit hatte er vor einem halben Jahr angefangen, als Merle nach Australien gegangen war. Lauras Auffassung nach übertrieb ihr Ehemann es mit seiner Sportbegeisterung, legte er doch inzwischen fast jeden Abend nach der Arbeit eine ausgiebige Einheit an den Geräten ein, doch Dominik behauptete, es wäre gut für seine Gesundheit, und da konnte Laura natürlich nicht widersprechen.

Zuerst hatte es ihr noch gefallen, dass ihr Mann aktiv wurde. Denn in den vergangenen Jahren hatten sie sich zu Couch-Potatoes entwickelt, und das tat weder der Gesundheit noch ihrer Beziehung gut. Laura hatte gehofft, sie würden eine gemeinsame Aktivität finden. Sie hatte Joggen oder Nordic Walking vorgeschlagen, aber beides hatte abgelehnt.

»Melde dich doch auch im Studio an«, hatte er ihr vorgeschlagen, obwohl er genau wusste, dass Laura diese Einrichtungen nicht mochte. Sie fühlte sich unwohl, wenn sie an einem Fitnessstudio vorbeiging und die schlanken, jungen Menschen dort sah. Sie befürchtete, dass man sie dort belächeln würde.

Dominik schien damit kein Problem zu haben. Aber musste er so übertreiben? Inzwischen hatte er zehn Kilo verloren und wirkte hager und sehnig. Wenn Laura sich an ihn kuschelte, fühlte sich das ungewohnt an; vorher hatte er ihr besser gefallen. Aber Laura kannte die intensiven Phasen ihres Mannes schon. Wenn er etwas machte, dann zog er es durch und ordnete alles seinem neuen Hobby unter.

Doch aktuell schien Dominik sein Leben grundlegend infrage zu stellen. Mit seinem Beruf als Ingenieur war er auf einmal nicht mehr glücklich, sondern suchte etwas Erfüllendes, wie er es nannte. Er hatte zunächst in Erwägung gezogen, Winzer zu werden, dann sah er sich plötzlich als Physiotherapeut, um Menschen zu helfen.

Kurz wollte er ein Medizinstudium anfangen, um dann in die Entwicklungshilfe zu gehen. Der Plan hatte ungefähr zwei Monate gehalten. Aktuell wollte ihr sportbegeisterter Partner Archäologe werden.

Laura hoffte, dass auch dieser Plan unausgeführt an ihnen vorbeiziehen würde. Denn sie mochte ihr Leben so, wie es war. Sie liebte das Haus am Stadtrand, das ihnen gemeinsam gehörte, auch wenn es ihr zu groß vorkam, seit Merle für ihr Auslandsjahr nach Australien gegangen war. Sie war zufrieden mit ihrer Stelle als Sachbearbeiterin im Jugendamt der Stadtverwaltung. Den Gedanken, dass sie noch nicht alles erreicht hatte, dass noch mehr auf sie warten musste, als sie bisher erlebt hatte, hatte sie nur selten. Sicher fragte sie sich manchmal, ob sie den richtigen Weg eingeschlagen hatte, den passenden Beruf gewählt, die großen Entscheidungen so getroffen hatte, dass sie sie auch in Zukunft glücklich machen würden – aber dann holte sie der Alltag wieder ein, und sie lebte in den Tag hinein und sorgte sich nicht um die Zukunft. Auch weil sie Dominik hatte.

Sie liebte ihren Mann. Sicher, es war nicht mehr die große überwältigende Liebe, das Herzklopfen, die Schmetterlinge im Bauch, die sie vor zwanzig Jahren gespürt hatte, als sie frisch verliebt gewesen waren. Inzwischen waren sie ein eingespieltes Team. Sie kannte seine Stärken und Schwächen, und er kannte ihre, wobei Laura manchmal den Eindruck hatte, sie kannte ihn besser als er sie. Aber das war bei Männern wohl so.

Zu ihrer Überraschung hörte sie, wie sich der Schlüssel im Schloss der Haustür drehte. Sie stand auf und ging in den Flur.

»Dominik? Bist du heute nicht im Fitnessstudio?« Sie musterte ihren Mann, der irgendwie ertappt wirkte, obwohl sie nur eine schlichte Frage gestellt hatte. Er starrte sie an. Dann wandte er den Blick ab, seine braunen Augen fixierten einen Punkt neben ihrem Kopf, was Laura langsam nervös machte. Warum verhielt sich Dominik so seltsam? Sie erkannte ihn kaum wieder. Klassische Midlife-Crisis, scherzte sie manchmal mit Belle, doch in diesem Moment begann Dominiks Verhalten, ihr Angst zu machen.

Langsam zog Dominik seinen dunkelblauen Mantel aus. Er trug ein pinkfarbenes Hemd, das Laura zum ersten Mal sah. Wann hatte er es gekauft? Sie war gewohnt, dass ihr Mann zu klassischen Farben griff, Hellblau und Weiß. Das Pink blendete sie geradezu, und sie wollte gerade einen Scherz über seinen modischen Fehlgriff machen, als Dominik seinen Mantel an der Garderobe aufhängte, ihn glatt strich und sich mit einem Seufzer zu ihr umwandte.

»Laura. Wir müssen reden«, presste er hervor und sah sie ernst an.

»Ja?«, fragte Laura überrascht. Welches neue Lebensziel

hatte ihr Mann sich wohl diesmal gesteckt? Hoffentlich plante er nicht, ihre Ersparnisse in einen Porsche zu investieren.

»Lass uns ins Wohnzimmer gehen.« Dominiks Tonfall klang so düster, dass Laura begann, sich ernsthaft Sorgen zu machen. Was zur Hölle passierte hier gerade?

»Bitte, du machst mir Angst. Ist etwas mit Merle?« Laura folgte ihrem Ehemann, die Gedanken rasten durch ihren Kopf. »Oder ist etwas im Büro schiefgelaufen? Egal, was es ist, wir stehen es gemeinsam durch.« Sie versuchte sich an einem Lächeln.

Da Dominik sich auf den Sessel setzte, nahm Laura auf dem Sofa Platz. Sie blickte ihren Mann an, der auf seine Hände starrte, die er ineinander verschränkt hatte. Vor Aufregung zog sie ihre zur Faust geballte Hand an den Mund. Warum sagte er denn nichts?

»Ich habe es versucht, Laura.« Eine Falte erschien zwischen seinen Brauen. »Du musst mir glauben, ich habe es so sehr versucht.«

Laura fühlte sich, als würde eine Hand ihren Magen zusammendrücken. Sie öffnete ihre Faust und griff an ihre Kehle, weil sie das Gefühl hatte, keine Luft mehr zu bekommen. Himmel! Was wollte er ihr sagen? Diese Ungewissheit zerrte schlimmer an ihren Nerven, als jede Nachricht es tun könnte.

»Bitte, sag es doch endlich, Dominik.« Sie hatte ihm doch bereits versichert, dass sie ihm zur Seite stünde, warum rückte er nicht mit der Sprache heraus?

Endlich hob er den Kopf und sah sie an, mit diesem besonderen Blick, den er immer aufsetzte, wenn er Mist gebaut hatte. Obwohl sie sich vor dem fürchtete, was ihm auf der Seele lag, hätte sie ihn am liebsten geschüttelt und gerufen: »Sprich es endlich aus!«

Inzwischen war Laura sicher, dass es um ihre Ehe ging. Hatte er etwa eine Affäre? Die Signale waren eindeutig: der übertriebene Sport, die späten Feierabende, das pinkfarbene Hemd – aber trotzdem konnte sie es sich einfach nicht vorstellen. Nicht er, nicht ihr Dominik. Er war doch eine treue Seele.

»Ich wollte wirklich mit dir über Weihnachten nach Island reisen«, brachte er endlich heraus. »Aber ich kann nicht.«

Der Knoten in Lauras Magen löste sich auf, und sie stieß einen Seufzer aus. Das also war es. Sicher, es war schade, dass Dominiks Beruf wieder einmal ihren Urlaubsplänen im Weg stand, aber so schlimm war das nun wirklich nicht. Wie hatte sie nur denken können, dass er sie betrog?

»Dann feiern wir Weihnachten eben hier, und ich kann mich bei der Deko austoben.« Sie lächelte ihn an. »Es ist ohnehin schöner, wenn wir nächstes Jahr im Sommer fahren. Die Mittsommernacht muss unglaublich sein.«

»Laura, ich kann nicht mit *dir* nach Island fahren«, setzte er leise hinzu.

»Wie? Was? Warum?«, platzte sie heraus. Sie verstand nicht, was er ihr sagen wollte. »Was habe ich falsch gemacht?«

»Ich habe mich wirklich bemüht«, wiederholte Dominik.

Er stand auf, ging zum Sofa, nahm die Sofakissen nacheinander auf und schüttelte sie. Anschließend rückte er die Zeitschriften, die auf dem Couchtisch verteilt lagen, gerade.

Sein Verhalten machte Laura Angst. So war Dominik: Wenn er emotional bewegt war, musste er aufräumen.

»Bitte setz dich, und erzähl mir endlich, was los ist.« Sie betonte jedes einzelne Wort, um ruhig zu bleiben. »Dominik, du kennst mich. Es macht mich verrückt, nicht zu wissen, was los ist.«

»Ja, ich kenne dich und sage es einfach, wie es ist. Ich wollte dir deinen Geburtstag nicht verderben und habe deshalb angeboten, mit dir nach Island zu fahren.« Er ließ sich wieder auf den Sessel sinken und bildete mit den Händen eine Raute. »Außerdem weiß ich, wie viel dir die Reise bedeutet. Wegen Clara.«

Sie nickte nur.

»Aber mit dir dorthin zu reisen wäre eine Lüge«, hörte sie ihren Mann jetzt sagen.

»Du magst Island nicht? Warum hast du das nicht gesagt?«

Als Antwort verdrehte Dominik die Augen, was Laura unverschämt fand. Er hatte ihr gerade Weihnachten und ihren Geburtstag verdorben. Da musste er doch verstehen, dass sie Antworten wollte.

»Du machst es mir echt schwer.«

»Was soll das heißen?« Sie fühlte sich, als spräche er Spanisch und sie Finnisch – sie konnte einfach nicht begreifen, was er ihr sagen wollte.

»Es geht nicht um Island, es geht um dich. Es geht um uns.«

»Was habe ich falsch gemacht?«, brachte Laura hervor.

»Nichts.« Sein Blick war leidend. »Es hat nichts mit dir zu tun.«

»Du hast eine Affäre.«

»Nein.«

Am liebsten hätte sie vor Erleichterung laut ausgeatmet, aber etwas in seiner Miene ließ sie abwarten.

»Es ist keine Affäre. Vanessa ist meine große Liebe«, sagte er mit fester Stimme.

Vanessa? Wer, um Himmels willen, war Vanessa? Es konnte nicht sein, dass es eine andere Frau gab. Sie liebten sich, sie waren seit Ewigkeiten ein Paar. Hatten gerade ihre gemeinsame Tochter nach Australien verabschiedet. Erst vor einer Woche hatten sie darüber gesprochen, nach der Islandreise den Antelope Canyon in den USA zu besuchen und für eine längere Zeit nach Neuseeland zu fliegen oder vielleicht zu Merle nach Australien. Dominik war doch ihr sicherer Hafen, ihre Konstante, ihre Zukunft.

»Das … das glaube ich nicht.« Sie hasste es, dass ihre Stimme brach. »Du kannst zwanzig Jahre nicht einfach so wegwerfen.«

Dominik seufzte. Er rieb mit den Händen über seine Oberschenkel und seufzte: »Glaub mir, ich wünschte auch, es wäre anders.«

»Du hast es doch in der Hand. Es ist deine Entscheidung.« Lauras Stimme zitterte, sie spürte Tränen in sich aufsteigen. »Gib uns noch eine Chance, bitte.«

»Ach, Laura, so einfach ist das nicht. Ich liebe Vanessa … Ich habe mich noch nie so gefühlt.«

»Bitte nicht.« Laura senkte den Kopf und legte die Hände

vors Gesicht. Ihre Schultern bebten vor Schluchzen. »Bitte sag das nicht.«

»Es ist wohl besser, wenn ich jetzt gehe.« Als Laura den Kopf hob, sah sie, wie Dominik sich erhob. »Ich melde mich, und dann können wir besprechen, wie es weitergehen soll.«

Das konnte er nicht ernst meinen! Er konnte ihr doch nicht den Boden unter den Füßen wegziehen und dann verschwinden, ohne ihr die Gelegenheit zu geben, mit ihm darüber zu reden, zu verstehen, was passiert war.

Kapitel 3

»Belle.« Lauras Stimme zitterte, sie umklammerte den Telefonhörer, als wäre er ihr eine Stütze in dieser ausweglosen Situation. »Dominik hat eine andere. Er ist weg!«

Nun, da sie es ausgesprochen hatte, traf sie die Wahrheit mit unerwarteter Härte. Jetzt konnte sie nicht mehr hoffen, es wäre alles nur ein böser Traum. Dass sie sich alles nur ausgedacht hatte.

»Oh nein, Liebes. Ich bin in zehn Minuten da.« Die Stimme ihrer besten Freundin klang besorgt. »Mit Schokolade und Aperol.«

Trotz ihrer Traurigkeit musste Laura kurz lächeln, während ihr die Tränen über die Wangen liefen. Das war so typisch für Belle. Ihre Freundin hob sich alle Fragen für später auf und konzentrierte sich auf das Wesentliche.

»Ich stelle Sekt kalt.«

»Tu mir einen Gefallen, hör bloß keine dramatische Musik oder ruf ihn an. Und fang nicht ohne mich an zu trinken.«

»Das mache ich auf gar keinen Fall.« Laura legte auf, ohne sich zu verabschieden. Sie stand auf, um eine neue Packung Taschentücher zu suchen.

Was für eine Zukunft erwartete sie jetzt? All ihre Pläne hatte Dominik über den Haufen geworfen, und sie würde neu anfangen müssen. Nun, da ihre Tochter aus dem Haus war, wollten Laura und Dominik eigentlich in die – wie man es so schön nannte – Phase der nachelterlichen Gefährtenschaft eintreten. Laura hatte sich darauf gefreut, ihre Zweisamkeit neu zu entdecken und gemeinsam Pläne zu schmieden. Sie hatten schon damit begonnen. Dominik wollte sie nach Island begleiten, schon bald sollte es losgehen. Stattdessen, Laura schniefte, stattdessen musste sie die Einsamkeit erleben. Und Dominik würde sich mit dieser Vanessa ein neues Leben aufbauen.

Als sie den Sekt aus dem Keller holte, kam Laura am großen Garderobenspiegel vorbei und erschrak. Nicht nur, weil ihr Gesicht rot und vom Weinen verquollen war, sondern weil sie die Frau kaum erkannte, die sie dort sah. Laura blieb vor dem Spiegel stehen und betrachtete ihr Spiegelbild. Sie hatte keine Ahnung, wie lange sie dort stand, aber ihr Blick war leer, und ihre Gedanken weilten bei Dominik. Sie hatte sich in den vergangenen Jahren so sehr auf ihre Tochter und ihren Mann konzentriert, dass sie sich selbst vernachlässigt hatte.

Der Schnitt war aus ihren hellbraunen Haaren herausgewachsen, die Spitzen waren brüchig. Ihre Kleidung konnte man selbst mit gutem Willen nur als praktisch bezeichnen.

Wann hatte sie angefangen, die kräftigen Farben, die sie eigentlich liebte, gegen Beige und Hellbraun auszutauschen?

Laura seufzte und betrachtete ihr Gesicht. Sie hatte dunkle Ringe unter den Augen, und ihre Haut wirkte fahl. Hatte Dominik sie etwa deshalb verlassen? War sie ihm nicht mehr attraktiv genug? Hatte er sich eine andere Frau gesucht, die ihm mehr bieten konnte als sie?

Tränen traten ihr in die Augen, und sie schniefte. Genug! Nach einem letzten kritischen Blick schüttelte sie den Kopf und ging in die Küche, wo sie den Sekt ins Eisfach legte.

Aber die Gedanken ließen sich nicht einfach beiseitedrängen. Lag es an ihr, dass Dominik gegangen war? Hatte sie sich nicht genug um sich, um ihn, um ihre Ehe bemüht? Dominik hatte seinen Sport, seine immer neuen Hobbys, denen er sich hingab. Er hatte sich verändert – und sie?

Bevor sie vollkommen in Selbstmitleid versinken konnte, klingelte es Sturm. Belle. So war ihre Freundin nun einmal. Anabelle, die ursprünglich Anne hieß, was sie aber zu bieder fand und ihren Namen daher geändert hatte, und Laura kannten sich seit der ersten Klasse. Damals war Anabelle ein mageres, kleines Ding gewesen, das sich der Klassenrabauke als Opfer ausgesucht hatte. Niemand hatte den Mut gehabt, ihm etwas entgegenzusetzen. Niemand bis auf Laura, die dessen Gemeinheiten nicht ausstehen konnte. Zu zweit war es ihnen gelungen, dem Jungen Grenzen zu setzen. Viel wichtiger war jedoch, dass sie an dem Tag, an dem Laura Ingo eins auf die Nase gegeben hatte, während Anabelle ihn gebissen hatte, eine Freundschaft fürs Leben geschlossen hatten. Und bis heute hatte sich nichts daran geändert, obwohl ihre Leben unterschiedlicher nicht sein konnten. Laura war verheiratet mit Kind und einem sicheren Job, während Belle von einem Engagement zum anderen hüpfte und auch in der Liebe unbeständig blieb. Immer wieder gab es neue Männer in Belles Leben, die plötzlich auftauchten und ebenso schnell wieder verschwanden. Lauras Freundin sagte immer, sie liebte ihre Unabhängigkeit zu sehr.

Laura eilte zur Tür und öffnete sie. Vor ihr stand Belle, hielt zwei Aperol-Flaschen in der Hand und musterte sie prüfend. Mit dem knallroten Minirock, der schwarzen Lederjacke und den schwarzen Overknee-Stiefeln war Belle ein echter Hingucker. Neben ihrer modischen Freundin kam sich Laura heute gleich noch langweiliger vor.

Belles Haare, die sie schulterlang trug, waren schwarz gefärbt – eine Erinnerung an ihre letzte Rolle als böse Königin. Sie war noch immer sehr schlank, so wie als Kind, aber inzwischen einen Kopf größer als Laura, die sich jetzt in die Arme der Freundin stürzte und sich sofort geborgen fühlte.

Nachdem sie sich aus Belles Umarmung gelöst hatte, versuchte Laura sich an einem Scherz: »Passt Aperol nicht eher, wenn man etwas zu feiern hat?«

»Ich finde, du solltest dich freuen, dass er weg ist.« Belle stieß ein Schnauben aus, das einem Islandpferd alle Ehre gemacht hätte. Sie und Dominik waren miteinander ausgekommen, aber nur, weil sie es mussten. Dominik fand Anabelle überkandidelt, während Belle Dominik für äußerst langweilig hielt. Und fade zu sein, das war in Belles Augen das Schlimmste, was einem passieren konnte.

Manchmal fragte sich Laura, warum ihre Freundin sie

nicht ebenfalls langweilig fand, denn ihre Leben unterschieden sich sehr. Laura arbeitete im Jugendamt, war verheiratet mit Eigenheim, während Belle als Theaterschauspielerin durchs Land reiste und nirgendwo sesshaft werden wollte. Aber vielleicht waren es gerade die Unterschiede, die dafür sorgten, dass sie durch dick und dünn miteinander gingen und sich aufeinander verlassen konnten. Nie ging ihnen der Gesprächsstoff aus, und sie standen einander bei, wenn sie sich brauchten.

»Wie geht es dir, Süße?« Belle stellte die Flaschen auf die Flurkommode. »Du darfst traurig sein, solange du dir nicht die Schuld gibst.«

»Wieso habe ich nichts bemerkt?« Endlich konnte Laura die Frage stellen, die seit Dominiks Beichte in ihrem Kopf herumspukte. »Alle Indizien waren da, und ich habe sie übersehen.«

»Wenn es dich tröstet, mir ist auch nicht aufgefallen, wie sehr er sich verändert hat.« Belle zog die Nase kraus. »Ja, er hat einige Kilos verloren, was ihm nicht gut steht, wenn du mich fragst. Aber sonst war er der gleiche alte Langweiler wie immer.«

»Belle!« Laura schüttelte den Kopf, aber sie musste trotzdem grinsen. »Ein bisschen recht hast du schon.«

»Endlich siehst du es ein.« Belle zwinkerte ihr zu. »Los, ab aufs Sofa.«

»Sekt für Aperol ist im Kühlfach. Ich fürchte, er ist nicht kalt genug.« Laura schlurfte ins Wohnzimmer. Sie fühlte sich müde und alt und wollte ihr Leben zurück. Ihre Ruhe. Die

Aussicht auf eine gemeinsame Zukunft mit ihrem Mann. Sie hatte die Ehe nie infrage gestellt.

Dominik war ihre große Liebe gewesen. Kurz nach dem Abitur hatte Laura ihn kennengelernt, als sie gerade bei der Stadtverwaltung angefangen hatte. Belle reiste damals durch die Welt, und Laura fühlte sich einsam, fremd in der Stadtverwaltung und zweifelte an ihren Entscheidungen.

Auf der Geburtstagsfeier einer Kollegin war Dominik auf Laura zugekommen, groß, gut aussehend und so selbstsicher, wie sie es gern gewesen wäre. Sie konnte kaum glauben, dass er sich wirklich für sie interessierte. Und dann war alles ganz schnell gegangen: Schon wenige Monate nach der Party war Laura mit Merle schwanger gewesen, ungeplant. Und Dominik hatte ihr sofort einen Antrag gemacht, hatte sie nicht sitzen lassen, sondern Verantwortung für seine ungeborene Tochter übernommen. Und Laura hatte sich nur allzu gern darauf eingelassen. Mit Merles Geburt war Lauras Glück vollkommen gewesen, auch wenn Belle nie verstanden hatte, was sie an Dominik fand.

Bevor Merle eingeschult wurde, waren Laura und Dominik an den Stadtrand gezogen, weil die Schulen dort besser waren. Laura reduzierte ihre Stunden im Büro, um für ihren Mann und ihre Tochter da zu sein, und hatte immer gedacht, Dominik und sie würden gemeinsam alt werden.

So konnte man sich täuschen. Schwer ließ sie sich in die dunkelgrauen Polster fallen und griff sich ihre kuschelige Decke, die sie sich um die Schultern legte. Selbst der Flausch konnte die Kälte nicht vertreiben. Fühlte sich so Einsamkeit an?

Glücklicherweise lag die Packung Taschentücher in Griffweite, und sie konnte das feuchte Ding in ihrer Hand zur Seite legen und ein frisches Tuch vollheulen. Sie sah auf, als sie das Klirren von Gläsern hörte.

Belle trug ein Tablett mit zwei Gläsern, der Flasche Aperol und einer Flasche Sekt sowie einer Schale mit Schokoladenstückchen zum Wohnzimmertisch.

»Ich sage es ungern, Liebes, aber du siehst furchtbar aus.« Man konnte auf keinen Fall behaupten, dass Belle je ein Blatt vor den Mund nahm. »Dein Gesicht ist knallrot und angeschwollen. Müsste ich dir mal fotografisch festhalten, dann kannst du dich daran erinnern, was der Kerl dir angetan hat, falls du ihn vermisst.«

»Hmmhmm.« Zu mehr fühlte Laura sich nicht in der Lage. Sie schniefte, bevor sie ihre Brille abnahm und mit den Fingern über das Gesicht fuhr, um zu prüfen, ob Belles Worte stimmten. Oh ja, ihre Augen fühlten sich verquollen an, ebenso wie ihre Nase – und das wegen eines Mannes, der sie mies hintergangen hatte. Laura ballte die Hände zu Fäusten und stieß hervor: »Ich hasse ihn.«

»Na endlich. So gefällst du mir viel besser.« Belle gab ihr ein Daumen-hoch. »Ich hole dir einen Waschlappen und kaltes Wasser, und du öffnest die Sektflasche.«

»Dein Wunsch ist mir Befehl.« Die Wut auf Dominik fühlte sich deutlich besser an als die Traurigkeit, die Laura vorher gespürt hatte. Während sie an dem Verschluss der Flasche herumfummelte, ließ sie ihrem Ärger freien Lauf. Schlimm genug, dass Dominik eine andere hatte, aber sein Timing war einfach mies. Er wusste doch, wie viel ihr der Islandurlaub bedeutete. Hätte er nicht noch zwei Monate warten können? Warum hatte er die Reise überhaupt noch mit ihr geplant? Entweder war er zu feige gewesen, oder aber er hatte sich Laura warmhalten wollen, falls es mit dieser Vanessa nicht funktionierte.

»Vanessa, was ist das überhaupt für ein Name?«, grummelte Laura vor sich hin.

Belle hielt ihr Waschlappen und Eimer entgegen. »Hier, wir tauschen. Wie viel Aperol willst du?«

»Einen ordentlichen Schuss.« Normalerweise trank Laura eher wenig, aber heute durfte sie auf jeden Fall eine Ausnahme machen, denn normal konnte man diesen Tag nicht nennen. Sie wischte sich mit dem kalten Lappen über das Gesicht und ließ ihn auf ihren Augen liegen.

»Hier, für dich.« Belle tippte ihr auf den Unterarm.

Laura warf den Waschlappen schwungvoll in den Eimer, sodass Wasser auf den Teppich spritzte. Na und, wen interessierte das heute? Sie nahm Belle das Glas aus der Hand und gönnte sich einen großen Schluck des bitter prickelnden Getränks.

»Liebes, du warst viel zu gut für Dominik. Der Mistkerl hat dich gar nicht verdient.« Belle trank ebenfalls, aber nur wenig. »Wäre ich damals nur nicht in Griechenland gewesen, dann hätte ich dich vor ihm gerettet.«

»Das musst du als meine beste Freundin ja sagen«, entgegnete Laura. »So schlecht war er nicht. Ich erinnere mich genau, wie wir uns das erste Mal gegenüberstanden. Ich weiß noch, wie aufgeregt ich war, als er mich angesprochen hat? Und jetzt ist er weg …«

Mist! Dieser dumme Automatismus, Dominik zu verteidigen – es würde gewiss noch einige Zeit brauchen, bis Laura das in den Griff bekäme. Wenn sie es überhaupt jemals schaffen würde. Ob er auch jemals so für sie eingestanden hätte wie sie für ihn? Sie wollte ihn nicht mehr verteidigen.

»Darüber kann man geteilter Meinung sein.« Belle zog die Nase kraus. »Aber lass uns gar nicht mehr über ihn sprechen, das hat er nicht verdient. Ich will mit dir einen neuen Plan für deinen Geburtstag entwickeln. Man wird nur einmal vierzig.«

»Man wird auch nur einmal neununddreißig oder einundvierzig.« Laura hielt nicht viel davon, die runden Geburtstage dermaßen wichtig zu nehmen. Auch das war ein Grund gewesen, ihren Geburtstag lieber in der Nähe des Polarkreises als zu Hause zu feiern, wo alle erwartet hätten, dass sie eine große Party schmiss.

»Trotzdem hat der Kerl deinen Geburtstag versaut, und deine Rache wird sein, dass du dir den besten Vierzigsten aller Zeiten bescherst. Und der wird viel besser ohne Dominik, der hat dich doch nur zurückgehalten.« Die Kälte in Belles Stimme ließ Laura schaudern. Dominik sollte wohl aufpassen, dass er ihrer Freundin nicht über den Weg lief. »Ich habe nie viel von ihm gehalten, aber dass er so ein Arsch ist ...«

Wieder verspürte Laura den Impuls, etwas zugunsten von Dominik zu entgegnen, aber dieses Mal ließ sie es sein.

»Er sagt, diese Vanessa ist seine große Liebe«, sagte sie stattdessen und schniefte. Ihre Augen füllten sich mit Tränen. »So hat er es jedenfalls genannt. Was war ich dann für ihn? Eine Liebe für zwischendurch, während er auf die einzig wahre gewartet hat?«

Wie ärgerlich, dass ihr diese Frage nicht eingefallen war, als sie mit ihm gestritten hatte.

Bevor Belle etwas sagen konnte, strömten die Worte weiter aus Lauras Mund, als hätten sie dort gewartet, endlich in die Freiheit zu gelangen.

»Ich habe ein Kind mit ihm, habe mich darum gekümmert, dass wir es hier zu Hause schön haben, habe seine ganzen blöden Ideen unterstützt.« Laura stieß ein Schnauben aus. »Und nun lässt er mich sitzen für eine Frau, die auf pinkfarbene Hemden steht.«

»Schatz, Dominik hat die schlimmste Midlife-Crisis, die ich je beobachtet habe.« Belle grinste. »Ich wette, Vanessa ist ein gutes Stück jünger als er, damit er das Gefühl hat, ein toller Hirsch zu sein. Wundert mich eigentlich, dass er sich noch kein peinliches Auto zugelegt hat, in dem er sein dünner werdendes Haar durch die Gegend fährt.«

Trotz der Tränen musste Laura kichern, als sie sich Dominik mit einem Hirschgeweih in einem Cabrio vorstellte. Aber das hielt nicht lange an, dann kehrte die Verzweiflung mit voller Wucht zurück.

»Es ist so ein Klischee«, stieß sie hervor. »Ich werde ersetzt durch eine Jüngere, die bestimmt auch zwei Kleidergrößen weniger trägt als ich.«

»Hör auf damit, dich niederzumachen. Wie du aussiehst, hat nichts damit zu tun, dass er gegangen ist.«

»Also findest du mich auch dick?«

»Laura, bitte! Diese Fixierung von Frauen aufs Schlanksein habe ich noch nie verstanden. Und du bist genau so schön, wie du bist!«

»Kein Wunder, wenn man so dünn ist wie du. Da hat man leicht reden.« Laura schenkte sich ihr Glas erneut voll und leerte es in einem Zug.

»Ich mag dich, wenn du wütend wirst. Du bist dann so niedlich.« Belle stupste sie in die Seite.

»Du bist doof«, erwiderte Laura, aber sie musste lachen. Belle gelang es immer, ihr ein gutes Gefühl zu vermitteln und sie aufzubauen. »Aber ich liebe dich trotzdem.«

»Ich dich auch. Siehst du, ich wusste, dass du viel stärker bist, als du selber denkst.« Belle gab ihr einen Kuss auf die Wange. »Sonst wären wir nicht schon so lange befreundet.«

»Danke und prost.« Sie stürzte den Sekt so schnell herunter, dass sie Schluckauf bekam. »Mist!«

»Halt die Luft an, das soll helfen.« Belle hatte nur einen kleinen Schluck getrunken, fast, als plante sie, nüchtern zu bleiben. »Und jetzt zähl im Kopf bis zehn.«

»Das hilft … hicks. Wohl doch nicht.«

»Trink noch einen Schluck, aber lieber etwas langsamer.«

»Dass ich das noch erleben darf.« Laura schüttelte den Kopf. »Die wilde Belle rät mir zur Mäßigung.«

»Glaub ja nicht, dass das zur Regel wird.«

»Wie soll ich das nur Merle erklären?« Durch den Schreck verschwand der Schluckauf. »Dominik hätte wenigstens an sie denken können, bevor er unsere Familie im Stich lässt.«

»Liebes, Merle ist ein großes Mädchen. Sie geht ohnehin ihre eigenen Wege.«

»Dann werde ich einsam sein.« Laura schniefte schon

wieder. »Das Haus kann ich allein nie abbezahlen. Ich verliere meinen Mann, meine Tochter und mein Haus. Und er, er bekommt eine Vanessa. Das Leben ist unfair.«

»Ich weiß, das willst du jetzt bestimmt nicht hören, aber betrachte die Krise als Chance. Jetzt kannst du überlegen, wie *du* leben willst, nicht, wie Dominik sich eure Zukunft vorstellt.«

»Er hat mir alles genommen: die Vorfreude auf Weihnachten, Island und meinen Geburtstag.«

»Liebes, da gehören immer zwei dazu.« Belles Tonfall klang verdächtig sanft. »Du lässt zu, dass er weiter dein Leben bestimmt.«

»Da muss ich drüber nachdenken. Aber erst muss ich was essen.« Laura wollte aufstehen und purzelte zurück in die Polster. »Kannst du das machen? Am Kühlschrank hängen Flyer von Bringdiensten.«

»Das macht man heute online.« Belle zückte ihr Smartphone. »Worauf hast du Hunger?«

»Dominiks Kopf auf Toast.«

»Du bist Vegetarierin.«

»Für ihn mache ich eine Ausnahme. Prost.«

»Bringdienst dauert zu lange. Ich mache uns ein paar Brote.« Belle nahm ihr das Glas aus der Hand. »Bis ich damit fertig bin, legst du eine Pause ein. Die erste Flasche ist schon leer.«

»Spielverderberin. Schmeckt so lecker.« Laura rutschte noch etwas tiefer und kuschelte sich in ihre Decke. Kurz fühlte sie sich versucht, eine weitere Flasche zu öffnen, doch dann sank sie in die Kissen zurück. Zu anstrengend.

»Bitte schön, ein bisschen Grundlage zu deinem Sekt.« Belle drückte ihr ein Käsebrot in die Hand. »Erst wenn du zwei Schnitten gegessen hast, darfst du weitertrinken.«

»Meinetwegen.« Es fiel Laura langsam schwer, die Worte korrekt auszusprechen. Sekt auf leeren Magen war keine gute Idee gewesen.

Nachdem sie gegessen hatte, dachte sie über ihren Geburtstag und Weihnachten nach. Auf gar keinen Fall würde sie allein in diesem Haus bleiben. Ihr kam eine Idee.

»Belle, was hältst du davon, wenn ich trotzdem nach Island reise?«

»Find ich super.« Ihre Freundin runzelte die Stirn. »Jetzt, wo der olle Langweiler weg ist, kannst du einen Reiturlaub machen. Dominik wäre doch sowieso nicht auf ein Pferd gestiegen. Das ist jetzt deine Chance!«

»Meinst du?« Wie lange war es her, dass Laura zum letzten Mal auf einem Pferd gesessen hatte? »Warum eigentlich nicht? Willst du mich begleiten?«

»Ich würde gern mitkommen.« Belle seufzte. »Aber leider habe ich für die Weihnachtsgeschichte in Bochum zugesagt.«

»Ist vielleicht auch besser.« Laura schniefte voller Selbstmitleid. »Ich muss mich ohnehin an den Gedanken gewöhnen, zukünftig einsam leben zu müssen und meine Zeit allein mit mir selbst zu verbringen.«

»Oh ja, als Single ist man sooooo traurig.« Ihre Freundin verzog das Gesicht, als bräche sie gleich in Tränen aus. »Wie man an mir sieht. Nur Unglück und Elend. Da kann man nur Mitleid haben.«

»Ich bin nicht du!«

»Aber, Schatz!« Nun war Belles Stimme wieder voller Wärme. »Du bist stärker und toller, als du denkst. Viel stärker. Das wirst du jetzt erst richtig rausfinden. Vielleicht hat Dominik dir sogar einen Gefallen getan mit seiner Vanessa.«

Je mehr Laura darüber nachdachte, desto besser gefiel ihr die Idee. Es wurde Zeit, dass sie ihren Mut wiederfand, dass sie erkannte, wie stark sie allein war. Sie war nur zwanzig Jahre lang nicht allein gewesen. Aber Belle glaubte an sie, möglicherweise sollte Laura also auch auf sich selbst vertrauen. Ja, sie würde nach Island reisen, und sie würde die Insel aus Feuer und Eis auf dem Rücken eines der mutigen kleinen Pferde erkunden.

»Isch lasche mir meinen Geburschtag und Weihnachten nisch kaputt machen«, platzte Laura zwei Stunden später heraus und schloss das rechte Auge, damit sie sich konzentrieren konnte. »Isch werde nach Ischland fliegen und Schpaß haben, viel Schpaß.«

Kapitel 4

»Guten Morgen, Schlafmütze.« Belles fröhliche Stimme hämmerte sich in Lauras schmerzenden Kopf. Ihre Lider fühlten sich an wie Sandpapier, als sie die Augen öffnete. Vorsichtig blinzelte sie, um sich zu orientieren. Dann stöhnte sie auf und fasste sich an die Schläfe.

»Wie viel haben wir gestern getrunken?«

»Die Flasche Aperol ist leer, zwei Flaschen Sekt mussten dran glauben«, trompete Belle und sah aus wie das blühende Leben, während Laura froh war, nicht in den Spiegel blicken zu müssen. Wenn sie auch nur halb so elend aussah, wie sie sich fühlte, wäre sie kein schöner Anblick.

»Ich koch uns Kaffee«, hörte sie Belle sagen.

»Jaha. Danke.«

Langsam setzte Laura sich auf, was sie sofort bereute. In ihrem Kopf hämmerten Zwerge auf Glocken ein. Sie schloss die Augen und ließ sich wieder in die Kissen zurücksinken, während Belle in der Küche rumorte. Zum Glück war heute

Samstag, und Laura musste nicht arbeiten. Nicht auszudenken, wenn sie mit so einem Kater ins Büro gehen müsste.

»Hier, bitte schön, einmal Kaffee mit Mandelmilch und ein Wasser.« Belle reichte Laura eine gewaltige Tasse und stellte ein Glas auf den Nachttisch. »Viel trinken hilft gegen den Kopfschmerz.«

»Was würde ich nur ohne dich machen?« Laura atmete den würzigen Duft des Kaffees ein, bevor sie ein weiteres Mal versuchte, sich aufzusetzen. Ihr Kopf dröhnte immer noch, aber langsam fühlte sie sich bereit, sich einem neuen Tag entgegenzustellen.

»Wann gehst du ins Reisebüro?« Belle saß auf der Bettkante, eine Tasse Tee in der Hand.

»Nicht so laut.« Belle war ein Morgenmensch, während Laura eher zu denen gehörte, die man als Morgenmuffel bezeichnete, aber selbst das hatte ihre Freundschaft nicht zerstören können. »Was meinst du mit ›ins Reisebüro gehen‹?«

Laura trank einen großen Schluck Milchkaffee, was ihrem Magen überhaupt nicht gefiel. Aber schließlich entschied er sich doch dazu, alles in sich zu behalten.

»Kurz vorm Schlafengehen hast du verkündet, du verreist auch ohne Dominik, was ich großartig finde.«

»Ich will allein nach Island fahren?« War ihr das gestern Abend wirklich als eine gute Idee erschienen? Frisch getrennt in ein Land zu fliegen, wo es nur vier Stunden Tageslicht gab? »Da muss der Aperol aus mir gesprochen haben.«

»Ich halte es für eine fantastische Idee. Nutz die Krise als Chance.« Belle stand auf. »Kann ich dich allein lassen? Ich muss heute noch nach Köln.«

»Ich komme schon klar.«

»Sei ehrlich. Ich kann das Vorsprechen auch absagen.«

»Auf keinen Fall.« Zu ihrer Überraschung erkannte Laura, dass sie sich wirklich besser fühlte. Selbst die Kopfschmerzen schienen plötzlich auf ein erträgliches Maß zurückgegangen zu sein. »Wenn es mir mies geht, kann ich dich ja anrufen.«

»Ganz sicher?«

»Verschwinde endlich.« Laura nickte. »Danke, dass du für mich da bist.«

»Montag gehst du ins Reisebüro.«

»Versprochen.« Belles Art, Befehle zu erteilen, hatte Laura noch nie etwas entgegensetzen können. »Und jetzt ab mit dir. Ich brauche eine Dusche und noch viel mehr Kaffee, und dann wird alles gut.«

»Versprich mir, dich zu melden, wenn es dir nicht gut geht.«

»Nur, wenn es mir richtig mies geht.« Laura wollte ihrer Freundin auf keinen Fall im Weg stehen, wenn diese zu einem Vorsprechen musste. »Es hat mir unglaublich geholfen, dass du gestern für mich da warst.«

»Kopf hoch. Du findest einen Besseren.« Belle grinste. »Wobei das wirklich nicht schwer ist.«

»Anabelle!«

»Schon gut.« Ein letzter Kuss, umweht von Belles schwerem Parfüm, dann war Laura allein. Sie atmete tief ein und aus, bevor sie sich wieder in das Kopfkissen zurücksinken ließ. Heute würde sie den Tag im Bett verbringen, Schokolade futtern und Romane verschlingen, morgen würde sie über Island nachdenken – und über ihre Zukunft.

Es hatte für sie niemals einen Plan B gegeben. Es war eine unverrückbare Wahrheit gewesen, dass Dominik und sie gemeinsam alt werden würden und das Beste aus ihrem Leben machen wollten. Sosehr sie ihre Fantasie auch bemühte, es fiel Laura kein Szenario ein, in dem sie allein glücklich leben würde. Sie war eben nicht wie Belle, die eine unverbindliche Affäre nach der nächsten an Land zog und damit vollkommen glücklich war. Laura gehörte zu den Frauen, die Zweisamkeit, eine Familie, brauchten – jedenfalls hatte sie das bisher angenommen.

Oh nein, sie musste Merle alles erzählen. Laura schrak hoch und ließ sich wieder in die Kissen sinken. Nicht heute. Morgen war auch noch ein Tag.

· · ·

Am Montagmorgen schrieb Laura ihrem Chef, dass sie kurzfristig ein paar Tage Urlaub nehmen musste, was er ihr bewilligte. Sie fühlte sich nicht in der Lage, ins Büro zu gehen. Aber das Reisebüro wollte sie aufsuchen, denn Belle hatte ihr bereits fünf Nachrichten mit einer wachsenden Zahl von Ausrufezeichen geschickt.

Da sie heute ohnehin nichts vorhatte, beschloss Laura, zu Fuß in die Stadt zu gehen. Die dreißig Minuten Fußmarsch würden ihrem Kopf und hoffentlich auch ihrem Herzen guttun. Außerdem gaben sie ihr die Zeit, sich endlich zu entscheiden, wie sie mit der Reise umgehen wollte. Als sie über den Fußweg spazierte, raschelte das Herbstlaub unter ihren Füßen. Die Sonne hatte erstaunliche Kraft und wärmte Hals und Kopf, was Lauras Stimmung verbesserte. So sehr verbesserte, dass sie Dominik schrieb und mit ihm ein Treffen vereinbarte. Auch wenn sie ihn lieber nicht sehen wollte, es blieb einiges zu klären.

»Vielleicht hat Dominik es ja gut gemeint und mir die Chance gegeben, mich vollkommen neu zu entdecken.« Laura seufzte laut auf. »Himmel, jetzt fange ich schon an, mit mir selbst zu reden. Ich sollte mir Katzen anschaffen, damit mir jemand zuhört.«

Warum eigentlich nicht? Sie mochte Tiere und hatte sich immer ein Haustier gewünscht.

Was tat sie gerade? Laura blieb stehen und schüttelte den Kopf über sich. Da grübelte sie über ein Haustier nach, nur um sich nicht mit der aktuell anstehenden Frage zu beschäftigen: Island – ja oder nein?

Je länger Laura darüber nachdachte, desto eindeutiger wurde die Richtung. So gern sie das Land von Feuer und Eis besuchen wollte, es war keine Reise, die sie allein unternehmen konnte. Die Vorstellung, sich mit einem Auto durch Schnee und Eis zu quälen, sandte ihr Schweißtropfen auf die Stirn.

Dann musste die Verwirklichung des Versprechens an ihre Mutter noch ein bisschen warten. Aufgeschoben ist nicht aufgehoben – obwohl sie sich mit diesem Sprichwort trösten wollte, fühlte es sich bleiern und trist an.

Ein Gutes hatte die Grübelei mit sich gebracht: Der Weg war ihr viel kürzer vorgekommen, und sie hatte ihr Ziel bereits erreicht. Laura öffnete die Tür des kleinen Reisebüros und stellte mit Freude fest, dass sie die einzige Kundin war.

Auch wenn niemand es ihr ansehen würde, hätte es sich schlecht angefühlt, ihre Herzensreise zu stornieren, während Fremde zuhörten.

»Hallo.« Die hübsche Blondine schaute von dem Prospekt hoch, in dem sie geblättert hatte. »Wie kann ich Ihnen helfen?«

»Hallo.« Unauffällig sah Laura nach dem Namensschild – Melinda Peters. Nicht, dass dieses Mädchen Dominiks Vanessa war. Wo er sie wohl kennengelernt hatte? Genug davon! »Mein Name ist Laura Wiedmann. Mein Mann und ich …«, begann sie und ärgerte sich immens darüber. »Für Laura und Dominik Wiedmann ist eine Reise nach Island gebucht, die wir nun nicht antreten können.«

»Oh, wie schade«, sagte die junge Frau und tippte auf die Tastatur des Computers ein. »Wiedmann, sagten Sie?«

Ihre Stimme klang gelassen, als wäre es ganz normal, dass Menschen Reisen buchten und wieder absagten. Wahrscheinlich war es das auch, und nur Laura fand es außergewöhnlich.

»Ja. Laura und Dominik.«

»Tut mir leid, der Rechner ist heute unglaublich langsam.« Frau Peters schüttelte den Kopf. »Können Sie mir Ihre Reisedaten nennen, bitte? Vielleicht kommen wir auf dem Weg weiter.«

»Wir wollten am 10. Dezember ab Frankfurt fliegen und am 29. Dezember zurückkehren.«

Fast drei Wochen, die Laura im Kopf bereits mit einer Rundreise, Weihnachten und ihrem Geburtstag verplant hatte. Sie hatte sogar schon ein Restaurant in Reykjavík ausfindig gemacht, in dem sie für ihren Geburtstag einen Tisch reservieren wollte. Denn darauf zu vertrauen, dass Dominik das organisierte, war ihr zu riskant erschienen.

Nun hatte sie stattdessen drei leere Wochen im Dezember vor sich. Ihre Tochter war in Brisbane, ihre beste Freundin in Bochum und ihr Ehemann bei Vanessa. Laura beugte sich vor, um einen Blick auf den Computerbildschirm zu erhaschen.

»Tut mir leid, das blöde Ding weigert sich immer noch, seine Arbeit zu tun.« Die junge Frau notierte die Termine auf einem Zettel und schaltete den Computer ab. »Über Weihnachten ist es bestimmt ganz wunderbar auf Island. Vielleicht ist es Schicksal, dass der Computer nicht will. Überdenken Sie Ihre Entscheidung noch einmal.«

Laura lächelte etwas gequält, während die Reisekauffrau den Computer neu startete. Ja, Island musste wirklich wunderschön im Winter sein.

»Waren Sie schon mal auf Island?«, fragte sie die junge Frau, die mit verengten Augen auf den weiterhin schwarzen Bildschirm starrte.

Nach Lauras Frage sah Melinda Peters hoch, und ein Lächeln erhellte ihr Gesicht. »Oh ja, im vergangenen Sommer habe ich gemacht, was ich mir immer erträumt habe.«

»Und das wäre?«, fragte Laura, nun wirklich neugierig.

»Ich bin über die Insel geritten. Inmitten einer Pferdeherde, wir haben alle zwei Stunden die Pferde gewechselt.« Ihre Augen leuchteten, und sie schien in Gedanken die Reise erneut zu erleben. »Mir hat jeder Muskel wehgetan, und ich habe jeden Tag geliebt.«

»Ich bin früher auch geritten«, sagte Laura gedankenverloren. »Mein Traum war es immer, einen Strand entlangzugaloppieren.«

»Das haben wir auch gemacht. Es war einfach unglaublich, und wir sind durch Flüsse geritten.« Inzwischen ließ die junge Frau den Rechner Rechner sein und konzentrierte sich auf Laura. »Mit dem Pferd haben wir Sehenswürdigkeiten entdeckt, zu denen man mit dem Auto niemals hinkäme.«

»Das klingt wirklich toll«, sagte Laura. Sehnsucht regte sich in ihr. Warum hatte sie ihren Reittraum nie verwirklicht? Weil Dominik Pferde nicht mochte – aber das konnte ihr ja nun egal sein.

»Ah, hier habe ich Sie«, sagte die junge Frau. Auf dem Bildschirm hatte sich eine Datenbank aufgebaut. »Sie wollen die Reise stornieren? Allerdings fallen Gebühren an. Oder haben Sie eine Rücktrittsversicherung abgeschlossen?«

»Nein.« In Lauras Hinterkopf formte sich ein Bild – sie auf dem Rücken eines Islandpferdes. Weit über den Hals des kuscheligen Ponys gebeugt, galoppierte sie den berühmten schwarzen Strand entlang und stieß einen lauten Jubelschrei aus.

»Soll ich stornieren?«

»Kann ich es mir noch einmal überlegen?« Laura zupfte an ihrem Ohrläppchen. »Sie haben mich zum Nachdenken gebracht. Gibt es diese Pferdereisen auch im Winter?«

»Keine Tagesritte«, antwortete Melinda Peters, »dafür gibt es zu wenig Tageslicht. Aber Reiterferien finden auch im Winter statt.«

»Dafür muss man wohl gut reiten können, oder?«

»Für das, was ich gemacht habe, sollte man wenigstens fünf Jahre Reiterfahrung vorweisen. Aber es gibt auch Angebote für Anfänger.«

»Gibt es Angebote auf einem Hof namens Bláskógur? Der liegt im Norden, in der Nähe von Akureyri.«

»Ich schaue mal nach.« Melinda Peters blickte auf den Bildschirm. »Den Hof finde ich nicht, aber ein paar andere im Norden. Einen Moment bitte.«

Die Finger der jungen Frau huschten über die Tastatur. Dann erklang das Geräusch eines Druckers. Melinda Peters beugte sich nach unten und zog ein Blatt Papier hervor. »Hier haben Sie die Internetadressen von ein paar Höfen im Norden, die auch im Dezember Reittouren anbieten.«

»Vielen Dank.« Laura nahm das Papier. Bevor sie es in ihrer Handtasche verstaute, fragte sie noch: »Kennen Sie einen davon und können ihn mir empfehlen?«

Sie legte das Papier auf den Schreibtisch, damit die Reiseverkehrskauffrau darauf schauen konnte.

»Ich selbst war, wie gesagt, nur im Süden, aber Kunden von mir waren hier, hier und hier.« Sie deutete auf drei Adressen, an denen Laura mit einem Kugelschreiber ein Kreuz machte. »Alle waren zufrieden. Was mich nicht wundert, die Ponys sind einfach traumhaft.«

»Danke.« Nun packte Laura das Papier ein und konnte es kaum erwarten, nach den Pferdehöfen zu googeln. »Ich melde mich.«

Mit beschwingten Schritten eilte sie zu dem Café, in dem sie sich mit Dominik verabredet hatte. Es hieß »Die Pause«

und hatte erst vor Kurzem eröffnet. Laura hatte es bewusst ausgewählt, weil sie keine Erinnerungen damit verband.

Als sie die Tür öffnete, hüllte die Wärme des Cafés sie ein, der Duft von frisch gebrühtem Kaffee lag in der Luft. Es war ein einladender Ort, bodentiefe Fenster ließen Tageslicht herein. Laura ließ ihren Blick durch den Raum wandern. Die Wände waren mit Schwarz-Weiß-Fotografien und Kunstwerken lokaler Künstler geschmückt.

An der Wand gegenüber der Tür stand ein dunkelblaues Samtsofa, das etwas abgestoßen, aber gemütlich wirkte. Darüber hingen bunte Lichterketten, die zum gemütlichen Ambiente des Cafés beitrugen.

In der Mitte standen mehrere runde Tische mit bequemen Stühlen, an denen zwei bis vier Personen Platz fanden. An drei Tischen saßen junge Menschen mit Notebooks oder Büchern und schienen zu arbeiten.

Das Café wirkte viel zu ansprechend für eine Aussprache mit ihrem Ehemann, aber ihr blieben nur noch wenige Minuten, bis Dominik eintraf. Daher suchte sie sich einen Tisch am Fenster und schaute hinaus.

»Einen Cappuccino, bitte«, warf sie der Kellnerin lächelnd zu und sah auf ihre Armbanduhr. Wo blieb Dominik nur?

Als er endlich durch die Tür stürzte, sein Gesicht gerötet, die Haare zerzaust, hatte Laura ihren Cappuccino bereits halb ausgetrunken. Für einen Moment spürte sie Sehnsucht danach, dass er sie umarmte, aber das ging erstaunlich schnell vorbei.

»Sorry, ich habe ewig nach einem Parkplatz gesucht.« Er

setzte sich ihr gegenüber, schien peinlich genau darauf bedacht, sie nicht zu berühren.

»Schon okay.«

Schweigen trat ein.

»Wir müssen reden«, begann sie, während er »Es tut mir leid, aber ich komme nicht zu dir zurück« sagte.

»Glaubst du wirklich, ich will dich zurückhaben?«, entgegnete sie bitter. »Wir müssen klären, was wir Merle sagen und wie es mit dem Haus weitergehen soll.«

Laura hatte sich versucht gefühlt, ihre Tochter in Brisbane anzurufen, aber das erschien ihr Dominik gegenüber unfair. Egal, wie verletzt sie war, sie wollte Merle nicht in ihre Eheprobleme hineinziehen. Sie hatte ein Recht darauf, dass ihre Eltern sich zusammenrissen und sie nicht Partei ergreifen musste.

»Merle weiß es schon, ich habe sie vorhin angerufen«, schleuderte Dominik ihr entgegen.

»Du hast was? Hätte das nicht bis nach unserem Gespräch warten können?«

»Ich ging davon aus, du hättest bereits mit ihr geredet.«

Laura konnte es nicht fassen. Aber lohnte es sich, mit ihm zu streiten? Dominik würde sowieso nicht verstehen, warum sie so aufgebracht war. Auf einmal fühlte Laura sich unendlich müde und traurig. Sollte das wirklich alles sein, was nach zwanzig Jahren Beziehung übrig blieb? Auch wenn es schmerzte, sie musste die Formalitäten mit ihm klären.

»Wann holst du deine Sachen? Oder will Vanessa bei uns einziehen?«

»Nein, es ist okay, dass du im Haus wohnst. Ich hole über-

morgen noch ein paar Kleidungsstücke, über die Möbel sprechen wir dann, wenn ich eine neue Wohnung gefunden habe.
Wenn es für dich passt?«

»Gut.« Laura rieb sich mit den Fingern über die Stirn und
verkniff sich zu fragen, wo Dominik bis dahin unterkam,
weil sie es schon ahnte … »Es wäre nett, wenn du im Dezember einmal die Woche zum Blumengießen kommst«, sagte sie
stattdessen kühl.

»Kann ich machen. Warum, bist du nicht da?«

»Ich unternehme die Reise nach Island. Auch ohne dich.«

Dominik starrte sie entsetzt an, und Laura musste sich
ein Lächeln verkneifen.

»Du willst allein dorthin fliegen und die Rundreise machen?«

»Das habe ich doch gerade gesagt.«

»Du setzt dich doch nie ans Steuer. Und im Schnee ist es
immens schwierig zu navigieren.«

»Es gibt viel, was du über mich nicht weißt. Ich weiß ja
auch viel über dich nicht, offensichtlich«, erwiderte Laura.
Ihre Hände formten sich unter dem Tisch zu Fäusten. »Wollen wir einen gemeinsamen Anwalt für die Scheidung oder
getrennte Rechtsbeistände?«

Jedes Wort fühlte sich an wie ein Messerstich direkt ins
Herz, aber es hatte keinen Sinn, die Augen vor dem Ende ih-
rer Ehe zu verschließen. Lauras Mutter hatte immer gesagt:
»Lieber ein Ende mit Schrecken als ein Schrecken ohne
Ende.«

Erneut schwieg Dominik. Dieses Mal hielt Laura das
Schweigen aus. Endlich fragte er: »Du willst die Scheidung?«

»Du etwa nicht? Du hast doch deine große Liebe gefunden.«

»Ich hatte gedacht ...«, begann er, aber verstummte dann erneut. »Laura, du musst mir glauben, dass ich mich schlecht fühle. Ich wollte wirklich noch mit dir nach Island fliegen, aber Vanessa ...«

»Bitte sag es nicht«, unterbrach sie ihn. »Ich möchte keine Entschuldigungen hören.«

Er seufzte. »Laura, ich will dich nicht verlieren ... Können wir nicht Freunde bleiben?«

»Waren wir das jemals?« Als sie spürte, dass Tränen und Traurigkeit sie zu übermannen drohten, erhob sie sich. »Entschuldige, ich muss jetzt los.«

Sie warf einen Geldschein auf den Tisch und rannte aus dem Café, stieß gegen einen Stuhl, murmelte »Entschuldigung« und ließ ihren Tränen freien Lauf, sobald sie die Tür hinter sich zugezogen hatte. Sie starrte auf den nassen Asphalt und atmete tief ein. Würde sie je wieder glücklich werden? Wie würde ihr Leben jetzt weitergehen?

Sie nahm den Bus nach Hause. Kaum hatte sie dort einen Sitzplatz ergattert, gab ihr Smartphone das Piepsen von sich, das eine Nachricht ankündigte.

Mama, bitte ruf mich an! Sofort!!!

Merle. Sofort überfiel Laura das schlechte Gewissen, weil sie noch nicht mit ihrer Tochter gesprochen hatte. Sie hatte mit Dominik eine Strategie besprechen wollen, statt sie einfach mit der bitteren Wahrheit zu konfrontieren. Merles Vater war ein Mistkerl, aber das wollte Laura ihrer Tochter doch nicht so um die Ohren hauen? Sicher, Merle war erwachsen, aber der Schock war bestimmt groß gewesen. Und sie wusste ja nicht mal, was Dominik Merle erzählt hatte. Sicher hatte er die Neuigkeiten zu seinen Gunsten ausgelegt.

Laura saß wie auf heißen Kohlen, bis sie endlich ihre Haltestelle erreicht hatte. Zu Hause angekommen, zerrte sie sich den Mantel vom Leib und rannte zu ihrem Notebook. Dort öffnete sie das Skype-Programm und wählte die Nummer ihrer Tochter. Es dauerte keine dreißig Sekunden, bis Merles Gesicht auf dem Bildschirm auftauchte.

»Warum hast du es mir nicht erzählt?« Das Gesicht ihrer Tochter war ein einziges Fragezeichen. »Papa hat mich angerufen und mir mitgeteilt, dass ihr euch getrennt habt. Wann wolltest du es mir sagen?«

»Wir haben uns nicht getrennt«, brachte Laura schließlich hervor, »dein Vater hat mich verlassen, er hat sich verliebt, sagt er.« Laura kamen die Tränen; energisch wischte sie sie aus ihrem Augenwinkel. Sie wollte stark sein für Merle und sie nicht in ihren Konflikt mit Dominik hineinziehen. Aber sie wollte auch nicht Dominiks Lügen mittragen.

»Mir hat er erzählt, ihr habt euch auseinandergelebt.« Ihre Tochter sah sie erstaunt an. »Das hat mich nicht wirklich überrascht.«

Was soll das denn bedeuten, fragte sich Laura, aber das würde sie später klären. Erst einmal musste sie Merle ihre Version der Trennung erzählen.

»Dein Vater hat sich in eine andere Frau verliebt«, sagte sie ernst. »Er hat mich Freitagabend vor vollendete Tatsachen gestellt, nachdem wir gemeinsam die Reise gebucht hatten.«

»Das tut mir sehr leid«, flüsterte Merle schließlich. »Wie geht es dir?«

Laura biss sich auf das Wangeninnere, um nicht in Tränen auszubrechen. »Irgendwie werde ich klarkommen.«

»Soll ich nach Hause kommen, damit du an Weihnachten nicht allein bist?«

Da war sie – Lauras große Chance. Weihnachten könnte beinahe so werden wie immer. Das Haus wäre geschmückt, sie würde einen frisch geschlagenen Tannenbaum kaufen, Geschenke liebevoll verpacken und ein großartiges Weihnachtsmenü zaubern. Nicht zu vergessen das Plätzchenbacken vorher, das Laura ebenfalls liebte. Sicher, Dominik würde fehlen, aber gemeinsam mit Merle würde sie ein wunderschönes Fest verbringen. Einen Moment lang fühlte Laura sich versucht, Ja zu sagen, aber sie entschied sich dagegen. Nur zu gut wusste sie, wie sehr Merle sich auf ihr Weihnachten in *Down Under* freute.

»Bleib du in Australien. Ich werde gar nicht hier sein«, sagte sie mit einem Lächeln. Hoffentlich sah es echter aus, als es sich anfühlte. »Ich werde die Reise nach Island unternehmen.«

»Allein?«, fragte Merle überrascht.

Laura spürte ihre Enttäuschung darüber, wie wenig ihre Tochter ihr zutraute.

»Du fährst doch nicht gern Auto«, schob Merle jetzt hinterher, und Laura sah, dass sie ihr kleines Videobild irritiert musterte.

»Vielleicht muss ich das gar nicht.«

»Was soll das heißen? Willst du mit einer Gruppe reisen?«

Was hatte Merle nur für eine Vorstellung von ihr, fragte sich Laura. Konnte ihre Tochter sich nicht vorstellen, wie Laura allein Urlaub machte?

»Lass dich überraschen. Wie geht es dir?« Laura straffte die Schultern.

»Ist wirklich alles in Ordnung?«, hakte Merle erneut nach.

»Nein, ich bin erschüttert. Ich hatte wirklich nicht damit gerechnet. Aber ich stehe das durch.«

»Wenn du mich brauchst, schick mir eine Nachricht.« Merle schickte ihr ein Lächeln, und Laura spürte, wie sehr sie ihre Tochter vermisste. Sie war so stolz auf sie, dass sie sich allein in Australien durchschlug, während ihre Mutter sich nicht sicher war, ob sie drei Wochen allein klarkäme.

»Das mache ich. Danke dir, mein Schatz.«

Nun fühlte es sich entschieden an. Dadurch, dass Laura es Merle und Dominik bereits gesagt hatte, konnte sie nicht mehr von ihren Plänen zurücktreten.

Ich fliege nach Island und mache einen Ponyurlaub,

schrieb sie an Belle und machte sich daran, die drei Pferdehöfe im Norden Islands im Internet zu suchen.

Kapitel 5

Heute

Geschafft! Am liebsten hätte Laura Dominik angerufen, um ihm zu sagen, dass sie bisher gut ohne ihn in Island durchgekommen war. Zugegeben, sie war ein wenig besorgt gewesen, ob sie den Transfer von Keflavík zum Inlandsflughafen in Reykjavík bewältigen würde, aber alles war ohne Probleme verlaufen.

Und nun war sie bereits in Akureyri gelandet und wartete darauf, den Flieger zu verlassen. Ein erneuter Blick aus dem Fenster zeigte ihr dunklen Himmel und Schneeflocken. Vorfreude ließ Lauras Herz schneller schlagen. Sie war so gespannt auf ihr Abenteuer, dass ihr sogar das graue Wetter egal war. Als sie aus dem Flugzeug ausstieg, begrüßte sie ein eisiger Wind. Obwohl sie eine dicke Jacke trug, die sie extra für die Reise gekauft hatte, fröstelte sie und beneidete das Paar, das vor ihr die Gangway herunterging. Beide trugen bunt gemusterte, kuschelig warm aussehende Islandpullover. So einen musste sie kaufen und Merle mitbringen. Nein, am besten kaufte sie gleich zwei, einen für Merle und einen für Belle.

»Und natürlich einen für mich«, murmelte sie und folgte den anderen Reisenden ins Flughafengebäude.

»Excuse me?« Der Mann vor ihr drehte sich um und blickte sie fragend an. Mit seinen blonden Haaren und dunkelblauen Augen sah er genau so aus, wie Laura sich einen Isländer vorstellte.

»Sorry. I … I was thinking loud.«

»Okay. Have a good time in Iceland.«

»Thank you.« Wenn das kein perfekter Start war. Beide Flugzeuge waren pünktlich gewesen, und die beiden Isländer, mit denen sie bisher in Kontakt gekommen war, hatten sich als sehr charmant erwiesen. Hoffentlich musste sie nicht zu lange auf ihr Gepäck warten, damit sie ihre Gastgeber bald kennenlernte. Laura rieb sich voller Zuversicht die Hände und folgte den Schildern zur Gepäckausgabe.

Auf dem Weg dorthin konnte sie schneebedeckte Gipfel in der Nähe ausmachen. Schnee! Trotz aller Sorgen und Skepsis war sie zuversichtlich, ein schönes Weihnachtsfest feiern zu können. Hoffentlich waren ihre Gastgeber ebenso weihnachtsbegeistert wie sie.

Das Laufband war klein, und die Koffer drehten bereits ihre Runden, als die Reisenden dort eintrafen. Zum Glück hatte Laura einen pinkfarbenen Koffer gewählt. Eigentlich war das nicht ihre Lieblingsfarbe, aber sie hatte sich gedacht, dass sie ihr Gepäck so auf jeden Fall zwischen den ganzen schwarzen Koffern erkennen würde. Und sie behielt recht:

Die dunklen Koffer sahen sich alle ähnlich, während ihrer auffiel, als würde er Barbie gehören.

Geschickt griff sie nach ihm, stellte ihn auf seine Rollen, zog den Griff aus und begab sich in die Halle, die ebenfalls winzig war. Nur ein paar Lichter und Tannenzweige zeigten an, dass bald Weihnachten war. Sollten die Isländer doch eher Weihnachtsmuffel sein? In den Reiseführern hatte das anders geklungen, aber möglicherweise hatten die auch ein anderes Verständnis von einer angemessenen Menge Weihnachtsschmuck als Laura.

Für den Fall des Falles hatte sie ein paar Lichterketten, eine kleine Keramikkrippe und einen Lichterbogen in den Koffer gepackt, damit sie wenigstens ihr Zimmer weihnachtlich gestalten konnte.

In der Halle angekommen, sah sie sich suchend um. Irgendwo hier musste jemand vom Hof Dalurstadir auf sie warten. Ah, dort hinten stand ein älterer Herr, auch er trug einen kuschelig warm aussehenden Islandpullover und hielt ein Schild hoch. Laura und ihr Koffer stolperten in seine Richtung. Leider suchte der Herr einen Mr Winters und keine Frau Wiedmann. Also blieb ihr nichts anderes übrig, als sich einen Sitzplatz zu suchen und zu warten.

Sie blickte auf ihre Armbanduhr – ihr Gastgeber war bereits zwanzig Minuten überfällig. Zehn Minuten wollte sie ihm noch geben, bevor sie anrief. Schließlich hatte in den Reiseführern gestanden, dass Zeitangaben in Island eher fromme Wünsche als zuverlässig waren. Als sie das gelesen hatte, hatte Laura das sympathisch gefunden. Nun, nahezu allein auf dem Flughafen, merkte sie, wie sehr sie deutsche Pünktlichkeit schätzte.

»Was für eine Begrüßung«, murmelte sie vor sich hin. Laura starrte hinaus in die Dunkelheit. Der Flughafen selbst war klein und bot wenig Ablenkung. Das hier hatte so gar nichts mit Lauras Vorstellung gemeinsam, wie es in Island aussah, und sie hoffte, dass ihr Gastgeber bald käme, damit sie die Schönheiten der Insel entdecken konnte.

Aber niemand, der so aussah, als wollte er eine einsame Touristin abholen, ließ sich blicken. Laura warf einen erneuten Blick auf ihre Armbanduhr, ein billiges Plastikmodell, nicht die weißgoldene, die Dominik ihr zum zwanzigsten Hochzeitstag geschenkt hatte. Die lag zu Hause, ganz hinten im Schrank, zusammen mit all den anderen Geschenken und Erinnerungen.

So ein Mist! Sie hatte sich geschworen, nicht mehr an Dominik zu denken. In den vergangenen Wochen hatte sich ihre Kommunikation auf Mails beschränkt, in denen sie Termine abstimmten. Nachdem er den Großteil seiner Kleidung geholt hatte, hatte sie die Schlösser austauschen lassen, was ihr einen zornigen Anruf eingebracht hatte. Um des lieben Friedens willen hatte sie ihm die Schlüssel ins Büro gebracht, bevor sie nach Island aufgebrochen war. Ihre Gefühle Dominik gegenüber schwankten zwischen Trauer und Resignation, zornig war sie kaum noch. Es sah nicht so aus, als könnte sie etwas an seiner Entscheidung ändern. Laura fühlte sich in guten Momenten sogar so, als könnte sie akzeptieren, dass ihre Ehe vorbei war, dass nun eine neue Zeit, eine Zeit als Single auf sie wartete. Das war ein Fortschritt, oder?

Langsam wurde Laura nervös. Gab es auf Island eine Zeitumstellung, die sie aus Deutschland nicht kannte? Sie war sich sicher, der Familie ihre korrekte Ankunftszeit per Mail genannt zu haben. Außerdem hatte sie eine Bestätigung erhalten und das Versprechen, abgeholt zu werden.

Wenn nicht bald jemand käme, stünde sie am Flughafen, ohne Zimmer, ohne Essen, ohne jemanden, der sich für sie interessierte. Ein passenderes Bild zur Beschreibung ihres Lebens gab es nicht. Tränen traten ihr in die Augen, als sie daran denken musste, wie es eigentlich hätte ablaufen sollen. Während Laura schniefte, sah sie das Bild vor ihrem inneren Auge: Dominik und sie, die gemeinsam am Flughafen ankamen, gemeinsam eincheckten und gemeinsam nach dem Terminal suchten, wo sie das Mietauto abholen konnten.

Mist! Warum wartete sie immer auf *einen Mann* – entweder ihren Ehemann oder einen Fremden, der sie abholte? Warum hatte sie nicht für sich ein Auto gebucht? Dann könnte sie jetzt mit leichtem Herzen und wenig Gepäck in die Nacht hinausziehen …

Laura zog ein Taschentuch aus ihrer Handtasche und putzte sich die Nase. Es war vollkommen sinnlos, davon auszugehen, dass sie ein völlig anderer Mensch werden könnte, nur weil ihr Ehemann sie gegen ein jüngeres Modell eingetauscht hatte. Wo sollte der Mut herkommen? Andererseits – Laura richtete sich auf – hatte sie die Courage gefunden, eine Reise nach Island zu buchen, und zwar eine, wie sie ihr gefiel. Nie und nimmer hätte sie Dominik auch nur in die Nähe eines Pferdes bekommen.

Dann sackte sie wieder in sich zusammen. Schön und

gut, dass sie den Mut für die Reitreise gefunden hatte. Das alles nützte ihr nichts, wenn sie hier am Flughafen strandete. Sie suchte ihr Smartphone und wählte die Nummer des Hofs. Nach fünfmaligem Klingeln meldete sich eine angenehme Männerstimme, die etwas auf Isländisch sagte. Ganz klar ein Anrufbeantworter.

»Here is Laura Wiedmann. I am waiting at the airport«, sagte sie nach dem Piepton und hoffte, dass ihre Nachricht bald abgehört werden würde.

Zeit für einen Plan B. Laura griff nach ihrem Koffer und machte sich auf den Weg zu dem Schalter, der noch geöffnet war. Hoffentlich sprach die Person dort Englisch, und hoffentlich reichte Lauras Englisch aus, um sich verständlich zu machen. Sie holte tief Luft.

In genau diesem Moment stürmte ein großer, ziemlich verwegen aussehender Mann in die Abholhalle und sah sich suchend um. Er hielt ein angeschmutztes Pappschild in der Hand und hob es jetzt über seinen Kopf. Laura verengte die Augen und versuchte zu lesen, was dort geschrieben stand.

War doch noch jemand gekommen, um sie abzuholen? Mit großen Schritten eilte sie auf den Mann zu. Ja, auf dem alten Pappschild standen ihr Name und ihre Flugnummer, lieblos hingekritzelt. Der Mann wandte den Kopf nach links und nach rechts und starrte sie an. Sie winkte ihm zu.

»Hallo, ich bin Laura Wiedmann. Du bist zu spät«, sagte sie auf Englisch. Oh nein, warum musste sie so klingen wie eine Pünktlichkeitsfanatikerin? Die Ungewissheit und das Warten hatten sie nervös gemacht. Dabei hatte sie oft genug gelesen, dass die Isländer ein eher lockeres Verhältnis zur Pünktlichkeit hatten.

Außerdem schüchterte seine Größe sie ein; er war bestimmt zwei Köpfe größer als sie, mit breiten Schultern, als leistete er oft und viel körperliche Arbeit. Seine schweren Stiefel wirkten, als wollte er eine Polarexpedition unternehmen, in dem dunkelblauen Wollpullover hingen Strohhalme. Feuchtigkeit glänzte auf seinen langen dunkelblonden Haaren, die er zurückgebunden in einem Pferdeschwanz trug. Ein wilder rotblonder Bart bedeckte sein Gesicht, was es schwer machte, sein Alter zu schätzen. Aber er schien ein paar Jahre jünger als Laura zu sein, höchstens Mitte dreißig.

»Du bist doch hier, um mich abzuholen?« Sie deutete auf das Pappschild. Warum sagte er nichts? Sein Schweigen machte sie nervös und kribbelig. »Ich warte schon eine Weile.«

Seine linke Augenbraue schob sich nach oben. Und Laura fiel auf, dass diese ebenfalls rot wie sein Bart war. Seine Augen waren kühl und blau wie einer der Wasserfälle, die es haufenweise auf dieser Insel geben sollte, oder vielleicht sogar wie der Gletscher, den sie aus dem Flugzeug bewundert hatte.

Sie hoffte, dass sie in den kommenden Wochen auch einmal einen Gletscher aus der Nähe würde betrachten können! Ihr Herz schlug schneller vor Vorfreude darauf, was dieser Urlaub mit sich bringen würde. Hoffentlich waren die Hofbesitzer freundlicher als dieser Stallbursche, den sie ihr zum Abholen geschickt hatten.

»Ich wollte mir schon ein Hotel in der Stadt suchen«, sagte sie scharf, als der Fremde weiterhin nicht reagierte.

»Ein Pferd war verschwunden«, murmelte er jetzt. Er zuckte mit den Schultern, als wäre es für jeden Menschen nachvollziehbar, dass ein zu findendes Pferd natürlich wichtiger war als ein Gast, der am Flughafen wartete. »Ich musste sie erst einfangen, und dann fing der Schnee an. Wir sollten also nicht weiter trödeln.«

Das war ja wohl der Gipfel! Am liebsten hätte Laura die Hände in die Hüften gestemmt und ihm ein paar Worte darüber gesagt, wie man seine Gäste behandelte und wie nicht. Schließlich war es nicht ihre Schuld, dass sie spät dran waren. Aber sie ließ es, da sie nicht wusste, wie lange sich die Fahrt hinziehen würde. Außerdem wirkte der Kerl wie jemand, der sie einfach stehen lassen und allein zum Hof zurückfahren würde, sollte sie auf einer Entschuldigung bestehen.

»Gib her«, muffelte er und streckte die Hand nach dem Griff ihres Koffers aus.

»Danke, das kann ich allein.«

»Draußen liegt Schnee, Laura. Du wirst deine volle Kraft brauchen, um in den Dingern nicht auf die Nase zu fallen.« Mit dem Kopf deutete er auf ihre Stiefel. Laura biss sich auf die Unterlippe und ließ ihren Blick zu ihren eleganten, aber nicht besonders warmen Stiefeletten wandern. Hoffentlich hatte er das Auto in der Nähe geparkt.

»Also gut.« Sie überließ ihm den Koffer und rannte ihm nach, als er im Stechschritt davonmarschierte, ohne sich nur einen Deut darum zu scheren, ob sie ihm folgte oder nicht.

Immerhin, ein Gutes hatte das Ganze. Es konnte nur noch besser werden.

Ihr blieb nichts anderes übrig, als ihm nachzurennen, so schnell ihr das in den Stiefeletten möglich war. Hinaus in die Kälte, hinaus in das Schneetreiben, das so dicht war, dass sie gerade mal so die Autos erkennen konnte, die auf dem Parkplatz standen. Zielsicher ging der unfreundliche Wikinger auf einen Allradwagen zu, öffnete dessen Kofferraum und warf Lauras Koffer so schwungvoll hinein, dass sie zusammenzuckte. Er ging also nicht nur mit Menschen unmöglich um.

In den Reiseführern, die sie gelesen hatte, galten die Isländer als gastfreundliche Zeitgenossen. Diesem hier hatte man wohl vergessen, das zu sagen. Er hatte ihr nicht einmal seinen Namen genannt. Dann eben nicht. Laura rechnete ohnehin nicht damit, viel Zeit mit ihm auf dem Hof verbringen zu müssen.

Oder lebten Stallburschen, oder wie auch immer seine Berufsbezeichnung sein mochte, mit im Haus der Bauern? Nein, das war im letzten Jahrhundert so gewesen, heute bestimmt nicht mehr.

Laura setzte ihre ganze Hoffnung auf die Gastgeber. Sie hatte sich inzwischen eine genaue Vorstellung von der Familie gemacht, mit der sie die kommenden Wochen verbringen würde. Eine blonde Mutter, Mitte dreißig, mit rundem Gesicht und kräftigen Händen, der man die Arbeit im Stall ansah und die glücklich und herzlich wirkte. Ein ebenfalls blonder Vater namens Kristján – er war der Einzige, dessen Namen sie im Reisebüro erfahren hatte – mit langem, schmalem Gesicht und vielen Muskeln, vom Holzhacken und der Arbeit auf dem Hof, was immer da auch anfallen mochte. Außerdem gab es zwei entzückende Kinder, zwölf und zehn Jahre alt, für die sie sich noch keine Namen ausgedacht hatte, weil sie fürchtete, die Kleinen sonst mit falschem Namen anzusprechen, und das wäre ja peinlich geworden.

»Kommst du, oder willst du einfrieren, Laura?« Die Art, wie er ihren Vornamen aussprach, hatte etwas Spöttisches. Aber von ihm zu fordern, dass er sie Mrs Wiedmann nannte? Nein, das wäre albern gewesen.

Vorsichtig rutschte sie über den Schnee zum Auto und öffnete die Beifahrertür. Innen war es angenehm warm, was leider die unangenehme Nebenwirkung hatte, dass ihre Brille beschlug.

»Wie weit ist es?«

»Halbe Stunde, bei dem Wetter eher länger.« Sein Tonfall war so abweisend, dass Laura beschloss, ihn durch Schweigen zu bestrafen.

Während sie stumm durch das Schneegestöber fuhren, freute Laura sich auf einen heißen Kakao oder Glühwein und eine leckere Mahlzeit. Nudeln mit Pesto oder eine wärmende Gemüsesuppe. Hoffentlich hatte das Reisebüro ihren Gastgebern mitgeteilt, dass sie Vegetarierin war.

Laura spürte ein wohlig warmes Gefühl im Bauch, als sie sich vorstellte, in einen weihnachtlich geschmückten Raum zu treten, in dem ein Sessel für sie frei gehalten war, direkt neben einem gemütlich knisternden Feuer in einem Kamin. Auf einem Beistelltischchen standen lecker aussehende Plätzchen. Die Mutter brachte ihr Kakao, die Kinder boten ihr Kekse an und rissen sich darum, wer neben dem Besuch aus Deutschland sitzen durfte. Die Szene war so heimelig, dass sich ein Lächeln auf Lauras Gesicht stahl.

»Warum grinst du?«, unterbrach der unfreundliche Kerl ihre Träume. »Habe ich was zwischen den Zähnen?«

»Nein.« Sie schüttelte den Kopf, inzwischen besser gestimmt durch die Wärme, die sie erwartete. »Erstens grinse ich nicht, und zweitens hast du mir immer noch nicht gesagt, wie du heißt.«

»Kristján«, knurrte er das Wort hervor, als würde es ihn Geld kosten.

Einen Moment hoffte Laura noch, dass es ein Zufall wäre, dass Kristján ein Vorname war, der in Island etwa so häufig vorkam wie Finn oder Leon in Deutschland. Doch sie ahnte, dass sie sich an eine verzweifelte Hoffnung klammerte, und räusperte sich dreimal, bevor sie endlich die Worte herausbrachte.

»Kristján … Kristján Nachname?«, fragte sie mit piepsiger Stimme.

»Halldórsson, was denkst du denn?«

Oh nein, sie hatte sich geirrt. Es konnte deutlich schlimmer kommen. Dieser Griesgram war ihr Gastgeber!

Sie beschloss, ihn zu ignorieren, und hoffte, dass die restliche Familie freundlicher wäre. Laura ließ sich tiefer in den Autositz sinken und schloss die Augen. Allerdings nur kurz, denn sie war zu neugierig auf Island, auch wenn sie von der Landschaft kaum etwas erkennen konnte. Möglicherweise war es doch keine gute Idee gewesen, im Winter nach Island zu reisen. Aber bei der Planung hatte Laura die Dunkelheit mit Gemütlichkeit verbunden, hatte sich und Dominik an einem prasselnden Feuer oder unter leuchtenden Polarlichtern gesehen. Stattdessen saß sie hier mit einem muffeligen Isländer.

Ab und zu tauchte am Straßenrand ein einsames Gehöft auf. Dank der vielen weihnachtlichen Lichterketten ließen sich die Häuser gut ausmachen. Laura wurde warm ums Herz bei dem Gedanken, dass die Isländer Weihnachten ebenso liebten wie sie. Es lenkte sie davon ab, dass Kristján ein eher unfreundlicher Geselle war. Laura freute sich auf den Hof, die Pferde, die Lichterketten und die weihnachtlichen Bräuche Islands.

Kapitel 6

Das Auto rüttelte sie durch, als Kristján auf eine Schotter-
piste abbog und mit unverminderter Geschwindigkeit wei-
terfuhr. Laura holte tief Luft und ballte ihre Hände zu Fäusten. Sie biss sich auf die Unterlippe, um ihn nicht zu bitten,
langsamer zu fahren. Sie wusste nicht, ob sie froh darüber
sein sollte, dass die Fahrt so zumindest schnell vorbei wäre,
oder ob ihre Angst ob seines rasanten Fahrstils überwog.

Allerdings musste sie zugeben, dass Kristján ein guter
Fahrer war und sie sich als Beifahrerin bei ihm nicht direkt
unsicher fühlte. Nicht so wie bei Fahrten mit Dominik, bei
denen Laura sich immer etwas unwohl gefühlt hatte. Ihr Ehemann gehörte zu den Menschen, die sich beim Autofahren
über alles und jeden aufregen konnten und lautstark fluch-
ten. Diese unschöne Angewohnheit hätte er sicher auch hier
in Island ausgelebt. In den vergangenen Wochen waren ihr
viele Eigenheiten ihres Mannes aufgefallen, die sie nicht vermisste. Auf Belles Rat hin hatte sie sich sogar eine Liste an-

gefertigt mit Dominiks unerträglichen Eigenschaften. Das hatte ihr durch viele Abende geholfen. Aber oft hatte sie auch allein in ihrem viel zu leeren Haus gesessen, ohne Dominik, ohne Merle, und sich ihre düstere Zukunft ausgemalt.

Aber daran wollte sie jetzt nicht denken. Sie war hier für einen Neuanfang, für ein Abenteuer, wie sie es noch nie erlebt hatte. Laura sah erneut aus dem Fenster. Die Landschaft war fast schwarz, der Himmel ebenfalls, aber die Sterne funkelten silbern und viel heller, als Laura es je in der Stadt gesehen hatte.

Sie beugte sich vor, und ihr Blick suchte den Himmel nach dem Leuchten der Polarlichter ab, aber natürlich ließ sich keines entdecken. Die blauen und grünen Nordlichter gehörten für sie zu einer Islandreise einfach dazu. Laura hatte so viele Fotos der Aurora borealis gesehen, dass sie es nicht erwarten konnte, die tanzenden Lichter mit eigenen Augen zu sehen.

Für sie hatten die Nordlichter etwas Magisches, und das blieb auch so, nachdem sie die wissenschaftliche Erklärung der Himmelsphänomene gelesen hatte. Irgendetwas mit Sonnenpartikeln und dem Magnetfeld der Erde. Wie unromantisch. Da gefiel Laura die Theorie, dass die Nordländer das grüne Leuchten für die glitzernden Rüstungen der Walküren gehalten hatten, deutlich besser.

Der Weg führte sie an Weiden entlang, die mit Zäunen abgetrennt waren. Täuschte sie sich, oder stand dort hinten eine Gruppe von Pferden? Nein, es waren wohl eher Felsen oder Trolle, im Dunkeln ließ sich das nicht eindeutig feststellen. Sie würde wohl bis morgen warten müssen, bis sie ihrem ersten Islandpferd begegnete.

Vielleicht war ja alles gar nicht so übel, redete Laura sich ein. Auf der Internetseite hatte der Hof heimelig ausgesehen. Er war klein und einsam gelegen. Das Anwesen war nicht allzu weit vom Meer entfernt, sodass man gewiss auch im Winter Ausritte am Strand unternehmen konnte. Das hatte den Ausschlag gegeben, diesen Reiterhof auszuwählen. Laura liebte das Meer, und mit einem Pferd am Strand entlangzugaloppieren war schon immer ihr Wunsch gewesen. Ob sie ihn würde umsetzen können, würde sich zeigen – ihr unfreundlicher Gastgeber kam ihr nicht gerade wie eine angenehme Begleitung für einen Ausritt vor.

Hoffentlich hatte Kristján eine liebenswürdige Frau, es war ja oft so, dass Ehepaare sich ergänzten. Ein Ehepartner war schweigsam, der andere redete viel, einer war knurrig, der andere herzlich. Laura erinnerte sich daran, dass es auf den Fotos vom Inneren des Hofes einiges gegeben hatte, was auf die gestaltende Hand einer Frau hingewiesen hatte: Vasen mit frischen Blumen, Spitzengardinen an den Fenstern, fröhliche Bilder an den Wänden.

Sie schöpfte wieder Hoffnung, während sie sich ausmalte, was auf dem Hof vor sich ging: Kristján war wahrscheinlich für die Pferde zuständig, und seine Frau betreute die Gäste. Die Ausritte mit ihm würde sie schon überstehen; schließlich musste man dabei nicht viel reden.

»Wie viele Gäste sind bereits da?«, fragte sie schließlich, als das Schweigen ihr in den Ohren dröhnte.

»Niemand«, antwortete er kurz angebunden. »Die anderen haben gestern abgesagt.«

»Oh«, konnte sie nur sagen und blickte aus dem Fenster, starrte ins Dunkel, ins Schneetreiben. Ihre Stimmung war nun ähnlich düster wie der Himmel. »Warum hast du mir nicht Bescheid gegeben?«

»Was hätte das für dich geändert?«

Ein Punkt für ihn, musste sie zugeben. Was hätte sie getan, wenn sie gewusst hätte, dass sie der einzige Gast wäre? Es änderte ja auch jetzt nichts für sie. Zurück nach Deutschland zu fliegen war keine Option. Also musste sie das Beste aus ihrer Situation machen, auch wenn Kristján nur einsilbige Antworten auf ihre Fragen murmelte. Laura versuchte, die Stille zu durchbrechen, indem sie mit ihm plauderte.

»Wow, selbst im Dunkeln ist es wunderschön hier. Die Landschaft ist bei Tag bestimmt überwältigend. Und wie lange bist du schon hier auf deinem Hof?«

»Seit ich geboren wurde.«

Laura seufzte und sah wieder aus dem Fenster. Sie spürte, dass Kristján nicht reden wollte, und sie wollte ihn auch nicht weiter nerven. Eine Weile fuhren sie schweigend durch die Dunkelheit, bis Kristján plötzlich bremste.

»Wir sind bald da«, knurrte er schließlich. Sollte das ein Friedensangebot sein?

»Zum Glück.« Laura sah ihn an, wie er konzentriert auf die Straße schaute. Schneeflocken tanzten im Scheinwerferlicht. »Ich freue mich sehr.«

Gespannt richtete sie sich auf und blinzelte, um etwas im Scheinwerferkegel erspähen zu können. Aber es war wenig zu sehen, außer schneebedeckter Landschaft, ab und zu durchstachen bräunliche Grasbüschel den Schnee. Zu ihrer Enttäuschung hatte sie bisher nicht ein Pferd oder Schaf oder sonst ein Tier entdecken können, nur Straße, Himmel und Landschaft. Aber das würde sich morgen sicher ändern.

»Da ist es.« Kristján bog in eine kleine Straße ab, die direkt auf den Hof zuführte, der im Scheinwerferlicht des Wagens genauso aussah wie auf den Bildern im Internet. Laura atmete erleichtert auf. Immerhin etwas in diesem Urlaub stimmte. Ihr Herz wurde leichter, als sie das hübsche tiefrote Wellblechhaus mit den weißen Fenstern sah. Vor dem Hintergrund des Schnees und der schneebedeckten Berge wirkte es wie ein Puppenhäuschen.

Dann jedoch bemerkte sie, dass etwas fehlte, etwas immens Wichtiges – Lichterketten, ein Tannenbaum, überhaupt irgendetwas, was an Weihnachten erinnerte. Waren Kristján und seine Familie etwa Weihnachtsmuffel?

Kristján hielt an, stieg aus und nahm ihren Koffer aus dem Kofferraum, bevor er in Richtung des Hauses marschierte, den Kopf zwischen die Schultern gezogen, um Schnee und Wind zu trotzen.

Erneut blieb Laura nichts anderes übrig, als ihm zu folgen. Mit einem rostigen Schlüssel öffnete er die Tür zum Wohnhaus und führte sie in den Flur. Der Flur war schmal, sein Boden mit dunkelgrauen Fliesen bedeckt. Links an der Wand stand ein Schrank, daneben hingen mehrere Garderobenhaken. Laura zog ihre Jacke aus und hängte sie dort auf. Großformatige Schwarz-Weiß-Fotos von Pferden befanden sich an den weiß gestrichenen Wänden. Laura hätte gern gewusst, ob es Ponys des kleinen Pferdehofs waren, aber Kristján war bereits durch eine Tür getreten, die in die Küche führte.

Hier dominierte Holz, an den Wänden, an den Fronten der Küchengeräte und an dem großen Tisch, der in der Mitte des Raums stand. Acht Stühle waren um ihn herum aufgereiht. Das Haus sah auch innen aus wie auf der Internetseite. Allerdings fehlten die Blumen und Gardinen, eigentlich alles, was auf den Fotos für die Gemütlichkeit gesorgt hatte, die Laura so gut gefallen hatte. Die Räume waren aufgeräumt und sauber, aber erschienen leer und leblos. Zudem war es furchtbar still. Keine Kinder tobten durch das Treppenhaus. Und wo war seine Frau?

»Wohnst du hier allein?« Ihre Stimme zitterte ein wenig, denn so hatte sie sich ihren Urlaub nun wahrhaftig nicht ausgemalt.

Kristján reagierte unerwartet barsch: »Was geht dich das an? Das ist mein Hof, und ich brauche niemanden, der sich in mein Leben einmischt.«

Seine heftige Antwort überraschte und kränkte Laura zugleich. Mit einer so scharfen Reaktion auf eine unverfängliche Frage hatte sie nicht gerechnet. Sie zog sich in ihr Schneckenhaus zurück und sagte nichts mehr. Das schien selbst dem ruppigen Isländer aufzufallen.

»Möchtest du einen Kaffee?«, fragte Kristján jetzt und fixierte sie mit seinen stahlblauen Augen.

»Nein, danke, dann kann ich nicht schlafen.«

»Dann eben nicht.« Er zuckte mit den Schultern. »In Island trinkt man zu jeder Tageszeit Kaffee, am besten süß.«

»Aha.« Was, bitte schön, sollte das bedeuten? Diese Situation verunsicherte Laura immer mehr. Was hatte sie sich bloß dabei gedacht, allein in die Einöde zu fahren, nur auf der Basis von ein paar Fotos?

»Ich zeige dir das Bad und dein Zimmer.« Mit großen Schritten ging er vor ihr her, öffnete eine Tür und zeigte hinein: »Das Bad. Handtücher liegen in deinem Zimmer.«

Das Bad war klein, auch mit dunkelgrauen Fliesen an Boden und Wänden. Leider gab es keine Badewanne, sondern nur eine Dusche, die mit einem schmalen dunkelblauen Vorhang abgetrennt war. Auch hier hingen Fotos von Pferden an den Wänden.

»Aha.« Na prima, einen Preis für Originalität würde sie mit ihren Antworten wohl nicht gewinnen. Aber er antwortete sowieso nicht, sondern stapfte weiter. Zwei Türen vom Bad entfernt blieb er stehen und deutete in einen Raum. »Wenn es dir nicht gefällt, hast du noch zwei andere zur Auswahl.«

Laura schob sich an ihm vorbei, den Geruch der Wolle seines dicken Islandpullovers in der Nase, und spähte in das Zimmer. Sie sah ein breites Bett, eine Kommode und einen Schrank sowie ein Fenster, hinter dem tiefe Dunkelheit lag. »Danke, alles gut.«

»Abendessen ist in einer Stunde.« Kristján warf ihren Koffer auf den Stuhl neben der Kommode und wandte sich ab.

»Einen Moment bitte«, hielt Laura ihn auf. »Ich esse kein Fleisch. Und Fisch auch eher selten. Ich weiß nicht, ob das Reisebüro das mitgeteilt hat …«

»Auf Island essen wir Schafe und Pferde«, hörte sie Kristján sagen, der sich schon umgedreht hatte und davonmarschierte, bevor ihr eine passende Antwort einfiel.

Das konnte ja heiter werden. Würde sie es wirklich drei Wochen hier aushalten? Laura setzte sich aufs Bett und stützte den Kopf in die Hände. Wie hatte ihr das passieren können? Von all den Möglichkeiten, ihren Urlaub auf Island zu verbringen, hatte sie die denkbar schlimmste gewählt. Ein unfreundlicher Gastgeber, keine anderen Gäste und drei Wochen Schaf- und Pferdefleisch. Tränen traten ihr in die Augen.

Sollten Merle und Dominik mit ihren Befürchtungen recht behalten, dass Laura auf sich allein gestellt untergehen würde?

Nein! Kristján mochte brummig sein, der Hof mochte einsam gelegen sein, und die Deko fehlte auch – aber Laura würde diesen Urlaub genießen, jeden Augenblick davon. Sie stand auf, packte ihren Koffer aus und sah sich im Zimmer um. An der Decke hing eine weiße Papierlampe, die Laura an einen schwedischen Möbelhersteller erinnerte. Der Boden war gefliest, an einer Wand war ein bodentiefes Fenster mit weißen Vorhängen, die geöffnet waren. Sie konnte in die Dunkelheit sehen und war gespannt, was für ein Ausblick sich ihr morgen früh bieten würde.

Das Bett in einem Rahmen aus mittelbraunem Holz war etwas schmal, aber sie würde sich schon daran gewöhnen. Ein Holztisch, ein weißer Stuhl, ein gemütlich aussehender dunkelblauer Sessel und ein Schrank, ebenfalls aus Holz, vervollständigten die Einrichtung. Erst auf den zweiten Blick entdeckte sie das halbhohe Regal, in dem Taschenbücher standen. Hoffentlich waren sie nicht alle auf Isländisch; aber Laura hatte auch genug Lesefutter eingepackt.

Bunte Teppiche lagen auf dem Holzfußboden und machten einen heimeligen Eindruck. Hier konnte man es bestimmt aushalten. Nur das Weihnachtliche fehlte, aber da hatte Laura vorgesorgt. Sie holte die Krippe und den Lichterbogen aus ihrem Koffer und stellte beides in dem Zimmer auf. Ja, nun sah es bedeutend weihnachtlicher aus.

Dann ging sie zu dem bodentiefen Fenster und spähte hinaus in die Nacht. Trotz der funkelnden Sterne war es zu dunkel, als dass sie mehr als Umrisse erkennen konnte. Ihr blieb ja noch genug Zeit, die Umgebung und deren Schönheit zu entdecken.

Bin gut auf Island angekommen. Melde mich in
den nächsten Tagen,

sandte sie eine Nachricht an Belle und gleichlautend an Merle. Dann nahm sie ihre Kosmetiktasche und suchte das Bad auf, um sich frisch zu machen. Anschließend fühlte sie sich bereit, dem grummeligen Isländer entgegenzutreten und mit ihm zu Abend zu essen. Vielleicht arbeitete seine Frau und käme später dazu.

Als sie in die Küche kam, roch es verführerisch nach Kaffee. Der Tisch war mit schlichtem weißen Geschirr gedeckt. In der Mitte thronten drei gewaltige Teller, auf einem lag aufgeschnittener Braten, auf dem zweiten Wurst, auf dem dritten etwas Helles, das wie Fisch aussah und intensiv danach roch. In einem Korb befand sich aufgeschnittenes Brot, daneben stand ein kleiner Teller mit Butter und zwei einsamen, traurigen Tomaten.

Kristján stand vor dem Herd, auf dem Butter in einer Pfanne brutzelte. »Willst du auch eine Wurst?«

»Nein, danke. Ich esse kein Fleisch.« Sie lächelte. »Hast du auch etwas Gemüse? Vielleicht einen kleinen Salat?«

»Habe ich nicht. Du bist in Island.«

»Das habe ich bereits bemerkt.« Laura holte tief Luft. Sie wollte sich nicht streiten, aber wenn sie jetzt keine Pflöcke einschlug, stand ihr eine schwierige Zeit mit ihm bevor. Mit ruhiger Stimme sagte sie: »Ich brauche jetzt Zeit für mich. Es wäre wirklich nett, wenn du etwas Käse oder Gemüse für mich auftreiben könntest. Ich dachte, dass Reisebüro hätte dich informiert …«

Bevor er etwas Unfreundliches von sich geben konnte, stürmte sie in den Flur, schlüpfte in ihre Schuhe, riss ihre Jacke vom Haken und spazierte hinaus ins Dunkel. Da sie ihre Hände zu Fäusten geballt hatte, bemerkte sie erst, wie kalt es war, als sie schon einige Schritte gegangen war. Auf keinen Fall wollte sie sich die Blöße geben und ins Haus zurückgehen. Daher stopfte sie die Hände in die Taschen und stapfte durch den tiefen Schnee.

Ihre Gedanken kreisten. Noch war es Zeit, eine Entscheidung zu treffen. Sie konnte ins Haus zurückkehren und Kristján mitteilen, dass sie den Urlaub vorzeitig abbrechen wollte. Sie könnte sich von ihm nach Akureyri fahren lassen, um dort ein Zimmer zu suchen und einen anderen Pferdehof zu finden. Aber wer konnte schon wissen, ob es dort besser wäre?

Wem wollte sie etwas vormachen? Schlimmer als hier ging es wirklich kaum. Durch seine kurz angebundene Art hatte er ihr deutlich gezeigt, wie unerwünscht sie war. Atemlos lief sie immer weiter, wie automatisch bewegten sich ihre Füße in den viel zu schneedurchlässigen Stiefeletten durch den Schnee. Was tat sie hier eigentlich? Ein winziger Funke Hoffnung blieb noch. Laura schloss einen Vertrag mit sich selbst: Sollte der Isländer ihr nachkommen, würde sie der Sache zumindest eine Chance geben. Sie lauschte ins Dunkel, ob Kristján nach ihr rief, aber er schien sich überhaupt nicht dafür zu interessieren, was aus seinem Gast wurde.

Laura drehte sich um und erschrak. Sie war so sehr in ihren Gedanken und ihrem Frust versunken gewesen, dass sie gar nicht darauf geachtet hatte, wie weit sie gegangen war. Wo war nur der Hof mit seinen Lichtern? Um sie herum gab es nur Nacht und Schemen, die ihr plötzlich bedrohlich erschienen. Sie holte tief Luft und suchte in ihrer Jackentasche nach dem Smartphone.

Also musste sie wohl allein zurückfinden. Zum Glück hatte sie ihr Smartphone dabei und würde so den Rückweg sicher finden. Erst einmal nutzte sie dessen Taschenlampenfunktion, um sich zu orientieren. Vor ihr, hinter ihr und neben ihr waren nur Schnee und Dunkelheit, geteilt durch einen Zaun, der sich vor ihr erstreckte. Sie war allein auf weiter Flur.

Laura schniefte und ließ ihren Tränen nun doch freien Lauf. Als sie in ihrer Jackentasche nach einem Taschentuch suchte, stießen ihre Finger auf etwas Hartes. Den Fruchtriegel hatte sie ganz vergessen. Immerhin würde sie nicht verhungern. Als sie den Riegel aus der Tasche zog und die Verpackung aufriss, meinte sie, ein Geräusch hinter sich zu hören, und erstarrte.

Raubtiere gab es auf Island nicht, da war sie sich ziemlich sicher, aber trotzdem wandte sie sich langsam und vorsichtig um. Vor dem Hintergrund des Schnees entdeckte sie etwas Dunkles. Langsam schälte sich die Silhouette eines Pferdes aus der Dunkelheit. Es ließ den Kopf hängen und sah genauso einsam und unglücklich aus, wie sie sich fühlte. Was mochte sich wohl hinter seinem traurigen Äußeren verbergen?

»Wer bist du denn?«, sprach Laura das Pferd auf Deutsch an. Daraufhin hob es ein wenig den Kopf und blickte sie an. Es war ein hübscher Schimmel mit großen dunklen Augen, dichtem Fell und einer prachtvollen Mähne.

Laura brach den Fruchtriegel in zwei Hälften, legte eine davon auf die ausgestreckte Hand und hielt sie dem Pferd entgegen. »Schau mal, ich habe hier etwas für dich. Das ist gesund und schmeckt.«

Durften Pferde überhaupt so etwas essen? Andererseits bestand der Riegel nur aus Äpfeln, Bananen und Himbeeren. Nichts davon erschien ihr gefährlich, also hielt sie die Hand ausgestreckt. Langsam, sehr langsam kam das Pferd auf sie zu. Ein Stück vor ihr blieb es stehen und reckte ihr Kopf und Hals entgegen. Aus dunklen Augen musterte es Laura, die den Blick erwiderte. Sie streckte sich noch ein wenig, um dem Schimmel den Riegel zu reichen. Vorsichtig, mit einem einzigen, schnellen Happs riss es ihr die Süßigkeit aus der Hand und rannte davon.

Nicht einmal die isländischen Pferde mögen mich, dachte

Laura und blickte dem Tier nach. Erneut kämpfte sie gegen die Tränen an. Als hätte es ihre Traurigkeit gespürt, kehrte das Pferd zurück und kam vorsichtig näher. Laura blieb ganz still stehen, um es nicht zu erschrecken. Sanft legt es den Kopf auf ihre Schulter, und Laura begann zu weinen; ihre Tränen tropften in das kuschelige Fell und die drahtige Mähne. Endlich fühlte sie sich nicht mehr allein. Als sie die Hand hob, um das Pferd zu streicheln, schreckte es zurück und galoppierte ins Dunkel.

»Wie hast du das gemacht?« Kristjáns raue Stimme ließ Laura aufschrecken. Sie drehte sich zu ihm um. »Wie, verdammt noch mal, bist du Drifa so nahe gekommen?«

»Du meinst das Pferd? Ich habe ihm einen Fruchtriegel gegeben.« Oh nein, kaum hatte sie die Worte ausgesprochen, merkte Laura, wie seltsam sie klangen. »Keine Ahnung. Wahrscheinlich suchte es nur Gesellschaft.«

»Komm ins Haus. Ich habe Käse und noch ein paar Tomaten aufgetrieben.« Er blickte sie an. »Mehr habe ich nicht.«

»Das ist okay.« Schweigend folgte sie ihm. Auf dem Weg zum Haus drehte sie sich noch einmal um, aber das Pferd kehrte nicht zum Zaun zurück. Fast erschien es ihr, als wäre diese Begegnung nur ein Traum gewesen.

Kapitel 7

Laura erwachte, als der Duft von frisch gebrühtem Kaffee ihre Nase erreichte. Sie reckte die Arme und öffnete die Augen, dann sah sie auf ihre Armbanduhr. Oh nein, es war bereits zehn Uhr morgens. Unglaublich, wie lange und wie tief sie geschlafen hatte. Nach der Aufregung des gestrigen Abends hatte sie erwartet, sich unruhig von einer Seite zur anderen zu drehen, so wie es ihr zu Hause immer ging. Stattdessen war sie sofort eingeschlafen, nachdem sie sich hingelegt hatte.

Schwungvoll setzte sie sich auf und sah aus dem bodentiefen Fenster. Noch immer war es dunkel, langsam schälten sich einzelne Konturen aus der beginnenden Morgendämmerung. Wenn sie sich richtig erinnerte, wurde es auf Island zu dieser Jahreszeit erst gegen elf Uhr hell. Vorher konnten sie wohl nicht reiten. Ob ihr Gastgeber auch so lange geschlafen hatte wie sie? Oder war er so rücksichtsvoll gewesen, sie ausschlafen zu lassen?

Laura zog ihre Jeans, dicke Wollstrümpfe und einen Pulli an, bevor sie ins Bad ging, um sich die Zähne zu putzen und sich schnell frisch zu machen. Ein Kaffee und ein Marmeladenbrot – genau das wünschte sie sich jetzt.

»Góðan daginn«, versuchte sie sich an Isländisch und betrat die Küche. Kristján hatte den Frühstückstisch mit hübschem blauen Porzellan gedeckt. Dunkles Brot lag in einem Brotkorb; Laura entdeckte Skyr und Brombeermarmelade.

»Góðan daginn«, antwortete er und musterte sie überrascht. Auch heute trug er einen Pullover mit Islandmuster, dieses Mal in einem dunklen Grau, der außerdem mit Heu und Stroh verziert war. »Hast du gut geschlafen?«

»Sehr gut. Danke.« Seine unerwartete Freundlichkeit verwirrte sie.

»Möchtest du jetzt Kaffee?«

»Sehr gern.« Sie hielt ihm den großen Becher entgegen, und er schenkte ihr Kaffee ein.

»Bedien dich. Ich habe bereits gegessen und die Pferde gefüttert.«

»Im Dunkeln?« Laura nahm sich eine Scheibe Brot, die sie mit Skyr und Blaubeermarmelade bestrich.

»Ich habe Licht auf dem Hof.« Kristján setzte sich ihr gegenüber, streckte die langen Beine aus und trank seinen Kaffee. »Die Pferde warten nicht, bis es hell wird.«

Laura antwortete nicht, sondern biss in ihr Brot, es schmeckte himmlisch. »Ich habe noch nie so gutes Brot gegessen.«

»Ein Nachbar backt es auf traditionelle Weise in einem

Erdofen«, antwortete Kristján und schenkte sich Kaffee nach. »Das ist wirklich etwas Besonderes.«

Laura nickte zustimmend und blickte aus dem Fenster. Langsam setzte die Dämmerung ein, und in der Ferne konnte sie die Umrisse der schneebedeckten Berge erkennen. Es war ein wunderschöner Anblick, und sie fühlte eine tiefe Dankbarkeit in sich, dass sie diese Landschaft erleben durfte. Allerdings konnte sie sich nicht lange daran erfreuen, denn Kristján fragte mit rauer Stimme: »Was hast du gestern mit Drifa gemacht?«

»Ich weiß es wirklich nicht.« Laura hatte keine bessere Antwort für ihren Gastgeber, wusste sie doch selbst nicht genau, was am vergangenen Abend passiert war. Aber er schien sich damit nicht zufriedengeben zu wollen. »Ich habe nur einen Fruchtriegel mit ihr geteilt.«

Bereits am vergangenen Abend hatte sie ihn gefragt, was es mit der Stute auf sich hatte, aber er war ihr die Antwort schuldig geblieben, hatte schweigend zu Abend gegessen und sie ein ums andere Mal kopfschüttelnd gemustert.

»Was hast du getan, damit sie zu dir kommt?« Er gab nicht auf, das Pferd schien ihm wichtig zu sein. Laura wusste nicht, ob er sich über sie ärgerte oder ob es ihm gefiel, dass das Pferd zu ihr gekommen war.

»Ich stand nur etwas verloren am Zaun. Vielleicht wollte sie mich trösten.« Nachdem Laura die Worte ausgesprochen hatte, kam es ihr seltsam vor, einem Pferd so viel Mitgefühl zu unterstellen, aber Kristján nickte nur.

»Wie gut reitest du?«, wechselte er das Thema. »Ich muss mir überlegen, welches Pferd ich dir gebe.«

»Meine Reiterfahrung ist begrenzt«, antwortete sie ehrlich auf Kristjáns Frage. »Als Kind bin ich viel geritten.«

Dann fehlten ihr im Englischen die Worte, und sie musste etwas überlegen. »Seitdem nur selten, aber ich freue mich darauf, wieder auf dem Pferderücken zu sitzen.«

Kristján nickte. »Meine Pferde sind freundlich und gut ausgebildet, sie werden dir helfen, dich sicher zu fühlen.«

Laura lächelte erleichtert und fragte dann: »Was sind die Pläne für die nächsten Tage? Ich würde gerne viel von der schönen Landschaft sehen.«

»Heute fangen wir mit einem kleinen Ausritt in die Umgebung an, damit du dich ans Reiten gewöhnst.« Nun, da es um die Pferde ging, klang seine Stimme viel freundlicher. »Uns bleiben nur vier Stunden Licht am Tag. Die Abende stehen dir zur freien Verfügung.«

»Aha.« Es würden lange Abende werden, dachte Laura. Allein in ihrem Zimmer. Hoffentlich würden die Bücher reichen, die sie eingepackt hatte. Wäre sie nur Belles Rat gefolgt, die Laura immer wieder nahelegte, E-Books zu lesen. Aber Laura mochte nun einmal das Gefühl und den Geruch von echten Büchern, auch wenn die schwer waren.

»Also.« Kristján sprang auf. »Die Tage sind kurz, wir sollten aufbrechen.«

»Ich ziehe mich schnell um.« Laura lief in ihr Zimmer, denn sie erwartete viel von dem ersten Ausritt. Ob sie mit dem Pferd klarkommen würde? Wohin Kristján sie wohl führen würde? Ob sie am Strand galoppieren konnte? Nach dem unglücklichen Start verspürte sie nun wieder große Vorfreude auf ihren Urlaub und war glücklich, dass sie sich getraut hatte, die Reise allein anzutreten.

Eilig suchte sie in ihrem Zimmer einen dicken Pullover, Winterleggins und die Reithose. Als sie sich auf ihr Bett setzte, um die Hose anzuziehen, ging vor dem Fenster die Sonne auf. Es war so ein unglaublich schöner Anblick, dass Laura die Hose hastig hochzog und ans Fenster ging, um die glitzernde Schneelandschaft zu betrachten. Vor einem orangefarbenen Himmel leuchteten schneebedeckte Felder und Hügel. Die Welt wirkte friedlich und wunderschön in ihrem Winterweiß. Laura musste an ihre Mutter denken, die Island so sehr geliebt hatte. Wie gern wäre sie gemeinsam mit ihr durch diese verzauberte Landschaft geritten. Tränen traten ihr in die Augen, weil sie Clara so sehr vermisste. Sie wünschte sich so sehr, dass ihre Mutter hier bei ihr sein könnte, um diese Schönheit zu teilen. Warum nur hatten sie ihre Reise immer verschoben? Laura nahm sich fest vor, nie wieder Träume so weit aufzuschieben, sich viel mehr darum zu kümmern, was sie im Leben tun wollte.

»Laura?« Kristjáns Stimme zog sie aus ihren Gedanken, und sie sputete sich, zu ihm zu gelangen. Sie schnappte sich den Reithelm und die Handschuhe und lief zur Küche.

Nachdem Laura in die Küche zurückgekehrt war, musterte er sie: »Das ist alles an Kleidung?«

»Reicht das nicht?« Mit zwei Paar Socken, dicken Wollleggins, Reithose, Unterhemd, Wollpullover und Winterjacke kam sich Laura bereits vor wie das Michelin-Männchen und fragte sich, ob sie überhaupt aufs Pferd kommen würde.

»Es ist Winter. Komm.«

Sie folgte Kristján in den Flur, wo er die Tür des Kleiderschranks öffnete und ein dunkelrotes Kleidungsstück herausnahm. Als er es auseinanderfaltete, schüttelte Laura direkt den Kopf. »Nein, so was ziehe ich nicht an.«

Wie sollte sie diesen Overall über ihre Kleidung bekommen? Außerdem würde sie darin furchtbar aussehen und sich kaum bewegen können. Das konnte er nicht ernst meinen, oder?

»Das, oder du frierst.«

Laura wusste nicht, ob er sie auf den Arm nahm. Aber sein Blick sah mehr als ernst aus.

»Das kann ich als Gastgeber nicht verantworten«, schob er jetzt hinterher.

»Also gut.« Sie zog ihre Jacke aus und schlüpfte in den Overall, der ihr überraschend gut passte. Beine und Arme waren etwas zu lang, aber die Breite stimmte. Ob Kristján Overalls in diversen Größen besaß oder ob dieser seiner unsichtbaren Frau gehörte? Der Frau, nach der sie ihn besser nicht noch einmal fragte. Als sie ihn beim Abendessen nach ihr gefragt hatte, hatte er wortlos den Raum verlassen.

»Bist du so weit?« Auch Kristján hatte sich einen Overall angezogen, einen Reithelm aufgesetzt und war in feste Stiefel geschlüpft, während Laura sich noch mit ihren gefütterten Reitstiefeln abmühte.

»Meinetwegen können wir aufbrechen«, beeilte sie sich zu antworten.

Kristján dreht sich zur Tür, und sie folgte ihm. Als der Wind Laura ins Gesicht biss, war sie froh, den Overall zu haben, der sie gegen Wind und Schnee schützte. Es war ein scharfer, beißender Schmerz, der ihr die Augen tränen ließ. Aber es war auch erfrischend und belebend, und sie fühlte sich lebendiger als je zuvor.

»Einen Moment, bitte.« Laura blieb stehen, erneut überwältigt von der Schönheit der isländischen Winterlandschaft. Die Landschaft war unter einer dicken Schneedecke begraben, und überall glitzerte es im Licht der fahlen Sonne, die immer wieder von Wolken verdeckt wurde. Die Luft war eiskalt und klar, der Himmel eher grauweiß als blau, und sie roch den Duft von Schnee. In der Ferne erhoben sich majestätisch die Berge. Auch sie waren schneebedeckt und wirkten fast wie aus einem Märchen. In diesem Moment wusste Laura, dass sie sich an einem besonderen Ort befand, an dem die Natur noch unberührt und wild war. Sie war bereit, alles zu erforschen und zu entdecken, was diese wunderschöne Landschaft zu bieten hatte.

»Danke fürs Warten.« Sie wandte sich wieder Kristján zu. »Wie lange dauert es, bis wir bei den Pferden sind?«

»Höchstens fünf Minuten zu Fuß«, antwortete Kristján und deutete nach vorne. »Sie stehen in Paddocks an den Ställen.«

Kristján marschierte in Richtung des Stalls. Als sie sich näherten, erkannte Laura das Bild des Islandpferds, das ihr auf der Website so gut gefallen hatte. Irgendwie hatte sie das Gefühl, dass nicht Kristján der Künstler war. Sie konnte ihn sich nur schwer mit einem feinen Pinsel in der Hand vorstellen. Eher mit einer Axt. Die sanften Linien sahen aus, als wären sie von einer Frau gemalt worden, und ihre Neugier auf die Frau ihres Gastgebers stieg.

Vor einem zweiten Stall, nicht so strahlend weiß wie der, in dem die Pferde standen, sondern eher etwas in die Jahre gekommen, hatte sich eine kleine Schafherde zusammengerottet. Die Tiere waren eher beigefarben als weiß, einige von ihnen hatten schwarze Köpfe, einige schwarz-weiße, andere helle Gesichter. Gemeinsam war ihnen, dass sie Laura misstrauisch entgegenblickten.

Sie wäre gern stehen geblieben, um die Schafe zu betrachten, aber da Kristján weiterging, ging sie hinter ihm her in den Pferdestall. Hier herrschte eine besondere Atmosphäre, die leeren Boxen strahlten eine Ruhe aus, die dazu führte, dass man leiser sprach. Laura war beeindruckt davon, wie ordentlich es in dem Raum war – alles stand an seinem Platz und wirkte gepflegt und sauber.

»Da drüben ist die Sattelkammer.« Kristján wies in eine Ecke des Stalls. »Wir holen erst das Sattelzeug und die Putzsachen und dann die Pferde.«

»Wo sind sie denn?« Laura hatte erwartet, dass die Ponys bei dem eisigen Wind und dem tiefen Schnee im Stall sein würden.

»Draußen.«

Sie folgte ihm in die Sattelkammer, wo er ihr Putzzeug und zwei Trensen in die Hand drückte, während er zwei Sättel nahm, als wären sie aus Pappe und nicht aus schwerem Leder. Er holte zwei Halfter, dann endlich gingen sie zu den Pferden. Laura zählte zehn von ihnen; die Pferde standen auf einer schneebedeckten Wiese und kratzten mit den Hufen das Gras frei, um davon zu fressen.

Laura spürte einen Anflug von Enttäuschung, als sie sich

der Herde näherte. Sie hatte sich die Islandpferde als puschelige, niedliche Tiere vorgestellt, aber die hier sahen ziemlich zottelig und beinahe verwahrlost aus. Wahrscheinlich brauchten sie das dicke Fell, um in den eisigen Wintern Islands zu überleben, aber das lange Fell machte es schwer, darunter das Pferd auszumachen.

»Warte.« Ob Kristján heute nur in Einwortsätzen mit ihr reden würde, fragte sie sich, aber tat, was er ihr befohlen hatte. Kristján ging zu den Pferden, suchte eines aus, dem er das Halfter umlegte. Wie schön, dachte Laura, ein windfarbenes. Die Farbenvielfalt der Ponys hatte sie schon im Internet bewundert, als sie sich über Islandpferde schlaugemacht hatte. Windfarben nannte man Pferde mit dunklem Fell und heller Mähne.

»Das ist Vinur. Das bedeutet ›Freund‹.« Kristján strich ihm über die Mähne. »Er ist zuverlässig und schnell.«

»Ein hübsches Pony«, sagte Laura, die sich dem Pferd mit ausgestreckter Hand näherte.

»Er ist kein Pony«, erwiderte Kristján. Seine Stimme klang scharf. »Nenn unsere Pferde niemals Ponys, das ist eine Beleidigung. Das mögen wir gar nicht.«

»Entschuldigung.« Warum gelang es ihr nur immer wieder, ihn zu verärgern? »Ich dachte, bis zu einer bestimmten Größe nennt man alle Pferde Ponys.«

»Unsere nicht.«

»Ich werde es mir merken.« Inzwischen hatte Laura ihr Pferd erreicht und berührte dessen Hals mit den Fingerspitzen. Ihre Hand strich durch das dicke Fell und über die drahtige Mähne. Das Fell fühlte sich warm und angenehm an.

Kein Wunder, dass die Islandpferde dem Winter trotzen konnten.

»Streich ihm vorsichtig über die Nase«, sagte Kristján, der wohl bemerkt hatte, wie fasziniert sie von dem dichten Winterfell war. »Sie ist im Winter besonders weich, wie Samt.«

Laura streckte die Hand aus und strich sanft über die Nase des Tieres. »Stimmt.« Laura genoss das Gefühl unter ihren Fingerspitzen.

»Und sie tragen alle Bart, auch die Damen, genau wie Tolkiens Zwerge«, schob Kristján hinterher.

Vinur drehte den Kopf weiter zu ihr, und Laura erschrak. »Was ist mit seinem Auge?«, brachte sie hervor. Die leere Augenhöhle sah gruselig aus.

»Das hat er als Fohlen verloren. Ein Weideunfall.«

»Beeinträchtigt ihn das nicht?« Ihr wurde ein wenig mulmig bei der Vorstellung, den ersten Ausritt seit ihrer Teenagerzeit auf einem einäugigen Pferd zu unternehmen. »Ist das nicht gefährlich?«

»Nein. Er kommt damit klar.«

Mehr Informationen würde sie wohl nicht erhalten. Kristján kehrte zur Herde zurück und fing ein zweites Pferd ein, einen großen eleganten Rappen mit voller Mähne und feurigem Blick, der den Kopf hochwarf. Laura war froh, dass ihr Pferd deutlich gutmütiger und sanfter wirkte.

»Was für ein prachtvolles Pferd«, sagte sie, während sie das wilde Tier musterte.

»Halastjarni ist mein *Gæðingur*.« Kristján strich dem Rappen über die Mähne. »Mein perfektes isländisches Pferd. Komm.«

Wieder einmal folgte sie ihm. Die Vorfreude auf den Ausritt auf ihrem windfarbenen Pferd ließ ihr Herz höherschlagen.

»Fang schon mal an zu putzen.« Kristján stellte eine Putzkiste auf den Boden. Nachdem er gegangen war, öffnete sie die Kiste und sah hinein. Die Erinnerung daran, wie man mit den unterschiedlichen Bürsten umging, kehrte zurück, und sie nahm den Striegel heraus.

Während sie ihr Pferd mit kreisenden Bewegungen putzte und leise zu ihm sprach, kümmerte Kristján sich um sein Pferd.

»Das reicht mit dem Putzen. Du kannst aufsatteln«, hörte sie nach einiger Zeit von ihm.

»Kannst du mir bitte dabei helfen?«, bat sie Kristján um Hilfe. »Es ist schon eine Weile her, dass ich geritten bin.«

»Klar.« Kristján trat neben sie, um Vinur zu satteln. Er roch nach Leder, Gras und Pferd. So nah war sie ihrem eigentümlichen Gastgeber bisher noch nicht gewesen, und es irritierte sie. Laura war froh, als ihr Pferd gesattelt war und Kristján zu seinem Rappen zurückging, den er ebenfalls sattelte und aus dem Stall brachte. Laura führte Vinur hinaus, der sie sanft anstupste und überhaupt sehr freundlich wirkte. Deutlich freundlicher jedenfalls als sein Besitzer.

Sie hatte erwartet, dass Kristján mit ihr auf einen Reitplatz ging, um herauszufinden, wie gut – oder in ihrem Fall wohl eher wie schlecht – ihre Reitkenntnisse waren. Stattdessen führte er sein Pferd auf den Hof und sah Laura auffordernd an. Jetzt war die letzte Chance für einen Rückzieher gekommen, aber die Blöße wollte sie sich nicht geben. Sie musste dem Pferd vertrauen, es hieß doch, dass Isländer Pferde waren, die eigenständig dachten und Verantwortung für ihren Reiter übernahmen.

Nachdem sie einigermaßen unelegant auf den Rücken des Pferdes gekrabbelt war, was Kristján freundlicherweise unkommentiert ließ, rutschte sie auf dem harten Leder hin und her und versuchte, sich daran zu erinnern, wie man richtig auf dem Rücken eines Pferdes saß.

»Sind die Steigbügel lang genug?« Kristján sah zu ihr auf. Seine professionelle Freundlichkeit überraschte sie.

»Alles gut«, brachte sie heraus.

»Wir reiten ein Stück im Schritt, und dann ziehe ich den Sattelgurt nach.« Kristján strich Vinur über den Hals und ging zu seinem Rappen, der brav auf ihn gewartet hatte. Mit einer fließenden Bewegung, um die Laura ihn beneidete, schwang Kristján sich in den Sattel. »Bist du so weit?«

»Ich denke schon.«

»Was jetzt? Ja oder nein? ›Ich denke schon‹ gibt es beim Reiten nicht.«

Laura presste die Lippen aufeinander, um eine unfreundliche Bemerkung zu unterdrücken. Sie war darauf angewiesen, mit ihm auszukommen, es sei denn, sie wollte ihren Urlaub vorzeitig abbrechen.

»Ja«, antwortete sie mit fester Stimme. Sie beugte sich nach vorn zu Vinurs Ohr hinunter und fügte flüsternd hinzu: »Das hoffe ich jedenfalls. Sei bitte nett zu mir.«

»Vinur ist ein Guter«, kam es jetzt von Kristján.

Verflixt, hatte der Mann Ohren wie ein Luchs?

»Den Eindruck macht er auch.« Laura richtete sich auf

und umklammerte den Bauch des Pferdes mit ihren Schenkeln.

»Nimm deine Beine etwas zurück, und versuch, lockerer zu sitzen.« Kristjáns Blick wirkte sehr skeptisch. »Unsere Pferde denken mit. Verlass dich auf ihn, und versuch, dich zu entspannen.«

Leichter gesagt als getan. Obwohl Vinur nicht sehr groß war, kam Laura die Entfernung zum Erdboden gefährlich hoch vor. Ob der Schnee sehr hart wäre, wenn sie vom Rücken des Pferdes fiel? Warum musste ihr ausgerechnet jetzt durch den Kopf gehen, was man sich alles brechen konnte?

Kapitel 8

Bevor sie sich in ihre Angst hineinsteigern konnte, trieb Kristján sein Pferd an, und Vinur folgte den beiden, ohne dass Laura ihn dazu aufgefordert hatte. Erst fühlte es sich schaukelnd und seltsam für Laura an, doch ihre Muskeln erinnerten sich besser als sie an das Reiten, und sie fand sich in den Rhythmus des wiegenden Schritts ein.

Prustend stieß Vinur den Atem aus, und kleine Wolken kamen aus seinen Nüstern. Probeweise atmete Laura durch den Mund aus, und auch ihr Atem war in der Luft zu sehen. Vorsichtig strich sie ihrem Pferd über die dicke Mähne, in der Eiskristalle glitzerten. Durch die Kraft der Sonne schmolzen sie langsam und bildeten kleine Tropfen. Nur die Hufe der Pferde, die knirschend durch die Schneedecke brachen, waren zu hören. Laura atmete tief ein und begann, sich zu entspannen.

Als Kristján sein Pferd plötzlich anhielt, blieb auch Vinur stehen, so abrupt, dass Laura auf seinen Hals rutschte. Mühsam ruckelte sie sich wieder zurecht und sah den Isländer fragend an.

»Möchtest du lieber auf dem Paddock reiten?«, fragte er.

»Nein, ich versuche es.« Sie holte tief Luft. »Können wir bitte nur Schritt gehen, damit ich wieder ins Reiten reinkommen kann?«

»Kein Problem.« Kristján lächelte ihr ermutigend zu. Das Lächeln veränderte sein Gesicht, er wirkte wie ein anderer Mensch. Laura betrachtete seine Gesichtszüge, die dadurch viel freundlicher und jünger wirkten. »Ich richte mich nach dir. Eins noch, in den Schnee fällt man weich.«

Er lachte und ritt wieder an. Konnte er Gedanken lesen, oder fürchteten sich etwa alle Touristen vor einem Sturz in das Weiß? Laura drückte ihre Unterschenkel an Vinurs Bauch, und das Pferd ging in flottem Schritt voran. Als sie spürte, wie sehr sie sich an den Zügeln festklammerte, öffnete sie ihre Fäuste etwas und versuchte, gelassener zu werden.

»Gut zu wissen.« Laura blickte misstrauisch auf den Schnee, der unter den Hufen der Pferde knirschte. »Er sieht ziemlich hart aus.«

»Das täuscht.« Kristján lenkte seinen Rappen neben sie und fragte dann: »Hast du eine Liste mit Sehenswürdigkeiten erstellt, die ich dir zeigen soll?«

»Ich bin hier, um zu reiten und …« Sie zögerte kurz. »Ich möchte unbedingt ein Polarlicht sehen.«

»Ein schlichtes, oder soll es etwas Besonderes sein?«, hakte Kristján nach.

»Oh, ich wusste nicht, dass es da unterschiedliche gibt.

Ein schlichtes Polarlicht kann ich mir gar nicht vorstellen, das ist sicher unglaublich überwältigend.«

»Ich habe da eine Idee.« Kristján nickte ihr zu. »Siehst du, wenn du nicht übers Reiten nachdenkst, geht es viel besser.«

»Was meinst du?«, fragte Laura und bemerkte es dann selbst. Durch das Gespräch mit ihm hatte sie sich entspannt und sich den Bewegungen des Pferdes angepasst. Sie klammerte sich weder an die Zügel, noch presste sie ihre Beine um den Bauch des Pferdes. Sie ließ sich ganz einfach von Vinur tragen. »War das deine Strategie?«, fragte sie.

»Möglicherweise.«

Laura atmete tief ein und genoss die frische, kalte Winterluft, die erfüllt war vom besonderen Geruch des Schnees. Da es kaum Bäume gab, konnten sie weit sehen. Unendliche Weite in Weiß, so weit das Auge reichte. Der Himmel über ihnen war immer noch eher hellgrau als blau, und die Sonne blitzte nur ab und zu hervor. Dann allerdings glitzerte der Schnee wie Diamanten. Sie blickte sich um und bemerkte, dass es keine Straßen oder Gebäude gab, nur pure Natur. Mit jedem Schritt, den das Pferd zurücklegte, spürte Laura, wie sich ihr Herz öffnete und sich des Stresses und der Sorgen entledigte, die sie belastet hatten.

Nur das Knirschen der Schneekristalle unter den Hufen der Pferde und das Knarren der Ledersättel waren zu hören. Kristján war still und schien in Gedanken versunken. Laura blickte ihn aus dem Augenwinkel an und fragte sich, was er wohl dachte.

Kälte prickelte auf ihrem Gesicht, und sie zog ihren Schal etwas höher. Den Pferden und Kristján schien der eisige

Wind nichts auszumachen, wahrscheinlich kannten sie es nicht anders.

Doch das Kältegefühl war ein geringer Preis für die Schönheit der Winterlandschaft, durch die sie ihr Ritt führte. Mit einem Auto hätte sie nie diesen Weg gefunden, da war sich Laura sicher. Gleichgültig, was der Urlaub noch mit sich bringen mochte, den heutigen Ritt würde sie nie vergessen.

Kristján führte sie auf einen schneebedeckten Hügel, von dem aus sie einen atemberaubenden Blick über die Landschaft hatten. Laura sah das weite Meer in der Ferne, auf dem Eisschollen glitzerten, schneebedeckte Hügel und die majestätischen Berge am Horizont. Die Stille und Schönheit, die sie ausstrahlten, gaben ihr ein ganz besonderes Gefühl von innerer Ruhe und Frieden.

»Lass uns weiterreiten.« Kristján wendete sein Pferd und ritt den Hügel hinab. Laura schwankte etwas, als Vinur ihnen folgte. Bergab reiten hatte sie noch nie gemocht und fürchtete, dass ihr Pferd im Schnee ins Rutschen käme.

»Stimmt es, dass die Pferde den ganzen Sommer über allein leben?«, fragte sie, um sich abzulenken. Sie konnte sich das kaum vorstellen, so freundlich und zugewandt, wie Vinur ihr vorkam. »Verwildern sie nicht, wenn sie die ganze Zeit ohne Menschenkontakt sind?«

»Unsere Pferde sind es gewohnt, für sich selbst zu denken und eigene Entscheidungen zu treffen«, erklärte Kristján. »Im Sommer leben sie wild im Hochland und müssen sich um Futter und Wasser selbst kümmern.«

»Und wenn ihnen etwas passiert?« Himmel, was war nur mit ihr los, dass sie sofort an das Schlimmste dachte, anstatt sich darüber zu freuen, was für ein freies Leben diese Pferde führten?

»Wir schauen selbstverständlich immer mal nach ihnen, vor allem in der Fohlenzeit. Sie brauchen die Einsamkeit und Freiheit im Hochland«, sagte Kristján nach kurzem Überlegen. »Es stärkt ihren Charakter und ist am natürlichsten für sie. Pferde, die im Sommer nicht draußen sind, sind keine richtigen Islandpferde.«

»Aber im Winter holt man sie herein. Warum?«

»Sie würden im Hochland nicht genug zu fressen finden. Also treffen sich alle Bauern und bringen ihre Pferde gemeinsam ins Tal.«

»Wie viele Pferde sind das etwa?«

»Je nach Jahr etwa fünfhundert, manchmal sogar sechshundert.«

»Das ist bestimmt ein gewaltiges Spektakel.« Laura fand schon eine Herde von zwanzig Pferden beeindruckend. Wenn sie sich vorstellte, dass fünfhundert Islandpferde auf einmal galoppierten, wurde ihr fast schwummrig.

»Du solltest wiederkommen und es dir anschauen, wenn du das echte Island kennenlernen willst.«

»Wann findet es statt?«

»Ende September, Anfang Oktober, je nachdem, wie der Winter ist«, antwortete Kristján.

Wer wusste schon, was bis dahin alles geschehen konnte, daher wechselte Laura lieber das Thema. Aber sie konnte sich schon jetzt vorstellen, dass sie noch einmal nach Island zurückkehren würde, so beeindruckend war die Landschaft, so frei fühlte sich ihr Herz.

»Was macht Islandpferde so besonders, neben dem freien Leben im Hochland?«

»Sie sind eine sehr alte Rasse. Bereits im Jahr 930 hat das Althing, das Parlament, festgelegt, dass keine Pferde mehr auf die Insel kommen dürfen.« Kristján lächelte. »Ein Pferd, das Island verlässt, darf niemals zurückkehren.«

»Das betrifft nur die, die verkauft werden, oder?«, hakte Laura nach.

»Nein, das gilt auch, wenn man zu Weltmeisterschaften reist, die außerhalb Islands stattfinden.«

»Oh.« Laura stellte es sich hart vor, eine Entscheidung treffen zu müssen zwischen der Teilnahme an einer Meisterschaft und dem eigenen Pferd. »Warst du schon einmal mit einem Pferd außerhalb Islands?«

Er schüttelte den Kopf. »Kein Titel ist so wichtig, dass ich dafür eines meiner Pferde aufgeben würde.«

»Warum sind sie so klein?« Laura traute sich jetzt, alles zu fragen, was ihr durch den Kopf ging. Vinurs ruhiger Schritt schien auch ihr Ruhe zu verleihen. Oder war das auch wieder eine Frage, die Isländer beleidigte? »Warum hat man sie nicht größer gezüchtet?«

»Sieh dir die Landschaft an.« Kristján zog einen weiten Kreis mit der Hand. »Man brauchte geländegängige und zähe Pferde. Ein Großpferd hätte auf den schmalen Wegen hier kaum eine Chance.«

»Das klingt logisch.«

»Apropos Landschaft«, sagte er und hielt sein Pferd an. »Schau mal.«

Kristján hatte nicht zu viel versprochen. Mit großen Augen bestaunte Laura den wunderschönen Fjord, der sich vor ihnen erstreckte. Wie schade, dass sie weder ihre Kamera noch ihr Smartphone dabeihatte. Sie musste Kristján auf jeden Fall dazu überreden, morgen noch einmal hierherzureiten.

Sie konnte ihren Blick nicht von dem unfassbar blauen Schimmern des Fjords abwenden. So eine Farbe hatte sie bisher noch nie gesehen. Keines der Fotos in den Bildbänden über Island, die sie sich angeschaut hatte, hatte dieses Blau einfangen können. Es war einzigartig. Islandblau.

Ein schneebedeckter Fels ragte in den Fjord hinein und bildete dessen natürliche Begrenzung. Am Himmel schimmerten die Wolken golden, angeleuchtet von der Sonne, die bisher noch nicht durch die Wolkendecke gebrochen war.

Selbst an diesem wolkenverhangenen Tag sah der Fjord beeindruckend aus. Die Wolken spiegelten sich im Wasser und verliehen ihm eine Tiefe und Dunkelheit, die Laura daran erinnerte, wie mystisch und geheimnisvoll Island doch war. Laura überkam das Gefühl, dass sie in diesem Moment genau hier sein sollte, in der Natur, in Island, auf dem Rücken von Vinur. Sie fühlte sich als Teil der Landschaft, nicht als Fremde, es war beinahe, als wäre sie endlich angekommen. Wie hatte sie so viele Jahre auf das Reiten verzichten können?

»Können wir morgen noch einmal hierherkommen? Ich habe meine Kamera nicht dabei«, fragte Laura begeistert.

»Selbstverständlich.« Ein Schatten zog über Kristjáns Gesicht, und er trieb sein Pferd an.

Laura ritt neben ihn und versuchte, das Gespräch über Pferde weiterzuführen. Sicheres Terrain.

»Im Internet habe ich gesehen«, begann sie, »wie Menschen inmitten einer Herde frei laufender Pferde reiten. Bietest du das auch an?«

»So groß ist meine Herde nicht, und ich züchte Pferde eigentlich für den Verkauf und habe nur ein paar für Touristen.«

Der Tonfall, in dem er das sagte, klang nicht sehr freundlich, eher so, als wären Feriengäste ein Ärgernis, mit dem er sich plagen musste.

»Warum machst du überhaupt so ein Angebot, wenn du Touristen nicht magst?«

»Wer sagt, dass ich Touristen nicht mag?«

»Dein ganzes Benehmen.« Oh, da war ihre Zunge wieder schneller als der Kopf gewesen. Aber sie bereute es nicht, denn es stimmte. Seitdem sie angekommen war, hatte sie von isländischer Gastfreundschaft nicht viel bemerkt. »Gestern habe ich mich wie ein Störfaktor gefühlt und nicht wie ein Gast.«

Als er nicht sofort antwortete, wurde sie nervös, aber presste die Lippen zusammen. Die Stille musste sie jetzt aushalten. Nun würde sich entscheiden, wie der Urlaub sich entwickelte.

»Du hast recht, mein Verhalten wirft kein gutes Licht auf Urlaub in Island.« Kristján biss sich auf die Unterlippe. »Es tut mir leid, ich hab gerade keine leichte Zeit.«

Bevor Laura reagieren konnte, sprach er schon weiter.

»Und ja, du hast recht, ich bin nicht wirklich angetan davon, Ausritte für Touristen anzubieten.« Kristján strich seinem Rappen über den Mähnenkamm. »Ich mag meine Pferde und ertrage es nur schwer, Anfänger auf ihrem Rücken zu sehen.«

Sofort setzte Laura sich gerade hin und versuchte, wie eine erfahrene Reiterin auszusehen. »Aber warum bietest du die Reittouren an?«

»Meine Pferdezucht allein wirft nicht genug ab. Mit Stutenblut zu handeln, das kommt nicht infrage.«

»Gibt es nichts anderes, was du machen könntest?«

Er schüttelte den Kopf. »Sieh dich um, was soll ich hier arbeiten? Ich müsste nach Reykjavík oder Akureyri gehen, aber es ist der Hof meiner Familie. Ich will ihn nicht im Stich lassen.«

»Das verstehe ich.« Sie zögerte einen Augenblick. »Wo ist deine Familie?«

»Das geht dich nichts an.« Er ließ sein Pferd schneller gehen, und Vinur und sie folgten ihnen langsam, bis sie schließlich den Hof wieder erreichten. Laura fragte sich, was sie falsch gemacht hatte. Kristján hatte seine Familie angesprochen, da war es nur natürlich, dass sie nachfragte. Bevor sie etwas sagen konnte, entdeckte sie eine Gruppe von Pferden, die im Schnee spielten. Der Anblick war so herzerwärmend in seiner Fröhlichkeit, dass Laura beschloss, sich nur auf das Positive zu konzentrieren und alles Negative zu ignorieren.

Vinur prustete, als wollte er ihr zustimmen. Sanft strich sie ihm über den Hals und flüsterte: »Danke, du bist ein wunderbarer Begleiter.«

Als Laura aus dem Sattel steigen wollte, knickten ihre Beine weg. Hätte Kristján nicht neben ihr gestanden und sie festgehalten, wäre sie wahrscheinlich umgefallen wie ein Stein.

»Tut mir leid, das ist mir wirklich peinlich«, stammelte sie und spürte seine starken Arme um sich. »Ich kann mir das gar nicht erklären.«

»Ich schon. Ich habe es erwartet.« Er zuckte mit den Schultern. »Es geht den meisten Menschen so, wenn sie ein paar Stunden lang geritten sind. Du wirst morgen einen furchtbaren Muskelkater haben.«

»Das fürchte ich auch.« Laura erinnerte sich daran, wie sehr ihr ganzer Körper geschmerzt hatte, nachdem sie nach einer längeren Pause wieder aufs Pferd gestiegen war. »Das habe ich auch nach all den Jahren nicht vergessen.«

»Dann sei froh, dass wir in Island ein paar Mittel dagegen besitzen.«

»Und die wären?«

»Das zeige ich dir später.«

»Wann?« Laura löste sich aus seinen Armen.

»Erst kümmern wir uns um die Pferde und essen selbst etwas.« Kaum hatte er es ausgesprochen, begann Lauras Magen zu knurren, und sie kicherte. Vor lauter Abenteuer hatte sie vergessen, etwas zu sich zu nehmen.

Nachdem sie die Pferde abgesattelt und auf die Weide gebracht hatten, kochte Kristján in der Küche einen Tee, der stark nach Kräutern roch.

»Das ist *ein* Mittel gegen den Muskelkater, aber das beste Mittel zeige ich dir, nachdem wir etwas gegessen haben.«

»Nun bin ich neugierig«, antwortete Laura. »Gib mir wenigstens einen Hinweis.«

»Überall in Island finden sich heiße Quellen. Wenn wir ein eigenes Thermalbad haben wollen, müssen wir nur ein Loch in die Erde bohren.«

»Das klingt schräg. Schräg, aber irgendwie auch toll.« Ihr Körper dehnte sich wohlig bei der Vorstellung, in warmem Wasser zu liegen und die Muskeln entspannen zu können.

»Hast du einen Badeanzug mitgebracht?«

»Ja klar, ich will unbedingt in die Blaue Lagune.«

»Die Blaue Lagune ist nur was für Touristen. Ich zeige dir ein Bad, das viel schöner ist.« Kristján lächelte geheimnisvoll.

Kapitel 9

Nachdem sie die Pferde abgesattelt, ihnen Kraftfutter gegeben und sie auf den Paddock gestellt hatten, war es nun Zeit für Laura und Kristján, sich selbst etwas zu gönnen. Laura war froh, endlich den schweren Overall loswerden zu können.

»Zieh dir ruhig etwas anderes an«, bot Kristján ihr an. »Ich kümmere mich um das Essen. Schließlich bist du mein Gast.«

Meinte er das ironisch? Laura konnte es nicht sagen, aber es war ihr egal, denn sie war froh, die enge Reithose gegen eine bequeme Jogginghose austauschen zu können. Dominik hatte immer die Augen verdreht, wenn sie ihre Bequemhosen getragen hatte, und behauptet, Karl Lagerfeld hätte gesagt, Menschen, die Jogginghosen trugen, hätten die Kontrolle über ihr Leben verloren. Als ob es Laura interessiert hätte, was Lagerfeld von ihr gedacht hätte.

Trotzdem zögerte sie. Sollte sie das graue Schlabberding

lieber gegen Jeans austauschen? Ach, Quatsch! Kristján hatte sie in dem roten Overall gesehen, da würde eine Jogginghose ihn wohl nicht erschrecken.

Gerade, als sie in die Küche gehen wollte, rief er ihr zu: »Das habe ich vergessen, zieh dir einen Badeanzug unter, und bring einen Bademantel und ein Handtuch mit.«

»Mach ich!«, rief sie zurück. »Dann brauche ich noch ein bisschen.«

Das war eindeutig ein Nachteil an Winterreisen: Man musste viel zu viel Kleidung tragen. An- und Ausziehen dauerten ewig. Endlich hatte Laura sich umgekleidet und ging in die Küche. Auf dem Tisch stand der Korb mit dem leckeren Brot, ein Teller mit Tomaten und Käse und einer mit Wurst und Schinken. Ihr Magen knurrte lauthals, als sie das Essen sah.

Kristján lachte, Laura zuckte nur mit den Schultern.

»Reiten macht hungrig. Dich etwa nicht?«, fragte sie.

»Während du dich umgezogen hast, habe ich mir schnell ein Brot gemacht.« Er zwinkerte ihr zu. Nach dem Ausritt wirkte er viel gelöster und freundlicher, was Laura nur zu gut verstand, denn ihr ging es ähnlich. »Bitte, bedien dich«, schob er jetzt hinterher und nickte zum Tisch hinüber.

Das ließ sie sich nicht zweimal sagen. Laura nahm sich eine Scheibe Brot, schnitt eine dicke Scheibe Käse ab und legte sie auf das Brot. Herzhaft biss sie hinein und schloss voller Behagen die Augen.

»Lecker. Besser als in einem Sternerestaurant.«

»Das macht unsere gute Luft.« Kristján nahm ihr gegenüber Platz und nahm sich ebenfalls eine weitere Scheibe Brot.

Er hielt kurz inne. »Ist es in Ordnung, wenn ich Wurst esse, oder stört dich der Geruch?«, fragte er.

»Kein Problem, aber danke, dass du gefragt hast.«

Sie aßen in einträchtigem Schweigen, während draußen die Dämmerung in Dunkelheit überging. Laura blickte auf ihre Armbanduhr. Unglaublich, es war nicht einmal drei Uhr nachmittags und beinahe so dunkel wie in Deutschland in der Nacht. Das würden lange Abende werden. Hoffentlich gab es in dem Regal in ihrem Zimmer auch englische oder möglicherweise sogar deutsche Bücher.

Nach dem Essen führte Kristján sie auf einen Pfad, der vom Haus weg in Richtung der Berge führte. Er leuchtete mit einer Taschenlampe, eine zweite trug er in der anderen Hand. Vorsichtig balancierte Laura über die Schneedecke, die unter ihren Schritten brach. Wo führte Kristján sie wohl hin? Zu einer Sauna oder zu einem Schwimmbad?

Nach einer kurzen Wegstrecke entdeckte Laura eine Holzplattform, beleuchtet durch einen Strahler. Je näher sie kamen, desto mehr Einzelheiten schälten sich aus der Dunkelheit. In der Mitte der Holzplattform befand sich ein Whirlpool, allerdings ohne Blasen und Sprudel.

»Wo kommt das Wasser her?«

»Aus einem Brunnen.«

»Wo wird es erwärmt?«

»Es kommt heiß aus der Erde, dank der Vulkane.«

»Wie heiß?«

»Höchstens vierzig Grad, angenehme Badewannentemperatur.« Kristján stellte die zweite Taschenlampe ab. »Ich lasse dich jetzt allein. Du findest den Weg zurück, oder?«

Laura nickte. Vorsichtig ging sie in die Knie, um die Temperatur des Hotpots zu prüfen. Ein wenig fürchtete sie sich davor, sich bei der Eiseskälte auszuziehen. Sie streckte die Hand aus und tauchte sie in das dampfende Wasser. Zu ihrer Überraschung war das Wasser wirklich warm, wärmer als ihre übliche Badewannentemperatur.

Schnell zog sie sich den Pullover über den Kopf, die Stiefel, die Socken und die Hose aus und setzte einen Fuß nach dem anderen in das warme Wasser. Erst kam es ihr zu heiß vor, doch schnell hatte sie sich daran gewöhnt und tauchte mit dem ganzen Körper ein. An der Seite waren gemauerte Steine, an denen sie sich festhalten konnte. Sie ließ die Beine vor sich im Wasser schweben und schloss die Augen. Es war der perfekte Moment.

Das warme Wasser umhüllte ihren Körper, und sie spürte, wie sich ihre Muskeln entspannten. Als sie die Augen öffnete, sah sie, wie der Dampf über dem Wasser aufstieg und sich mit dem kalten Winterwind vermischte. Sie dachte an ihre Mutter und wie sehr sie sie vermisste. Clara hatte einmal gesagt, dass die heißen Quellen Islands ein Geschenk der Natur wären, magische Orte, an denen man unvorstellbare Ruhe finden könnte.

Mit einem Seufzer lehnte Laura sich zurück und schloss erneut die Augen. Sie erinnerte sich an ihre Mutter und wie viel sie ihr bedeutet hatte. Clara hatte versucht, ihre Tochter zu inspirieren und ihr zu zeigen, dass das Leben voller Möglichkeiten war. Dabei hatte sie selbst ein großes Geheimnis bewahrt, das Laura wohl nie lüften würde. Sie nahm sich vor, Kristján später zu fragen, ob er den Hof Bláskógur kannte.

Obwohl es ruhig um sie war, machte es sie nervös, mit geschlossenen Augen im Hotpot zu sitzen. Daher öffnete sie die Augen und sog den Anblick tief in sich ein, um ihn in ihrem Herzen zu bewahren, als Erinnerung, wenn sie nach Deutschland zurückgekehrt war. Der weiße Schnee vor dem dunklen Himmel, der eisige Wind, der ihr ins Gesicht blies und die Haare durcheinanderwirbelte, und die unglaubliche Wärme des Hotpots an ihrem Körper. Jetzt fehlte nur noch ein Polarlicht, und es wäre Island genau so, wie sie es sich vorgestellt hatte. Aber leider blieb der Himmel dunkel, sosehr sie sich auch ein Nordlicht herbeiwünschte. Laura gähnte, dehnte die verspannten Schultern und wackelte mit den Zehen. Sie musste aufpassen, dass sie nicht einschlief, so angenehm warm war das Wasser. Und im Unterschied zu einer Badewanne kühlte es nicht ab.

Sie stöhnte wohlig auf. In dem Moment berührte etwas Pelziges ihren Nacken. Panisch stieß sie einen spitzen Schrei aus und drehte sich um. Große gelbe Augen starrten ihr entgegen, weiße Zähne funkelten bedrohlich. Eine Katze! Eine Katze war an ihrem Hals entlanggestrichen und fauchte sie nun an, wohl erschrocken über Lauras Schrei.

Sie beäugten einander, die Katze sichtlich erbost, Laura vollkommen verwirrt. Der Stubentiger hatte einen wilden Schnurrbart, sodass Laura ihn im Stillen Dschingis Katz taufte, sein Fell war grau-braun getigert und immens kuschelig, die Ohren klein, die Nase innerhalb einer weißen Maske rosa.

»Miez, miez«, versuchte Laura die Katze anzusprechen, aber das Tier starrte sie nur weiter an und stieß ein dumpfes

Grollen aus. Hastig zog sie ihre Finger zurück, bevor die Samtpfote zubiss. Laura mochte Katzen, Merle hatte sich immer ein Haustier gewünscht, aber Dominik war allergisch auf Tierhaare. Aber wenn sie bei Freunden zu Besuch waren, die Hunde oder Katzen hatten, nieste Dominik nicht einmal.

»Du willst nur kein Haustier, weil es Unordnung und Dreck mit sich bringen könnte«, hatte Merle ihm vorgeworfen.

»Mein Vater war schon allergisch gegen Katzen«, hatte Dominik geantwortet.

»Dann könnten wir uns einen Hund anschaffen«, hatte Merle vorgeschlagen, aber Dominik hatte sich strikt geweigert.

Warum hatte sie seine Ablehnung einfach akzeptiert, obwohl sie und Merle sich so sehr einen felligen Freund gewünscht hatten? Je länger sie getrennt waren, desto mehr erschien es ihr, als ob ihre Ehe und auch ihre Familie funktioniert hatten, weil sie alle sich nach Dominiks Wünschen und Vorstellungen gerichtet hatten.

»Was ist los? Du hast geschrien.« Kristján kam mit großen Schritten angerannt, und die Katze jagte davon ins Dunkel. Als der Isländer Laura sah, grinste er breit, was sie verwirrte.

Sie erhob sich aus dem Wasser, der eisige Wind strich über ihre Haut, und sie tauchte sofort wieder bis zum Hals unter. Außerdem war es ihr peinlich, ihrem Gastgeber halb nackt gegenüberzustehen. Ganz zu schweigen davon, dass ihr Badeanzug nicht gerade das neueste Modell war. Riesige ausgeblichene Blumen schmückten ihren Körper, das musste er nicht unbedingt sehen, vor allem nicht, da er selbst in eine dicke Jacke eingepackt war. So fühlte sich Laura noch nackter.

»Da war eine Katze, die hat mich zu Tode erschreckt.«

»Ach, das war Kjartan.« Kristján lachte laut auf. »Wahrscheinlich hast du dem armen Kater eine Heidenangst eingejagt.«

»Das war nicht lustig«, antwortete Laura, aber dann musste sie lachen. »Ich konnte ja nicht ahnen, dass es nur ein Stubentiger ist.«

»Was hast du erwartet?« Kristján versuchte so sehr, sich das Lachen zu verbeißen, dass er rot anlief. »Wir haben keine Raubtiere auf Island.«

»Ich hätte dich gern gesehen und gehört, wenn dich etwas Pelziges am Nacken berührt hätte.«

Zu ihrer Überraschung stimmte Kristján ihr zu: »Wahrscheinlich hätte ich auch gekreischt. Gut, dass du nicht versucht hast, Kjartan zu streicheln. Er ist kein besonderer Menschenfreund.«

»Aber er lebt hier?«

»Er fängt Mäuse und mag Pferde.«

»Ehrlich? Du veräppelst mich.«

»Nein, er ist wirklich gern mit Pferden zusammen. Er schläft auf ihrem Rücken und streicht um ihre Köpfe.«

»Das mit dem Streichen habe ich am eigenen Leib gespürt. Meinst du, er hält mich für ein Pferd?«

»Das kann ich mir nicht vorstellen.« Kristján hob das Handtuch auf und reichte es hier. Nachdem sie es genommen hatte, drehte er sich um, was Laura überraschte. »Bitte sehr, bevor du verschrumpelst.«

»Danke, du kannst gern zurückgehen. Ich finde den Weg schon.«

»Wer weiß, was noch an gefährlichen Wesen im Dunkeln lauert.« Seinem Tonfall konnte Laura das Schmunzeln anhören. »Hasen möglicherweise oder sogar Schafe.«

Sie stieß ein Schnauben aus und stieg schnell aus dem Hotpot. Der Wind pfiff eisig über ihren Körper, und sie spürte Gänsehaut an Armen und Beinen. Hastig warf sie sich den Bademantel über, sammelte Jeans und Pulli ein und schlüpfte in Strümpfe und Schuhe.

»Ich bin so weit.« Schlotternd vor Kälte, zog sie den Bademantel enger um sich, der ihre Unterschenkel frei ließ, sodass sie den eisigen Wind auf ihrer Haut spürte.

»Findest du den Weg wirklich?« Kristján hatte sich zu ihr umgedreht. »Dann würde ich noch einmal nach den Pferden schauen.«

»Ja. Danke für die Rettung.« Sie lächelte und sputete sich, um in die Wärme des Hauses zurückzukehren. Kurz überlegte sie, ob sie auf Kristján warten sollte, aber langsam umfing sie die Müdigkeit, und sie ging ins Bad. Es war zwar noch früh, aber die frische Luft und der Ausritt, das warme Wasser des Hotpots und die ungewohnte Dunkelheit ermüdeten sie. Im Bad zog sie den nassen Badeanzug aus und ihren Flanellpyjama an. Laura gähnte und begann, ihre Zähne zu putzen. Sie schaute in den Spiegel und wusste nun, warum ihr Gastgeber so breit gegrinst hatte. Auch sie lachte, denn ihre Haare lagen vom Reithelm platt gedrückt an ihrem Kopf und kringelten sich gleichzeitig an den Rändern durch die Feuchtigkeit und Hitze des Hotpots. Es sah aus, als trüge sie einen eng anliegenden Hut mit Krempe.

Zu ihrer Überraschung entdeckte Laura beim Blick in den Spiegel noch etwas. Zum ersten Mal seit Langem sah sie glücklich aus. Ja, es war ein großartiger Tag gewesen: Sie hatte ihre Angst vor dem Reiten auf Schnee überwunden, ein Bad im Hotpot genossen und den Hofkater kennengelernt. Ihr Mut, allein nach Island zu reisen, zahlte sich aus.

Nachdem sie sich im Spiegel zugelächelt hatte, kehrte sie zurück in ihr Zimmer. Sie lauschte nach dem Geräusch der sich öffnenden Haustür, aber es blieb still. Wie lange er wohl bei den Pferden bleiben würde? Warum war er heute Abend so freundlich zu ihr gewesen? Schon beim Ausritt hatte er sich von einer besseren Seite gezeigt als bei ihrer Ankunft. Dass er sich so um sie kümmern würde, das hätte sie ihm nicht zugetraut. Ihr geheimnisvoller Gastgeber beschäftigte sie doch mehr, als sie sich gestern noch hätte vorstellen können.

Plötzlich hörte sie das »Ping«, mit dem ihr Smartphone eine Nachricht anzeigte.

Belle oder Merle. Sie nahm das Telefon zur Hand und erstarrte, denn die Mitteilung kam von Dominik. Sicher wollte er nur wieder etwas Organisatorisches klären, fand irgendetwas im Haus nicht oder suchte nach Unterlagen. Wie passend, dass er sich ausgerechnet jetzt meldete, da sie sich glücklich fühlte. Morgen war auch noch ein Tag, die Nachricht konnte sicher warten. Aber ihre Neugier war stärker.

Ich wünsche Dir eine wundervolle Zeit auf
Island,

las sie.

Was hatte das denn zu bedeuten? Ihre Finger schwebten über der Tastatur, aber nein, heute würde sie ihm nicht antworten.

Laura kuschelte sich in ihren Flanellpyjama. Obwohl sie eben noch so müde gewesen war, konnte sie nicht einschlafen. Ruhelos wälzte sie sich von einer Seite auf die andere. Die Stille draußen machte sie nervös, sie war es gewohnt, städtische Geräusche zu vernehmen: Autos, die nachts vorbeifuhren, Menschen, die sich unterhielten, ab und zu ein Rettungswagen. Hier war nichts zu hören, nicht einmal die Pferde oder die Schafe. Sie schienen auch schon zu schlafen. Nur das Haus machte ab und zu ein Geräusch, es knarrte, und es kam Laura vor, als trappelte etwas auf dem Dachboden über ihr. War das der Kater, oder gab es hier kleine Raubtiere wie Marder? Und war Kristján eigentlich schon zurückgekehrt?

Kapitel 10

Es kam Laura vor, als wäre sie eben erst eingeschlafen, als ein lautes Hämmern an der Tür zu ihrem Zimmer ertönte.

»Aufstehen. Wir wollen reitfertig sein, bevor es hell wird.«

»Dir auch einen guten Morgen«, erwiderte sie leise, rekelte sich und wäre gern noch im kuscheligen Bett geblieben. Sie sah aus dem Fenster, vor dem es noch dunkel war, dann blickte sie auf ihre Armbanduhr. Oh, es war bereits kurz nach neun. Sie hätte auf sechs Uhr morgens getippt. Schwungvoll wollte sie aus dem Bett springen und ließ sich mit einem Schmerzensschrei zurücksinken. Muskelkater aus der Hölle! Langsam richtete sie sich auf, schlich ins Bad, duschte schnell und putzte sich die Zähne.

In der Küche wartete ein Frühstück mit Käse, Marmelade, Butter und sogar Obst auf sie. Kristján hatte sich richtig Mühe gegeben und sogar ein Platzdeckchen mit Spitze aufgelegt. Laura grinste bei der Vorstellung, wie der Wikinger den

Tisch gedeckt und die Deckchen zurechtgerückt hatte. Das passte so gar nicht zu ihm, sie wusste das zu würdigen.

Es stand nur ein Teller da, er hatte wohl bereits gefrühstückt. Schnell belegte Laura sich ein Käsebrot, das sie mit Kaffee herunterspülte. Sie holte ihre Kamera, schlüpfte in den Overall und eilte in den Stall. Dort wartete Kristján bereits auf sie und hatte Sättel und Trensen schon bereitgelegt.

»Wollen wir heute wirklich reiten?« Laura deutete durch die Stalltür zum Himmel, der von einem grauen Wolkenband verhangen war. Es schien nur eine Frage der Zeit zu sein, bis die Wolken sich öffneten, um einen Regenschauer auf die Erde zu schicken. »Meinetwegen können wir nach Akureyri fahren.«

Was sie Kristján gegenüber nicht eingestehen wollte, war der fiese Muskelkater, mit dem sie sich plagte. Selbst das Bad in dem kleinen Hotpot hatte nur begrenzt geholfen. Laura schmerzten Körperstellen, die sie niemals mit dem Reiten in Verbindung gebracht hätte. Inzwischen konnte sie nachvollziehen, warum Cowboys mit gebogenen Beinen gingen. Sie schlich auch mehr, als dass sie sich bewegte.

»Schau!« Kristján zeigte zum Himmel, der sich aufhellte. »Es wird ein schöner Tag. ›Wenn dir das Wetter nicht gefällt, warte einfach fünf Minuten‹, heißt es bei uns.«

Gemeinsam mit ihm beobachtete Laura den prachtvollen Sonnenaufgang. Die dunkle Farbe der Nacht wich erst einem tiefen Rot, dann einem leuchtenden Orange, bis sie schließlich in ein glitzerndes Blau überging.

»Wunderschön«, murmelte sie und konnte ihren Blick nicht abwenden.

»Das ist es«, sagte Kristján, »aber trotzdem sollten wir jetzt die Pferde satteln. Uns bleiben nur vier Stunden Tageslicht.«

»Also beeilen wir uns.« Laura riss sich von dem unglaublichen Anblick los und ging mit ihm zur Weide.

»Ich habe mir etwas überlegt«, sagte er und reichte ihr ein Halfter. »Wie wäre es, wenn du heute ein anderes Pferd reitest? Ich habe an Hunar gedacht.«

Er deutete auf einen großen Fuchs, der den Kopf hob und ihnen neugierig entgegensah, als hätte er seinen Namen verstanden.

Laura war überrascht und wusste einen Moment nicht, was sie sagen sollte. Sie hatte Angst abzulehnen. Sie wollte Kristján nicht vor den Kopf stoßen. Aber dann entschied sie sich, ehrlich zu sein.

»Danke, Kristján. Ich würde gern Vinur behalten. Ich mag ihn sehr und würde ihn gern besser kennenlernen.«

Kristján nickte. »Es ist wichtig, eine Bindung zu seinem Pferd aufzubauen. Ich respektiere deine Entscheidung. Also wieder Vinur.«

Laura war erleichtert und spürte, wie ihr Herz wieder leichter wurde. Sie wusste, dass sie die richtige Entscheidung getroffen hatte. Das einäugige Pferd hatte sich als echter Gentleman erwiesen und sie sicher getragen.

»Gibt es eine Aufstiegshilfe?«, fragte sie, nachdem sie die Pferde gesattelt hatten. Laura würde es heute ohne Unterstützung niemals auf Vinurs Rücken schaffen.

»Leider nein.« Kristján hob die Hände. »Ich kann dich raufwerfen.«

»Ich versuche es erst einmal so.« Sie musste ihre Hände zu Hilfe nehmen, um den Fuß in den Steigbügel zu bekommen, und stöhnte vor Schmerzen auf. Sosehr sie sich auch abmühte, sie bekam ihr Bein einfach nicht hoch. »Ich brauche wohl doch deine Unterstützung.«

Sie nahm den Fuß aus dem Steigbügel.

»Kein Problem.« Er trat neben sie und verschränkte die Hände. Sie winkelte ihr Bein an, und er warf sie mit Schwung auf Vinurs Rücken. Mit so viel Schwung, dass sie beinahe auf der anderen Seite wieder heruntergepurzelt wäre.

Endlich saß sie auf Vinurs Rücken und ritt neben Kristján durch den Schnee, der in der Sonne glitzerte. Sie war froh, sich auf ihn verlassen zu können, denn der Weg führte sie einen Hügel hinauf, von dem aus es steil zum Fjord herunterging. Wie konnte Kristján sich nur in dem hohen Schnee orientieren? Sie drückte die Daumen, dass die Islandpferde wirklich so trittsicher waren, wie man es über sie sagte.

Laura sah Kristján an und lächelte. »Es ist so unfassbar schön hier draußen. Ich fühle mich lebendig.« Sie atmete tief durch und spürte, wie die kalte Luft ihre Lungen füllte. »Meine Mutter war vor vierzig Jahren hier und wollte das Land unbedingt noch einmal besuchen.«

»Warum ist sie nicht mitgereist?«

»Sie ist im Frühjahr gestorben.«

»Das tut mir leid.«

»Danke.« Da Laura spürte, wie ihr die Tränen kamen, trieb sie Vinur an. Nachdem sie ihre Fassung wiedergewonnen hatte, wandte sie sich an Kristján. »Kannst du mir helfen, einen Bauernhof namens Bláskógur zu finden? Meine Mutter war vor vierzig Jahren hier und hat drei Monate dort gearbeitet. Ich würde gerne dorthin reiten und sehen, was daraus geworden ist. Vielleicht erinnert sich jemand an sie.«

Kristján dachte länger nach und schüttelte dann den Kopf. »Ich fürchte, den Hof gibt es nicht mehr. Viele Höfe haben in den letzten Jahren geschlossen, weil es schwierig geworden ist, sie zu bewirtschaften.«

Laura fühlte, wie ihr Herz sank. Sie hatte gehofft, den Hof zu finden und mehr über die Vergangenheit ihrer Mutter zu erfahren. Nun schien ihre Suche vergeblich gewesen zu sein. Sie seufzte.

»Ich kann meine Nachbarn fragen«, bot Kristján ihr an.

»Das wäre toll. Danke.«

Der Schnee knirschte unter den Hufen, ein eisiger Wind wehte Laura Vinurs Mähne ins Gesicht, als sie sich vorbeugte, um dem Wind zu entgehen.

»Was meinst du, würdest du heute einen Tölt wagen?« Kristjáns Rappe tänzelte, als hätte er jedes Wort verstanden. »Nur, wenn du dafür bereit bist.«

Laura erwiderte seinen Blick. Einerseits fühlte sie sich nicht sicher und dachte immer noch an die Unfälle, die passieren konnten; andererseits konnte sie es nicht erwarten, endlich diese besondere Gangart zu reiten. Im Internet hatte sie Videos von Reitern gesehen, die in einer unfassbaren Geschwindigkeit über eine Ovalbahn rasten und dabei ein Glas Bier in der Hand hielten, ohne einen Tropfen zu verschütten.

»Lässt Vinur sich anhalten, wenn es mir zu schnell geht?«

»Selbstverständlich.« Kristján nickte ihr zu. »Atme tief ein und aus. Du musst mir nichts beweisen.«

Sie hielt inne, überrascht von dem sanften Blick, mit dem er sie bedachte.

»Was ist das Besondere am Tölt?«

»Es ist, wie ein Schritt, eine Gangart mit vier Takten, nur fließender.«

»Welche Hilfen muss ich geben?«

»Nimm die Zügel ein wenig auf, und lehn dich zurück. Vinur wird schon tölten, mach dir keine Sorgen.«

»Okay.« Laura lehnte sich zurück. Da schoss Kristjáns Rappe auch schon los, und Vinur lief ihm hinterher, in einer für Lauras Geschmack rasanten Geschwindigkeit. Seine Mähne wackelte von einer Seite zur anderen, und sie wunderte sich, wie gut es sich bei diesem Tempo sitzen ließ. Als Kristján sein Pferd in Schritt fallen ließ und auch Vinur langsamer wurde, bedauerte sie es, nicht weiter tölten zu können.

»Das war toll«, stieß sie hervor. Ihre Wangen brannten vom Wind, aber sie fühlte sich so glücklich, dass sie am liebsten vor Freude gesungen hätte. »Tölt ist einfach großartig.«

»Und schnell. Da vorn ist schon der Fjord.« Kristján deutete mit der Hand nach vorn.

Laura zügelte ihr Pferd, um die Bucht erkennen zu können, aber noch waren sie zu weit weg.

»Kannst du weiter tölten?«, fragte Kristján sie.

»Auf jeden Fall.« Sie konnte es kaum erwarten, wieder in die schnellere Gangart zu wechseln. Viel zu schnell war der Ritt zu Ende, als sie den Fjord erreichten.

»Von hier aus kannst du am besten Fotos machen.« Kristján hielt sein Pferd an. »Das wollen doch alle Touristen, oder? Deshalb bist du doch hier, oder?«

Sein herablassender Ton ärgerte Laura, und einen Moment überlegte sie, auf das Fotografieren zu verzichten. Gerade hatte sie ihm noch von ihrer Mutter erzählt, und jetzt war es, als hätte das Gespräch nie stattgefunden. Aber dann dachte sie: Nur weil er so wenig einfühlsam ist, lasse ich mir den Urlaub nicht verderben. Dann hält er mich eben für eine typische Touristin, das bin ich ja schließlich auch.

Also holte sie ihre kleine Kamera aus der Jackentasche und nahm die Spitze des Zeigefingers ihres Handschuhs zwischen die Zähne, um den Handschuh auszuziehen. Dann drehte sie sich im Sattel nach rechts und nach links, um das ideale Motiv zu finden. Vinur blieb glücklicherweise brav stehen. Vor Lauras Augen entfaltete sich ein wunderschönes Bild: In der Ferne funkelten die schneebedeckten Berge, dazwischen glitzerte blau der Fluss, unterbrochen von weiß aufschäumenden Stromschnellen. Sie knipste und knipste und knipste, mochte Kristján denken, was er wollte.

»Soll ich ein Bild von dir machen?«, hörte sie seine tiefe Stimme plötzlich.

Sein Angebot überraschte sie. Mit so einer freundlichen Geste hatte sie nach seinem Spott nicht gerechnet.

»Sehr gern.« Sie streckte den Arm mit der Kamera nach vorn. Auch er zog den Handschuh aus und nahm die Kamera entgegen.

Kristján ließ seinen Rappen ein paar Schritte zurückweichen und sagte: »Bewege Vinur ein bisschen nach links, dann habe ich die Stromschnellen, den Hügel und die Berge mit auf dem Foto.«

»Okay.« Laura gab ihrem Pferd die Hilfen, und Vinur reagierte sofort, was sie stolz machte.

»Wie wäre es mit einem freundlicheren Gesicht?« Kristján sah sie herausfordernd an.

»Ich hasse es, für Fotos gestellt zu lächeln«, gab sie zurück.

»Dann siehst du halt grimmig aus. Aber das hat der arme Vinur nicht verdient.«

Laura bemühte sich um ein Lächeln. Gekünstelt zog sie die Mundwinkel nach oben und bemerkte, wie der Isländer sie musterte. Er drückte auf den Auslöser, Laura hörte mehrfach das feine Klickgeräusch, bevor Kristján ihr die Kamera zurückreichte.

»Danke.« Sie betrachtete die Bilder und bewunderte, wie gelassen sie auf dem Pferd saß. Die Fotos musste sie unbedingt Belle und Merle schicken, die beiden würden sich mit ihr freuen.

Bei dem Gedanken stieg auf einmal ein bitteres Gefühl in ihr auf: Das hier lief ganz und gar nicht so, wie sie es geplant hatte. Sie, in der verschneiten Landschaft. Allein. Es sollte nicht ein fremder, mäßig sympathischer Isländer sie auf ihrer Traumreise fotografieren. Ihr Mann sollte an ihrer Seite sein. Was war nur geschehen, dass sie jetzt hier allein war?

Laura blinzelte, doch die Tränen, die in ihr aufgestiegen waren, ließen sich nicht mehr zurückhalten. Sie liefen unkontrolliert über ihre Wangen, als sie sich vorstellte, womit Dominik gerade seine Zeit verbrachte. Sie sah ihn und diese ominöse Vanessa gemeinsam Weihnachtsvorbereitungen treffen. Bestimmt würde Dominik bei ihr mehr Begeisterung für das Fest zeigen als mit Laura.

»Es tut mir leid.« Sie schniefte und suchte hektisch in ihrem Overall nach einem Taschentuch. Kristján starrte sie an, als wären ihr Hörner gewachsen. Anstatt etwas Tröstendes zu sagen, knurrte er: »Folge mir.«

Sie wischte sich die Nase am Ärmel des Overalls ab und machte sich im Kopf eine Notiz, das Kleidungsstück später zu säubern.

Der Weg war schmal und schneebedeckt. Sich auf das Pferd zu konzentrieren half ihr, sich abzulenken, aber immer wieder kamen ihr die Tränen. Obwohl mehr als zwei Monate vergangen waren, seitdem Dominik sie verlassen hatte, kehrten all die traurigen Gefühle mit Macht zurück. Es war eine dumme Idee gewesen, nach Island zu reisen, um über ihn hinwegzukommen. Das hätte sie besser wissen müssen.

Sie schluchzte und schniefte und konnte an Kristjáns verspanntem Rücken erkennen, wie unangenehm ihm das war. Wie die meisten Männer konnte er wohl schlecht mit weinenden Frauen umgehen.

Kapitel 11

Endlich versiegten Lauras Tränen, und sie gewann ihre Stimme wieder. »Reiten wir zurück zum Hof?«, fragte sie.

Das wäre schade, denn bisher hatte sie wenig gesehen, und es würde noch ein paar Stunden Tageslicht geben.

»Wir reiten zu Erla Hulda und Arnór«, rief Kristján über seine Schulter, fast so, als müsste Laura wissen, wer das war. Aber sie fragte nicht, sondern entschied sich, ihm zu vertrauen. Ihr blieb ohnehin nichts anderes übrig.

Ihr Weg führte sie über eine breite schneebedeckte Straße, die von einem Streifen braunen Sands gesäumt war, der das Weiß verdrängt hatte. Auf der Straße waren Spuren von Reifen und von vielen, vielen Pferdehufen zu entdecken, die sich im Schnee abzeichneten.

Als sie einen dunkelgrauen Felsen sah, von dessen Kanten Eiszapfen wie gefrorene Bärte herabhingen, wollte sie Kristján darauf aufmerksam machen, aber schwieg dann lieber. Sie fürchtete, erneut in Tränen auszubrechen, sobald sie den Mund öffnete. Stattdessen strich sie Vinur über die Mähne und dankte dem wunderbaren Pferd im Stillen. Er schnaubte, als hätte sie ihren Dank ausgesprochen.

Vor ihnen erstreckte sich eine weite, offene Fläche, die mit Schnee bedeckt war. Hier und da tummelten sich ein paar Schafe in einer kleinen Herde und durchstreiften den Schnee auf der Suche nach Gras. Ob sie zu dem Gehöft von Erla Hulda und Arnór gehörten, zu dem Kristján sie bringen wollte?

Nach kurzer Zeit erreichten sie ein weiteres der einsam gelegenen Gehöfte. Laura hielt Vinur an und staunte über den unglaublichen Anblick, der sich ihr bot. Auf der Ebene vor ihnen stand ein weißes Haus mit rotem Dach, etwas abseits davon befanden sich weitere Gebäude, ebenfalls weiß mit dunkelroten Ziegeln. Ein Sandplatz davor und Weiden daneben ließen Laura vermuten, dass es sich um die Stallungen handelte. Einige Pferden zeichneten sich wie dunkle Punkte vor dem Weiß des Schnees ab.

Doch nicht sie waren es, die Laura zum Halten gebracht hatten. Ihr Herz wurde weit beim Anblick der majestätischen Klippe, die sich hinter dem Gehöft erhob, abgetrennt durch das tiefblaue Band des Meeres. Das dunkle Grau der Felsen schimmerte an vielen Stellen durch den Schnee, eine Straße zog sich wie ein feiner hellgrauer Pinselstrich durch das Weiß. Über allem erstreckte sich ein hellblauer Himmel, über den grauweiße Wolken zogen.

Die Landschaft und der Hof waren von einer märchenhaften Schönheit, die Laura verzauberte. Das Gehöft wirkte friedlich, still und fürsorglich – ein Ort, an dem Laura sich wie zu Hause fühlen konnte. Und das Beste von allem: Schon von Weitem konnte man die weihnachtlichen Lichterketten sehen, mit denen das Haus geschmückt war.

Warum war Laura nicht hier gelandet? Hier hätte sie bestimmt ein wunderbares Weihnachtsfest feiern können, so wie sie es sich wünschte: mit selbst gebackenen Keksen, geschmückten Räumen, einem prachtvollen Weihnachtsbaum und liebevoll verpackten Geschenken.

Auf einer Weide vor dem Haus stand eine riesige Herde wolliger Schafe und widmete sich den Grasbüscheln, die durch den Schnee stießen. Nur ein paar von ihnen hoben den Kopf, als Kristján und Laura sich ihnen auf den Pferden näherten. Wahrscheinlich waren sie den Anblick von Reitern gewohnt.

Laura atmete tief ein und aus und gab sich dem Gefühl des Friedens hin, das dieser Hof ihr vermittelte. Ihre Traurigkeit trat in den Hintergrund, und sie wagte es, Kristján anzusprechen.

»Ich habe nicht wegen dir geweint«, sagte sie, nachdem sie ihr Pferd neben Kristján gelenkt hatte. »Ich habe eine schwere Trennung hinter mir.«

»Aha.« Er schien nicht erpicht darauf zu sein, mehr darüber zu hören, sondern hielt sein Pferd vor dem Haus an und stieg vom Rücken des Rappen.

Vor dem Haus lag ein schwerer Stein, an dem ein eiserner Ring befestigt war. Nachdem Kristján die Zügel seines Pferdes durch den Ring gezogen hatte, erkannte Laura, wofür der Felsbrocken gedacht war. Auch sie glitt aus dem Sattel und fädelte Vinurs Zügel in die Öse ein.

Da öffnete sich die Haustür, und eine ältere Frau lächelte sie an. Die Isländerin, der der Pferdehof zu gehören schien, war eine imposante Erscheinung. Sie war klein und zierlich, aber ihre Augen leuchteten hell und klar in ihrem wettergegerbten Gesicht. Ihre Hände waren vom harten Leben auf dem Hof gezeichnet; man konnte deutlich die Spuren jahrelanger schwerer Arbeit erkennen. Sie trug eine dunkelgraue Wolljacke mit traditionellem isländischen Muster, die selbst gestrickt aussah, eine lange dunkle Hose und dicke graue Wollsocken.

»Kristján. Wie schön, dich zu sehen.« Ihre Stimme war fest und melodisch. Und sie sprach Englisch, wohl, weil sie Laura als Touristin erkannt hatte. »Kommt rein, ich habe gestern Kuchen gebacken.«

»Das ist Erla Hulda«, stellte Kristján die Frau vor, die ihnen neugierig entgegensah. »Und das ist Laura, mein Gast aus Deutschland.«

»Hallo, Laura. *Velkomin* in Island.«

»Danke schön.« Genau so hatte Laura sich die Isländer vorgestellt: freundliche, aufgeschlossene Menschen, die sich über Besuch freuten. Nicht wie Kristján, der ihr das Gefühl vermittelte, sie würde seinen Frieden stören.

»Kommt herein.« Erla Hulda öffnete die Tür und bat Laura und Kristján herein. »Arnór ist bei den Pferden, aber er wird gleich kommen.«

Nachdem sie im Flur ihre Stiefel ausgezogen hatten, folgten Laura und Kristján der Isländerin in eine gemütlich eingerichtete Küche. Der Raum wirkte behaglich, mit einer warmen Atmosphäre. Die Wände waren mit hellen Holzdielen verkleidet, und die hohen Fenster gaben den Blick auf die schneebedeckte Landschaft und die grasenden Pferde frei. Wie schön musste es sein, jeden Tag beim Essen die geliebten Tiere sehen zu können.

Die Küchenschränke und Regale waren ebenfalls aus hellem Holz; in den offenen Regalen befand sich Geschirr, das mit traditionellen isländischen Mustern verziert war. So eine Tasse wäre ein ideales Mitbringsel für Belle oder Merle, überlegte Laura.

Während Erla Hulda den Tisch deckte, blickte sich Laura neugierig um. Das Spülbecken, das tief ins Holz des Schranks eingelassen war, war größer als die, die Laura kannte. Nach kurzem Überlegen kam sie zu dem Schluss, dass es wohl auch dazu diente, Hofutensilien zu reinigen. Über der Spüle standen Edelstahlbehälter mit Kräutern und Gewürzen, die darauf schließen ließen, dass hier gern und häufig gekocht wurde. Auch die blank polierten Töpfe und Pfannen, die an der Wand über dem Herd hingen, sprachen dafür.

An der Wand gegenüber dem Fenster entdeckte Laura Fotos von Katzen, Pferden und Menschen. Wahrscheinlich Familienmitglieder, dachte sie. Alles wirkte so viel liebevoller und heimeliger als Kristjáns saubere, aber karge Räume, die keine Wärme ausstrahlten.

Der Duft von frisch gebrühtem Kaffee zog durch die Küche, als hätte Erla Hulda Besuch erwartet. »Laura, ich hoffe, du magst Schokolade und Lakritze?«

»Sehr sogar.« Laura empfand spontane Sympathie für die ältere Frau. Wie alt sie genau war, das konnte Laura nicht sagen. Erla Hulda hatte viele Falten um Augen und Mund, ihr

Haar war stahlgrau, aber sie strahlte eine Lebendigkeit aus, die sie fast alterslos wirken ließ.

Die Küche ließ Laura das Herz aufgehen, denn es roch nach frischen Tannenzweigen, Lichterbogen leuchteten in den Fenstern, und Weihnachtsfiguren standen auf dem Tisch. So sollte ein Haus in der Vorweihnachtszeit aussehen!

»Setzt euch.« Die Isländerin goss Kaffee ein und stellte einen angeschnittenen Schokoladenkuchen auf den Tisch. »Das ist ein *Skúffukaka*.«

»Danke, der riecht wunderbar«, sagte Laura, »und sein Name klingt lustig. Jedenfalls für deutsche Ohren.«

»Es bedeutet Schubladenkuchen.« Erla Hulda lächelte.

»Warum?« Laura musterte den Kuchen, der wie ein normaler Schokoladenkuchen aussah.

»Die einen meinen, er hat seinen Namen daher, weil er im Ofen, der Lade, gebacken wird, andere sind der Ansicht, er heißt so, weil jeder auf Island die benötigten Zutaten in einer Schublade auf Vorrat besitzt.«

»Also ein traditioneller Kuchen«, überlegte Laura laut. »Ich bin gespannt, wie er schmeckt.«

»Dann probiere ihn. Wie gefällt es dir hier?«, fragte Erla Hulda, nachdem sie sich zu ihnen an den Holztisch gesetzt hatte. »Was hat Kristján dir bisher von unserer wunderschönen Insel gezeigt?«

»Sie ist erst vor zwei Tagen angekommen«, warf Kristján ein.

»Trotzdem bin ich überwältigt«, gestand Laura. »Ich habe nicht mit so viel Schnee gerechnet und vor allem nicht damit, wie früh es dunkel wird. Was macht ihr mit den langen Abenden?«, platzte sie heraus, bevor sie nachdenken konnte.

Erla Hulda lachte laut. »Das ist eine gute Frage. Und dann frag dich auch gleich, was wir mit den langen Tagen im Sommer machen.«

»Ich habe einige Reiseführer gelesen«, sagte Laura, »aber wohl die falschen.«

»Ich empfehle, mit dem Herzen zu reisen.« Erla Hulda musterte sie. »Die überraschenden Wege sind Geschenke, die man annehmen sollte. Guten Appetit.«

Das ließ Laura sich nicht zweimal sagen und probierte den Kuchen, der wunderbar schokoladig schmeckte.

»Was ist das?«, fragte sie überrascht, als sie auf etwas Festes, sehr Würziges biss. »Ist das Lakritze?«

»Ja, die gehört für mich in einen *Skúffukaka*.«

»Da stimme ich dir zu.« Kristján lud sich ein zweites Stück Kuchen auf den Teller. »Ohne Lakritze ist er nur halb so gut.«

»Es wäre nett, wenn ihr mir ein Stück übrig lasst«, erklang eine dunkle Stimme. Sie gehörte einem älteren Mann, der zu Erla Hulda ging und ihr einen leidenschaftlichen Kuss gab. Sie gaben ein interessantes Paar ab, weil er ein Hüne von beinahe zwei Metern war, neben dem die schmale Erla Hulda noch zierlicher wirkte. Sein gestutzter silbergrauer Bart und seine durchdringenden blauen Augen verliehen ihm eine beeindruckende Ausstrahlung.

Laura spürte, wie diese deutliche Demonstration von Liebe ihren Hals und ihre Wangen rot anlaufen ließ.

»Laura, das ist mein Ehemann Arnór.« Erla Hulda sah ihn

voller Liebe an. »Lieber, das ist Kristjáns Besuch aus Deutschland.«

»Hallo«, begann Arnór. »Laura, habe ich das richtig verstanden?«

Einen Moment wunderte sie sich über seinen durchdringenden Blick, aber dann entspannte sie sich wieder.

»Ja.« Sie musterte ihn fragend, aber er lächelte nur, etwas gezwungen, wie ihr schien.

Erla Hulda blickte von ihrem Ehemann zu Laura, um Arnór dann zu fragen: »Wie geht es dem Wallach?«

»Willkommen, Laura.« Arnór setzte sich neben seine Frau. Dann wandte er sich an Kristján. »Eldur hat sich am Hinterbein verletzt und humpelt.«

»Soll ich ihn mir mal anschauen?« Kristján erhob sich.

»Erst einmal gönne ich mir ein Stück Kuchen.« Der ältere Mann schmunzelte. »Das Pferd läuft uns nicht weg.«

Nachdem Arnór gegessen hatte, verschwanden Kristján und er im Stall. Laura half Erla Hulda beim Aufräumen. Laura suchte nach einem unverfänglichen Gesprächsthema.

»Kommen die sieben Zwerge hier öfter vorbei?« Sie deutete auf sieben Schüsselchen, die mit Namen versehen auf dem Fußboden standen.

»Oh nein, die sind für unsere Katzen.« Die Isländerin zuckte mit den Schultern. »Wir haben mit zweien angefangen, und dann brachten die Nachbarn uns kranke oder verletzte Samtpfoten.«

»Das geht gut? Prügeln die sich nicht?«

»Hin und wieder. Ich habe deine Frage noch nicht beantwortet«, sagte die Isländerin, »was wir abends unternehmen. Komm mit, ich zeige es dir.«

Erla Hulda führte Laura in das Wohnzimmer, wo weitere Fotos von Menschen, Islandpferden und Katzen, aber auch von atemberaubenden Landschaften die Wände schmückten. Zwei bequem aussehende Sessel standen vor einem deckenhohen Regal aus hellem Holz, das vollgestopft mit Büchern war. Auf dem Sofa lagen drei Katzen, eine schwarze, eine schwarz-weiße und eine getigerte. Die getigerte öffnete ein Auge, befand Laura wohl als harmlos und schlief weiter.

»Das sind Drellir, Rimma und Vordis.« Die Isländerin deutete auf die Samtpfoten. »Nur die drei dürfen in das Zimmer, weil ich mich darauf verlassen kann, dass sie nicht an meine Arbeit gehen.« Erla Hulda bückte sich und hob ein Strickstück hoch.

»Wenn ich nicht lese, widme ich mich den Pullovern.« Sie zeigte Laura das bunt gemusterte Teil. »Kannst du stricken?«

»Vor Jahren habe ich viel gestrickt, es dann aber aufgegeben. Ich weiß gar nicht, ob ich es jetzt noch könnte«, gab Laura zu.

»Das verlernt man sicher nicht. Du solltest unbedingt wieder anfangen.« Erla Hulda nickte bekräftigend. »In Island zu sein und keinen Islandpullover zu stricken, das geht nicht. Wir könnten zusammen Wolle kaufen gehen.«

»Aber das sind ziemlich komplizierte Designs?« Laura betrachtete den angefangenen Pullover.

»Ja, aber das entscheidest du selber. Wenn du nur ein leichtes Muster möchtest, dann strickst du eben das.« So wie

Erla Hulda es sagte, klang es ganz einfach. »Glaub mir, du würdest es bereuen, wenn du es nicht versuchst.«

»Ich hatte gedacht, die Wolle wäre weicher.« Laura strich mit der Hand über den Pullover, der sich rau unter ihren Fingern anfühlte. »Kratzt er nicht auf der Haut?«

»Ein Islandpulli ist eher wie eine Jacke«, erklärte ihr Erla Hulda. »Man trägt ihn über der Kleidung. Er soll nicht weich sein, sondern dich vor Sturm und Regen schützen.«

»Das kann Wolle?« Laura hatte erwartet, dass sie sich bei Regen vollsaugte.

»Islandwolle kann das.« Erla Hulda lächelte. »Ein *Lopapeysa* ist wie wir Isländer: nicht dekorativ und kuschelig, sondern handfest und stark.«

»Du meinst, das könnte etwas für mich sein?« Laura zwinkerte ihr zu. »Ich mag es kuschelig.«

»Du bist stärker, als du denkst«, antwortete die Isländerin. »Das spüre ich.«

Bevor Laura etwas erwidern konnte, kamen die Männer wieder herein, brachten Kälte und den Geruch nach Schnee mit sich. Sie setzten sich auf das Sofa und berichteten von der Verletzung des Pferdes. Auch wenn Laura wenig zu der Unterhaltung beitragen konnte, genoss sie es, unter Menschen zu sein, die entspannt miteinander sprachen. Selbst Kristján taute in ihrer Gegenwart auf und wurde lockerer. Ab und zu sagte er etwas auf Isländisch, worauf die beiden antworteten.

Laura genoss den Klang der Sprache, auch wenn sie kaum ein Wort verstand. Ich sollte meinen Aufenthalt hier nutzen, um wenigstens ein bisschen Isländisch zu lernen, dachte sie. Früher war sie so sprachbegabt gewesen, hatte eine Weile sogar mit dem Gedanken gespielt, Dolmetscherin oder Übersetzerin zu werden. Wann war ihr das verloren gegangen?

Während sie darüber nachdachte, ließ sie gedankenverloren ihren Blick über die Fotos schweifen und stutzte. Abrupt stand sie auf und ging zur Wand, um sich das Bild genauer anzuschauen. Es war ein Bauernhof, schon etwas älter, aber er strahlte dennoch einen eigenen Zauber aus. Laura war sich sicher, das Foto schon einmal gesehen zu haben.

Vielleicht hatte sie den Hof auf einer Internetseite entdeckt, als sie nach ihrem Urlaubshof recherchiert hatte? Nein, das war es nicht. Es machte sie schier verrückt, dass sie nicht herausfinden konnte, woher sie das Bild kannte. Gerade, als sie fragen wollte, wo sich der Hof befand, sprang Kristján auf.

»Wir müssen zurück«, sagte er, »die Dämmerung bricht bald an.«

»Schade«, antwortete Laura und meinte das aus tiefstem Herzen. Sie wäre gerne noch bei Erla Hulda und Arnór geblieben. Die beiden waren genau so, wie Laura sich isländische Menschen ausgemalt hatte: herzlich und gastfreundlich. Warme Menschen, die etwas Einladendes ausstrahlten.

»Ich gebe Kristján Bescheid, wann wir Wolle kaufen gehen.« Erla Hulda umarmte Laura.

»Ich freue mich schon sehr«, antwortete Laura.

»Laura, denk daran, einen Schuh rauszustellen«, sagte Arnór zum Abschied und zwinkerte ihr zu. »Sonst vergisst *Stekkjastaur* dich noch.«

Kapitel 12

Laura verstand zwar nicht, was Arnór ihr sagen wollte, aber sie wollte Kristján nicht länger warten lassen. Ihr Gastgeber stand neben Vinur und wippte auf den Fußballen auf und ab. Mit der Hand deutete er nach oben. Laura blickte zum Himmel, der sich deutlich verdunkelt hatte. Nun begann sie sich zu sorgen, ob sie rechtzeitig auf den Hof zurückkehren würden, bevor die Dunkelheit einbrach. Aber dann erinnerte sie sich daran, dass Kristján ihr versprochen hatte, die Pferde würden auf jeden Fall den Weg nach Hause finden. Sie nahm sich vor, sich weniger Sorgen zu machen und den Moment zu genießen – ihr Gastgeber wusste schließlich, was er tat, und er war zwar oft etwas grummelig, aber Laura war davon überzeugt, dass er sie nicht in Gefahr bringen würde.

»Okay, ich beeile mich.« Sie sprintete zu ihrem Pferd.

»Bist du sicher genug für einen Galopp?«, fragte Kristján, nachdem er Laura aufs Pferd geholfen hatte. »Wir sind spät dran und sollten uns beeilen.«

»Ist das nicht gefährlich im Schnee?« Vor Lauras innerem Auge überschlug sich ein Pferd, und die Reiterin flog hoch durch die Luft. So ganz klappte das mit dem Weniger-Sorgen-Machen noch nicht.

»Nicht auf einem Isländer. Unsere Pferde galoppieren sogar schneebedeckte Berge herauf und hinunter. Isländer sind trittsicher, mach dir keine Sorgen.«

»Gut, dann versuche ich es.« Kaum hatte sie das ausgesprochen, schoss Kristjáns Rappe bereits los, und Lauras Pferd folgte ihm. Sie lehnte sich leicht nach vorn und krallte ihre Hände in die dichte Mähne. Ihre Augen tränten vom Wind, der ihr eisig entgegenwehte, aber ihr Herz jubelte, und sie fühlte sich so glücklich wie schon seit Langem nicht mehr. Die Landschaft flog an ihnen vorbei, und Laura konzentrierte sich nur auf ihren Atem und das Pferd, das sie sicher über den Schnee trug.

Kristján verlangsamte zum Trab und dann in den Schritt, und dann war auch schon der Hof zu sehen. Laura hätte noch ewig weiterreiten können, war aber ebenso erleichtert, dass sie es vor Einbruch der Dunkelheit geschafft hatten.

»Gerade noch rechtzeitig angekommen«, sagte sie. Kristján nickte nur und lächelte. Sein Gesicht wirkte völlig verändert, viel freundlicher und heller, sodass Laura sich wünschte, er würde öfter lächeln. Sein Stimmungsumschwung gab ihr den Mut, ihm die Frage zu stellen, die sie interessierte.

»Was meinte Arnór, als er mich auf *Stekkjastaur* hinwies?« Hoffentlich sprach sie das ungewohnte Wort einigermaßen verständlich aus.

»Ach, das ist der Pferchpfosten oder Schafschreck.«

Damit konnte Laura fast noch weniger anfangen. Sie sah Kristján ratlos an, der sich sichtlich über ihre Verwirrung amüsierte.

»Er ist der erste Weihnachtstroll, der am zwölften Dezember die Menschen aufsucht und Geschenke bringt.« Kristján überlegte kurz. »Wie der Nikolaus bei euch in Deutschland, nur haben wir auf Island dreizehn von ihnen.«

Inzwischen waren sie auf den Hof geritten und saßen ab.

»Ein Troll, der Geschenke bringt. Unglaublich«, sagte Laura, während sie den Sattelgurt löste. »Erla Hulda will mit mir Wolle kaufen«, schob sie dann hinterher.

»Hat sie dich auch gewarnt, dass du mit deinem Pullover vor Weihnachten fertig sein musst, weil dich sonst die *Jólakötturinn* fängt?«

»Bitte wer? Das hast du dir doch gerade ausgedacht.«

»Nein, es stimmt.« Kristján sah sie kurz an und sattelte sein Pferd ab. »Erla Hulda hat dir von den Weihnachtstrollen erzählt, aber dir die Weihnachtskatze verschwiegen?«

»Eine Weihnachtskatze? Du veräppelst mich.«

»Hand aufs Herz. Die Trolle besitzen eine schwarze hungrige, mottenzerfressene Katze, die kleine Kinder entführt. Und weil man so etwas sehr gern mit einer Moral verbindet, hat sie nur die Kinder gefressen, die Kleidungsstücke nicht gewürdigt haben.«

»*Jólakötturinn* wäre ein passender Name für deinen grimmigen Kater.« Laura grinste. »Bei dem kann ich mir gut vorstellen, dass er Kinder frisst.«

»Er heißt aber Kjartan, das bedeutet Krieger.«

»Das passt auch gut zu ihm.« Da der heutige Tag so wundervoll und entspannt gewesen war, wünschte Laura sich, den Abend nicht wieder allein im Zimmer zu verbringen. Sie wartete, bis Kristján aus der Sattelkammer zurückgekehrt war.

»Was hast du heute vor?« Sie lächelte ihn an und hoffte, er würde ihre Frage nicht als aufdringlich empfinden. »Was macht man überhaupt abends, wenn der Abend so früh anfängt? Oder strickst du auch?«

»Wir beschäftigen uns selbst.« Kristján wollte ihr Vinurs Sattel abnehmen, aber sie schüttelte den Kopf. »Man braucht nicht immer das Internet oder das Fernsehen, um seine Freizeit zu füllen«, fügte er jetzt noch hinzu.

»Hey«, entrüstete Laura sich. »Soll das heißen, ich sehe aus wie eine Frau, die Stunden im Internet oder mit Streaming verbringt?«

»Tut das nicht fast jeder?«

»Du bist meiner Frage elegant ausgewichen. Soll ich sie zurückziehen?« Laura zog die Steigbügel hoch und gab sich geschäftig, um ihn nicht anzusehen.

»Ich mache etwas, was du wahrscheinlich langweilig findest.« Nun blickte sie ihn doch an. Täuschte sie sich, oder lief sein Hals wirklich leicht rot an, als wäre ihm sein Hobby peinlich?

»Dafür müsste ich schon wissen, was es ist.« Sie stemmte den Sattel hoch und marschierte in die Sattelkammer. Über die Schulter rief sie Kristján zu: »Du hast Zeit, dir die Antwort zu überlegen, bis ich zurück bin.«

Sie ließ sich Zeit, den Sattel aufzuhängen, und rieb sich

mit den Fingern über die Handfläche. Würde er ihr sein Geheimnis erzählen, oder waren sie noch nicht so weit? Mist! Ihre Ungeduld war schon immer Lauras größte Schwäche gewesen. Endlich hielt sie das Warten nicht mehr aus und kehrte zum Anbindeplatz zurück.

Kristján striegelte Halastjarni. Als sie zu Vinur ging, hörte er auf und sagte: »Ich lese. Wir Isländer lieben Bücher und Schriftsteller.«

»Das habe ich schon gehört«, antwortete Laura. »Meine erste Begegnung mit Island war das Sprichwort: ›Lieber barfuß als ohne Buch.‹ Das entsprach meiner Lebenswelt. Gilt das heute immer noch?«

»Ja, wir nehmen Literatur und Sprache sehr ernst.« Kristján führte sein Pferd zur Wiese, Laura und Vinur folgten den beiden. Sie zögerte kurz. Heute hatte er sich so sehr geöffnet, dass sie versucht war, mehr über ihn herausfinden zu wollen. Aber gleichzeitig fürchtete sie, er würde wieder der grummelige, geheimnisvolle und abweisende Wikinger werden, als der er sich ihr bei ihrer ersten Begegnung gezeigt hatte. Wer nicht wagt, der nicht gewinnt. Die neue Laura wollte nicht mehr nachdenklich und vorsichtig sein, sondern sich voll ins Leben stürzen.

»Wenn du magst, unterstütze ich dich heute beim Kochen.« Sie bemühte sich, ihr Angebot ganz entspannt klingen zu lassen, damit er die Chance hatte, Nein zu sagen, ohne sie vor den Kopf zu stoßen.

»Sehr gern«, antwortete Kristján zu ihrer Überraschung, und Lauras Herz machte einen kleinen Sprung vor Freude.

»Ehrlich gesagt bin ich ein bisschen überfordert mit dem vegetarischen Kochen.«

Kristján wirkte nicht nur überfordert vom vegetarischen Kochen, sondern vom Kochen allgemein. So geschickt er sich mit den Pferden anstellte, so ungeschickt hantierte er mit dem Schälmesser. Laura hatte es ihm aus der Hand genommen, bevor es Möhren mit Kristjáns Finger als Beilage gab. Sie hatte gehofft, sich mit ihm bei der gemeinsamen Küchenarbeit unterhalten zu können, aber er antwortete nur einsilbig, während er Zwiebeln und Kartoffeln schnitt. Mit äußerst konzentriertem Gesichtsausdruck.

Nach dem Essen lud Kristján sie ein, den Abend gemeinsam mit ihm in seinem Wohnzimmer zu verbringen.

»Da du mich so wunderbar unterstützt hast, kannst du dir jedes Buch aus meiner Bibliothek ausleihen.«

»Was für ein großzügiges Angebot, da ich so gut Isländisch lese«, neckte sie ihn. »Hoffentlich hast du welche mit vielen Bildern.«

»Ich besitze auch einige Bücher auf Englisch.« Er öffnete die Tür zum Wohnzimmer. »Fühl dich wie zu Hause.«

»Danke.« Das ließ Laura sich nicht zweimal sagen. Sie schlenderte an dem deckenhohen Holzregal entlang und suchte nach Büchern, deren Sprache sie verstand und die sie interessierten. Ein Buch mit isländischen Sagas, glücklicherweise auf Englisch, war ihre erste Wahl, ein Bildband mit Islandpferden ihre zweite. Dann jedoch entschied sie sich dafür, den Krimi aus ihrem Zimmer zu holen.

»Ich bin gleich wieder da.«

»Ja.« Kristján sah nur kurz von seinem Buch auf, was sie

ein wenig enttäuschte. Sie hatte gehofft, dass sie miteinander reden würden, um sich besser kennenzulernen. Die Frage, was es mit dem scheuen Pferd Drifa auf sich hatte, das Laura an ihrem ersten Abend kennengelernt hatte, ließ sie nicht los.

Nachdem sie den Krimi, der passenderweise auf Island spielte, geholt hatte, setzte Laura sich Kristján gegenüber auf einen dunkelgrauen Sessel, zog die Beine an und widmete sich der Geschichte.

Erst fühlte es sich seltsam an, mit einem fremden Mann in dessen Wohnzimmer zu sitzen und zu schweigen. Mit aller Kraft musste Laura gegen den Drang ankämpfen, Small Talk zu beginnen. Aber nach einigen angespannten Minuten vergaß sie fast, dass Kristján auch im Zimmer war, konzentrierte sich auf ihren Krimi. Irgendwann sah sie hoch und entdeckte, dass das Buch, das Kristján in der Hand hielt, ebenfalls verdächtig nach einem Krimi aussah. Sie lachte leise.

»Ist deine Geschichte so lustig?« Kristján schaute von seinem Buch auf.

»Nein.« Laura schüttelte den Kopf. »Ich habe nur eben erst bemerkt, dass wir beide einen Krimi lesen.«

»Was ist daran zum Lachen?« Er wirkte irritiert.

»Ich dachte, du liest einen Roman oder ein Sachbuch.« Nun rang Laura nach Worten. »Irgendwie passen Krimis nicht zu Island. Es heißt immer, dass hier kaum Verbrechen geschehen.«

»Hmm«, antwortete er und schien über ihre Worte nachzudenken. »Nun, auf jeden Fall haben die Menschen hier auch Geheimnisse, und wo Geheimnisse existieren, da gibt es auch Verbrechen.«

»Aber so eine Menge?« Laura war überrascht gewesen, wie viele Kriminalromane es gab, die in diesem winzigen Land spielten.

»Nun«, sagte er mit einem Lächeln und klappte das Buch zu. »Wenn man Krimis, egal, ob als Buch oder Film, ernst nehmen würde, wäre die Welt schon halb entvölkert.«

Ihn so entspannt zu erleben ließ ihn für Laura ganz anders wirken. Sie bemerkte zum ersten Mal, dass sich in seiner linken Wange ein Grübchen bildete, wenn er lächelte.

»Du hast recht.« Sie lächelte und legte den Zeigefinger als Lesezeichen in ihren Roman, bevor sie ihn zuschlug. »Wie kommt es, dass Bücher in Island so wichtig sind?«

»Wir Isländer lieben unsere Sprache und unsere Sagas. Zu Weihnachten gibt es *Jólabókaflóð*, die Weihnachtsbücherflut. Wir schenken uns Schokolade und Bücher zum Fest.« Er lächelte. »Die Neuerscheinungen kommen heraus, und überall wird gelesen.«

»Das ist ein schöner Name und ein noch schönerer Brauch.« Sie konnte es kaum erwarten, nach Akureyri zu fahren und die Bücherflut in einer Buchhandlung mit eigenen Augen zu sehen. »Gibt es noch mehr Traditionen?«

»Unsere Sprache ist uns so wichtig, dass wir eigene Worte erfinden, statt sie aus anderen Sprachen zu übernehmen.«

»Ich habe ein bisschen darüber gelesen, aber erzähl mir davon. Es aus erster Hand zu erfahren ist viel schöner.«

»Es gibt eine Kommission, die sich mit der Entwicklung der Sprache beschäftigt.« Kristján steckte einen Zettel als Lesezeichen in sein Buch und legte es auf den Tisch. »Wir erfinden eigene Worte, statt Fremdworte zu benutzen.«

»In Deutschland gibt es Versuche, die Amerikanismen zurückzudrängen. Ich erinnere mich nur, dass sie Airbag durch Prellsack ersetzen wollten.« Laura benutzte das deutsche Wort, das sich in ihren Ohren furchtbar anhörte.

»Prellsack«, wiederholte Kristján das Wort. »Das klingt sehr hart, fast böse.«

»Bisher sind sie auch nicht erfolgreich. Wie ist das mit eurer Kommission?«

»Sie sucht nach Wegen, Entwicklungen in der Welt mit isländischen Worten zu beschreiben.« Er rieb sich mit dem Finger über die Wange. »Computer nennen wir *tölva*, Zahlenseherin, ein Satellit ist ein *gervitungl*. Das heißt künstlicher Mond.«

»Das klingt wunderbar bildhaft.« Laura erwiderte sein Lächeln. Sie würde Computer und Satelliten nun mit anderen Augen sehen. »Hast du noch ein paar Wörter für mich?«

»*Fjarfluga*, Fernfliege, oder *vélfygli*, Maschinenvögelchen – so nennen wir Drohnen.« Kristján überlegte. »*Skriðdreki* ist das Wort für einen Panzer. Übersetzt heißt es kriechender Drache.«

»Der Begriff ist fast zu poetisch für ein Kriegsgerät.«

»Da stimme ich dir zu.« Er gähnte verstohlen. Laura spürte den Ausritt auch deutlich in den Knochen, und sie begann, sich nach ihrem Bett zu sehnen, so schön es auch war, Kristján ein wenig kennenzulernen. Nur ein Thema brannte ihr unter den Nägeln.

»Darf ich einen Vorschlag machen?«, sagte sie vorsichtig.

»Warum nicht?« Erneut gähnte er. »Entschuldigung, aber ich stehe immer früh auf, um die Pferde zu füttern.«

Laura holte tief Luft. »Was hältst du davon, wenn wir das Haus ein bisschen weihnachtlicher gestalten? Ich könnte dir helfen, ein paar Lichterketten aufzuhängen, und wir könnten gemeinsam Plätzchen backen.«

Kristján reagierte anders als erhofft. Sein Gesicht verzog sich zu einer finsteren Miene, und er sagte barsch: »Das will ich nicht. Ich halte nichts von dem Weihnachtskram.«

Laura sank in sich zusammen. Sie hatte gehofft, dass Kristján sich über ihren Vorschlag freuen würde. Da die Stimmung ohnehin im Keller war, nutzte sie eine Postkarte als Lesezeichen und stand auf.

»Ich gehe schlafen«, sagte sie leise. Sie griff nach ihrem Krimi und dem Band mit isländischen Sagen, den sie sich ausgesucht hatte. »Gute Nacht.«

»Bis morgen.«

Auf dem Weg in ihr Zimmer dachte sie weiter über seine Ablehnung von Weihnachten nach. Dann jedoch entschied sie, sich nicht von seinen Launen abhängig zu machen. Stattdessen wollte sie sich auf das konzentrieren, was gut war.

Als sie im Bett lag, ließ sie den Tag an sich vorüberziehen und suchte drei Ereignisse, die schön für sie gewesen waren:

Erstens habe ich Erla Hulda und Arnór kennengelernt.

Zweitens bin ich zum ersten Mal in meinem Leben auf Schnee galoppiert.

Drittens habe ich Schokoladenkuchen mit Lakritze gegessen.

Nachdem sie ihre Bilanz gezogen hatte, kam ihr unverhofft in den Sinn, dass sie all das mit Dominik nie erlebt hätte. Mit ihrem Ehemann wäre Laura nicht zu diesem einsamen Gehöft gefahren, wäre nicht im Schnee galoppiert und hätte wahrscheinlich auch keinen selbst gebackenen *Skúffukaka* gegessen.

Zufrieden mit sich und dem Tag, griff Laura nach dem Buch mit den isländischen Sagen, das sie auf den Nachttisch gelegt hatte. Es rutschte ihr aus der Hand und fiel mit einem Knall zu Boden.

Dabei löste sich ein Blatt, und Laura fürchtete schon, sie hätte das Buch kaputt gemacht. Sie angelte es unter ihrem Bett hervor. Es war keine lose Buchseite, sondern ein Foto, das wohl als Lesezeichen darin gelegen hatte. Neugierig drehte sie es um – es zeigte einen jüngeren, glückstrahlenden Kristján, der eine unfassbar schöne, ebenfalls lächelnde Frau an sich drückte.

Kapitel 13

Was hatte es wohl mit seiner Frau auf sich, fragte sich Laura direkt am nächsten Morgen. Sie hatte unruhig geschlafen, obwohl sie wahnsinnig erschöpft gewesen war. Sie hörte Kristján in der Küche rumoren und überlegte, schnell aufzustehen, um ihm Gesellschaft zu leisten. Aber ein Blick auf die Armbanduhr zeigte ihr, dass ihr noch Zeit blieb, bis es hell wurde. Laura stellte den Wecker ihres Smartphones und drehte sich noch einmal um, um wieder einzudösen, aber es gelang ihr nicht.

Die Gedanken galoppierten durch ihren Kopf wie eine Horde Islandpferde. Der Abend war so harmonisch gewesen, bis sie die Stimmung mit ihrer Weihnachtsfrage zerstört hatte. Und dann dieses Foto eines glücklichen Kristjáns. Vielleicht eine Jugendliebe? Nein, auch die Bilder auf der Internetseite waren Indizien dafür, dass es einmal eine Frau auf diesem Hof gegeben hatte. Möglicherweise sogar noch gab.

Dann war da noch die Suche nach dem Gehöft, auf dem

ihre Mutter gewesen war. Hier war Laura noch keinen Schritt weitergekommen. Und im Hinterkopf nagte die Frage, warum ihr das Foto an der Wand des Wohnzimmers von Erla Hulda und Arnór so bekannt vorkam. Immer, wenn sie dachte, sie wäre der Lösung nahe, verschwand der Gedanke wieder, entzog sich ihrem Zugriff.

Ach, was soll's, dachte sie und stand auf, um ins Bad zu gehen. Frisch geduscht, mit geputzten Zähnen und ihrer Bequemhose ging sie in die Küche. Sie fragte sich, welcher Kristján sie dort erwarten würde: der offene, freundliche oder der schnell verschlossene, der sie nicht an sich heranließ? Kristján saß bereits am Tisch, eine Tasse Kaffee und ein Brot mit Marmelade vor sich. Als er sie sah, lächelte er.

»Guten Morgen.« Laura setzte sich ihm gegenüber. »Du siehst aus wie eine Katze, die den Sahnetopf ausgeschleckt hat«, sagte sie.

»Da eine gute Bewertung auf diesen komischen Portalen unglaublich wichtig zu sein scheint«, antwortete er, »habe ich mir ein Ausflugsprogramm für dich überlegt.«

»Das wäre nicht nötig gewesen.« Laura schüttelte den Kopf. »Mir reicht es, die Gegend auf dem Pferderücken zu erkunden.«

»Zu spät.« Sein Lächeln wurde breiter. »Ich habe bereits alles organisiert.«

»Da bin ich gespannt.« Sie kannte ihn zu wenig, um eine Vorstellung davon zu haben, was er sich wohl ausgedacht hatte. Hoffentlich bekäme sie die Gelegenheit, eine Buchhandlung zu besuchen.

»Ich bin gleich wieder da.« Kristján stand auf. Sie konnte

hören, wie er in dem Schrank im Flur herumkramte. Nach kurzer Zeit kehrte er zurück und überreichte ihr eine Packtasche: »Wir übernachten heute woanders. Also pack dir Kleidung für morgen und deine Zahnbürste ein.«

»Brauche ich auch ein Abendkleid?«, scherzte sie, aber er schüttelte nur den Kopf.

»Ich warte mit den Pferden draußen. Beeil dich.«

»Gib mir zehn Minuten!«, rief sie ihm nach. Laura biss in ihr Marmeladenbrot, spülte mit Kaffee nach und räumte den Tisch ab. In ihrem Zimmer verstaute sie Unterwäsche, ihre Zahnbürste, Socken und ein Schlafshirt in der Packtasche. Mehr passte beim besten Willen nicht hinein.

Ihr Smartphone piepste, und Laura sah auf das Display. Belle hatte ihr eine Nachricht geschrieben, in der sie fragte, wie es Laura ging. Wenn ich das nur selbst wüsste, überlegte Laura und nahm sich vor, ihrer Freundin später zu antworten.

Als sie vor die Haustür trat, wartete Kristján bereits mit Vinur und einer zierlichen Fuchsstute auf sie.

»Das ist Sunna.« Er deutete auf das Pferd. »Sie braucht Auslauf.«

»Wo reiten wir hin?« Sosehr Laura Überraschungen mochte, ihr Reiseziel wollte sie gern erfahren. »Ist es weit von hier?«

»Zu Freunden von mir, sie wohnen in der Nähe von Háls.« Es kam Laura vor, als ob Kristján sich diebisch freute. »Je nachdem, wie schnell wir reiten, sind wir drei bis vier Stunden im Sattel.«

Obwohl Laura immer noch unter Muskelkater litt, klang

dieser Ausflug wie ein Traum. Es würde wundervoll sein, drei Stunden im Sattel zu sitzen und durch die isländische Landschaft zu reiten, sich den Kopf freipusten zu lassen vom frischen Wind. Der Reiturlaub war absolut die richtige Entscheidung gewesen, da war sie sich inzwischen sicher. Allerdings zweifelte sie, ob Kristjáns Plan wirklich umsetzbar war.

»Ist heute der richtige Tag für einen langen Ritt?« Laura gähnte hinter vorgehaltener Hand und rieb sich mit den Händen die Oberarme. Trotz des dicken Overalls kam es ihr vor, als wäre es über Nacht kälter geworden. Das konnte allerdings auch daran liegen, dass sie zu wenig geschlafen hatte. »Es sieht nach Regen aus.«

»Nur Geduld, junger Padawan.« Kristján deutete zum Himmel, wo die Sonne sich ihren Weg durch die Wolken bahnte. Aber das war es nicht, was Lauras Aufmerksamkeit fesselte. Hatte er wirklich gerade einen Star-Wars-Witz gerissen? Humor und Kristján hätte Laura nicht unbedingt miteinander verbunden, aber sie ließ sich gern überraschen.

»Du erwartest nicht ernsthaft, dass ich dich Obi-Wan nenne?«, stieg sie auf seinen Scherz ein. Dann jedoch blieb ihr der Mund offen stehen, und ihr fehlten die Worte, so grandios war der Anblick, der sich vor ihren Augen eröffnete. Die Sonne stieg wie ein fahler Schatten hinter den Wolken auf und tauchte die Felsen und den Schnee in ein sanftes, weiches Licht. Bevor Laura ihr Smartphone aus dem Overall herauswurschteln konnte, war es bereits zu hell, um diesen besonderen Schimmer einzufangen.

Notiz an mich, dachte sie sich, morgen ebenfalls früh aufstehen und ein Foto machen.

»Nicht nur stehen und starren, ab in den Sattel.« Kristján stellte sich rechts neben Vinur und hielt den Steigbügel. »Auf, auf, wir haben viel vor.«

»Wie kann das sein?«, neckte ihn Laura. »Überall heißt es, ihr Isländer wärt entspannt und nehmt es nicht so genau mit der Pünktlichkeit.«

»Im Winter kann man sich Rumtrödeln nicht leisten wie in den Mittsommernächten. Reden oder reiten?«

»Schon gut, schon gut.« Laura schwang sich in den Sattel, wobei »schwingen« ein deutlich zu positives Wort für die unelegante Kraxelei war, mit der sie Vinurs Rücken erklomm. Ihre Muskeln schmerzten nicht nur, sondern fühlten sich auch steif an. Hoffentlich würde das durch das Reiten besser werden.

Nach kurzer Zeit vergaß sie ihre schmerzenden Muskeln und die Kälte und wusste nicht, wohin sie zuerst schauen sollte, denn die Gegend, durch die ihr Ritt sie führte, war einfach märchenhaft schön. Laura hatte befürchtet, dass die Landschaft im Winter durch das unendliche Weiß des Schnees eintönig sein könnte, doch Island bewies ihr, wie unrecht sie hatte. An vielen Stellen schimmerten dunkle Erde und schwarze Felsen in beeindruckenden Mustern zwischen dem Weiß hervor. Auch kam es ihr vor, als ob das Weiß des Schnees viele Facetten aufwies, je nachdem, wie der Himmel gefärbt war.

Nun, da die Wolken zurückgekehrt waren, glitzerte der Schnee bläulich, als reflektierte er den Himmel. So muss es aussehen, wenn Polarlichter funkeln, dachte Laura und blickte nach oben. Die Wolken bildeten Wirbel und Kreise vor dem Blau. Mit viel Fantasie konnte sie sich den Himmel dunkel und die weißen Wolken türkis und violett vorstellen. Wenn sie schon kein Polarlicht zu sehen bekam, dann wollte sie immerhin diese Illusion behalten.

Die Schneedecke zerbrach knirschend unter den Hufen der Pferde. Der Wind pfiff in ihren Ohren, aber sonst war nichts zu hören. Kein Vogel, kein Tier, kein Mensch begleitete ihre Reise. Es gab nur Kristján, die Pferde und sie, schneebedeckte Berge vor sich und einen schneebedeckten Weg hinter sich.

Sicher, Laura hatte Reiseführer gelesen und Dokumentationen gesehen sowie eine Vorstellung davon entwickelt, wie einzigartig Island war. Aber es war etwas ganz anderes, hier vor Ort zu sein, auf dem Rücken eines Pferdes zu sitzen, zu spüren, wie der eisige Wind ihr Gesicht streichelte und ihre Haare durcheinanderwirbelte. Tief sog sie die Luft ein. Sicher, Schnee hatte eigentlich keinen Geruch, aber trotzdem nahm sie seinen Duft wahr. Eiskalt fühlte sich die Luft an und unglaublich belebend. Sie wandte sich Kristján zu und bewunderte die Leichtigkeit, mit der er auf dem Rücken seines Pferdes saß.

»Ich kann mir überhaupt nicht vorstellen, wie der Sommer hier aussieht. Diese Landschaft wirkt, als müsste sie für immer aus Eis und Schnee bestehen.« Sie sah ihn fragend an. »Bemerkst du es überhaupt noch?«

»Was meinst du?«

»Wenn man hier lebt, nimmt man die Schönheit der Natur überhaupt noch wahr?«

Er dachte nach. Es gefiel ihr, dass er ihre Frage nicht einfach so abtat, sondern ernsthaft darüber nachgrübelte.

»Es ist sicher nicht wie bei dir, die das erste Mal alles hier sieht.« Er machte eine Geste mit dem Arm, die Land und Meer einschloss. »Aber ja, ich weiß, wie schön meine Heimat ist.«

»Welche Jahreszeit gefällt dir am besten?« Inzwischen vertraute Laura Vinur so sehr, dass sie sich ganz auf die Unterhaltung konzentrieren konnte. Das Pferd nickte mit dem Kopf und stapfte unermüdlich durch den Schnee.

»Der Sommer ist ganz besonders, dann blühen überall Lupinen.« Kristján zog mit dem Arm einen Halbkreis. »Sie gehören zwar nicht zum ursprünglichen Island, aber ich mag sie trotzdem, ihr Violett bringt Farbtupfer in die Landschaft.«

»Selbst unter dem vielen Schnee ist die Landschaft beeindruckend. Die Felsen, der Schnee, das tiefblaue Wasser, es ist einfach ein wunderschöner Fleck Erde«, sagte Laura. »Im Frühling muss es hier außerordentlich grün sein, oder?«

»Nicht wie in England«, antwortete Kristján nach kurzem Überlegen. Das hatte sie inzwischen schätzen gelernt – er redete nie, nur um etwas zu sagen, sondern jedes Wort besaß Gewicht. »Durch das Lavagestein haben wir viele Stellen, die braun bleiben, aber die Wiesen bringen immer Farbtupfer, und manchmal haben wir selbst im Frühling und Sommer noch Schnee auf den Bergspitzen.«

»Wie ist der Herbst? Grau und nebelig?«, hakte Laura nach.

»Nein, unser Herbst ist sehr schön, sehr golden, aber leider sehr kurz. Jeder Monat, jeder Tag, jede Stunde, jede Minute in diesem Land ist sehenswert.« Ein Lächeln brach durch das Gestrüpp eines Bartes. »Genug gesprochen. Lass uns tölten.« Er wartete Lauras Antwort nicht ab, sondern ließ sein Pferd losflitzen. Nun verstand Laura, warum er die Fuchsstute gewählt hatte. Sie war schneller als Halastjarni. Vinur und sie mussten sich anstrengen, mit den beiden mitzuhalten. Sie lehnte sich weit zurück, so wie Kristján es ihr erklärt hatte, und genoss den weichen Gang des Isländers. Nun verstand sie, warum es hieß, dass die Menschen auf Island stundenlang in diesem Tempo reiten konnten.

Sie gab die Kontrolle ganz an Vinur ab, sodass sie es sich erlaubte, die Gedanken schweifen zu lassen. Es fühlte sich an, als ob der Tölt sie in einen meditativen Zustand versetzte. Die Landschaft um sie herum war immer noch atemberaubend in ihrem glitzernden Weiß, die Sonne schien hell vom Himmel. Laura spürte die Kälte auf ihrer Haut prickeln, aber sie fühlte sich lebendig. Sie atmete tief durch und sah sich um. Die Schönheit der Natur zog sie in ihren Bann, und sie kam sich vor sich wie in einem Traum.

Wie schön wäre es gewesen, dieses unglaubliche Erlebnis mit einem Menschen zu teilen, den sie liebte. Voller Wehmut dachte sie an ihre Mutter, die sich so sehr gewünscht hatte, noch einmal nach Island zurückzukehren. Erinnerungen an Clara tauchten in Laura auf, an die langen Gespräche, die sie miteinander geführt hatten. Sie vermisste ihre Mutter so sehr und wünschte sich, sie könnte hier bei ihr sein und sehen, was sie sah.

Aber dann erinnerte sich Laura daran, dass ihre Mutter immer gesagt hatte, dass sie stark sein müsse und dass sie immer für sie da sein würde, egal, was passierte. Langsam verwandelte sich ihre Trauer in Hoffnung. Sie wusste, es würde nicht leicht werden, aber sie war bereit, ihr Leben in die Hand zu nehmen und ihren eigenen Weg zu finden. Ganz so, wie ihre Mutter es sich gewünscht hatte.

Laura schloss kurz die Augen und holte tief Luft. Sie spürte die Wärme der Sonne auf ihrem Gesicht und das sanfte Wiegen des Pferdes unter sich. In dem Moment erkannte sie, dass sie genau hier sein sollte, in Island, auf dem Rücken eines Pferdes. Sie wusste, dass ihre Mutter immer bei ihr sein würde. So fühlt sich Glück an, dachte sie.

Obwohl ihr das Tempo gefiel, freuten sich Lauras Muskeln, als Kristján seine Stute zügelte und auf einen schmalen Weg einbog, an dessen Ende ein dunkelrotes Haus stand, umgeben von weißgrauen Stallungen und Scheunen.

»Das ist unser Ziel. Hier wohnen Rúrik und Pétur.« Er stieg vom Rücken der Stute und zog die Zügel durch einen Ring an der Wand. »Wir sagen erst Hallo und bringen dann die Pferde in den Stall.«

Auch Laura stieg vom Rücken ihres Pferdes, wobei ihre Beine unter ihr wegknickten und sie in den Schnee purzelte.

»Mist!«, zischte sie zwischen den Zähnen hervor und versuchte, sich aufzurappeln, bevor Kristján sie erreicht hatte, um ihr aufzuhelfen.

»Alles gut?« Er hielt ihr seine Hand entgegen, die Laura gern ergriff.

»Wird schon. Die drei Stunden auf dem Pferderücken fordern ihren Tribut.«

»Dann ruh du dich im Haus aus. Ich kümmere mich nachher um die Pferde.«

Ein Teil von Laura wollte abwehren, wollte ihm sagen, dass sie das schon schaffte, aber es siegte der Teil, der Kristján äußerst dankbar für sein Angebot war.

Gemeinsam betraten sie das Haus, und Kristján rief einen Gruß auf Isländisch. Er zog seine Schuhe aus und stellte sie zu denen, die dort standen. Laura schwankte auf einem Bein, während sie versuchte, ihren Reitstiefel auszuziehen. Als Kristján nach ihrem Ellenbogen griff, um sie zu stützen, nahm sie die Wärme seiner Hand wahr.

»Danke«, wisperte sie und befreite sich von den Stiefeln und zog die dicken Socken an, die sie eingepackt hatte.

»Herzlich willkommen. Du musst Laura sein.« Ein hagerer blonder Mann mit einem jungenhaften Gesicht streckte ihr die Hand entgegen und lächelte. »Hallo, ich bin Pétur. Rúrik ist im Stall, ich soll Kristján sofort zu ihm schicken, hat er gesagt.«

»Ich bin Laura. Schön, hier zu sein«, entgegnete Laura, während Kristján gleichzeitig fragte: »Was will Rúrik mir zeigen?«

»Er hat eine neue Stute gekauft, die er von vorn bis hinten betüddelt, als wäre sie eine Prinzessin.« Pétur rollte mit den Augen, aber sein Lächeln verriet, dass er scherzte. »Willst du erst einen Kaffee?«

»Das kann warten.« Kristján zog seine Stiefel wieder an und marschierte hinaus.

»Pferdemänner!« Pétur verdrehte gespielt die Augen.

»Möchtest du einen Kaffee, Laura, oder willst du erst dein Zimmer sehen?«

»Ich möchte mich hinsetzen«, antwortete Laura aus vollem Herzen. Pétur hatte etwas an sich, das ihn sofort sympathisch machte. »Etwas Warmes zu trinken wäre großartig.«

»Was hältst du von einer heißen Schokolade?« Pétur strahlte sie an.

»Du bist mein Held.« Laura folgte Pétur in die Küche, einen hellen Raum mit mintfarbenem Holz an den Wänden und der Decke. Die dunkelroten Türen der Schränke setzten Farbakzente, ebenso wie die ebenfalls roten Stühle. Durch ein großes Fenster mit weißem Rahmen fiel das letzte Licht des Tages und malte Schattenmuster auf den Fußboden aus hellem Holz. Hier konnte man sicher stundenlang sitzen, gemeinsam essen und über das Leben philosophieren. Weihnachtsbilder klebten an den Fenstern, Weihnachtskugeln waren im gesamten Raum verteilt, und in einer Glasvase, die bestimmt einen Meter hoch war, stapelten sich Kugeln, Sterne und Engelshaar. Laura sah sich mit glänzenden Augen um – hier hatte sie ihren Weihnachtstraum gefunden.

»Setz dich.« Pétur deutete auf die Stühle. »Kakao mit echter Schokolade und Sahne?«

»Bin ich im Himmel?« Laura ließ sich auf den Stuhl fallen und streckte die Beine von sich. Mit der Wärme kam die Müdigkeit, und sie gähnte hinter vorgehaltener Hand. »Entschuldige.«

»Es ist ganz schön anstrengend, so lange zu reiten, nicht wahr?«, fragte Pétur, während er Schokolade in einem Topf schmolz. Der süße Duft kroch Laura verführerisch in die Nase. »Ich fahre lieber Auto.«

»Habt ihr keine Pferdezucht?« Hatte sie das eben falsch verstanden?

»Doch, aber das ist Rúriks Sache. Ich kümmere mich um das Essen und die Gäste und die Treibhäuser. Bitte sehr, die Dame.«

»Treibhäuser? Danke.« Laura setzte sich auf und nahm die Tasse mit dem Kakao und einer gewaltigen Sahnehaube zwischen ihre kalten Hände. Sie tunkte einen Löffel in die Flüssigkeit und steckte ihn in den Mund. »Großartig.«

»Wir züchten unser Obst und Gemüse selbst, alles bio.« Stolz klang aus Péturs Stimme. »Wenn alles klappt, wollen wir damit unser Geld verdienen. Mit Pferden wird man nicht reich. Aber was tut man nicht alles aus Liebe.«

»Die neue Stute kann uns reich machen«, trompetete ein untersetzter Mann mit schwarzen Haaren und ebenso dunklem Bart, der hinter Kristján in die Küche trat. »Kristján ist auch begeistert von ihr. Hallo, Laura aus Deutschland. Ich sprechen bisschen Deutsch.«

»Hallo, Rúrik. Ich freue mich, hier zu sein«, antwortete Laura auf Deutsch, bevor sie der Höflichkeit halber wieder ins Englische wechselte. »Wo hast du Deutsch gelernt?«

»Ich habe in Berlin studiert, ein Jahr.« Er setzte sich ihr gegenüber. »Wie gefallen dir unsere Pferde? Also, die von Kristján, meine musst du erst noch kennenlernen. Möchtest du gleich mit mir in den Stall kommen?«

Obwohl Rúrik so gemütlich aussah, redete er ohne Punkt und Komma.

Bevor Laura antworten konnte, fragte Pétur: »Möchtet ihr Pfannkuchen? Die sind schnell gemacht, und ich habe Blaubeermarmelade und frische Sahne.«

Laura und Kristján wechselten einen Blick, und er antwortete: »Sehr gern.«

»Die Pferde möchte ich auf jeden Fall noch sehen«, sagte Laura, obwohl sie sich am liebsten in dieser gemütlichen Küche angekettet hätte, um für alle Zeiten mit Wärme, heißer Schokolade und Pfannkuchen verwöhnt zu werden. »Kann ich helfen?«

»Nein, nein, *Pönnukökur* sind leicht.« Mit konzentrierter Miene mischte Pétur Eier, Zucker, Milch und Mehl, schmolz Butter, die er in den Teig gab, und holte eine schwere Pfanne aus dem Schrank. Er schöpfte eine Kelle des flüssigen Teigs aus der Schüssel und goss den Inhalt geschickt in die flache Pfanne.

»Ist es normal, dass Gäste sich kurzfristig anmelden und Pfannkuchen bekommen?«

»In Island gibt es so wenige Menschen, da ist jeder Besucher eine Abwechslung.« Geschickt wendete Pétur die Pfannkuchen in der Luft, während Rúrik Blaubeermarmelade und Sahne holte und auf den Tisch stellte. »Außerdem sind wir aufeinander angewiesen. Wenn Rúrik einen Nachbarn wegen eines kranken Pferdes anruft, dann lässt der alles stehen und liegen, um uns zu helfen.«

»Das klingt für mich«, dachte Laura laut nach, »gleichzeitig schön und gruselig. In Deutschland verabreden wir uns zu Besuchen. Jedenfalls, sobald wir über dreißig sind.«

Sie hatte noch keine abschließende Meinung darüber gefasst, ob ihr dieser Teil der isländischen Lebensweise gefiel oder nicht. Zu ungewöhnlich fand sie die Vorstellung, dass jederzeit jemand bei ihr klingelte. Aber sie lebte ja auch nicht auf einem einsamen Hof, sondern in einer kleinen Stadt.

»Wir schließen auch unsere Türen und Autos nicht ab.«

»Das hat eine Freundin von mir auch erzählt, von ihrem Heimatdorf, aber vor dreißig Jahren. Heute ist das dort auch anders.«

»Guten Appetit.« Pétur stellte die Platte mit den verführerisch duftenden Leckereien vor ihnen auf den Tisch.

»Nun, erzähl, Laura, wie gefällt es dir allein mit dem brummigen Kristján?«, fragte Rúrik.

Laura verschluckte sich fast an dem Stück Pfannkuchen und sandte Kristján einen Hilfe suchenden Blick zu. Er grinste sie nur an und widmete sich seinem Pfannkuchen.

Kapitel 14

Zum ersten Mal, seit sie in Island war, erwachte Laura von allein und fühlte sich ausgeschlafen. Nachdem sie geduscht und sich angezogen hatte, folgte sie dem verführerischen Duft des Kaffees in die Küche.

»Was ist das?« Erstaunt deutete sie auf die drei rechten Stiefel, die im Fenster standen. Einer davon gehörte ihr.

»*Giljagaur* war da und hat etwas für uns dagelassen.« Pétur lächelte sie an. »Bist du nicht neugierig?«

»Sehr. Danke schön an den Troll, wo immer er auch ist.« Laura hob ihren Stiefel an und fand einen Draumur-Freyja-Riegel. »Schokolade mit Lakritze. Lecker. Ich habe leider nichts für euch.«

»Das macht nichts, du bist unser Gast.«

Laura konnte nicht anders, sie musste den Isländer umarmen und gab ihm einen Kuss auf die glatt rasierte Wange.

»Hohoho, muss ich eifersüchtig sein?« Rúrik trat neben

sie. »Kristján ist schon im Stall und sattelt die Pferde. Ich begleite euch.«

»Schläft Kristján nie aus?« Daran würde sich Laura wohl nicht gewöhnen. Unglaublich, wie aktiv der Isländer so früh am Tag bereits war. »Wo reiten wir hin?«

»Das darf ich nicht verraten. Es soll eine Überraschung sein.« Rúrik beugte sich zu ihr herunter und flüsterte verschwörerisch. »Es ist ein unglaublicher Ort. Das darfst du bei deinem Islandbesuch auf keinen Fall verpassen.«

Was hatte das zu bedeuten? Bevor sie sich dieser Frage stellte, brauchte Laura auf jeden Fall Kaffee und etwas zu essen.

»Die Tomaten sind selbst gezüchtet«, begann Pétur, wurde jedoch von Rúrik unterbrochen: »Laura, beeil dich, wir haben einen längeren Ritt vor uns. Entschuldige, dass ich drängele, aber ...«

»Schon gut, das bin ich gewohnt. Ich hole nur schnell meine Kamera.« Laura sprang auf und lief in ihr Zimmer. Dort zeigte ihr Smartphone ihr eine Nachricht an. Sie war von Belle.

Wie geht es Dir? Muss ich mir Sorgen machen oder ist alles gut?

Laura musste nicht lange überlegen.

Ich bin glücklich wie schon lange nicht mehr,

schrieb sie.

Das Land ist unglaublich, die Pferde wunderbar
und die Menschen einzigartig. Bei Dir alles gut?

Sollte sie ihre Freundin später anrufen, um mit ihr zu reden? Laura zögerte. Sosehr sie Anabelle liebte, gerade wünschte sie sich, mit Island und in Gedanken allein zu sein. Mit jedem Tag, der verging, fühlte es sich mehr an wie ein neues Leben, wie ein Neuanfang hier im Land von Feuer und Eis. Anabelles Nachricht brachte die Erinnerung an ihr altes Leben in Deutschland mit sich, das Leben, das Laura erwartete, nachdem ihr Urlaub vorbei war. Sie wünschte sich, die Zeit hier würde nie zu Ende gehen oder so langsam verstreichen, dass sie jede Minute auskosten konnte.

Es war unglaublich, wie schnell es ihr nach dem ersten Tränenausbruch gelungen war, ihr Leben in Deutschland hinter sich zu lassen und die Frage wegzuschieben, wie ihr Leben weitergehen sollte.

»Laura?«, erklang Rúriks Stimme vom Flur. »Brauchst du Hilfe?«

»Entschuldige.« Sie griff nach der Kamera und dem Smartphone und schob beides in die Taschen des Overalls. »Ich bin gleich da.«

Sie hüpfte auf einem Bein in die Küche, um ihren Stiefel zu holen, zog ihn und den zweiten auf dem Flur an und öffnete die Haustür. Obwohl sie den kalten Wind inzwischen gewöhnt sein sollte, schauderte sie.

Kristján saß bereits auf der Fuchsstute, Vinur neben sich. Rúrik sprach beruhigend auf ein braun gescheckts Pferd ein, das nervös tänzelte. Irgendetwas an ihm kam Laura seltsam vor, und sie brauchte eine Minute, bis sie es erkannte.

»Was ist mit ihm? Ist es blind?« Laura starrte den Schecken an, der ihr ein hellblaues Auge zuwandte. Soweit sie wusste, hatten Pferde dunkle Augen. Aber bei Isländern, das hatte sie inzwischen gelernt, musste sie ihr ohnehin begrenztes Wissen immer wieder infrage stellen.

»Nein, die blauen Augen sind genetisch bedingt«, antwortete Rúrik. »Ofsi ist aus Skagafjörður. Dort gibt es viele blauäugige Pferde.«

»Schränkt ihn das ein?« Noch immer konnte Laura ihren Blick nicht von dem ungewöhnlichen Pferd abwenden.

»Es ist nur eine Farbe.« Kristján mischte sich in das Gespräch ein. »Es ist wie bei Menschen. Ich habe blaue Augen, du haselnussbraune.«

Kristján schien sich ja schon einige Gedanken über ihre Augenfarbe gemacht zu haben? Bisher hatte sie nicht den Eindruck gewonnen, dass Kristján ihr Äußeres wirklich wahrgenommen hatte. Schnell schwang sie sich in den Sattel, bevor einer der Männer feststellte, dass ihr Hals und ihre Wangen rot anliefen. Doch das verlief nicht so glatt, wie sie es sich vorgestellt hatte. Sie bekam ihr Bein einfach nicht hoch und musste daher warten, bis Kristján sie auf Vinurs Rücken hob.

Trotz des warmen Bads am vergangenen Abend schmerzten Muskeln, von denen Laura nicht einmal gewusst hatte, dass es sie gab, aber das machte nichts. Der Ritt auf Vinur war jeden Muskelkater wert. Inzwischen fühlte sie sich wie eine Einheit mit dem einäugigen Pferd und hatte auch keine Sorge mehr, wenn es von selbst in eine schnellere Gangart wechselte, um Kristján und Rúrik zu folgen.

Während die beiden Männer sich auf Isländisch miteinander unterhielten, ließ Laura den Blick schweifen. Nicht nur ihr Pferd war ihr inzwischen vertraut, sondern auch die raue Wildheit der schneebedeckten isländischen Landschaft. In dieser atemberaubenden Natur fühlte auch sie sich frei und unbeschwert.

Doch dann schlichen sich Gedanken an Dominik in ihren Kopf. Sie fragte sich, ob Island mit ihm so schön hätte sein können? Ob sie sich auch so frei gefühlt hätte? Laura dachte an ihre Ehe zurück. War sie mit Dominik wirklich glücklich gewesen?

Ja, es hatte wunderschöne Zeiten gegeben. Laura konnte kaum glauben, dass ihre Hochzeitsfeier, an die sie sich so gut erinnerte, schon vor zwanzig Jahren gewesen war. Auch Merles Geburt würde sie nie vergessen, das unfassbare Glücksgefühl, das sie erlebt hatte, mit Dominik an ihrer Seite. Seine Liebe zu Merle war sofort da gewesen. Und dafür hatte sie ihn geliebt. Doch die Zeit danach wies weniger und weniger erinnerungswürdige Momente auf. Die große Liebe war hinter Gewohnheit verschwunden, hinter dem Alltag, Dominik hatte sein Leben gelebt und Laura ihres. Warum hatte sie das nicht früher erkannt? Liebte sie ihn überhaupt noch?

»Laura, konzentriere dich!«, rief Kristján ihr zu. »Vinur ist ein Guter, aber auch er tut, was er will, wenn du tagträumst.«

Sie fuhr zusammen und bemerkte, dass ihr Pferd sich seinen eigenen Weg gesucht hatte. Energisch nahm sie die Zügel auf und lenkte ihn zurück auf den Pfad. Einen letzten Gedanken widmete sie den Fehlern der Vergangenheit. Es kam ihr vor, als hätte sie oft Entscheidungen aus Pragmatismus getroffen, die sie nun bereute. War sie vor zwanzig Jahren wirklich bereit für eine Ehe gewesen, oder hatte sie nur geheiratet, weil sie Angst davor hatte, Merle allein aufzuziehen?

Vinur tat einen kleinen Hüpfer, als wollte er sie auffordern, die Vergangenheit vergangen sein zu lassen und ihr Leben hier zu genießen.

»Du hast recht, mein Lieber, du verdienst meine volle Aufmerksamkeit.« Laura strich ihm über den Hals und schob alle Gedanken an das, was gewesen war, beiseite. Sie verstärkte ihre Hilfen, und Vinur töltete noch etwas schneller. Seine Mähne wehte im Wind, und Laura stieß einen Freudenruf aus.

»Hier verlassen wir euch.« Rúrik hielt seinen Schecken an, der nach dem zweistündigen Ritt immer noch tänzelte und losrennen wollte. »Ich rufe an, wenn ich euch abholen komme.«

Nun verstand Laura gar nichts mehr, aber sie glitt von Vinurs Rücken, als Kristján bestätigend nickte. Rúrik überreichte ihm eine Tasche, nahm die Zügel der beiden Pferde, nickte ihnen zu und ritt davon, Vinur und Sunna als Handpferde neben sich.

»Was sollen wir zwei Stunden in der Kälte machen?« Laura blickte dem Mann und den drei Pferden nach und hatte den Eindruck, es wäre noch kühler geworden. Obwohl sie den dicken Overall trug, marschierte sie auf der Stelle, damit ihr warm wurde.

»Lass dich überraschen.« Kristján klopfte auf die Tasche.

»Hier ist unser Proviant, der wird uns warm halten. Pétur hat ihn für uns zusammengestellt.«

Langsam wuchs Lauras Neugier darauf, was Kristján sich für sie ausgedacht hatte, ins Unermessliche. Ich sollte meine Erwartungen nicht zu hochschrauben, sonst werde ich nur enttäuscht. Trotzdem konnte sie nicht verhindern, dass ihr Herz schneller schlug, als sie sich auf die Zehenspitzen stellte, um etwas zu erspähen. Aber sie sah nur die schneebedeckte Landschaft, die sich unendlich weit vor ihnen ausdehnte.

»Wir haben noch ein Stückchen Weg zu Fuß vor uns, aber es lohnt sich.« Kristján nickte ihr zu. »Vertrau mir.«

»Willst du mir nicht wenigstens verraten, was mich erwartet?«

Als Antwort schmunzelte er nur und marschierte so forsch voran, dass sie sich sputen musste, um mit ihm mithalten zu können. Als er überraschend stehen blieb, konnte Laura nicht schnell genug reagieren und stolperte in ihn hinein.

Er hielt sie fest, was sich überraschend gut anfühlte. In seiner Nähe kam ihr der Wind nicht mehr so kalt vor, und sie hätte noch lange stehen bleiben können.

»Ich möchte mich für meine schlechte Laune in den vergangenen Tagen entschuldigen.« Er sah sie zerknirscht an. »Daher habe ich mir etwas Besonderes einfallen lassen. Bitte schließ die Augen, und gib mir deine Hand.« Der Blick seiner blauen Augen war so intensiv, dass sie den Kopf senkte. Dann folgte sie seiner Anweisung und wartete mit laut pochendem Herzen auf das, was vor ihr lag. Es fühlte sich seltsam an, über den knirschenden Schnee geführt zu werden und Kristján blind zu vertrauen, aber ihr Herz sagte ihr, dass es die richtige Entscheidung war.

Abrupt blieb sie stehen, als ein lautes Tosen an ihre Ohren drang. Was konnte das sein?

»Es ist nicht mehr weit«, erklang Kristjáns Stimme. Zum ersten Mal bemerkte Laura, wie tief und angenehm sie klang. »Wenn du jetzt die Augen öffnest, entgeht dir wirklich etwas.«

Obwohl sie sich fragte, wie sie etwas verpassen sollte, indem sie hinsah, folgte sie seinen Worten und hielt die Augen geschlossen.

»Okay.« Vorsichtig ging sie weiter, bis Kristján ihr durch eine Berührung am Arm deutlich machte, dass sie ihr Ziel erreicht hatten.

»Wir sind da. Du kannst die Augen öffnen.« Seine Stimme klang warm und dunkel. »Wir sind am Goðafoss angekommen.«

»Himmel! Ist das wunderschön.« Laura fehlten die Worte. Sie hatte Bilder des berühmten Wasserfalls gesehen, die ihm allerdings nicht gerecht wurden. Denn kein Foto konnte diese Pracht einfangen und vor allem nicht das Getöse, mit dem der riesige Wasserfall über dunkle Felsen in einen tiefblauen See stürzte, der zu einem Fluss wuchs. Gigantische Eiszapfen hingen an den Seiten des Wasserfalls. Ihre Farben changierten von Weiß zu einem hellen Türkis. Das Wasser brodelte und zischte, weiße Blasen stiegen auf, wenn der Fall auf den stehenden See traf. Schneehauben lagen wie Decken auf den Felsen.

Hinter dem Goðafoss erhoben sich Berge, schneebedeckt

wie die ganze Landschaft. Über allem spannte sich ein blauer klarer Himmel, nicht ein Wölkchen trübte die unendliche Klarheit. Obwohl sie sich vorgenommen hatte, weniger zu fotografieren und mehr zu schauen, konnte Laura nicht anders. Diesen unglaublichen Anblick musste sie im Bild festhalten, für die Zeit nach ihrer Reise. Laura verspürte einen Stich des Bedauerns, dass sie wieder nach Deutschland zurückkehren musste. Sie holte ihre Kamera hervor, zog die Handschuhe aus, und sofort biss der scharfe Wind in ihre Haut. Aber das nahm sie gern auf sich, für dieses perfekte Bild.

Sie blickte durch den Sucher und staunte wieder einmal über die unglaubliche Schönheit Islands. Der Wasserfall war gigantisch, die wenigen Menschen, die außer ihnen hierhergekommen waren, um diese Pracht zu sehen, wirkten so winzig, dass sie auf dem Bild kaum sichtbar waren.

Laura fotografierte und fotografierte, bevor sie an Kristjáns Seite weiterschlenderte. Immer wieder hielt sie an, um weitere Bilder zu knipsen.

»Möchtest du etwas essen oder trinken?« Er deutete auf die Tasche, die Rúrik ihnen dagelassen hatte. »Sonst friert uns das Essen noch ein.«

»Gleich, ich will noch einmal versuchen, das perfekte Foto zu schießen.« Doch Laura musste einsehen, dass das wohl nicht möglich war. Wenn sie weiter durch den Sucher der Kamera sah, würde sie sich die Chance nehmen, einzigartige Erinnerungen zu sammeln. Also stopfte sie die Kamera in ihre Jackentasche und rieb sich die kalten Hände.

»Steht dein Angebot noch?«, wandte sie sich an Kristján. »Was hat Pétur uns Schönes eingepackt?«

»Lass uns einen windgeschützten Platz finden.« Suchend blickte er sich um und führte sie zu den Felsen. Zu ihrer Überraschung holte er eine Decke aus der Tasche und legte sie auf den Boden.

»Oh«, sagte Laura, vollkommen perplex und mehr als nur ein wenig überfordert von dieser fürsorglichen Geste. »Danke.«

»Die Decke ist wasserdicht.« Er zuckte mit den Schultern. »Oder willst du im Stehen essen?«

»Auf keinen Fall.« Vorsichtig ließ sie sich nieder, spürte die Kälte des Schnees durch den Stoff, aber das nahm sie gern in Kauf.

»Bitte.« Kristján hatte die Tasche geöffnet und eine Thermoskanne und zwei Emaillebecher hervorgeholt. Er schraubte die Kanne auf, der Duft von heißer Schokolade ließ Laura sehnsüchtig aufseufzen.

»Danke.« Sie nahm den Becher entgegen und sagte: »Prost. Wie sagt man das auf Isländisch?«

»Skál.« Er stieß mit ihr an, trank einen Schluck und griff in die Tasche, um das Essen hervorzuholen. Pétur hatte dunkle Roggenbrotscheiben mit Käse, Gurken und Tomaten belegt. Herzhaft biss sie hinein, schmeckte das dunkle Brot, die Frische des Käses und die Würze der Tomaten. So unglaublich gut hatte ihr schon lange nichts mehr geschmeckt.

Lag es an dem unglaublichen Ort oder an der neu gewonnenen Perspektive, die sie während des Ritts entwickelt hatte? Laura fühlte sich glücklich wie schon lange nicht mehr. Die Schokolade wärmte sie, den Anblick des vereisten Wasserfalls würde sie für immer in ihrem Herzen bewahren.

»Lass uns weitergehen«, schlug Kristján vor, gerade als Laura sich überlegte, ob sie es wagen sollte, ein wenig näher an ihn heranzurücken. »Sonst frieren uns die Füße ein.«

»Ich dachte, ihr Isländer seid gegen Kälte gefeit«, neckte sie ihn, stand aber auf und half ihm, die Tasche wieder zu packen. Sie spazierten weiter, aber langsam kroch die Kälte Laura in die Glieder.

»Der Winter ist einfach wundervoll. Er ist eine Schönheit mit dem tiefen Schnee und den glitzernden Eiskristallen, mit den gefrorenen Wasserfällen, die aussehen, als wären sie in der Bewegung erstarrt.« Laura trat von einem Fuß auf den anderen, aber ihre Füße fühlten sich dennoch an wie Eisblöcke. »Aber eisig ist es trotzdem. Wie haltet ihr Isländer die Kälte nur aus?«

»Wir haben Feuer im Herzen.«

»Nun, das fehlt mir dann wohl. Wann holt Rúrik uns ab?«

»Gib uns noch eine Viertelstunde«, sagte Kristján. »Lass uns am Wasserfall entlanggehen, dann wird dir schon wärmer.«

Laura vergaß beinahe, dass es bald dunkel werden würde. Kristján zeigte ihr sein Island, eines, das sicher nur die wenigsten Touristen zu sehen bekamen, und ihr Herz öffnete sich.

»Worauf warten wir?«, fragte sie dennoch neugierig. Was konnte es Beeindruckenderes geben als den teilweise vereisten Wasserfall?

Er lächelte. »Auf die Dunkelheit.«

Kapitel 15

Ihre Gedanken überschlugen sich. Was meinte er wohl damit, dass sie auf die Dunkelheit warteten? Erhoffte er ... sie wagte es nicht, diesen Gedanken zu Ende zu denken aus Sorge, sie würde damit das Schicksal herausfordern. Also eilte sie Kristján nach und stolperte über den festgetretenen Schnee. Der Isländer behielt recht – die Bewegung wärmte sie auf, aber ihre Füße blieben kalt.

Schließlich endete die Dämmerung und ging in eine tiefschwarze Nacht über. Doch es blieb nicht lange dunkel. Laura hielt den Atem an, als ein grüngelber Streifen am Himmel über dem Wasserfall erschien. Während sie noch fürchtete, das Leuchten würde verschwinden, wuchs das Polarlicht und drehte sich. Es sah aus wie ein grüner Schleier, der sich langsam tanzend über den Himmel ausbreitete und in immer neue Formen wirbelte.

Konnte es etwas Schöneres geben als diesen Anblick, fragte sich Laura, als die Polarlichter sich in unterschiedlichen Grüntönen über den schneebedeckten Bergen und dem in die Tiefe rauschenden Wasserfall erhoben. Ein letzter Abglanz der Sonne tauchte eine einsame Wolke in ein sanftes Orange, erste Sterne schimmerten silbern am dunklen Nachthimmel. Sie legte den Kopf in den Nacken und blickte einfach nur zum Himmel.

Kurz kam ihr der Gedanke, die Kamera hervorzuholen, um Fotos von diesem unglaublichen Naturschauspiel zu machen, aber die Idee schob sie zur Seite. Dieser Augenblick war zu kostbar, zu einzigartig, zu wunderschön. Sie wollte die Erinnerung in ihrem Herzen bewahren und musste sie dafür nicht zu Hunderten von anderen Bildern in ihrer Kamera oder auf ihrem Smartphone einfangen.

»Danke«, wisperte sie schließlich und wandte sich Kristján zu. »Ich … ich war schon lange nicht mehr so glücklich.«

»Die Lichter haben etwas Magisches«, antwortete er, und es kam ihr vor, als wollte er noch mehr sagen, aber da gab sein Telefon ein Brummen von sich. »'tschuldigung, es ist Rúrik, ich muss mit ihm besprechen, wann er uns abholt.«

Während Kristján mit Rúrik telefonierte, konnte Laura der Versuchung nicht mehr widerstehen. Sie holte ihre Kamera hervor und knipste ein Foto nach dem anderen, fasziniert von den Farben und den Bewegungen der Polarlichter.

»Ich störe dich ungern«, sagte Kristján, »aber wir müssen noch ein Stück Weg gehen, bis wir den Treffpunkt erreicht haben.«

Laura nickte und folgte ihm, den Blick weiterhin zum Himmel gerichtet. Sie wagte es kaum zu blinzeln aus Sorge, eine Bewegung, ein Glitzern der Nordlichter zu verpassen.

Ebenso wenig wagte sie zu sprechen, weil sie fürchtete, dass ihr die Stimme versagen würde. Der Gedanke an ihre Mutter, die Ahnung, wie sehr Clara diesen Anblick geliebt hätte, schnürte Laura vor Rührung und Traurigkeit die Kehle zu. Kristján musste es spüren, denn er begleitete sie schweigend.

Als sie am Treffpunkt ankamen, erwartete Rúrik sie bereits, er stand neben einem großen Auto und sah ihnen entgegen.

»Wie hat es dir gefallen?«, fragte Rúrik, nachdem sie ihn erreicht hatten. »Der Goðafoss ist unglaublich, nicht wahr?«

»Und der Goðafoss mit Polarlichtern ist …«, Laura war so aufgewühlt, dass ihr die Worte fehlten. Jedes Adjektiv, mit dem sie das Erlebnis hätte benennen wollen, erschien ihr abgeschmackt, zu klein, zu unbedeutend, zu unzutreffend, »einfach unbeschreiblich. Danke euch beiden, dass ihr mir das gezeigt habt.«

Mehr konnte sie nicht sagen, sonst wäre sie in Tränen ausgebrochen. Dass Kristján damit nur schlecht umgehen konnte, hatte sie ja bereits erfahren. Ob Rúrik besser für Frauentränen geeignet war, wollte sie lieber nicht ausprobieren.

»Steigt endlich ein. Es ist kalt.« Er zwinkerte ihr zu. »Obwohl ich bestimmt schon Hunderte von Nordlichtern gesehen habe, gehen sie mir jedes Mal ans Herz.«

Kristján schwieg, aber es kam Laura vor, als würde er sie aufmerksam betrachten. Schnell kletterte sie auf den Rücksitz des Wagens.

»Ihr könnt gern Isländisch sprechen«, sagte sie den beiden

Männern. »Ich schaue mir die Bilder an, die ich heute geschossen habe.«

»Okay.« Kristján drehte sich zu ihr um. »Sei nicht zu enttäuscht, wenn sie die Schönheit nicht einfangen. Manches muss man mit eigenen Augen sehen.«

»Aber ich kann sie als Erinnerung nutzen«, beeilte sich Laura festzuhalten.

»Oder die Erinnerung in deinem Herzen bewahren.« Er lächelte ihr zu. Dann wandte er sich Rúrik zu und sagte etwas auf Isländisch.

Laura hörte mit halbem Ohr zu, genoss den Klang der Sprache und die angenehm dunklen Stimmen der Männer, während sie sich die Fotos ansah, die sie mit der Kamera aufgenommen hatte. Kristján hatte recht, und sie hatte es bereits beim Fotografieren geahnt: Die Fotos waren gelungen, aber sie lösten nicht die starken Emotionen aus, die der Goðafoss und die Nordlichter mit sich gebracht hatten.

· · ·

Nach dem Abendessen, einem leckeren vegetarischen Eintopf, wollte Kristján nach den Pferden sehen. Nachdem er gegangen war, erhob sich Laura und sagte: »Ich muss noch einmal in die Kälte hinaus und mir die Polarlichter ansehen. Wer weiß, ob ich noch einmal welche zu sehen bekomme.«

»Touristen«, sagte Rúrik mit einem gespielten Seufzer und schüttelte den Kopf.

»Ach, komm, du kannst auch nicht genug von ihnen bekommen.« Pétur gab ihm einen Knuff auf den Arm. »Du solltest sie dir ansehen, Laura, sie sind jedes Mal anders und jedes Mal großartig. Nimm dir eine von unseren Jacken.«

»Danke.« Sie lächelte. »Für alles. Ich freue mich sehr, hier zu sein.«

»Wir freuen uns, dich als Gast zu haben. Du bist jederzeit willkommen.« Péturs Lächeln wärmte Lauras Herz, und sie musste die Lippen zusammenpressen, damit sie nicht in Tränen ausbrach. Was war nur mit ihr los? Sonst hatte sie nicht so nah am Wasser gebaut.

Im Flur zog sie ihre gefütterten Reitstiefel an und nahm sich eine dicke Jacke vom Haken. Da sie vergessen hatte, eine Mütze einzupacken, wickelte sie sich den Schal um Hals und Kopf.

Als Laura die Haustür öffnete und der eisige Wind ihr Gesicht traf, überlegte sie einen Moment, ob es wirklich eine gute Idee war, die angenehme Wärme des Wohnhauses zu verlassen. Doch ein Blick zum Himmel ließ sie ihren Weg fortsetzen. Das Nordlicht war das Schönste, was Laura je gesehen hatte. Es tanzte in unzähligen Farben über den Himmel und wirkte wie ein Kunstwerk, das in höheren Dimensionen gemalt worden war.

Langsam änderte das Polarlicht in unterschiedlichen Grüntönen seine Form, es wirkte nun rund wie ein Portal in eine andere Welt, wahrscheinlich die der Feen und Elfen, des *Huldufólk*. An den Rändern wurde das Nordlicht schwächer, sodass der dunkle Nachthimmel und die glitzernden Sterne hindurchschimmerten. Die Farben und Formen verschmolzen zu einem magischen Tanz, der sie in seinen Bann zog.

Ihr Herz wurde weit vor Freude und Dankbarkeit. Es war

richtig gewesen, dass sie sich für die Reise nach Island entschieden hatte. Sie hatte ihr geholfen, sich selbst besser kennenzulernen und ihre Ängste zu überwinden. Es gab nur eines, das sie wohl immer bedauern würde: dass sie die Reise nicht gemeinsam mit Clara angetreten hatte. Aber sie würde ihre Mutter immer im Herzen tragen, so wie Clara wohl immer Island in ihrem Herzen behalten hatte. Laura staunte und hob dann die Hand zum Herzen. Noch nie in ihrem Leben hatte sie so ein Gefühl gespürt: Einerseits kam sie sich winzig klein vor, andererseits fühlte sie einen tiefen Frieden.

Leider zogen dicke Wolken auf und vertrieben die Polarlichter vom Himmel. Wie von selbst führten Lauras Füße sie in Richtung des Stalls. Ich will schauen, ob es Vinur gut geht, redete sie sich ein, aber sie ahnte, dass das nicht die ganze Wahrheit war.

Als sie zum Paddock kam, bemerkte Kristján sie nicht, weil er mit den Pferden beschäftigt und völlig in seine Arbeit vertieft war. Laura beobachtete ihn eine Weile und bemerkte, wie sanft er mit den Tieren umging. Mit leiser Stimme sprach er auf Vinur und Sunna ein, die seine Nähe suchten.

Der Schnee knirschte unter ihren Stiefeln, als sie langsam auf ihn zuging. Er bemerkte sie erst, als sie direkt neben ihm stand.

»Du bist wirklich gut mit den Pferden«, flüsterte sie und lächelte ihn an.

Kristján sah sie überrascht an, dann breitete sich ein Lächeln auf seinem Gesicht aus.

»Danke«, antwortete er. »Sie sind meine Familie.«

Vinur schnupperte an Lauras Handschuhen, und sie strich dem Wallach sanft über die weiche Nase.

»Tut mir leid, ich habe keine Möhre dabei.« Sie lehnte sich an das windfarbene Pferd und kuschelte sich an das warme Fell. Sanft fielen dicke Schneeflocken herab, als wollten sie den Moment perfekt machen.

»Lass uns ins Haus gehen, sonst schneien wir noch ein.« Kristján nickte ihr zu. Laura folgte ihm und war sich seiner Nähe auf einmal überdeutlich bewusst. Ein Wunsch stieg in ihr auf, aber wäre sie mutig genug, ihn in die Tat umzusetzen? Wann, wenn nicht jetzt? Konnte es einen passenderen Moment als diesen geben: auf Island, unter dem Licht der Sterne und dem Glitzern der Polarlichter?

»Kristján«, sagte sie mit rauer Stimme und befeuchtete ihre trockenen Lippen mit der Zunge.

»Ja?« Er drehte sich ihr zu, der Blick aus seinen eisblauen Augen fragend.

Ohne weiter nachzudenken, trat Laura näher an ihn heran, so nahe, dass sie seinen warmen Atem auf ihrer Haut spürte. Sie stellte sich auf die Zehenspitzen, griff mit den Händen in sein Haar und zog seinen Kopf langsam zu sich heran. Bevor sie der Mut verließ, drückte sie ihre Lippen auf seine. Nach kurzem Zögern erwiderte er ihren Kuss – oder versuchte es jedenfalls. Unbeholfen versuchten beide, ihre Köpfe in die richtige Position zu bringen, damit ihre Münder zueinanderpassten, aber irgendwie was das nicht einfach. Kristján lachte kurz, als ihre Nasen aneinanderstießen, aber sie fanden schnell heraus, wie sie ihre Lippen am besten aufeinanderbringen konnten. Kristján umarmte sie fester und schob fragend seine Zungenspitze zwischen ihre Lippen. Sie öffnete ihre Lippen, und ihr Kuss wurde leidenschaftlicher.

Selbst durch die schwere Winterjacke spürte Laura Kristjáns Hände auf ihrem Rücken, die sie zärtlich streichelten, während sie mit ihren Fingern seinen Nacken hielt.

Laura versank in dem Kuss, fühlte ihn von den Haarwurzeln bis in die Zehenspitzen. Es war lange her, dass sie so ein Kribbeln gespürt hatte. Laura wünschte sich, der Kuss würde niemals enden. Als ein schriller Ton die Stille durchbrach, schreckte sie zurück, öffnete die Augen und sah Kristján fragend an. Er entließ sie aus seinen Armen und hob entschuldigend die Hände.

»Mein Smartphone.« Seine Miene drückte eine Mischung aus Verzweiflung und Ärger aus.

Das Klingeln hörte einfach nicht auf, sodass Kristján mit einem entschuldigenden Kopfschütteln das Telefon in seiner Jackentasche suchte. Nach einem Blick auf das Display verdüsterte sich sein Gesicht, er drückte den Anruf weg und wandte sich von Laura ab. Hatte sie etwas falsch gemacht?

Bevor sie etwas sagen konnte, klingelte das Telefon wieder. Sie hielt den Atem an und beobachtete seine Reaktion. Kristján schaute auf das Display, seine Miene verdüsterte sich weiter, er stieß ein paar Worte auf Isländisch aus, die sich wie ein Fluch anhörten.

Seine Miene war undurchdringlich, seine Haltung abwehrend, als hätte es den Kuss nie gegeben.

»Entschuldigung«, flüsterte sie, vollkommen verwirrt von seinem plötzlichen Stimmungsumschwung. »Ich … ich …«

Mit einer abrupten Handbewegung schnitt er ihr das

Wort ab, sagte: »Wir sehen uns morgen früh«, und stürmte mit großen Schritten davon. Mit hängenden Schultern folgte sie ihm und fragte sich, wie sie ihm am folgenden Tag unter die Augen treten sollte. Er hatte den Kuss doch erwidert – oder war alles ein großes Missverständnis gewesen?

Kapitel 16

Erneut erwachte Laura am frühen Morgen wie zerschlagen. Sie hat sich die ganze Nacht von einer Seite auf die andere gewälzt und war heute nicht mehr sicher, ob es den Kuss wirklich gegeben hatte oder ob er nur ein Traum gewesen war. Nach dem Anruf, den er nicht angenommen hatte, hatte Kristján sich verschlossen wie eine Auster und war ins Haus gerannt, als hätte sie ihm ein unsittliches Angebot gemacht. Auch beim gemeinsamen Essen mit Rúrik und Pétur hatte er abwesend gewirkt und sich bald verabschiedet, um ins Bett zu gehen.

Aus Frust hatte Laura sich eine Flasche Wein mit Pétur geteilt, da Rúrik nicht trank, und so fühlte sie sich heute Morgen auch. Alles nur, weil der romantische Moment so unerfreulich geendet hatte.

Auch jetzt war sie nicht sicher, ob es an ihr gelegen hatte oder an dem Anruf und was das alles zu bedeuten hatte. Ich werde ihn darauf ansprechen. Wir leben schließlich nicht mehr in einer Zeit, wo die Frau darauf warten muss, dass der Mann sie umwirbt.

Aber das Herz sank ihr in die Hose bei dem Gedanken, Kristján zu fragen, was passiert war, wusste sie doch selbst nicht, was am vergangenen Abend in sie gefahren war. Laura beschloss abzuwarten, wie das Frühstück verlief. Als hätte er ihre Gedanken gespürt, klopfte Kristján an die Tür und rief: »Guten Morgen, Laura, wir müssen bald los.«

»Ich komme gleich.« Sie schlug die Decke zur Seite und erschrak über die plötzliche Kälte. Obwohl sie die Heizung aufgedreht hatte, fühlte der Raum sich eisig an. Sie angelte nach ihren Badelatschen, warf sich den Bademantel über und eilte ins Bad. Auch der Flur war kühl. Zum Glück war das Bad gut geheizt und fühlte sich kuschelig an.

Unter der Dusche kehrte die Erinnerung an die Polarlichter, den Blick in Kristjáns Augen und den Kuss zurück. Laura war sich nun sicher, sich das nicht eingebildet zu haben. Aber sie war sich überhaupt nicht sicher, was das alles zu bedeuten hatte.

Beim Zähneputzen blickte sie in den Spiegel und staunte über die Veränderung, die sie sah. Ihre Augen strahlten, die dunklen Ringe verblassten langsam, ihre Haut leuchtete, und selbst ihre Haare schienen an Spannkraft gewonnen zu haben. Trotz all der offenen Fragen blieb das Gefühl von Glück, das sie gestern am Goðafoss und hier auf dem Hof unter den Polarlichtern gespürt hatte. Bis sie Kristján geküsst hatte und er davongerannt war …

»Hör auf, solche düsteren Gedanken zu hegen!«, rief sich Laura zur Ordnung. Sie gurgelte und schnitt ihrem Spiegelbild eine weitere Grimasse. »Genieß es, hier zu sein, genieße es, Island zu bereisen, wunderbare Menschen zu treffen und auf großartigen Pferden zu reiten. Denk nicht über das nach, was gewesen ist, sondern lebe im Moment.«

Das war leicht gesagt, aber schwer umzusetzen, vor allem, wenn einem der Gastgeber so widersprüchliche Signale sandte. Nachdem Laura sich angezogen hatte, ging sie in die Küche, ihr Herz klopfte schneller bei dem Gedanken, Kristján zu sehen.

»Guten Morgen.« Rúrik, Pétur und Kristján saßen am Frühstückstisch und sahen auf, als Laura in die Küche trat.

»Kristján hat uns bereits von gestern Abend berichtet«, sagte Rúrik fröhlich und lächelte sie an. Laura sandte einen überraschten Blick zu Kristján. War er so gut mit den beiden Männern befreundet, dass er ihnen von dem Kuss erzählt hatte? Sie spürte Wärme ihren Hals und ihre Wangen hinaufkriechen. Bestimmt nahm ihr Gesicht die Farbe einer der Tomaten aus dem Gewächshaus an.

Bevor sie antworten konnte, sagte Kristján: »Ich habe den beiden erzählt, dass wir gestern ein Polarlicht gesehen haben. Es war, als hätte ich es für dich bestellt.«

Laura konnte sein Lächeln nicht deuten, erwiderte es mit einem ebenso geheimnisvollen Lächeln und setzte sich an den Tisch. »Oh lecker, Pfannkuchen. Herzlichen Dank.« Sie schaufelte sich Heidelbeeren und Sahne auf den flachen Pfannkuchen und trank einen Schluck des bitteren Kaffees.

»Wir sollten bald aufbrechen«, sagte Kristján, »es soll heute einen Sturm geben.«

»Ist es nicht zu riskant zu reiten?« Laura blickte von einem der Männer zum anderen. »Wie schlimm wird der Sturm?«

»Wenn wir rechtzeitig losreiten, sollte es kein Problem werden.«

»Ich beeile mich.« Laura warf einen begehrlichen Blick auf den Pfannkuchenberg, schob sich den letzten Bissen in den Mund und stand auf. »Ich packe schnell meine Sachen.«

Laura lief in ihr Zimmer und warf ihre Sachen in die Tasche. Dann eilte sie zurück in die Küche und umarmte Rúrik und Pétur zum Abschied. »Herzlichen Dank für eure Gastfreundschaft. Mir hat es sehr gut bei euch gefallen.«

»Dann schreib uns bitte eine Bewertung. Wir brauchen mehr Besucher, damit wir unsere Idee umsetzen können.«

»Das mach ich auf jeden Fall.«

»Moment noch!« Pétur holte etwas hinter seinem Rücken hervor. »Das hat *Stúfur* für dich hiergelassen.«

»Danke.« Laura drehte das Päckchen in ihrer Hand. Sie hatte sich nicht geirrt, es war eine kleine Packung Salz.

»Das ist Meersalz, nach traditionellem Handwerk gewonnen. Lass es dir schmecken.«

»Wunderbar, vielen Dank«, wiederholte Laura und machte sich eine gedankliche Notiz, Pétur und Rúrik etwas zu Weihnachten zu schenken.

Draußen erwartete Kristján sie bereits neben den gesattelten Pferden. Laura reichte ihm ihre Tasche, die er fachmännisch an den Sattel schnallte. Er hielt den Steigbügel, als sie aufstieg.

»Kristján«, begann Laura, aber dann wusste sie nicht, wie

sie fortfahren sollte, und sagte daher nur: »Wann soll das Unwetter beginnen?«

»Am Nachmittag, aber sie sagen oft Sturm voraus, und dann kommt keiner.« Er zuckte mit den Schultern. »Mach dir keine Sorgen, ich würde dich und die Pferde nie gefährden.«

»Das beruhigt mich.« Sie lächelte.

»Laura«, begann er, stieg aber dann auf sein Pferd und schwieg.

Sie hielt Vinur zurück, damit sie hintereinander auf dem schmalen Weg reiten konnten. Das war ihr ganz recht, denn so konnte sie ihren Gedanken nachhängen. Es war nur ein Kuss gewesen, wahrscheinlich der Romantik des Moments geschuldet. Ich sollte mir nicht zu viele Gedanken darum machen, dachte sie. Und wenn er nicht darüber reden will, wollte sie auch nicht damit anfangen. Sie hatte ihn geküsst, den nächsten Schritt müsste er machen. Falls es denn einen gab.

Kristján trieb die Fuchsstute zum Tölt, aber hielt sie nach kurzer Zeit an, um einen Blick auf sein Smartphone zu werfen. Er stieß ein paar Worte aus, bevor er wieder in die schnellere Gangart wechselte. Das gleiche Spiel wiederholte sich noch mehrere Male, was Lauras innere Unruhe wachsen ließ, vor allem, weil sein Blick nach jedem Anruf düsterer wurde.

Die Dämmerung war bereits angebrochen, als sie endlich den Hof erreichten. Laura war durchgefroren, übermüdet und seltsam traurig, weil so viel hätte beginnen können und so wenig geschehen war. Würde es ihnen gelingen, wieder zur unverbindlichen Höflichkeit der ersten Tage zurückzufinden?

»Du kannst schon reingehen«, bot Kristján ihr an, aber sie schüttelte den Kopf.

»Ich kümmere mich um mein Pferd.«

»Gut.« Mehr sagte er nicht, sodass auch sie schwieg.

Auch beim Absatteln sagte keiner von ihnen ein Wort, und es kam Laura vor, als würde Kristján große Bögen schlagen, nur um sie ja nicht zu berühren.

Als sie in den Flur traten, blinkte der Anrufbeantworter. Kristján senkte den Blick und sagte etwas auf Isländisch. Sein Tonfall machte überdeutlich, dass es ein Fluch war. Trotzdem ging er mit großen Schritten zum Telefon und hörte die Nachricht ab. Es war eine Frauenstimme, eine angenehm dunkle Frauenstimme, die sehr schnell und hörbar aufgebracht etwas auf Isländisch sagte. Laura verstand nur das Wort Húsavík, das war ein kleiner Fischerort, wie sie aus dem Reiseführer wusste. Kristján fluchte erneut, und sie fragte sich, was das zu bedeuten hatte.

»Entschuldige.« Er wandte sich zu Laura um, und sein Gesicht war wieder undurchdringlich. Sie fühlte sich fremd, als hätte es die Vertrautheit zwischen ihnen nie gegeben. »Es mir leid, ich muss telefonieren, und dann können wir zusammen essen.«

»Schon in Ordnung.« Lauras Kehle fühlte sich an wie zugeschnürt. »Ich gehe in mein Zimmer und packe die Sachen aus.«

Er nickte nur, und sie griff nach ihrer Tasche und marschierte in Richtung ihres Zimmers. Nachdem sie außer Sicht war, blieb sie stehen, um zu lauschen. Kristján griff zum Telefon, wählte und knurrte dann etwas auf Isländisch, er klang ziemlich sauer. Obwohl Laura sich fühlte wie der Lauscher an der Wand, konnte sie nicht anders, sie musste zuhören, auch wenn sie kein Wort verstand. Sein Tonfall war eindeutig: Kristján war unglaublich wütend.

Er wurde lauter und lauter, sodass Laura sich duckte, obwohl er sie nicht sehen konnte. Plötzlich herrschte Schweigen, und sie zuckte ertappt zusammen. Als sie auf Zehenspitzen davonschleichen wollte, hörte sie Kristján seufzen. Es folgten drei, vier Sätze, und dann verstummte er. Laura beeilte sich, in ihr Zimmer zu kommen. Sie hatte gerade begonnen, die Tasche auszupacken, als Kristján anklopfte.

»Komm rein«, forderte sie ihn auf.

»Es tut mir leid, ich muss morgen überraschend nach Húsavík. Ich werde früh aufbrechen und wahrscheinlich erst übermorgen zurückkehren.«

»Okay.« Laura zuckte mit den Schultern. »Ich habe genug Bücher dabei.«

»Ich werde Erla Hulda bitten, dass sie herkommt und mit dir ausreitet.«

»Das musst du nicht.«

»Ich bereite jetzt das Abendessen zu.«

Nachdem Laura sich umgezogen hatte, ging sie in die Küche. Kristján hatte den Tisch gedeckt und briet ein paar Eier. Als sie eintrat, blickte er auf.

»Erla Hulda kommt morgen gegen Mittag und bleibt über Nacht.«

»Das ist wirklich nicht nötig.«

»Doch, ist es. Du sollst nicht darunter leiden.«

»Unter was?«, fragte Laura.

»Es ist kompliziert.« Kristján schabte die Eier auf einen Teller, den er so hart auf den Tisch stellte, dass Laura fürchtete, das Porzellan würde zerbrechen.

»Danke.« Sie nahm sich Brot und Eier, aber ihr war der Appetit vergangen. Hastig schlang sie das Essen in sich hinein, ohne etwas zu schmecken. Dann sprang sie auf. »Ich schaue mal nach Drifa. Vielleicht lässt sie mich heute wieder an sich heran. Hast du eine Möhre oder einen Apfel?«

»Im Kühlschrank.« Er sah nicht einmal auf. »Ich werde gleich schlafen gehen. Gute Nacht.«

»Gute Nacht. Viel Erfolg morgen.«

Laura holte eine Möhre, griff sich die Taschenlampe und spazierte in die Nacht hinaus. Die einsame Stute stand wieder an derselben Stelle wie so oft und ließ ihren Kopf hängen.

»Hallo, Schönheit«, sprach Laura sie leise an. »Schau, was ich hier für dich habe.«

Sie hielt die Möhre hoch, aber die Stute ignorierte sie. Mit einem Seufzer drehte sich Laura um und wollte gehen, als sie hörte, wie Hufe die Schneedecke durchbrachen. Ein Zeichen, dass Drifa langsam und vorsichtig näher kam.

Vorsichtig hielt Laura ihr die Möhre hin und sagte: »Du bist deinem Besitzer ähnlicher, als du denkst. Ihr beide verhaltet euch rätselhaft, und das macht mich wahnsinnig.«

Drifa schreckte zurück, als Laura sie ansprach, fraß aber dann vorsichtig die Möhre aus ihrer Hand. »Was ist deine Geschichte, meine Schöne?« Laura streckte die Hand aus, um die Stute zu streicheln, aber das war wohl zu früh. Das Pferd bäumte sich auf, drehte sich um und galoppierte in die Nacht hinaus. Laura wartete noch etwas, aber Drifa kehrte nicht zurück. Also wandte Laura sich um, um zum Haus zurückzugehen. Was Kristján wohl gerade machte? Lag es an ihr, wählte sie einfach die falschen Männer aus? Sie wusste ja selbst nicht, was in sie gefahren war. Aber sie wusste, dass Kristján etwas in ihr berührte, zu dem sie lange Jahre keinen Zugang mehr gehabt hatte. Und dass sie mehr über ihn erfahren wollte.

Laura blieb stehen und seufzte. Ihr Blick ging zum Himmel, sie wünschte sich Polarlichter herbei, aber heute blieb die Nacht dunkel, nur die Sterne funkelten.

Wann hatte sie in Deutschland zum letzten Mal den Nachthimmel angeschaut? Wie lange war es her, dass Dominik und sie gemeinsam etwas Romantisches unternommen hatten? Hatte sie das überhaupt vermisst oder sich Gedanken darüber gemacht?

Laura war so in ihrem Alltag gefangen gewesen, dass sie sich gar nicht hatte vorstellen können, dass es noch etwas anderes gab. Außerdem hatte es wunderbare Momente gegeben, die sie nicht vergessen wollte: ihr erstes Date, als Dominik sie nach Hause brachte, der Tag, an dem er ihr seine Liebe erklärte, der Tag ihrer Hochzeit, Merles Geburt. All diese Erinnerungen ließen Laura lächeln und gleichzeitig traurig werden.

Denn sie musste sehr, sehr lange überlegen, um einen romantischen Moment zu finden. Wann hatte Dominik aufgehört, ihr sonntags das Frühstück ans Bett zu bringen? Wann hatte sie aufgehört, ihm kleine Liebesbotschaften in die Jackentaschen zu stecken?

Laura rieb sich mit den Fingern über die Stirn. Konnte das

wirklich sein, hatte sie nicht bemerken wollen, wie sehr Dominik und sie sich auseinandergelebt hatten? Nein, gestand sie sich ein, ihr war sehr wohl bewusst gewesen, wie sehr sich ihre Ehe über die Jahre verändert hatte, aber sie hatte gedacht, so wäre es nun einmal. Die große Leidenschaft verschwand hinter dem Alltag und wurde durch Vertrautheit ersetzt. So ungern sie es zugab, sie hatte einen Anteil daran gehabt. Auch sie hatte sich nicht bemüht, die Liebe zwischen Dominik und ihr aufrechtzuerhalten, sondern sich stattdessen auf das Glück ihrer Tochter konzentriert. Nicht nur Dominik hatte seinen eigenen Weg gesucht, auch Laura hatte ihren Ehemann als gegeben hingenommen und sich nicht weiter bemüht, etwas mit ihm gemeinsam aufzubauen. Merle war diejenige gewesen, die ihre Leben verknüpft hatte. Und nachdem ihre Tochter nach Australien gegangen war, fiel die Leere zwischen Laura und Dominik plötzlich auf.

Aber Merle würde nun ihr eigenes Leben führen, Dominik hatte sich für Vanessa entschieden, und nun war es Zeit, dass auch Laura einen Neuanfang wagte. Es musste ja nicht mit Kristján sein, obwohl der Kuss ihr gezeigt hatte, wie stark ihre Gefühle für ihn bereits waren. Laura seufzte. Was für ein Pech! Nach zwanzig Jahren empfand sie etwas für einen anderen Mann als Dominik – und dieser Mann war nicht an ihr interessiert. Schlimmer noch, er war vor ihr davongelaufen. Und jetzt mussten sie noch fast zwei Wochen miteinander verbringen. Immerhin hatte sie den morgigen Tag Zeit, sich eine Strategie zu überlegen.

Kapitel 17

Nachdem Laura aufgewacht war, lauschte sie auf Geräusche, aber es war ungewöhnlich still. Kristján war wohl bereits aufgebrochen. Ohne sich von ihr zu verabschieden. Ohne ihn fühlte sich das Haus leer und kalt an. Was hatte es nur mit den geheimnisvollen Anrufen und seinem überhasteten Aufbruch auf sich?

Genug davon! Nachdem sie geduscht und sich angezogen hatte, ging sie in die Küche und sah aus dem Fenster, wo langsam die Dämmerung aufzog. Hoffentlich kam Erla Hulda bald. Es war eine schöne Idee von Kristján gewesen, die Isländerin einzuladen. Musste Laura etwas vorbereiten? Sollte sie Pfannkuchen backen, oder wäre das übertrieben?

Bevor sie eine Entscheidung getroffen hatte, erklang ein fröhliches Hupen, und ein roter Geländewagen fuhr auf den Hof. Erla Hulda stieg aus, und als Laura die Tür öffnete, rief sie: »Laura! Bin ich zu früh dran?«

»Komm herein, ich habe Kaffee gekocht. Schön, dass du Zeit hast.«

»Ich freue mich auf einen Tag unter Frauen. Ich bleibe über Nacht, wenn es in Ordnung ist?« Erla Hulda öffnete den Kofferraum, um eine Tasche herauszuholen. »Wollen wir ausreiten oder nach Akureyri fahren und Wolle einkaufen?«

»Wunderbar, dass wir so viel Zeit für uns haben.« Laura dachte kurz nach. »Nach den langen Ausritten könnten meine Muskeln eine Pause brauchen. Ich wäre fürs Einkaufen.«

»Sehr gern.« Erla Hulda bedachte sie mit einem Lächeln.

. . .

Als sie aus den Bergen auf Akureyri zufuhren, erhielt Laura einen wunderbaren Blick auf die Farbenvielfalt von Häusern und Dächern: Es gab blaue, grüne, rote und weiße Dächer zu sehen und auch Häuser in diesen Farben. Dadurch erinnerte Akureyri sie an eine Spielzeugstadt, und ihre Spannung wuchs, wie der Ort wohl von Nahem aussah. Die kleine Stadt stand vor einem Bergmassiv, dessen graue Felsen durch den dichten Schnee stachen. Über allem spannte sich ein Himmel, der so hell war, dass man ihn fast für Schnee halten konnte.

Je näher sie kamen, desto wärmer wurde Laura um ihr weihnachtlich-winterliches Herz. Weihnachtssterne, Tannenbäume und Lichterdekorationen über den Straßen und in den Schaufenstern ließen sie glücklich aufseufzen. Nach den kargen Tagen auf Kristjáns Hof konnte sie es kaum erwarten, die Geschäfte zu entdecken und in die Schaufenster zu spähen.

»Auf geht's.« Erla Hulda fuhr auf einen Parkplatz und lächelte Laura an. »Du kannst dir nicht vorstellen, wie sehr ich mich freue, endlich mit einer Frau einkaufen zu gehen. Arnór hasst das.«

»Männer!« Laura zwinkerte ihr zu. »Wir lassen uns viel Zeit, nicht wahr?«

Die erste Station führte Laura und Erla Hulda in ein Wollgeschäft, denn Laura hatte sich breitschlagen lassen, sich an einem *Lopapeysa*, wie man den in einem Stück gestrickten Pullover nannte, zu versuchen.

»Oh, was für schöne Farben.« Laura konnte sich nicht sattsehen an den bunten Wollknäueln. »Da fällt mir die Entscheidung schwer.«

Eine Weile liebäugelte sie mit einer klassischen Kombination aus Grautönen, dann jedoch fing ein kräftiges Rot ihren Blick.

»Das wird die Grundfarbe«, entschied sie und wandte sich an Erla Hulda. »Was rätst du mir? Womit soll ich sie kombinieren?«

»Hellgrau und Kupferorange finde ich passend.«

»Das klingt gut.« Laura hielt die Knäuel nebeneinander und ließ sich das Material für einen Pullover einpacken. Als sie bereits an der Tür war, kam ihr eine Idee, und sie kaufte noch mehr Wolle in schönen Blautönen.

»Als Nächstes zeige ich dir unseren Buchladen«, schlug die Isländerin vor.

»Oh ja, ich bin gespannt auf die *Jólabókaflóð*.« Laura fühlte sich fast wie als Kind, als Weihnachten ihr noch magischer erschienen war. Obwohl sie keine Isländerin war, hatte sie sich zu dem Fest immer Bücher gewünscht – und auch bekommen.

Lauras Mutter war ebenfalls eine Leseratte gewesen und hatte ihrer Tochter die Liebe zu Geschichten vererbt. Ihr hätte die Bücherflut sicher gefallen.

»Erla«, sprach eine zierliche Blondine sie an und streckte sich, um Erla Hulda zwei Küsse zu geben. Dann folgte ein schnelles Gespräch auf Isländisch, bevor die Frau weitereilte.

»Entschuldige, das war Margrét, die hat es immer eilig, sonst hätte ich dich vorgestellt.«

»Mir kommt es vor, als kenne hier jeder jeden.« Laura lächelte, denn sie wollte Erla Hulda mit ihren Worten nicht verärgern. »Liegt es daran, dass ihr in einer Kleinstadt lebt?«

»Das auch.« Die Isländerin erwiderte ihr Lächeln. »In ganz Island leben nur ein paar Hunderttausend Menschen. Und siebzigtausend Pferde.«

»Ich habe durch einen Film gelernt, es gibt hier kaum Verbrechen«, sagte Laura jetzt. Sie staunte selbst über die Sehnsucht ihrer Stimme. »Es kommt mir ein wenig vor wie das Paradies.«

»Es ist schon wunderschön«, sagte Erla Hulda, »aber auch einsam. Unsere Sommer sind kurz und kalt, die Winter lang und dunkel. Man muss es mögen oder sich damit arrangieren können.«

»Und die Gefahren«, sagte Laura, mehr zu sich selbst als zu der Isländerin. »Denkst du viel an Vulkanausbrüche?«

»Denkst du oft an Autounfälle? Oder an einen Zusammenstoß mit der Straßenbahn?«, fragte Erla Hulda zurück.

Laura dachte kurz nach. »Nein, aber das ist etwas anderes. Hier ist man der Natur ausgeliefert, und Vulkane finde ich sehr, sehr gruselig.«

»Ja, wir wissen, dass ein Ausbruch jederzeit möglich ist.« Erla Hulda zuckte mit den Schultern, »aber wir lieben unsere Insel, und das gehört einfach zu ihr dazu.«

»Das klingt sehr abgeklärt.«

Die Isländerin lächelte. »Als Mensch fühlt man sich hier klein. Unser Land ist nicht niedlich, sondern stark und kalt und gewaltig. Man muss es respektieren, aber nicht fürchten.«

»Möglicherweise habe ich so großen Respekt vor Vulkanen«, überlegte Laura, »weil ich als Kind ein Fan von Jules Verne war. ›Die Reise zum Mittelpunkt der Erde‹, das Buch und den alten Film, habe ich geliebt, und sie haben meine Vorstellung von Vulkanen wohl stark geprägt.«

»Du weißt, dass die Geschichte hier auf Island beginnt?«

»Selbstverständlich, und der Snæfellsjökull steht deshalb weit oben auf meiner Liste dessen, was ich unbedingt sehen will.«

»Vielleicht solltest du im Sommer wiederkommen, um deine Liste abzuarbeiten.« Lächelnd schüttelte Erla Hulda den Kopf. »Ist das typisch deutsch, Listen zu führen, anstatt sich treiben zu lassen?«

»Wohl schon.« Laura hob die Hände. »Aber ich muss es organisieren, denn ich bleibe ja nur drei Wochen hier, und die Tage sind wirklich kurz.«

»Dann lass uns weitergehen.« Die Isländerin zwinkerte ihr zu. »Was möchtest du noch kaufen?«

»Ich würde gerne etwas für Kristján besorgen, für die Weihnachtswichtel, obwohl ich spät dran bin«, sagte Laura. »Oder meinst du, es gefällt ihm nicht?«

»Wenn du nicht zu viel Geld ausgibst und dir Gedanken machst, mag er es bestimmt.« Aber etwas in Erla Huldas Miene sagte Laura, dass die Sache nicht ganz so einfach war. »Aber was machst du, wenn er nichts für dich hat?«

»Dann behaupte ich, es wären Gastgeschenke.« Laura hatte sich das vorher bereits überlegt. »Ich … ich möchte einfach meinen Dank dafür ausdrücken, dass er mich nicht weggeschickt hat, nachdem die anderen Gäste abgesagt hatten.«

»So, so.« Erla Hulda lächelte vielsagend.

»Wirklich. Mehr ist es nicht«, beteuerte Laura und spürte, wie ihr das Blut in die Wangen schoss.

»Jau«, antwortete Erla Hulda mit diesem gehauchten isländischen Ja, in dem so viel mitschwingen konnte.

»Wir treffen uns in einer Stunde wieder. Das sollte reichen, um etwas zu finden, oder?« Die Isländerin sah Laura fragend an. »Den Buchladen heben wir uns als Höhepunkt auf.«

»Sehr gern.« Laura nickte Erla Hulda zum Abschied zu und schlenderte die kleine Einkaufsstraße entlang. Nun, da sie ihre Idee umsetzen wollte, fiel es ihr nicht leicht, etwas zu finden. Was mochte Kristján? Was hätte sie Dominik geschenkt? Nein! Die beiden Männer ließen sich überhaupt nicht miteinander vergleichen.

Daher schob Laura den Gedanken an ihren Ehemann beiseite und fragte sich stattdessen, was sie in die Adventskalender für Merle getan hatte. Auch in diesem Jahr hatte sie für ihre Tochter Päckchen eingewickelt als Zeichen, wie sehr Laura sie liebte. Es waren nur Kleinigkeiten, aber wichtig war nicht, was es war, sondern der Gedanke zählte, die Verpackung, die Überraschung.

Eigentlich müsste es für Kristján leichter sein, da Laura nur dreizehn Ideen brauchte. Allerdings musste sie die ad hoc entwickeln und hatte nicht wie bei Merle lange Zeit für die Vorbereitung.

Ihre Gedanken galoppierten. Auf jeden Fall musste Lakritze dabei sein. Auch wenn sie einander noch nicht gut kannten – dass Kristján Lakritze liebte, das hatte sie sehr wohl bemerkt. Also steuerte Laura ein Süßigkeitengeschäft an.

Zwanzig Minuten später hatte sie zehn wundervolle Schokolade- und Lakritz-Überraschungen für ihren Gastgeber gekauft. Was nun? Ein Buch? Nein, das erschien Laura etwas übertrieben, vor allem passte es schlecht in einen Schuh. Schließlich waren die Weihnachtstrolle eher so etwas wie der Nikolaus in Deutschland, und damit waren Kleinigkeiten gefragt. Es blieben noch drei Stiefel zu füllen.

Erla Hulda gegenüber hatte Laura behauptet, sie wollte sich bei Kristján bedanken, aber stimmte das wirklich? Und hätte dafür nicht eine Flasche Wein gereicht?

Das war Laura zu einfach erschienen, sie wollte ihm etwas Besonderes schenken. Ihm eine richtige Freude machen. Warum war ihr das so wichtig? Laura blieb überrascht stehen. Bedeutete der Kuss mehr, als sie sich selbst eingestehen wollte?

Nein, sie fing schon wieder damit an, alles infrage zu stellen und zu grübeln, anstatt einfach zu leben. Sie hatte den Wunsch, ihm etwas zu schenken – und das würde sie nun auch tun.

Sie blickte auf die Uhr, sie hatte noch Zeit, bis sie sich mit Erla Hulda treffen wollte. Vielleicht sollte sie die Isländerin fragen, denn Erla Hulda kannte Kristján wahrscheinlich besser als sie. Aber das wäre ihr vorgekommen wie schummeln.

Suchend spähte sie in das Schaufenster des Kunsthandwerksgeschäfts, zu dem sie ihr Spaziergang geführt hatte. Dort entdeckte sie eine schwarze, grimmig aussehende Katze in einem Kreis, wohl ein Anhänger für den Christbaum. Hui, die Katze war teurer als ein Buch, aber ihr zorniges Gesicht erinnerte Laura an Kristjáns bei ihrem ersten Zusammentreffen. Daher musste die Katze einfach sein. Als sie die Tür öffnete, klingelte eine Glocke so fröhlich, dass Laura sicher war, dass sie hier die fehlenden Geschenke finden würde.

»Oh, sind die hübsch.« Begeistert blieb Laura vor einem Korb stehen, in dem bunte Weihnachtskugeln aus Glas auf dunkelgrüner Holzwolle lagen. Laura wählte eine rote, die die Silhouette eines Islandpferds zeigte, und eine grüne, auf der Polarlichter schimmerten. Nach kurzem Überlegen legte sie sechs Exemplare von jeder Kugel in ihren Einkaufskorb, als kleine Geschenke für Erla Hulda, Pétur und Rúrik, Anabelle, Merle und je eine für sich zur Erinnerung an diesen wunderbaren Urlaub.

Oh, sie hatte so viel Zeit in dem hübschen Geschäft verbracht, dass sie zu spät in den Buchladen kam, wo Erla Hulda bereits auf sie wartete.

»Entschuldige, ich habe mich wohl schon an isländische Zeiten gewöhnt.« Sie überreichte der Isländerin das Geschenk. »Ein kleines Dankeschön.«

»Das wäre doch nicht nötig gewesen.« Erla Huldas Gesicht leuchtete auf vor Freude. Sie hakte sich bei Laura unter. »Hier siehst du unsere Bücherflut.«

»Das ist ja noch schöner, als ich es mir vorgestellt habe.« Wie ein Kind bestaunte Laura mit großen Augen die liebevoll präsentierten Bücher. »Wie schade, dass ich kein Isländisch spreche.«

Sie blätterte in einigen Büchern, und die Sprache machte sie so neugierig, dass sie sich vornahm, einen Kurs zu besuchen. Sie liebte Island, und das Land passte zu ihr – das spürte sie in jeder Faser ihres Körpers.

* * *

Laura stieß einen frustrierten Seufzer aus. Dabei war eigentlich alles wunderbar: Sie saß gemeinsam mit Erla Hulda im Wohnzimmer, ein freundliches Feuer flackerte im Kaminofen und verbreitete gemütliche Wärme. Aber das half nicht, ihre Enttäuschung zu mildern.

»Himmel! Selbst dieses Muster ist zu kompliziert für mich.« Verzweifelt starrte Laura die Wollknäuel an, die sich ineinander verknotet hatten, während Erla Huldas perfekt nebeneinanderlagen. »Wie schaffst du es nur, drei Farben gleichzeitig zu benutzen?«

Erla Hulda lachte leise. Geschickt strickten ihre Finger Reihe um Reihe in einem Tempo, mit dem Laura beim besten Willen nicht mithalten konnte. Und das, obwohl sie nur einfache Reihen strickte, während Erla Hulda drei Farben zu komplizierten Mustern verband. Wenn das so weiterging, würde nicht einmal der erste Pullover fertig werden.

»Lass dir etwas Zeit. Bleib geduldig, und vertraue auf dich. Dann wird das schon.«

»Das wage ich zu bezweifeln.« Laura schüttelte den Kopf. Am liebsten hätte sie das Gebilde, an dem sie strickte, in die Ecke geworfen, aber sie war niemand, der so schnell aufgab. »Ich versuche es erst einmal mit einem Schal.«

»Das ist eine gute Idee.« Erla Hulda lächelte. »Das wird dir helfen, wieder ins Stricken zu kommen.«

»Wie viele Pullover hast du schon gestrickt?«, fragte Laura die ältere Frau.

»Ich habe sie nicht gezählt. Bestimmt hundert oder mehr.« Erla Hulda lächelte. »Die Abende sind lang und einsam, wenn kein Nachbar auf einen Sprung vorbeischaut.« Ihr Lächeln vertiefte sich. »Und selbst wenn jemand zu Besuch kommt, stricken kann man immer.«

»Was macht ihr sonst abends?«

»Kannst du Bridge oder vielleicht sogar Kani?«, fragte Erla Hulda und schaute von ihrem Strickstück auf. »Früher haben Arnór und ich oft mit Sigríður und Kristján gespielt.«

Laura horchte auf und versuchte, sich ihre Aufregung nicht anmerken zu lassen. Das war das erste Mal, dass jemand eine Frau im Zusammenhang mit ihrem Gastgeber erwähnte. War sie die Frau auf dem Foto? Am liebsten hätte sie

Erla Hulda gefragt, was aus Sigríður geworden war, aber sie wollte nicht mit der Tür ins Haus fallen.

»Kani?«, fragte sie. »Davon habe ich noch nie gehört. Bridge habe ich mal probiert, aber es waren mir zu viele Regeln. Ich kann Doppelkopf.«

»Das kenne ich nicht.« Erla Hulda sah sie hoffnungsvoll an. »Kani ist viel leichter zu lernen als Bridge.«

»Erst einmal versuche ich mich an dem Schal.« Laura lächelte. »Darf ich dich etwas fragen?«

»Fragen kannst du immer, aber ich weiß nicht, ob ich dir eine Antwort geben kann.«

Bevor sie noch länger überlegen konnte, ob sie nicht zu neugierig wäre, schossen die Worte ihr über die Lippen: »Warum ist Kristján oft so grimmig und dann wieder ein fröhlicher Mensch? Und was hat es mit dem Pferd auf sich, das allein auf der Weide steht?«

»Ich ahnte, dass es solche Fragen werden.« Erla Huldas Lächeln milderte ihre Worte ab. »Kristján hatte eine Frau, sie und das Pferd verbindet eine traurige Geschichte. Aber das muss er dir selber erzählen.«

»Ist es nicht zu neugierig, wenn ich ihn das frage?«

»Das muss er entscheiden.« Erla Hulda stand auf und trat neben Lauras Sessel. »Schau, wenn du die Finger so hältst, fällt es dir leichter, die beiden Knäuel zu trennen.«

Kam es Laura nur so vor, oder wollte die alte Frau wirklich davon ablenken, was es mit Kristjáns Frau und dem einsamen Pferd auf sich hatte? Sie respektierte Erla Huldas Wunsch, nicht darüber zu reden, und konzentrierte sich auf das Stricken. Zu Laura Erstaunen gelang es ihr mit Erla Huldas Unterstützung, ein gutes Stück mit ihrem Schal voranzukommen. Wenn sie in dem Tempo weiterstrickte, würde sie den Schal in wenigen Tagen fertig haben.

Der Gedanke gefiel ihr gut, denn sie hatte bereits überlegt, einen Pullover zu beginnen und ihn Kristján zu Weihnachten zu schenken. Falls sie miteinander das Fest verbringen würden – bisher hatte noch keiner von ihnen das angesprochen. Vielleicht hatte er eigene Pläne, und dann säße sie allein auf dem Hof. Keine schöne Vorstellung.

»Wie feiern Arnór und du Weihnachten?«, fragte sie Erla Hulda. »Bekommt ihr Besuch?«

Das Gesicht der Isländerin wurde traurig, und sie ließ ihr Strickzeug sinken.

»Normalerweise besucht uns Magnús, unser Sohn, aber er ist auf einer Expedition in Grönland. Es ist unser erstes Fest ohne ihn.«

»Das kenne ich.« Laura nickte. »Meine Tochter ist in Australien, und ich vermisse sie sehr.«

»Ja, sie werden so schnell erwachsen.« Erla Huldas Mundwinkel hoben sich. »Was haben Kristján und du geplant?«

»Ich weiß ja nicht einmal, ob er Weihnachten mit mir feiern möchte.« Laura seufzte. »Ich ging davon aus, wir wären mehrere Gäste. Sehr weihnachtlich sieht es hier ja nicht aus.«

»Auch wenn er grummelig wirkt, Kristján ist ein Isländer und daher ein guter Gastgeber. Frag ihn einfach.«

Wenn Erla Hulda das sagte, klang es so einfach, aber Lauras Zunge schien sich zu verknoten, wenn sie mit ihm sprechen wollte.

Sie nahm die Wolle wieder auf und strickte eine weitere

Runde. Auf einmal stieg eine Erinnerung in ihr auf: Sie sah ihre Mutter vor sich, die auf dem Sofa saß und einen Schal strickte. Mit exakt diesem Muster. Es hatte so viele Zeichen gegeben, die Clara mit Island verbunden hatte. Wie hatte Laura sie nur übersehen können?

»Das ist es!«, rief sie auf Deutsch aus und ließ die Wolle sinken. »Warum ist mir das nicht gleich aufgefallen?«

»Wie bitte?« Erla Hulda sah hoch und legte fragend den Kopf schief.

»Entschuldigung.« Vor Aufregung sprang Laura auf, und der angefangene Schal rutschte von ihrem Schoß. »Ich habe endlich eine Antwort gefunden.«

»Du machst mich neugierig.«

»In eurem Wohnzimmer hängt ein Bild.« Laura blieb stehen. »Es kam mir bekannt vor, aber ich konnte einfach nicht herausfinden, wo ich es schon mal gesehen habe. Bis jetzt.«

»Bei uns?«

»Ein Bauernhof, schon etwas älter.« Laura konnte es immer noch nicht fassen, dass sie endlich eine Spur gefunden hatte. »Genau das gleiche Bild hatte meine Mutter auch. Es muss der Hof Bláskógur sein.«

»Auf dem Hof hat Arnór vor vielen Jahren gearbeitet. Dort war er glücklich.« Erla Hulda lächelte. »So glücklich, wie er ohne mich sein konnte.«

Kapitel 18

»Guten Morgen.« Erla Hulda gehörte hörbar zu den fröhlichen Morgenmenschen. »Ich habe Kaffee gekocht und Pfannkuchen gebacken.«

»Danke.« Wie konnte man nur so gut gelaunt sein, wenn es draußen noch dunkel war? »Ich brauche erst einmal einen Kaffee.«

»Heute musst du nicht abwaschen.« Die Isländerin schmunzelte. »Denn heute kommt *Þvörusleikir*, der Kochlöffel abschleckt, bis sie sauber sind.«

»Igitt«, sagte Laura, »das möchte ich mir gar nicht vorstellen. Glaubst du an Elfen und Trolle?«

Zwar konnte sie sich das nicht vorstellen, aber sie hatte gelesen, dass viele Isländer der Überzeugung waren, dass sie ihre Insel mit diesen Wesen teilten.

»Ich bin mir sicher, es gibt mehr zwischen Himmel und Erde, als wir wissen.« Erla Hulda rieb sich über die Stirn. »In einem wilden Land wie unserem lernt man, an *Huldufólk* zu glauben.«

»*Huldufólk*, das sind Elfen und Trolle?«

»Und Feen und Zwerge und Gnome und alle anderen Zauberwesen, die vor uns verborgen leben.«

»Sind das nicht nur Märchen?«, fragte Laura lachend.

»Nun, es gibt hinreichend Berichte von Baustellen, die dem verborgenen Volk weichen mussten«, erzählte Erla Hulda. »Man hatte sie vorher gewarnt, sie sollten die Hügel in Ruhe lassen, aber die Bauarbeiter wussten es besser …«

»Und dann?« Laura beugte sich vor, gefangen von Erla Huldas Erzählung.

»Bagger gingen kaputt, Arbeiter hatten Unfälle, Werkzeug zerbrach, bis die Baufirma schließlich ein Einsehen hatte und die Straße um den Hügel herumführte.«

»Die Elfen müssen winzig sein, wenn sie in kleinen Felsen wohnen.«

»Für uns sind das nur kleine Steine, aber in ihrer Welt sind es riesige, elegante Paläste.« Erla Hulda schaute auf. »Sie würden dich mögen, denn Elfen essen auch kein Fleisch.«

»Wie kann ich mir das *Huldufólk* vorstellen?«

»Sie sehen aus wie wir, nur eleganter und schöner, und ihre Kleidung sieht aus wie die, die Menschen vor dreihundert Jahren trugen.« Die Isländerin schauderte. »Aber es gibt auch böse Wesen. Als Kind hatte ich am meisten Angst, einem *Afturganga* zu begegnen. Vor denen hat meine Großmutter mich gewarnt.«

»Das klingt unheimlich.« Laura beugte sich vor, in den Bann geschlagen von Erla Huldas Worten.

»Sie sind Wiedergänger, ruhelose Tote. Es heißt, sie können einen direkt in die Hölle ziehen.«

»Das hat dir deine Großmutter erzählt?«

»Märchen und Sagen sind oft grausam.« Erla Hulda rieb sich mit Daumen und Mittelfingern die Stirn. »Die Erzählungen eurer Brüder Grimm sind auch nicht ohne. Abgeschlagene Zehen, vergiftete Äpfel, Blendungen …«

»Du kennst die Brüder Grimm?« Nun war Laura verblüfft.

»Ich habe die Märchen vieler Völker gelesen. Bevor ich Arnór kennenlernte, hatte ich große Pläne.«

»Was hattest du vor?«, fragte Laura schließlich, weil die Isländerin nicht weitergeredet hatte.

»Ich wollte nach Reykjavík gehen, studieren und dann die Welt entdecken.« Erla Hulda schaute auf, und Laura konnte die abenteuerlustige junge Frau hinter den Falten und Fältchen entdecken. »Ich war immer ruhelos, mir war die Insel viel zu klein.«

»Und für Arnór hast du deine Träume aufgegeben?« Laura haderte mit sich, ob sie das romantisch oder verrückt finden sollte. Wäre sie bereit gewesen, für Dominik auf ihren Lebenstraum zu verzichten? Hatte sie überhaupt einen Lebenstraum gehabt? Genau genommen war ihr das Leben immer passiert: erst Dominik, dann die Schwangerschaft, das gemeinsame Haus – und Dominiks Verrat. Die Islandreise war seit Langem die erste Entscheidung, die Laura selbst getroffen hatte. Und auch das hatte sie nur gewagt, weil Belle ihr zugeredet hatte.

»Man begegnet der Liebe nicht so oft im Leben. Was habe ich davon, wenn ich die Welt sehe, aber mein Herz auf Island bleibt?« Sie lächelte. »Man braucht nicht viel zum Glück: ein gutes Pferd und einen Strand, eine Katze auf dem Schoß, ein gutes Buch oder Wolle.«

»Das klingt verführerisch.« Laura nickte. Aber wäre ihr das auf Dauer genug?

»Entschuldige, aber ich muss zurück, Katzen und Pferde füttern. Kristján sollte bald hier sein.«

»Danke für alles.« Laura umarmte die Isländerin. »Ich hoffe, wir sehen uns noch, bevor ich nach Hause fahre.«

»Da bin ich mir sicher.« Erla Hulda zog ihre Stiefel an und nahm ihre Jacke vom Haken. Leise zog sie die Tür hinter sich zu.

Laura fröstelte. Ohne Erla Hulda fühlte sie sich sofort einsam. Sie ging ins Wohnzimmer zurück, um ihren Schal weiterzustricken, bis Kristján zurückkehrte. Doch sie konnte sich nicht konzentrieren, sondern horchte nach dem Motorengeräusch, das anzeigte, dass er den Hof erreichte.

Als sie ein Auto hörte, sprang sie auf und eilte zur Tür. Leider war es nicht Kristján, sondern Erla Huldas roter Wagen. Hatte ihre Freundin etwas vergessen? Doch es war ein unerwarteter Besucher, der aus dem Auto stieg.

»Hallo, Laura.« Arnór sah ihr kurz in die Augen, bevor er den Blick abwandte. Das irritierte Laura, und sie dachte daran, wie der Isländer bei ihrer ersten Begegnung zusammengezuckt war. »Erla Hulda hat mir erzählt, dass du mehr über Bláskógur wissen möchtest.«

»Ja«, sagte sie. »Bei euch im Wohnzimmer hängt ein Foto des Hofs. Erla Hulda hat mir erzählt, dass du dort gearbeitet hast.«

Sie sah ihn abwartend an. Er nickte.

»Es wäre ein unglaublicher Zufall«, sprach sie aus, was ihr durch den Kopf gegangen war, »aber meine Mutter hat dort vor vierzig Jahren ebenfalls gearbeitet. Kanntest du sie?«

Er seufzte, und Lauras Herz schlug schneller. Zum ersten Mal kam ihr die Idee, dass es möglicherweise besser wäre, wenn die Vergangenheit ihrer Mutter im Dunkeln blieb und sie sich an Clara erinnerte, wie sie gewesen war. Aber zu spät, sie hatte die Büchse der Pandora bereits geöffnet.

»Laura«, begann Arnór und hob den Blick, konnte ihr aber nicht in die Augen sehen. »Ich bin hergekommen, weil ich mit dir über deine Mutter sprechen möchte. Können wir vielleicht reingehen? Hast du einen Kaffee für mich?«

Arnór folgte ihr in die Küche und setzte sich an den Tisch, während Laura die Kaffeemaschine füllte. Sie war froh darüber, sich mit Kaffeekochen beschäftigen zu können, um dabei ihre Gedanken zu sortieren. So, wie es aussah, hatte Arnór ihre Mutter gekannt. Laura atmete tief durch, um sich für das zu wappnen, was sie gleich erfahren würde.

Als die Maschine zu arbeiten begann und sich der Kaffeeduft in der Küche verbreitete, holte sie zwei große Kaffeebecher aus dem Schrank, die sie auf den Tisch stellte. Es kam ihr vor, als beobachtete Arnór jede ihrer Bewegungen, was Laura so nervös machte, dass sie die Kaffeelöffel fallen ließ. Das Klimpern, mit dem die Löffel auf den Holzboden auftrafen, hallte überlaut in ihr Schweigen.

»Nimmst du Milch und Zucker?«, fragte sie. Ihr Hals und ihre Wangen fühlten sich heiß an. Ihre Ungeschicklichkeit ließ sie rot anlaufen, was das Ganze nicht besser machte.

»Beides«, antwortete Arnór, und für einen Moment kam es ihr vor, als wäre es ein harmloser Besuch unter Nachbarn. Sie stellte den Zuckertopf und Milch auf den Tisch, was er mit einem Nicken quittierte.

»Kanntest du meine Mutter?« Laura konnte nicht länger warten. »Sie hat kaum von Island erzählt, und jetzt, nach ihrem Tod …«

»Deine Mutter ist tot?«, unterbrach Arnór sie.

»Sie ist im Frühjahr gestorben«, brachte Laura schließlich hervor. Noch immer schmerzte es, darüber zu reden. »Lungenkrebs. Es ging alles viel zu schnell …«

Ihre Stimme brach, und nun senkte sie den Blick.

»Das tut mir leid.« Irgendwie kam es ihr vor, als enthielten Arnórs Worte mehr als nur freundliches Mitgefühl. Ihr Unbehagen wuchs. Glücklicherweise röchelte die Kaffeemaschine ein letztes Mal, und sie konnte sich damit ablenken, ihm und sich selbst Kaffee einzuschenken. Sie suchte im Schrank nach Keksen und fand Schokoladenplätzchen, die sie auspackte und auf einen Teller legte.

»Arnór, was immer du auch weißt, bitte sag es mir. So schlimm kann es nicht sein.«

»Du hast recht. Am besten ist, es einfach auszusprechen.« Er versuchte ein Lächeln, aber es gelang ihm nur halb. »Ich habe deine Mutter geliebt.«

Laura blinzelte. Am liebsten hätte sie mit den Fingerspitzen an ihren Ohren gerüttelt, um zu prüfen, ob sie sich verhört hatte. Das konnte nicht sein.

»Wie bitte? Was? Ich verstehe kein Wort.«

Arnór seufzte. »Bevor ich Erla Hulda kennengelernt habe,

war ich sehr in eine Deutsche verliebt, die einen wundervollen Sommer lang auf Bláskógur gearbeitet hat.«

Nun war Laura an der Reihe zu schweigen. Davon hatte ihre Mutter ihr nie erzählt. Bisher war Laura davon ausgegangen, dass ihre Mutter die Ferien hier verbracht hatte, dass sie für zwei oder drei Wochen auf Island gewesen war, bevor sie Lauras Vater geheiratet hatte.

»Ich hatte schon von Clara gehört, bevor ich sie kennengelernt habe.« Nun, da er sein Schweigen gebrochen hatte, wirkte Arnór sichtlich erleichtert. Das Lächeln ließ ihn jünger und sanfter wirken. »Alle hier im Tal haben von ihr erzählt, von der jungen Deutschen, die furchtlos war und jedes Pferd bändigen konnte, so wild es auch war.«

»Das ... das ...«, stotterte Laura. »Du musst dich irren. Meine Mutter ist nicht geritten.«

Ihr fiel ein Stein vom Herzen. Das erklärte alles – Arnór musste ihre Mutter mit einer anderen Deutschen verwechselt haben. Wie war er nur auf die Idee gekommen, dass seine Liebste Lauras Mutter gewesen war?

»Clara war eine wunderbare Reiterin.« Arnór streckte die Hand nach Laura aus, aber sie schüttelte den Kopf.

»Du musst dich irren. Der Name stimmt, aber ...« Jedenfalls hatte ihre Mutter nie auf einem Pferderücken gesessen, solange Laura sich erinnerte. Dann jedoch fiel ihr ein, wie gern ihre Mutter sie zu ihren Reitstunden begleitet hatte. Wie vertraut ihre Mutter mit den Pferden gewesen war und wie glücklich sie dort gewesen war, fast, als würde sie etwas mit den Pferden verbinden, das niemand außer ihr verstehen konnte. Warum nur hatte sie das Reiten aufgegeben?

»Aber es muss eine andere Frau gewesen sein«, beharrte Laura, als würde es wahr, wenn sie es nur oft genug wiederholte. »Meine Mutter war damals mit meinem Vater verlobt und schwanger.«

»Ich weiß.« Arnór strich sich mit der Hand durchs Haar. »Ich irre mich nicht. Kennst du Fotos von deiner Mutter, als sie auf Island war?«

»Nein, aus der Zeit hat sie keine Bilder, aber ich kenne welche von ihr mit mir als Baby.«

Nachdem sie es ausgesprochen hatte, fiel Laura zum ersten Mal auf, wie ungewöhnlich es war, dass ihre Mutter nicht ein Foto aus ihrer Zeit auf Island besaß. Bisher hatte Laura das nie infrage gestellt.

»Du siehst ihr unglaublich ähnlich.« Arnór stieß ein leises Lachen aus. »Deshalb habe ich mich so erschrocken, als ich dich bei uns in der Küche gesehen habe.«

Nun ergab alles einen Sinn. Es fiel Laura schwer, sich vorzustellen, dass ihre Mutter eine Reiterin gewesen war. Noch unvorstellbarer jedoch war die Liebesgeschichte zwischen Arnór und ihrer Mutter.

»Was ist damals geschehen?«, fragte sie. »Wie habt ihr euch kennengelernt?«

»Als ich Clara das erste Mal gesehen habe, ritt sie einen wilden Rappen, an dem viele gescheitert waren. Sie lachte, ihre langen braunen Haare flatterten im Wind, und sie flog im hohen Bogen vom Pferd.«

»Himmel!« Wie konnte ihre Mutter nur so unvorsichtig sein, dachte Laura. Schließlich war sie damals schwanger gewesen und hätte an ihr ungeborenes Kind denken müssen.

»Sie hat nur gelacht, sich aufgerappelt und versucht, das bockende Pferd einzufangen. Ich habe ihr geholfen. Als unsere Hände sich berührten …«, Arnór hob die Hände und lächelte. »Da war es um mich geschehen, und ihr erging es genauso.«

Laura kam ein Gedanke, undenkbar, aber er ließ sich nicht zur Seite schieben.

»Bist du etwa mein Vater?«, platzte sie heraus.

»Nein.« Arnór schüttelte lächelnd den Kopf. »Clara hat mir erzählt, dass sie in Deutschland verlobt war, dass sie heiraten wollte. Und dass sie ein Kind von ihm erwartete.«

»Aber?«

»Ich bin mir sicher, du kennst das.« Arnór lächelte wieder. »Gegen die Liebe kommt man nicht an. Sie ist eine Himmelsmacht.«

»Und Erla Hulda?«

»Erla habe ich erst Jahre später kennengelernt.« Als Arnór von seiner Frau sprach, sagte sein Tonfall, wie tief seine Liebe und Verbundenheit zu ihr war. »Lange nach der Zeit mit deiner Mutter. Ich habe Clara angefleht, mit mir gemeinsam auf Island zu leben und Pferde zu züchten, aber sie hat sich dagegen entschieden.«

»Warum? Hat sie dir das gesagt?«

»Ich fürchte, sie hat unseren Gefühlen nicht getraut. Sie meinte, das zwischen uns wäre eine Urlaubsliebe, nichts, auf das man eine Zukunft aufbauen könnte.« Arnór rührte in seiner Kaffeetasse und trank einen Schluck. »Ich habe an uns geglaubt und gehofft, sie von der Stärke unserer Liebe zu überzeugen.«

»Warum hast du sie nicht aufgehalten?« Laura musterte Arnór und versuchte, sich vorzustellen, dass ihre Mutter ihn gekannt hatte, dass sie ihm nahe gewesen war.

»Glaub mir, ich habe es versucht, aber Clara war stur, wenn sie erst einmal eine Entscheidung getroffen hatte. Ich musste ihr versprechen, sie zu vergessen und mich nie mehr bei ihr zu melden.« Arnór schluckte. Dann holte er tief Luft, Laura spürte, dass die Frage, die er nun stellte, ihn all seine Kraft kostete. »War Clara glücklich? Hat sie die richtige Entscheidung getroffen?«

Laura dachte nach. Setzte zu einer Antwort an und brach dann wieder ab.

»Das ist eine schwere Frage. Manchmal hatte ich schon den Eindruck, sie vermisste etwas in ihrem Leben.« Laura suchte nach den passenden Worten. »Sie hat nie von dir erzählt. Aber ich glaube, sie hat dich nie vergessen.«

»Bist du sicher? Sie hat nie wieder etwas von sich hören lassen.« Arnór starrte auf seine Hände.

»Aber meine Mutter wollte unbedingt nach Island reisen«, entgegnete Laura nach kurzem Überlegen. »Wir wollten diese Reise gemeinsam antreten. In den Monaten vor ihrem Tod hat sie viel über Island gesprochen. Im Grunde, seit mein Vater gestorben ist. Sie hat die Insel und dich wohl immer in ihrem Herzen behalten.«

Kapitel 19

Erst nachdem Arnór gegangen war, wurde Laura das gesamte Ausmaß seiner Worte bewusst. Es fiel ihr unglaublich schwer zu begreifen, was sie gerade über ihre Mutter erfahren hatte. Arnórs Geschichte hatte ein paar Fragen beantwortet, aber viel mehr aufgeworfen. Warum hatte Clara das Reiten aufgegeben? Hatte ihre Mutter Lauras Vater überhaupt geliebt? Es war Laura immer so vorgekommen, als führten ihre Eltern die perfekte Ehe. Sicher, ab und zu hatten sie sich gestritten, aber man hatte ihnen angemerkt, wie tief ihre Liebe zueinander war. Jedenfalls hatte Laura das immer angenommen.

Und nun erfuhr sie, dass es einen anderen Mann in Claras Leben gegeben hatte. Wieso hatte sie Arnór verlassen, wenn er ihre große Liebe gewesen war? Und die schwerste Frage von allen: Warum hatte sie diesen Teil ihres Lebens vor Laura verborgen, als hätte es ihn nie gegeben?

Lauras Gefühle schwankten zwischen Traurigkeit, weil ihre Mutter die große Liebe nicht leben konnte, und Bitterkeit, weil sie das Gefühl hatte, ihre Mutter nie wirklich gekannt zu haben. Niemals würde sie die Antworten auf ihre Fragen bekommen, denn ihre Mutter hatte weder ein Tagebuch geführt noch Briefe hinterlassen, die etwas Licht ins Dunkel hätte bringen können. Hätte Arnór die Wahrheit nur für sich behalten!

Laura hielt ihre innere Unruhe nicht mehr aus und sprang auf. Wenn nur Kristján endlich käme, dann könnte sie gemeinsam mit ihm ausreiten, sich den Wind um die Nase wehen und die düsteren Gedanken aus dem Kopf pusten lassen. Kurz überlegte sie, Vinur zu satteln, um mit ihm an den Strand zu reiten, aber das traute sie sich nicht zu. Sie war noch nie allein ausgeritten. Aber sie musste sich bewegen, musste die nervöse Energie loswerden, die sie in ihrem Körper spürte. Sie warf sich ihre Jacke über, steckte zwei Möhren in die Taschen, schlüpfte in die Stiefel und verließ das Haus.

Der Schnee war angetaut und gab unter ihren Schritten nach. Laura atmete tief ein und spürte den kühlen Wind auf ihrem Gesicht. Sie meinte, das Rauschen des Meeres und das Kreischen der Möwen in der Ferne zu hören, aber das konnte auch eine Täuschung sein. Obwohl die Landschaft wunderschön war, gelang es ihr heute nicht, Lauras Herz leichter werden zu lassen.

Alles war nur Hintergrundrauschen für ihre Gedanken, die unaufhörlich kreisten. Sie fragte sich, wie ihre Mutter sich auf Island gefühlt hatte? Und was hatte sie dazu bewogen, nach Deutschland und zu Lauras Vater zurückzukehren?

Eine Träne kullerte Lauras Wange hinunter. Sie vermisste ihre Mutter. Ihre Stimme, ihr Lachen, ihre Wärme. Auch ihren Vater vermisste sie, seine ruhige Art, seinen Humor, seine dunkle Stimme. Ihre Schritte wurden langsamer, und sie suchte nach dem Smartphone in ihrer Tasche. Es gab nur einen Menschen, mit dem sie jetzt reden wollte. Lauras Finger zitterten, als sie Belles Nummer wählte.

»Liebes, ist alles in Ordnung?« Belles Stimme klang seltsam verzerrt, im Hintergrund hörte Laura die Stimmen vieler Menschen. »Du rufst nie tagsüber an«, sagte sie zur Begrüßung.

»Ich habe heute etwas Unglaubliches erfahren.« Laura schluchzte auf. Nachdem sie ihre Fassung wiedergewonnen hatte, fasste sie für Belle zusammen, was Arnór über ihre Mutter erzählt hatte.

»Ich frage mich, ob sie hier glücklicher war als in Deutschland.« Die Vorstellung erschreckte Laura. Sollte sie selbst der Grund gewesen sein, dass Clara ihre große Liebe verlassen hatte? Laura hielt den Atem an, während sie auf die Antwort ihrer Freundin wartete.

Nach kurzem Überlegen sagte Belle in sanftem Tonfall: »Ich würde nicht zu viel darüber nachdenken, Laura. Es bringt nichts, sich über Vergangenes aufzuregen. Erinnere dich an das Gute, an eure gemeinsame Zeit.«

»Ich habe noch so viele Fragen.« Laura schluckte. »Warum hat sie das Reiten aufgegeben? Warum hat sie sich nie bei Arnór gemeldet? Nicht einmal, nachdem mein Vater gestorben war. Und was wäre passiert, wenn wir wirklich gemeinsam nach Island gereist wären? Hätte sie Arnór wiedergesehen?«

»Würden die Antworten etwas ändern?« Auch Belle

klang traurig. Für sie war Clara eine Ersatzmutter gewesen, weil ihre eigene oft unterwegs gewesen war und viel Zeit im Ausland verbracht hatte. »Ich finde es irgendwie schön zu wissen, dass Clara so ein Abenteuer erlebt hat. Nur schade, dass sie nicht den Mut besaß, auf Island zu bleiben.«

»Aber dann wäre ich ohne Vater aufgewachsen.« Wie konnte Belle so etwas nur sagen?

»Dann sei ihr dankbar, dass sie diese Entscheidung getroffen hat.«

»Ich … ich weiß nicht«, begann Laura, aber ihre Gedanken purzelten zu sehr durcheinander und ließen sich nicht in Worte fassen.

»Liebes, deine Mutter bleibt ein wunderbarer Mensch, auch wenn sie eine Vergangenheit hatte«, flüsterte Belle. Aus dem Hintergrund rief jemand: »Es wäre wunderbar, wenn sich Madame Hellwig auf die Bühne bequemen könnte.« Belle seufzte. »Tut mir leid, ich muss auflegen. Ich melde mich.«

»Belle, danke«, sagte Laura. »Ich weiß nicht, was ich ohne dich machen würde.«

Doch ihre Freundin hatte bereits aufgelegt, was Laura sehr bedauerte, denn sie hätte Belle gern noch von Kristján und dem Kuss erzählt. Trotz ihrer Traurigkeit und Verwirrung musste Laura lachen. Wie sehr hatte sich ihr Leben verändert! Noch vor Kurzem hatte sie gespannt Belles Geschichten gelauscht, selbst aber selten etwas Erzählenswertes erlebt. Doch seit sie auf Island angekommen war, überschlugen sich die Ereignisse, und sie wusste nicht, welche Geschichte sie zuerst erzählen sollte.

Ihre Mutter hatte einen Isländer geliebt. Noch immer fiel

es Laura schwer, das wirklich zu glauben, denn ihre Eltern hatten so glücklich miteinander gewirkt. So, als wären sie füreinander bestimmt gewesen. Wenn Clara sich vor vierzig Jahren anders entschieden hätte ...

Nein, Belle hatte recht, es lohnte sich nicht, über die Vergangenheit nachzugrübeln. Laura wollte im Hier und Jetzt leben, sich ganz auf die Gegenwart konzentrieren – und diese Überlegung brachte sie zu Kristján und dem Kuss, über den sie beide noch kein Wort verloren hatten.

Nachdenklich schlenderte sie auf die Weide zu, auf der die Stute Drifa graste. Laura wollte allein sein, um über ihre Gefühle nachzudenken. In den vergangenen Tagen hatte sie sich immer mehr zu Kristján hingezogen gefühlt. Aber lag das wirklich an ihm, oder war sie nur vom Wunsch nach Bestätigung getrieben, nachdem Dominik sie verlassen hatte?

Sie lehnte sich an den Zaun und sah den Pferden zu. Drifa kam auf sie zu und schnupperte an ihrer Hand. Laura strich ihr sanft über die Nase und dachte an Kristján.

Es war nicht nur seine raue, gleichzeitig auch fürsorgliche Art, die sie anzog. Es war das Gefühl, dass er sie verstand und akzeptierte, so, wie sie war. Das hatte sie bei Dominik nie gehabt. Er hatte oft versucht, ihr seine Vorstellungen aufzuzwingen, oft war sie seinen Wünschen gefolgt, sodass sie irgendwann fast aufgehört hatte, sich zu fragen, was sie selbst überhaupt wollte.

Aber konnte sie überhaupt eine Beziehung mit Kristján führen? Er lebte in Island, sie in Deutschland. Wie sollte das funktionieren? Und wenn es nur eine kurze Affäre war und sie am Ende wieder allein dastand?

Sie wusste, dass sie sich nicht einfach in eine Beziehung stürzen konnte, ohne genau zu wissen, was sie wollte. Aber wie sollte sie es herausfinden? Sie schloss die Augen und atmete tief durch. Tief in ihrem Inneren spürte sie die Sehnsucht nach Nähe und Geborgenheit. Aber war Kristján wirklich der Richtige für sie?

Sie öffnete die Augen und betrachtete die Pferde. Von ihnen konnte man lernen, ganz in der Gegenwart zu leben, sich nur auf das zu konzentrieren, was aktuell von Bedeutung war. Drifa, die friedlich graste, hob auf einmal den Kopf und sah Laura an, als wollte sie ihr zustimmen. Lauras Gedanken klärten sich, und sie kam langsam zu einer Entscheidung.

Sie würde Kristján sagen, was sie für ihn empfand, aber ohne Erwartungen und Bedingungen. Sie würde ihm ihre Gefühle offenbaren und ihm die Freiheit geben zu entscheiden, ob er dasselbe für sie fühlte. Ja, so sollte es sein – es kam ihr vor, als ob eine Last von ihren Schultern fiel.

In diesem Moment brummte ihr Smartphone, was Drifa erschreckte. Die Stute galoppierte davon. Oh nein. Das hatte sie fast vergessen. Zum Glück erinnerte ihr Telefon sie daran, dass sie eine Skype-Verabredung mit Merle hatte.

So schnell sie in ihren schweren Stiefeln laufen konnte, rannte Laura durch den Schnee zurück zum Haus. Außer Atem kam sie dort an, warf ihre Jacke im Flur auf den Boden und sprintete in ihr Zimmer. Dort atmete sie dreimal tief durch, bevor sie sich auf die Minute genau bei Skype einloggte. Kurz überlegte sie, Merle zu erzählen, was sie über Clara herausgefunden hatte.

Doch sie entschied sich dagegen. Erst einmal wollte Laura mit der neuen Facette im Leben ihrer Mutter ihren Frieden machen, Merle sollte Clara so in Erinnerung behalten, wie sie sie gekannt hatte. Aber wenn Laura ihrer Tochter die Wahrheit verschwieg, handelte sie dann nicht genauso wie ihre Mutter? Das mochte sein, aber Merle litt bereits unter der Trennung ihrer Eltern, da sollte Laura sie nicht noch mit Claras Islandliebe belasten, oder?

»Mama.« Merle winkte ihr zu. »Du siehst gut aus. Island tut dir gut.«

»Es ist einfach unglaublich hier. Wenn du wieder in Deutschland bist, sollten wir gemeinsam hierherfahren«, schlug Laura vor.

»Das machen wir auf jeden Fall.« Merles Lächeln wurde breiter. »Vielleicht kommt Papa ja auch mit.«

Wie kam ihre Tochter nur auf diese Idee?

»Hast du mit deinem Vater gesprochen?«

»Wir haben gestern geskypt.« Merle legte den Kopf leicht schief. Laura kannte die Geste nur zu gut, sie bedeutete, dass Merle nicht sicher war, wie ihre Mutter reagieren würde. »Er vermisst dich.«

»Das hätte er sich vorher überlegen sollen.« Laura erschrak darüber, wie bitter sich ihre Stimme anhörte. Aber es wäre falsch, ihren Zorn zu leugnen. Dominik hatte sie wegen einer Jüngeren verlassen, das Klischee schlechthin. Er konnte nicht ernsthaft erwarten, dass sie mit fliegenden Fahnen zu ihm zurückkehrte.

»Ich habe den Eindruck«, sagte Merle sanft, »es tut ihm sehr leid.«

Wie typisch für Dominik! Er scheute nicht davor zurück, ihre Tochter zu benutzen, anstatt sich selbst bei Laura zu melden.

»Er hat eine Entscheidung getroffen, und mit den Konsequenzen müssen wir beide nun leben«, presste sie hervor.

»Würdest du ihm noch eine Chance geben? Würdest du unserer Familie noch eine Chance geben?« Laura sah Merles hoffnungsvollen Blick.

Sie fühlte sich kurz versucht, ihrer Tochter eine Halbwahrheit zur Antwort zu geben, aber das verdiente Merle nicht. Gleichzeitig wollte sie ihrer Tochter nicht von dem erzählen, was zwischen Kristján und ihr beginnen konnte. Dafür war es noch zu frisch, dafür wusste Laura viel zu wenig, ob sie bereit war, mehr als einen Urlaubsflirt darin zu sehen. Und vor allem wusste sie nicht, was Kristján über den Kuss dachte.

»Ich weiß es nicht. Im Moment bin ich noch zu sehr verletzt.« Sie lächelte. »Aber genug von deinem Vater und mir. Erzähl mir von Australien. Hast du endlich einen Koala gestreichelt?«

»Das habe ich, und sein Fell war viel rauer, als ich es mir vorgestellt habe.« Merles Augen leuchteten. »Dann hat er versucht, an mir hochzuklettern, das war ganz schön bedrohlich.«

»Hast du Kratzer?« Laura bemühte sich, nicht panisch zu wirken. »Deine Tetanusimpfung ist noch gültig, oder?«

»Ja, ist sie. Nein, keine Kratzer, alles ist gut.« Merle lächelte. »Reitest du heute nicht?«

»Später.« Laura überlegte, wie viel sie ihrer Tochter sagen

wollte. »Ich muss noch warten, bis mein Gastgeber zurückkommt. Er ist unterwegs.«

»Bist du allein mit ihm?« Merle verengte die Augen. »Ist das nicht etwas … komisch?«

Laura zögerte. Bis auf den Kuss war nichts zwischen Kristján und ihr geschehen, trotzdem brachte sie es nicht über sich, ihrer Tochter die Wahrheit zu sagen.

»Oh, ich glaube, ich höre ihn. Hab viel Spaß in Australien. Hab dich lieb.«

»Ich dich auch, Mama.« Merle öffnete den Mund, als ob sie noch etwas sagen wollte, aber da hatte Laura schon aufgelegt. Sie hatte ein schlechtes Gewissen ihrer Tochter gegenüber, aber solange sie selbst nicht wusste, was sie fühlte, wollte sie die Pferde nicht scheu machen. Merle wünschte sich, dass sie und Dominik wieder zueinanderfanden, da wäre sie mit allem, was sie ihr über Kristján erzählen könnte, bei ihr an der falschen Adresse.

Sie ging in die Küche, schenkte sich einen Kaffee ein und blickte aus dem Fenster in der Hoffnung, Kristjáns Wagen zu sehen. Dann jedoch war es ihr peinlich, schließlich war sie nicht seine Ehefrau. Laura kehrte zurück in ihr Zimmer. Aber sie konnte sich nicht auf ihren Roman konzentrieren, denn mit halbem Ohr lauschte sie darauf, ob die Tür sich öffnete. Endlich war es so weit, und sie musste an sich halten, um nicht aufzuspringen und Kristján entgegenzulaufen. Stattdessen trank sie den Kaffee, atmete tief ein und aus und zählte die Minuten. Endlich klopfte es an ihrer Tür.

»Hallo, Laura, ich bin zurück, und wenn du magst, können wir ausreiten.«

»Einen Moment noch. Ich muss mich umziehen.« Himmel! Warum benahm sich wie ein Teenager? Sie trug bereits ihre Reitkleidung und musste nur den Overall überziehen. Sie atmete mehrmals tief durch und stand dann auf. Zögerte an der Tür, öffnete sie dann aber und ging in die Küche, wo Kristján einen Kaffee trank.

»Hallo«, sagte sie und wünschte sich, ihr wäre etwas Klügeres eingefallen. »Warst du erfolgreich?«

»Ich weiß nicht«, antwortete er. Sein Blick war so intensiv, dass ihr Herz schneller schlug. »Es ist kompliziert. Tut mir leid, dass ich nicht da war.«

»Nicht schlimm.« Ihre Stimme überschlug sich. »Erla Hulda und ich hatten einen tollen Tag, nur wir Frauen unter uns.«

Sie lächelte und senkte den Blick, damit er nicht bemerkte, wie nervös er sie machte.

»Der Himmel ist heute klar. Wir könnten den Berg hinaufreiten. Von dort aus haben wir einen tollen Ausblick.«

»Das wäre schön.« Laura wünschte nur, sie wäre weniger nervös, könnte so tun, als wäre alles wie vor dem Kuss, über den keiner von ihnen beiden sprach.

»Dann lass uns aufbrechen.« Im Flur zogen sie gemeinsam die Overalls an. Laura hasste das Ding, in dem sie sich noch rundlicher fühlte, als sie ohnehin war, während Kristján selbst in dem roten dicken Anzug einfach sexy aussah. Wie hatte sie nur glauben können, dass zwischen dem Wikinger und ihr mehr passieren könnte? Nicht nur, dass er bestimmt acht Jahre jünger war, er war auch deutlich sportlicher und attraktiver als sie.

»Heute gebe ich dir Nipa, denn Vinur ist kein großer Kletterer. Er ist schon älter und wird bald in den Ruhestand gehen.«

»Schade«, sagte Laura, »ich mag ihn gern. Er ist ein Guter.«

»Glaub mir, Nipa wirst du auch mögen.« In dem Moment klingelte sein Smartphone. Sein Gesicht verschloss sich wieder. »Geh du schon mal zur Koppel. Ich komme gleich.«

Da sie ohnehin auf ihn warten musste, blieb Laura bei den Schafen stehen.

»Hallo, ihr wolligen Tiere«, sagte sie. Eines der beigefarbenen Schafe kam auf sie zu, es hatte eine schwarze Schnauze und ein geschecktes Gesicht, was ihm ein verwegenes Aussehen verlieh. Aus bernsteinfarbenen Augen musterte es Laura neugierig, aber auch kritisch. Jedenfalls kam es Laura so vor. Automatisch wanderte ihr Blick zu den bedrohlich aussehenden Hörnern. Seit wann hatten Schafe Hörner?

»Sei besser vorsichtig«, erklang Kristjáns Stimme hinter ihr. »Er ist der Leithammel und Fremden gegenüber misstrauisch.«

Als wollte es seine Worte unterstreichen, senkte das Schaf den Kopf und kam auf Laura zugestürmt. Sie war froh, dass der Zaun zwischen ihnen war, und hoffte, dass der Draht stabil genug war, ein zorniges Schaf aufzuhalten.

»Also werden wir keine Freunde.« Sie drehte sich um und begleitete Kristján zur Koppel. Inzwischen waren Wolken aufgezogen, und sie sandte einen skeptischen Blick zum Himmel.

Dort wählte er einen großen Falben für sich und eine hübsche dunkelbraune Stute für Laura aus. Die Stute stupste sie mit der Nase an, als wollte sie sagen, dass sie sich freute, Laura kennenzulernen.

»Ich freue mich auch, mit dir die Gegend zu erkunden«, sagte Laura zu der Stute und sattelte sie auf. Dann brachen sie auf, begleitet von leichtem Schneefall.

Ihr Weg führte sie am Ufer eines Flusses entlang, an dessen Rändern braunes Gras durch die Schneedecke stach. Auch der Fluss war von einem intensiven Blau, aber in einem anderen Farbton als das Wasser des Fjordes und weniger glitzernd. Der Ritt wurde Laura ein wenig unheimlich, denn zu ihrer rechten Seite erhob sich eine steile Bergwand, an der ab und zu Felsen Unheil verkündend durch den Schnee blitzten, an der linken Seite stürzte eine ebenso steile Wand nach unten in Richtung des Flusses. Der Weg war gerade mal so breit, dass zwei Pferde nebeneinandergehen konnten. Laura hoffte, dass Nipa sich nicht erschreckte und nach links hüpfte.

»Wenn wir oben angekommen sind«, sagte Kristján, »sollten wir den Pferden eine Pause gönnen. Der Aufstieg ist ganz schön anstrengend.«

»Ich bin froh, dass ich das nicht zu Fuß machen muss«, sagte Laura und lehnte sich noch ein wenig vor, um ihr Pferd zu entlasten.

Kristján hielt an. »Dort unten siehst du Grenivík.«

Laura erhob sich ein wenig in den Steigbügeln, um von dem Hügel ins Tal zu sehen. Es waren wenige kleine Häuser, die sich am Meer entlang verteilten. Das Auffallendste war der Pier, der weit ins Meer hineinragte.

»Wie groß ist der Ort?«

»Um die 250 Einwohner.« Kristján zuckte mit den Schultern. »Es ist ein Fischerdorf, wie es so viele hier gab. Es werden weniger, denn es gibt weniger Fische.«

Sie musste sich keine Antwort überlegen, denn er trieb sein Pferd schon weiter, beinahe, als wollte er diesen Ausritt nur hinter sich bringen.

Auf dem Hügel angekommen, hielten sie die Pferde an und stiegen ab. Nachdem sie die Pferde angebunden hatten, gingen sie zum Aussichtspunkt. Der Ausblick war unglaublich. Das Wasser des Fjordes glitzerte in diesem isländischen Blau, das Laura jedes Mal aufs Neue faszinierte. Als meinte Island es gut mit ihr, schien die Sonne und ließ den Schnee und das Wasser erstrahlen. Eine Halbinsel ragte in den Fjord hinein, der an den Seiten von schneebedeckten Bergen umgeben war. Je näher die Felsen am Wasser lagen, desto mehr durchbrach das dunkle Gestein den Schnee. Wie kam es nur, dass ein so kleines Land dermaßen viele atemberaubende Sehenswürdigkeiten zu bieten hatte?

»Laura.« Während sie die Aussicht bewundert hatte, war Kristján näher gekommen. Sein Blick war fragend. »Wir haben noch nicht über den Kuss geredet«, schob er nach.

Ihre Kehle schnürte sich zu, und sie musste schlucken. Warum nur fehlten ihr die Worte? Nachdem sie sich zweimal geräuspert hatte, konnte sie endlich etwas hervorbringen.

»Ich … ich wollte auch mit dir darüber reden. Es hat mich einfach überkommen, weil alles so perfekt war, die Polarlichter, unser Ritt, der Wasserfall.« Sie schluckte.

»Du hast mich überrascht. Ich hatte nicht mit dir gerechnet, nicht erwartet, noch einmal so starke Gefühle für jemanden entwickeln zu können.« Kristján musterte sie. Lauras Herz schlug schneller. Langsam näherte sich Kristján. Er roch nach Leder und Pferd und nach etwas, das sie an Island erinnerte. Eis und Schnee und Frost – in Lauras Magen flogen Schmetterlinge auf. Er war alles und noch mehr.

»Ich auch nicht«, flüsterte sie. Ihr Herz schlug schneller, und plötzlich war sie sich seiner Nähe immens bewusst. Sie schauten einander nur kurz in die Augen. Kristjáns Augen, die ihr so eisblau und kalt erschienen waren, glitzerten jetzt in einem magischen Gletscherblau. Vorsichtig senkte er den Kopf und legte ihr sanft die Hand in den Nacken.

Die Luft war eisig, aber Laura spürte eine innere Wärme. Kristján nahm ihr Gesicht zwischen seine Hände, und sie fühlte die raue Wolle der Handschuhe auf ihren Wangen. Schnell benetzte sie ihre rauen Lippen mit der Zunge, damit sie für den Kuss bereit waren. Aber er sah sie nur weiter an.

Sollte sie etwas sagen? Wollte er etwas sagen? Anstatt sich weiter Gedanken zu machen und damit diesen wundervollen Moment zu zerstören, schloss sie die Augen. Warm spürte sie seine Lippen auf ihren, tastend und vorsichtig fragend. Sie schmiegte sich an ihn und umarmte ihn. Unter dem dicken Overall konnte sie seine Muskeln nur ahnen. Der Kuss war so leidenschaftlich, dass Lauras Knie weich wurden und ihr schwindlig wurde. Zum Glück hielten sie seine starken Arme. Sie griff mit ihren Händen in sein Haar und bedauerte es, Handschuhe zu tragen, die eine Barriere zwischen ihnen bildeten.

»Lass uns zum Hof zurückreiten«, stieß sie atemlos hervor, nachdem der Kuss endete.

Er nickte nur und holte die Pferde. Ebenso wie sie schien

er es kaum erwarten zu können zurückzukehren, die warme Kleidung abzulegen und einander zu erforschen. Immer wieder hielt Kristján sein Pferd zurück, damit sie nebeneinanderreiten konnten. Laura konnte es kaum erwarten, auf den Hof zu kommen, in seinen Armen zu liegen, ihn zu küssen, seine warme Haut zu spüren und seine Hände auf ihrer Haut zu fühlen. Was sich wohl heute noch ergeben würde? Ihre Gedanken überschlugen sich, eine Mischung aus Vorfreude und Angst.

Mehr als zwanzig Jahre hatte sie nur mit Dominik geschlafen. Die Aussicht, mit einem anderen Mann ins Bett zu gehen, machte sie nervös, und hundert dumme Gedanken galoppierten durch ihren Kopf. Hoffentlich fand Kristján ihre Schenkel und ihren Hintern nicht zu breit, ihren Bauch zu weich. Immer wieder musste sie an das Foto von der unglaublich schönen Frau und ihm denken. Mit der Isländerin konnte Laura beim besten Willen nicht konkurrieren. Dann jedoch verbot sie sich diese Überlegungen. Sie war keine zwanzig mehr, das sah man ihr an, und wenn Kristján sie so nicht wollte, dann hatte er sie nicht verdient. So wie Dominik sie nicht verdient hatte.

»Warum lachst du?«, fragte Kristján jetzt.

»Ich habe einen Entschluss getroffen. Alles ist gut, ich bin glücklich.«

Seine Augen leuchteten. Mit warmer Stimme sagte er: »Ich auch. Ich freue mich darauf, mit dir allein zu sein.«

Sie lächelte ihn an und spürte ein warmes Gefühl in ihrem Bauch. Als sie auf dem Hof ankamen, traute Laura ihren Augen nicht. Kristján und sie waren nicht mehr allein.

Kapitel 20

»Belle?« Laura fiel vor Überraschung beinahe von Nipas Rücken. Ihre Freundin passte so überhaupt nicht auf Kristjáns Hof mit ihrem violetten Mantel, der trotz der Kälte offen stand, den genauso violetten Lederstiefeln und dem kurzen Rock, der viel Bein zwischen Stiefelende und Rockkante sehen ließ. Laura fror bereits bei diesem Anblick. »Was machst du hier?«

»Nach unserem letzten Telefonat hatte ich das Gefühl, du bräuchtest eine Schulter zum Anlehnen.« Ihre Freundin sah von Laura zu Kristján und wieder zurück und grinste so breit, dass Laura sie am liebsten geschüttelt hätte. »Da habe ich mir wohl umsonst Sorgen gemacht.«

»Kristján, das ist meine unglaubliche Freundin Belle aus Deutschland«, fand Laura endlich wieder zu ihren Manieren, nachdem sie den ersten Schreck überwunden hatte. »Belle, das ist Kristján, mein Gastgeber.«

»Wo sind denn die anderen Gäste?« Laura verdrehte die

Augen. Das musste man Belle lassen. Sie fand zielsicher und sofort den Punkt, auf den es ankam.

»Die haben kurzfristig abgesagt«, grummelte Kristján und sah Belle unter zusammengezogenen Brauen an. Laura konnte deutlich sehen, dass es ihm gar nicht passte, überraschenden Besuch zu bekommen. Und ihr ging es auch so, wenn sie ehrlich war. Mist!

Gerade, da sich etwas Unglaubliches zwischen ihnen entwickelte, musste Belle dazwischenfunken, auch wenn sie es nur gut gemeint hatte.

»Willst du mich nicht angemessen begrüßen?« Belle breitete die Arme aus. »Sonst glaube ich noch, du willst mich nicht hier haben.«

»Blödsinn«. Laura glitt vom Rücken ihres Pferdes, überreichte Kristján die Zügel und umarmte ihre Freundin. »Ich war nur überrascht.«

»Ich bringe die Pferde weg.« Der Isländer nickte Belle zu. »Ich habe ein Zimmer für dich, wenn du bleiben willst.«

»Ist der immer so freundlich?«, fragte Belle auf Deutsch und schob dann schnell nach: »Ups, versteht er etwa unsere Sprache?«

»Ja«, antwortete Laura und genoss einen Moment den betretenen Gesichtsausdruck ihrer Freundin, bevor sie Belle aufklärte: »Das war nur ein Scherz.«

»Dir geht es wohl deutlich besser.« Belle verengte die Augen. »Gehe ich recht in der Annahme, der Wikinger ist nicht ganz unschuldig daran? Können wir bitte ins Warme gehen?«

Obwohl Laura ein schlechtes Gewissen hatte, Kristján mit den Pferden allein zu lassen, begleitete sie Belle ins Haus.

»Möchtest du einen Kaffee?«, fragte sie ihre Freundin.

»Hast du auch etwas zu essen?«

»Da wird sich was finden lassen.« Laura öffnete die Kühlschranktür und bemerkte, wie selbstverständlich das für sie war. »Ich kann noch immer nicht glauben, dass du hier bist.«

»Ich muss doch meiner allerbesten Freundin beistehen.« Belle zwinkerte ihr zu. »Da wusste ich ja noch nicht, dass du allein auf einem Hof mit so einem heißen Wikinger bist.«

»Glaub mir, das war nicht so geplant.« Laura seufzte. »Ich habe mich gerade erst getrennt.« Sie schluckte. »Nein, ich bin gerade erst getrennt worden.«

»Ach, du weißt doch, was man sagt. Wenn man vom Pferd fällt, soll man sofort wieder in den Sattel klettern, damit man es nicht verlernt!«

»Belle! Auf solche Vergleiche kannst auch nur du kommen.«

»Darum liebst du mich doch.«

»Wie bist du überhaupt hierhergekommen? Einen Linienbus gibt es bestimmt nicht.«

Belles Schweigen war verräterisch. Laura wandte sich zu ihr um. Ihre Freundin saß am Tisch und inspizierte ihre Fingernägel.

»Na, wie heißt er? Hast du ihn im Flugzeug kennengelernt?«

»Du kennst mich einfach zu gut.« Belle sah hoch und grinste. »Er heißt Ríkharður, ich nenne ihn Rick, wie in Casablanca, und habe ihn wegen eines Taxis angesprochen.«

»Und er konnte deinem Charme nicht widerstehen und hat selbst Taxi gespielt.«

»Schuldig in allen Punkten. Leider musste er dringend nach Aku-irgendwas, aber er holt mich morgen ab, damit wir uns besser kennenlernen.« Belles Grinsen wurde breiter, was ihr Ähnlichkeit mit der Cheshire-Katze verlieh. »Ich störe deinen Wikinger und dich also nur kurz. Du hast mir verschwiegen, wie gut er aussieht.«

Statt ihr eine Antwort zu geben, werkelte Laura lautstark mit der Kaffeedose. Nachdem sie den Kaffee aufgesetzt hatte, stellte sie Brot, Käse und Tomaten vor Belle auf den Tisch. Ihre Freundin blickte sie nur an und lächelte.

»Ja, zwischen uns könnte es etwas geben«, gestand Laura schließlich. Sie konnte Belles Schweigen-und-Lächeln-Taktik einfach nicht widerstehen. »Aber wir sind erst am Anfang. Sehr am Anfang.«

»Dann ist es Schicksal, dass ich Rick getroffen habe.« Belle legte ihre Hand auf Lauras. »Ich habe mir wirklich Sorgen um dich gemacht.«

»Hast du nicht eigentlich Probe?«

»Frag nicht, ich bin mit dem Regisseur aneinandergeraten.«

»Wie lange bleibst du?«

»Auf Island oder in Island – wie heißt das bei einer Insel, die gleichzeitig ein Land ist, eigentlich?«

»Ich würde in Island sagen, aber du hast meine Frage noch nicht beantwortet.«

»Rick ist Musiker und hat mir angeboten, mit ihm die Kulturszene Reykjavíks zu erkunden. Ich wollte erst schauen, wie es dir geht.«

»Das klingt toll, Belle, mach das auf jeden Fall. Island

scheint wohl für jeden einen eigenen Zauber bereitzuhalten.«
Laura lächelte.

»Rieche ich Kaffee?«, fragte Kristján auf Englisch, als er in die Küche trat. »Der Himmel ist klar, ihr könntet ein Nordlicht sehen.«

»Entschuldige, dass ich euch überfallen habe«, antwortete Belle, die ebenfalls ins Englische gewechselt hatte, mit einem vielsagenden Grinsen. »Das Angebot mit dem Zimmer nehme ich gern an, aber morgen bin ich weg.«

»Du kannst gern länger bleiben. Eine Freundin von Laura ist mir immer willkommen.«

Laura hätte beinahe den Kaffee verschüttet, so sehr berührten sie seine Worte.

»Danke«, flüsterte sie, »das ist wirklich nett von dir.«

»Der Schafbock ist abgehauen. Ich muss ihn suchen.« Kristján nahm einen Kaffeebecher und wollte die Küche verlassen.

»Wir würden gern draußen ein Bad nehmen. Ist das okay?«, hielt Laura ihn auf.

»Ja natürlich. Fühlt euch wie zu Hause.« Er nickte ihr zu und sah sie so liebevoll an, dass sie ihn am liebsten geküsst hätte. Doch er war schneller und marschierte hinaus.

»Läuft er vor mir davon, oder stimmt das mit dem Tier?«

»Keine Ahnung.« Laura hob die Hände. »Lass uns Kaffee trinken, und dann zeige ich dir etwas Wunderschönes. Aber erst erzählst du mir, womit dich der Regisseur geärgert hat!«

Nachdem sie Kaffee getrunken und Belle Laura ihr Herz ausgeschüttet hatte, zog Laura ihre Freundin hoch. »Komm, ich will dir draußen etwas zeigen.«

»Niemals gehe ich im Dunkeln raus! Hier ist es eisig.«

»Du bist eben in Island. Schon die echten Wikinger haben es Eisland getauft.«

»Zu Recht.« Belle gab vor, mit den Zähnen zu klappern.

»Einen Moment.« Laura ging ins Bad, holte zwei Bademäntel und zwei Handtücher. »Los geht's.«

»Niemals, never ever werde ich eisbaden, egal, wie gesund das sein soll.«

»Bist du nicht die, die immer sagt, man sollte alles ausprobieren?« Laura freute sich jetzt schon auf das überraschte Gesicht, das ihre Freundin machen würde, wenn sie den Hotpot sah. Sie stand auf und zog ihre Belle hinter sich her.

Belle suchte sich die dickste Jacke aus und folgte Laura nur unter Protest ins Dunkel.

»Mir ist kahalt«, sang Belle, nachdem sie gerade erst ein paar Meter durch den Schnee gestapft waren. »Sind wir bald da?«

Statt zu antworten, wies Laura nur mit der Hand auf die Holzterrasse. Über dem Wasserbecken bildete der Dampf Schlieren, die im Wind tanzten.

»Ist das eine der berühmten isländischen Quellen?« Belle klatschte in die Hände und vergaß ganz, wie kalt es war. »Ich habe keinen Badeanzug dabei.«

»Ich auch nicht.« Laura zuckte mit den Schultern. »Hier stört uns höchstens ein Kater.«

»Wie bitte?«

»Das ist eine lange Geschichte. Lass uns ins Wasser steigen.«

Gesagt, getan. Sie zogen sich aus. Der eisige Wind bescherte ihnen eine Gänsehaut, und sie ließen sich schnell in den Hotpot gleiten.

»Daran könnte ich mich gewöhnen.« Belle schloss genießerisch die Augen. »Es fehlen nur Rick und ein Glas Sekt, dann wäre es perfekt.«

»Das kann ich dir nicht bieten, aber dafür das hier.« Wie Kristján es vorhergesagt hatte, bildeten sich die ersten Polarlichter am Himmel. »Mach die Augen auf, sonst verpasst du etwas.«

»Lass mich, es ist wunderbar, so wie es ist.«

»Anabelle! Mach sofort die Augen auf!«, setzte Laura mit Nachdruck hinterher.

»Also gut, aber …«, begann Belle, um dann zu verstummen. Sie schaute mit großen, weit geöffneten Augen das Schauspiel an, das sich ihnen darbot. Die dunklen Silhouetten grasender Islandpferde erhoben sich vor einem Himmel, über den grüne und blaue Nordlichter zogen. Die Farben glitzerten nahezu, sie bewegten sich ein wenig, als wären sie Wasser, das auf und ab stieg. Alles um sie herum leuchtete und sah aus wie in einem Märchen.

»Habe ich dir zu viel versprochen?« Laura bemühte sich nicht einmal, ihren Triumph zu verbergen.

»Das ist unglaublich schön.« Belle war ergriffen und viel ruhiger, als Laura sie je erlebt hatte. »Danke. Ich bin froh, dass ich hergekommen bin. Und nun sag endlich, wie steht es um dich und Kristján?«

»Wenn ich das nur selber wüsste«, flüsterte Laura, der die Tränen kamen. »Angeblich ist er getrennt, aber es fühlt sich nicht so an.«

Belle legte den Arm um sie. »Komm, erzähl der lieben Tante, was los ist.«

»Es liegt an mir«, flüsterte Laura. »Ich will Dominik auf keinen Fall zurück. Aber bin ich schon bereit für etwas Neues?«

»Liebes.« Belle strich ihr über den Rücken. »Dass du immer so ernsthaft sein musst. Warum lässt du nicht einfach die Dinge auf dich zukommen? Der Wikinger wird schon wissen, was zu tun ist.«

»Ich glaube, er ist sehr verletzt worden«, wisperte Laura.

Sofort schob ihre Freundin sie etwas zurück, sodass sie einander ansahen. »Was ist passiert? Du weißt doch, wie neugierig ich bin.«

»Ich weiß nichts Genaues. Die Nachbarin hat angedeutet, dass etwas Trauriges passiert ist, aber sie meinte, er müsste es mir selbst erzählen.«

»Wie ich solche Geheimniskrämer hasse. Erst neugierig machen und dann mit ihrem Gewissen um die Ecke kommen.«

»Du würdest auch nicht wollen, dass ich über deine Geheimnisse rede!«, fuhr Laura sie an. »Das gehört sich nicht. Entschuldige, ich wollte dich nicht so anschnauzen.«

»Ach, ich liebe es, wenn Menschen über mich reden.« Belle grinste. »Und deine Bissigkeit nehme ich dir nicht übel, du bist ohnehin viel zu lieb.«

»Dominik sieht das bestimmt anders.« Laura verzog das

Gesicht. Noch immer war ihr Ex-Mann nicht aus ihren Gedanken verschwunden.

»Lass uns nicht von ihm reden.« Belle machte eine wegwerfende Handbewegung.

»Er hat Merle erzählt, dass ich ihm fehle.«

»Du wirst doch wohl nicht darauf reinfallen.«

»Merle wünscht sich, dass wir wieder eine Familie werden.« Laura seufzte.

Belle zog die Augenbrauen hoch. »Merle versteht sicher, dass Dominik dich zu sehr verletzt hat. Sie will, dass es dir gut geht.«

»Wahrscheinlich.« Laura hasste es, wenn sie für jede Lösung ein neues Problem fand, aber manchmal konnte sie nicht aus ihrer Haut. »Das mit Kristján hat keine Perspektive. Er in Island, ich in Deutschland.«

»Liebes, man braucht nicht immer eine Zukunft. Lebe endlich einmal in der Gegenwart. Du hast es verdient.«

»Bei dir hört sich das so leicht an.«

»Das ist es auch. Versuch es einfach mal.« Belle setzte sich auf und rieb sich die Oberarme mit den Händen. »Jetzt ist mir obenrum wirklich kalt, und ich könnte einen Glögg oder Bökk Bock Birk, oder wie das Zeug hier heißt, vertragen.«

Sie kletterte aus dem Hotpot, trocknete sich ab und zog sich schnell an. Laura tat es ihr gleich und fröstelte, als der Wind über ihre nackte Haut strich.

»*Jólaglögg* heißt er«, antwortete Laura automatisch. »Keine Ahnung, ob Kristján so etwas hat.«

»Kann er wenigstens kochen?«, hakte Belle nach.

»Solange es nicht vegetarisch ist …« Laura zog die Nase kraus. »Aber er bemüht sich. Meinetwegen.«

Da brach Belle in ihr typisches schallendes Lachen aus. »Und du willst mir erzählen, es ist nichts Bedeutendes zwischen euch?«

Kapitel 21

Nachdem Belle in ihr Zimmer gegangen war, um sich »etwas Bequemeres« anzuziehen, blieb Laura und Kristján ein wenig Zeit zu zweit. Sofort zog er sie in seine Arme und küsste sie. Doch sie konnte den Kuss nicht richtig genießen, denn es fühlte sich komisch an, mit Belle nur ein Zimmer weit entfernt. Kristján schien es ähnlich zu gehen, denn er flüsterte ihr zu: »Morgen wird unser Tag.«

Widerstrebend löste sie sich aus seinen Armen und stellte sich an die Spüle, um einen Tee zu kochen.

»Hast du Zutaten für einen *Jólaglögg*?«, fragte sie und lauschte in die Stille des Hauses, ob Belle zurückkehrte.

»Willst du das wirklich trinken?« Kristján trat hinter sie, sie spürte seinen warmen Atem an ihrem Hals, als er ihr ins Ohr flüsterte: »Deine Freundin hat ein großartiges Timing. Ich wäre so gern mit dir allein.«

»Ich doch auch.« Laura gab ihm einen Kuss, der viel intensiver und länger ausfiel, als sie es geplant hatte. Nachdem sie wieder zu Atem gekommen war, sagte sie: »Aber sie ist meine beste Freundin, ich kann mich immer auf sie verlassen.«

»Wenn sie dir wichtig ist, ist sie auch mir wichtig.« Kristján lächelte sie an. Er beugte sich vor, um sie wieder zu küssen, als Belles Stimme erklang.

»Gibt es hier Bringdienste, oder kochen wir was?« Belle schlenderte in die Küche, und Laura und Kristján fuhren ertappt auseinander.

»Wir könnten nach Akureyri zum Essen fahren«, schlug Kristján vor.

»Dafür bin ich zu müde. So gern ich das Städtchen auch kennenlernen würde.« Belle verbarg ein Gähnen hinter der Hand. »Solange ich nicht kochen muss, ist es mir gleich. Beim Schnippeln helfe ich gern.«

»Also alles wie immer.« Laura lächelte und musterte ihre Freundin. Sie und Belle sprachen Englisch, aus Höflichkeit, um den Isländer nicht auszuschließen. »Wie kann jemand, der sich nur von Fertiggerichten und Fast Food ernährt, so aussehen wie du? Das frage ich mich immer wieder.«

»Gute Gene.« Belle zuckte mit den Schultern. Sie wandte sich Kristján zu: »Also, was wollen wir essen?«

»Bist du auch Vegetarierin, oder kann ich dich für einen Lammbraten begeistern?«

»Ich esse manchmal Fleisch, aber Schaf?« Belle verzog das Gesicht. »Das ist nicht meins.«

»Fohlen habe ich leider nicht mehr im Tiefkühler.«

»Du isst deine Pferde?« Laura und Anabelle wechselten einen ungläubigen Blick.

»Ich schlachte sie nicht, ich esse nur die, die einen Unfall hatten.«

»Trotzdem ist die Vorstellung für uns deutsche Frauen aus der Stadt gewöhnungsbedürftig.« Laura war noch dabei, den Schock zu verarbeiten. Sie selbst hatte vor Jahren aus Neugier eine Pferdewurst gegessen, und das war ihr so komisch vorgekommen, dass sie es nie wieder probiert hatte. Geschmeckt hatte sie ihr auch nicht. Und jetzt aß sie ohnehin nichts mehr, das mal Eltern hatte.

»Ich bin deiner Meinung.« Belle verzog die Miene. »Ihr Isländer habt wohl ein pragmatischeres Verhältnis zu euren Tieren.«

»Ich sehe schon, heute bleibt die Küche vegetarisch«, sagte Kristján mit einem breiten Grinsen. Er öffnete die Kühlschranktür und holte Möhren, Zucchini, Paprika und Tomaten heraus. Laura holte Schneidebretter und Messer aus den Schubladen und legte sie vor Belle auf den Tisch.

»Mist!« Ihre Freundin sprang auf. »Das Wichtigste habe ich fast vergessen.«

Sie lief aus der Küche. Während Laura noch überlegte, aufzustehen und Kristján zu küssen, kehrte Anabelle schon wieder zurück und schwenkte zwei Flaschen Rotwein durch die Luft. »Die habe ich am Flughafen gekauft. Der Wein muss atmen. Wo ist der Korkenzieher?«

Kristján öffnete eine Schublade und überreichte ihr das Werkzeug. Geschickt öffnete Belle die Flasche und stellte sie auf den Küchentresen. Dann setzte sie sich und begann, die Möhren zu säubern. Laura leistete ihr Gesellschaft und putzte die Paprika.

Kristján setzte sich ihnen gegenüber und schnitt mit geschickten Bewegungen die Zucchini in Scheiben. Er sah kurz auf und fragte Belle: »Möchtest du morgen mit uns reiten gehen?«

»Auf gar keinen Fall!« Anabelle schüttelte den Kopf. »Ich will mir doch nicht den Hals brechen.«

»Reiten auf einem Islandpferd ist nicht gefährlich.« Kristján wirkte leicht beleidigt. »Meine Pferde sind alle zuverlässig.«

»Dem kann ich nur zustimmen.« Laura lächelte, als sie an Vinur dachte.

Als sie ihre Freundin ansah, beschlich Laura der Verdacht, dass die mutige Anabelle möglicherweise Angst vor Pferden hatte.

»Das glaube ich euch gern, aber morgen holt mich Rick ab. Wir fahren nach Reykjavík und schauen uns dort die Theater- und Musikszene an.«

»Du kannst aber gern hierbleiben, um Zeit mit uns zu verbringen.« Kristján lächelte Belle an. »Akureyri hat auch einiges zu bieten.«

»Vielleicht komme ich ja zu Weihnachten wieder.« Belle zwinkerte ihm zu. »Obwohl ich nicht so der Weihnachtstyp bin wie gewisse andere Personen.«

»Du bist ein echter Grinch«, ging Laura auf den neckenden Tonfall ihrer Freundin ein.

»Ich muss Belle beipflichten.« Kristján nickte bedeutungsschwer mit dem Kopf. »Du kannst nicht leugnen, dass du mir schon am zweiten Abend vorgeschlagen hast, hier Weihnachtsdeko aufzuhängen.«

»Ich bin immer noch der Meinung, hier fehlen Lichter.« Laura verschränkte die Arme vor der Brust. »Die Dunkelheit fordert das regelrecht heraus.«

»So gern ich über Weihnachtsschmuck rede«, Belle verdrehte demonstrativ die Augen, »hätte ich gern Tipps von dir, Kristján, was ich mir in eurer Hauptstadt unbedingt ansehen sollte.«

»Alles«, antwortete Kristján voller Begeisterung. »Die Stadt ist einfach großartig. Wenn man Städte mag.«

Laura wurde warm ums Herz, weil der Isländer so viel besser mit ihrer besten Freundin klarkam als Dominik. Genug! Sie wollte die beiden Männer nicht miteinander vergleichen. Das hatte Kristján nicht verdient; sie musste endlich mit ihrer Vergangenheit abschließen.

»Wo bleibt der Wein?«, fragte sie, um sich von diesen Gedanken abzulenken.

Es wurde ein schöner Abend. Sie aßen und tranken, und Belle erzählte Anekdoten aus dem Theaterleben. Obwohl sie vor Leben und Charme sprühte, hatte Kristján nur Augen für Laura. Sie lächelte ihm zu und hoffte, dass er verstand, wie wichtig Belle ihr war. Während sie lauschte, strickte Laura Runde um Runde an ihrem Schal.

Inzwischen ging ihr das Muster flott von der Hand, und sie hoffte, das Kleidungsstück bald fertiggestellt zu haben, um mit dem für Kristján beginnen zu können.

»Tut mir leid, ich muss morgen früh raus. Die Pferde verlangen ihr Futter.« Kristján erhob sich.

»Himmel, es ist ja bereits Mitternacht«, sagte Laura nach einem Blick auf die Uhr. Auch Belle und sie standen auf;

Laura schwankte leicht, der Alkohol war ihr stärker in den Kopf gestiegen, als sie gedacht hatte. »Ich muss auch bald ins Bett.«

Anabelle gähnte nur bestätigend, aber sie gab Laura durch einen Blick zu verstehen, dass sie noch mit ihr reden wollte. Laura nickte zum Zeichen, dass sie es verstanden hatte.

»Gute Nacht.« Kristján griff nach ihrer Hand und drückte sie einmal leicht. In diesem Händedruck lag ein Versprechen auf mehr, das Laura kribbelig werden ließ. Aber sie blieb bei ihrer Freundin. Wie Kristján gesagt hatte: Der morgige Tag würde nur ihnen gehören.

»Was ist am Theater passiert?« Laura musterte Belle. »Selbst für dich ist es ungewöhnlich, einfach von einem Tag auf den anderen nach Island zu fliegen. Du warst doch ganz begeistert von dem Ensemble und dem Regisseur.«

»Da habe ich mich wohl geirrt.« Belle schnitt eine Grimasse. »Der Regisseur war nicht nur ein Tyrann, sondern hielt sich für unwiderstehlich.«

»Du bist nicht mit ihm fertiggeworden?« Das konnte Laura sich bei der schlagfertigen Belle kaum vorstellen.

»Mit ihm allein schon, aber die anderen waren alle auf seiner Seite.« Belle trank einen Schluck Wein. »Lass uns von etwas Schönerem reden.«

»Ach, Darling, es tut mir leid.« Laura stand auf, um ihre Freundin in die Arme zu nehmen. »Ich hoffe, das Karma zahlt es ihm heim. Erzähl mir von Rick.«

»Ich weiß, du hast es schon oft von mir gehört, aber dieses Mal bin ich mir sicher, er ist der Richtige.« Belle sah sie verzückt an.

»Diese Isländer sind schon eine besondere Sorte Männer, nicht wahr?« Laura spürte ein warmes Gefühl, als sie an Kristján dachte. »Aber mit einem Wildfremden nach Reykjavík zu fahren ist schon riskant.«

»Ich wäre für dich hier in der Einsamkeit geblieben, damit du nicht allein bist, aber das ist ja offensichtlich nicht notwendig.«

»Bleib ein paar Tage, dann wirst du entdecken, wie wunderschön es hier ist«, sagte Laura verträumt.

»Ich sag's mal frei heraus«, begann Belle. »Es ist wirklich schön und total romantisch, und die warme Quelle ist großartig. Aber du kennst mich. Nimm mich aus der Stadt, aus der Hektik, aus dem wilden Leben, dann vertrockne ich. Hier ist es einfach zu ruhig für mich.«

»Das habe ich geahnt. Ich kenne dich schon ein paar Tage.«

Belle drehte den Ring an ihrem Finger. »Bist du sicher, dass es nicht zu ruhig für dich ist?«

»Hast du mir nicht geraten, weniger nachzudenken und mehr zu leben?«

»Eins zu null für dich. Ich bin zu müde, um geradeaus zu denken.«

Nachdem sie Anabelle umarmt und ihr eine gute Nacht gewünscht hatte, lag Laura noch eine Weile wach und starrte in die Dunkelheit. Sie hoffte, dass Kristján in ihr Zimmer käme, aber das Haus blieb still und sie allein.

. . .

Am nächsten Morgen erwachte Laura, als sie Belle unter der Dusche singen hörte. Sie musste lächeln, weil das so typisch für ihre Freundin war. Immer, wenn es einen neuen Mann in Belles Leben gab, sang sie kitschige Liebeslieder. Das weckte Lauras Neugier auf den Mann namens Ríkharður.

Sie wartete, bis Belles Gesang endete und die Tür zum Badezimmer auf- und zuklappte, bevor sie sich auf den Weg dorthin machte. Nach dem Duschen und Ankleiden ging sie schnurstracks in die Küche, wo Belle bereits am Tisch saß und mit Kristján über ihre Pläne sprach.

»Ja, ich weiß, es ist eine Ökokatastrophe, nur für fünf Tage hierherzufliegen, aber ich musste mich davon überzeugen, dass es Laura gut geht.«

»Guten Morgen«, begrüßte sie die beiden. Belle zwinkerte ihr zu, während Kristjáns Lächeln ihr Herz wärmte. Daher drehte sie den beiden den Rücken zu und goss Kaffee in ihre Tasse.

Da öffnete sich die Tür, und jemand rief: »Hallo!« Das musste wohl Belles neueste Eroberung sein. Zu Lauras Überraschung liefen Hals und Wangen ihrer Freundin rot an. Laura konnte sich nicht erinnern, Belle schon einmal so aufgeregt gesehen zu haben.

Kristján rief etwas auf Isländisch, was wohl eine Einladung war, aber da war Belle schon aufgesprungen und rannte in den Flur. Einen hochgewachsenen, blonden Mann an der Hand, kehrte sie schließlich zurück. Belles Lippenstift war verschmiert, und auf Ricks Mund fanden sich Reste des dunklen Rottons.

»Das sind Laura und Kristján, das ist Rick«, stellte Belle sie einander vor, bevor sie den attraktiven Mann hinter sich her zum Tisch zog. »Wir trinken nur schnell einen Kaffee, dann müssen wir los.«

»Es ist eine lange Fahrt nach Reykjavík.« Rick hatte eine angenehm dunkle Stimme, weich wie Honig. Kein Wunder, dass Belle ihm verfallen war. »Ist es nicht Schicksal, was Belle hierhergeführt hat?« Er sah sie mit einem verliebten Blick an und drückte ihre Hand. Laura sah Kristján an, der ihr einen ebenso verheißungsvollen Blick schenkte. So sympathisch Rick auch wirkte, sosehr sie Belle auch liebte, Laura konnte es kaum erwarten, dass die beiden aufbrachen.

»Du bist Musiker?«, fragte sie trotzdem, denn es war ein Gebot der Höflichkeit, wenigstens Small Talk mit Belles neuer Liebe zu machen. »Was für ein Instrument spielst du?«

So wie Rick aussah, konnte Laura ihn sich gut als Rockmusiker vorstellen. Außerdem war sie sicher, dass eben eine Tätowierung unter seinem Hemd aufgeblitzt war.

»Ich bin an der Harpa, dem Konzerthaus in Reykjavík, ich spiele dort Geige.«

»Oh.« Das konnte sich Laura nur schwer vorstellen, es schien so gar nicht zu ihm zu passen. »Das Konzerthaus möchte ich mir unbedingt auch ansehen.«

»Komm doch mit nach Reykjavík. Es ist eine tolle Stadt«, bot ihr Rick an, und Belle grinste wieder wie die Cheshire-Katze. »Ich kenne die besten Restaurants.«

»Danke für die Einladung.« Hilfe suchend sah Laura ihre

Freundin an, die nur lächelte und die Arme vor der Brust verschränkte. »Aber eine Stadt ist im Moment nichts für mich. Ich fühle mich hier wohl und habe noch viel zu wenig gesehen.«

Aus dem Augenwinkel nahm sie wahr, wie Kristján erleichtert aufatmete. Hatte er wirklich gedacht, sie würde ihn für Reykjavík verlassen?

»Es tut mir leid, aber wir sollten aufbrechen.« Rick küsste Belle und fragte: »Hast du alles gepackt?«

»Ich bin reisefertig.« Sie hatte nur Augen für ihn. »Auf geht's.«

Kristján und Laura begleiteten die beiden hinaus.

»Ich melde mich.« Belle umarmte sie und flüsterte ihr ins Ohr: »Wehe, du lässt dir dein Sahneschnittchen entgehen. Dann rede ich nie wieder ein Wort mit dir.«

»Fahrt vorsichtig. Sie sagen seit Tagen Sturm an.« Kristján trat neben Laura und legte ganz selbstverständlich den Arm um ihre Hüfte. Endlich! Sie lehnte sich an ihn, spürte seine Wärme und winkte Belle und Rick zum Abschied zu.

Der Geländewagen hatte den Hof noch nicht einmal verlassen, als Kristján Laura ins Haus zog, die Haustür abschloss und ihr einen langen Kuss gab.

»Endlich allein!« Kristján stieß einen Seufzer aus. »Deine Anabelle ist wirklich eine tolle Frau, aber du bist mir viel lieber, und ich hatte ganz andere Pläne für den gestrigen Abend.«

»Was denn für Pläne?«, fragte Laura mit spitzbübischem Lächeln.

Er zog sie zu sich heran und küsste sie. Seine Hände glitten unter ihren Pullover und strichen über ihre Haut. Laura intensivierte den Kuss und stieß einen überraschten Schrei aus, als Kristján sie hochhob und auf den Armen in sein Schlafzimmer trug.

Kapitel 22

Da sie den gestrigen Tag im Bett verbracht hatten, freute Laura sich darauf, heute auf Vinurs Rücken die Umgebung des Pferdehofs weiter zu erkunden. Doch Kristján hatte andere Pläne.

»Ich muss dir die Schönheit meiner Heimat zeigen«, beharrte er auf seinem Vorschlag. »Du kannst nicht nach Deutschland zurückkehren und nur so wenig gesehen haben.«

Ihr Herz schmerzte, als er so leichthin über ihre Rückreise sprach. Für Kristján schien sie wohl nicht mehr als ein Urlaubsflirt zu sein, während Lauras Gefühle für ihn immer stärker wurden.

Lass das! Sie wollte nicht in das alte Muster verfallen und ein Problem suchen. Belle hatte ihr geraten, alles etwas leichter anzugehen und die Chance zu nutzen, über Dominik hinwegzukommen. Wenn Laura jetzt bereits begann, Ernsthaftigkeit einzufordern, würde es nur ihr und ihm die schöne Zeit verderben.

»Da bin ich sehr gespannt, was du mir bieten willst«, stieg sie auf seinen leichten Ton ein. »Ich erwarte mindestens einen Gletscher oder einen aktiven Vulkan.«

»Hmm, lass dich überraschen.« Er küsste sie, und alles andere wurde unwichtig. »Eines verrate ich dir. Wir werden mit dem Auto fahren und etwa zwei Stunden brauchen.«

»Nun bin ich erst recht neugierig. Muss ich etwas Besonderes einpacken?«

»Nur regenfeste Kleidung.« Kristján holte eine große Tasche aus dem Schrank auf dem Flur. Irgendwann musste Laura da mal einen Blick hineinwerfen. Es war unglaublich, was sich dort alles zu befinden schien. »Hilfst du mir beim Brotemachen?«

»Ich dachte, ich bin dein Gast.« Sie ließ sich auf den Stuhl plumpsen und streckte die Beine von sich.

»Du bist viel mehr als das.« Kristján zog sie vom Stuhl hoch, gab ihr einen leidenschaftlichen Kuss und tanzte mit ihr durch die Küche. »Daher musst du mitarbeiten.«

»Wenn ich das vorher gewusst hätte …«, scherzte Laura, bevor sie Sandwiches mit Käse belegte. »Wollen wir nicht hierbleiben? Es sieht nach Regen aus.«

»Darum brauchst du eine regenfeste Jacke.« Wenn er sich etwas in den Kopf gesetzt hatte, war er kaum davon abzubringen. »Vertrau mir, es lohnt sich.«

»Ich vertraue dir.« Laura lehnte sich an ihn und fühlte sich sicher und geborgen. »Lass uns aufbrechen, bevor die Neugier mich umbringt.«

Hand in Hand spazierten sie zum Wagen. Ganz Gentleman, hielt er ihr die Tür auf, und Laura stieg ein.

Da sie zwei Stunden Fahrt vor sich hatten, dachte Laura, wäre jetzt die perfekte Gelegenheit, die Frage zu stellen, die sie sich schon so lange stellte.

»Was hat es eigentlich mit Drifa auf sich? Warum steht sie allein auf der Wiese? Sind Pferde nicht Herdentiere?«

»Die Stute nicht.« Ein Schatten zog über Kristjáns Gesicht. Laura verstand nicht, warum ihre harmlose Frage ihn so verärgert hatte, und traute sich nicht, eine weitere zu stellen.

In drückendem Schweigen fuhren sie weiter, und Laura konnte kaum glauben, dass er derselbe Mann war, mit dem sie eine wunderbare Nacht verbracht und am Morgen gescherzt hatte.

»Es gibt hier ganz schön viele Tankstellen«, versuchte sie, ein unverfängliches Thema zu finden.

»Sie sind hier das, was früher Dorfläden waren.« Immerhin antwortete Kristján in ganzen Sätzen. »Man trifft sich dort, man kauft ein, man trinkt Kaffee und isst einen Hotdog. Willst du einen?«

»Gibt es vegetarische?«

»Manchmal schon. Seitdem die Touristen unser Land entdeckt haben, verändert es sich.«

Da sie es sich mit ihm nicht verscherzen wollte, schob Laura nach: »Wenn du einen essen willst, können wir gern anhalten.«

»Nein.« Und wieder verfiel er in Schweigen. Am liebsten hätte sie ihn gebeten, umzudrehen und zum Hof zurückzukehren. Die Vorstellung, noch fast zwei Stunden mit einem düster dreinblickenden und schweigenden Kristján im Auto gefangen zu sein, gefiel ihr gar nicht.

Als spürte er ihre Gedanken, fuhr er an den Straßenrand und hielt an.

»Laura, es tut mir leid.« Er drehte sich ihr zu. »Ich werde dir Drifas Geschichte noch erzählen, aber lass uns heute einfach glücklich sein.«

»Ja«, stimmte sie ihm aus vollem Herzen zu. »Sag mir einfach, wenn du über etwas nicht reden willst.«

Sanft nahm er ihr Gesicht zwischen seine Hände, sie spürte seine raue Haut und seine Wärme.

»Ich will mit dir über alles reden, aber nicht heute.« Sein Kuss war sanft, mehr eine Bitte um Verzeihung als ein Ausdruck der Leidenschaft. Sie gewährte ihm die Bitte und erwiderte seinen Kuss ebenso vorsichtig.

»Ich kann warten«, sagte sie. »Sag mir, wenn du so weit bist.«

Er nickte. Dann lächelte er, was ihn so viel jünger erscheinen ließ.

»Was hältst du davon, wenn wir einen kurzen Abstecher zum Mückensee, dem Mývatn, machen?«

»Der Name klingt wirklich liebreizend.« Laura bemühte sich, die leichte Stimmung zurückzugewinnen. »Gibt es im Winter denn überhaupt Mücken?«

»Glücklicherweise nicht, der See ist trotz seines Namens sehenswert. Selbst im Sommer, wenn die Mücken in gewaltigen Schwärmen aufsteigen.«

»Allein bei der Vorstellung muss ich mich bereits kratzen.« Laura schüttelte sich. »Wir sollten uns den See für ein anderes Mal aufheben, ich möchte endlich wissen, womit du mich überraschen wirst.«

»Dein Wunsch ist mir Befehl.« Kristján ließ den Motor wieder an. Seine gute Stimmung hielt an, sodass Laura beinahe vergaß, wie er gerade noch reagiert hatte.

»Ich weiß, wo wir hinfahren.« Begeistert klatschte sie in die Hände. »Das Schild dort hat dich verraten.«

Sie deutete auf ein Hinweisschild, auf dem in großen Buchstaben Dettifoss stand.

»Vielleicht will ich woanders mit dir hin. An einen Ort, den nur ich kenne.«

»Wirklich?« Einerseits freute sie sich darauf, andererseits hätte sie den Wasserfall, der zu den bekanntesten Sehenswürdigkeiten Islands zählte, sehr gern gesehen.

»Natürlich nicht. Den Dettifoss muss man gesehen haben.«

»Ich bin gespannt.« Laura rutschte auf dem Sitz hin und her. »Wie weit ist es noch?«

»Ich wiederhole mich ungern, aber: Nur Geduld, junger Padawan.« Kristján bog auf einen Parkplatz ein und hielt an. Bevor er ausstieg, küsste er sie. Ein Kuss, der Laura den Atem raubte und in ihr den Wunsch weckte, den Wasserfall links liegen zu lassen und sofort wieder zu Kristjáns Hof zurückzufahren. Doch er war bereits ausgestiegen und hielt ihr die Tür auf.

Hand in Hand spazierten sie über den Schnee, und Lauras Aufregung wuchs mit jedem Meter, den sie hinter sich ließen. Endlich erreichten sie den Wasserfall.

»Wow!« Sie brachte nur dieses eine Wort heraus. Bisher hatte sie gedacht, mit dem Goðafoss bereits den schönsten Wasserfall Islands gesehen zu haben. Aber der Dettifoss – ihr fiel kein Wort ein, das dieses Naturschauspiel beschreiben könnte. »Überwältigend« traf es vielleicht am ehesten, aber es war immer noch zu wenig für diese grandiose Pracht. Laura war fasziniert vom Anblick des Wasserfalls und glücklich, ihre Begeisterung mit dem Mann an ihrer Seite teilen zu können.

Unendlich weit erstreckte sich der Wasserfall vor ihren Augen, das Wasser toste, als es in die Tiefe stürzte. Der Fluss, der den Dettifoss speiste, war von einem tiefen Blau, das vor dem Hintergrund von Schnee und Eis ins Schwarze changierte. Wahrhaftig tiefschwarz waren die Felsen, die den Wasserfall umgaben. Am beeindruckendsten fand Laura die gewaltigen Eiszapfen, Stellen, an denen das Wasser im Sturz gefroren war und mystisch aussehende Formen schuf. Bei so einem Anblick wunderte es sie nicht mehr, dass die Isländer an eine Elfenwelt glaubten.

»Es ist der breiteste Wasserfall Europas«, sagte Kristján mit Stolz in der Stimme. »Egal, wie oft ich hierherkomme, ich bin jedes Mal wieder zutiefst beeindruckt.«

Die Luft war eisig und schneidend, als Laura und Kristján sich zum Rand des Dettifoss begaben. Das Rauschen des Wassers und das Knacken des Eises versetzten Laura in eine andere Welt. Kristján stand neben ihr und griff nach ihrer Hand. Sie erwiderte den Druck und sah ihn an. Sein Lächeln wärmte ihr Herz, und sie wusste, dass sie an einem besonderen Ort war, mit einem besonderen Menschen an ihrer Seite.

Der Wasserfall war von einer dicken Schneeschicht umgeben, und die Gischt, die das herabstürzende Wasser erzeugte, gefror in der Luft zu einer Art Eisschleier. Kristján zog sie sanft an sich. Ihr Atem bildete weiße Wolken vor ihren Mündern.

»Es ist die zwei Stunden Fahrt wert, nicht wahr?«, flüsterte er und sah ihr tief in die Augen. Laura nickte. Kristján zog Laura noch näher an sich, und sie spürte seinen warmen Atem auf ihrer Haut. Er legte eine Hand auf ihre Wange, und sein Daumen strich sanft über ihre Lippen. Laura schloss die Augen und genoss die Berührung.

Dann beugte sich Kristján über sie und küsste sie zärtlich. Ein warmes Gefühl stieg in ihr auf und vertrieb die Kälte. Sein Kuss wurde leidenschaftlicher, und Lauras Knie wurden weich. Sie bedauerte es, als Kristján sich von ihr löste und flüsterte: »Lass uns noch ein Stück am Rand entlanggehen, bevor es dunkel wird. Es gibt da eine Stelle, die wirkt, als wäre sie aus einer anderen Welt.«

»Ich bin gespannt«, flüsterte Laura und schmiegte sich an ihn. War es ihrer Mutter ebenso ergangen, als sie sich auf Island in Arnór verliebt hatte? Hatte der besondere Zauber der Landschaft sie dazu gebracht, ihren Gefühlen nachzugeben? Ob Arnór und ihre Mutter wohl auch gemeinsam am Dettifoss gewesen waren? Himmel, sie hatte Kristján noch gar nicht erzählt, was sie von Arnór erfahren hatte.

Irgendwie hatte es sich nicht ergeben; Laura hatte ihre aufblühende Leidenschaft nicht durch eine dramatische und traurig endende Liebesgeschichte der Vergangenheit verderben wollen. Um ehrlich zu sein, fürchtete sie die Parallelen, die sich zwischen Arnórs und Claras Romanze und ihrer Liebe zu Kristján zeigten. Mutter und Tochter hatten sich in einen Mann aus Island verliebt, aber hatten ein ganzes Leben in Deutschland. Auf einmal beschlich Laura das Gefühl, in die Fußstapfen ihrer Mutter zu treten. Würde sie Kristján verlassen, um nach Hause zurückzukehren, so wie Clara Arnór verlassen hatte?

»Was ist mit dir? Du wirkst plötzlich so nachdenklich.« Kristján blieb stehen und sah sie mit seinen eisblauen Augen voller Wärme an. Laura spürte, wie seine Nähe sie stärkte.

»Ich habe an meine Mutter gedacht.« Wenn sie Kristján jetzt von ihr erzählte, wäre der romantische Moment zerstört. Aber es fühlte sich falsch an, ihm etwas für Laura so Wichtiges vorzuenthalten. »Sie hat Arnór geliebt, als sie hier auf Bláskógur war.«

»Wie bitte?« Er sah sie voller Überraschung an. »Das ist ein unglaublicher Zufall. Wie hast du das denn erfahren?«

»Lass uns weitergehen.« Sie hielt seine Hand, während sie zusammenfasste, wie sie das Geheimnis der Vergangenheit gelüftet hatte.

»War deine Mutter glücklich in Deutschland?«, fragte er, nachdem sie ihre Erzählung beendet hatte.

»Ich dachte das immer, aber nun bin ich mir nicht mehr sicher.« Laura seufzte. »Ich weiß nicht mehr, was ich glauben soll. Hat sie ihre große Liebe und ihr Glück meinetwegen aufgegeben? Weil sie mit mir schwanger war?«

»Wenn du dich an sie erinnerst, woran erinnerst du dich?« Kristjáns Stimme klang sanft. »Du musst die Frage nicht gleich beantworten. Du musst sie auch nicht mir beantworten. Denk nur an deine Mutter, ohne an Arnór zu denken.«

Zweifel stiegen in Laura auf, ob ihr das möglich war. Dann schloss sie die Augen, um sich an Clara zu erinnern. Ihre Mutter, die einzige Person, die sie kannte, die Kaffee mit Zimt und Salz kochte. Ihre Mutter, die ihr bei jeder Erkältung ihre leckere Holunderbeerensuppe gekocht hatte, selbst als Laura schon selbst Mutter gewesen war. Ihre Mutter, die sich um Streuner gekümmert hatte und im Winter Amseln, Drosseln und Spatzen rund gefüttert hatte. Diese Erinnerungen würden bleiben, unabhängig von Claras Liebe zu Arnór.

»Danke.« Laura atmete tief auf. »Es tut mir leid, ich wollte uns den schönen Ausflug nicht verderben.«

»Das hast du nicht.« Kristján drückte ihre Hand. »Wir sind angekommen.«

Er hatte nicht zu viel versprochen. Von dem Ort, zu dem er sie geführt hatte, konnten sie den See erkennen, in den die Wassermassen stürzten, und die rauen Felsen, die teils von Schnee bedeckt waren. Der Wind trug den feinen, in der Kälte gefrorenen Nebel heran und ließ ihn im verblassenden Sonnenlicht wie funkelnde Diamanten glitzern.

Laura und Kristján standen nebeneinander, umgeben von der majestätischen Schönheit der Natur, und umarmten sich. Laura spürte die Wärme von Kristjáns Körper und seinen warmen Atem auf ihrer Haut. Ein Gefühl der Geborgenheit überkam sie, und sie schloss die Augen, um den Moment zu genießen und in sich aufzunehmen. In diesem zauberhaften Augenblick spürte Laura, dass sich zwischen ihr und Kristján etwas Besonderes entwickelte.

»Danke.« Sie drehte sich ihm zu, immer noch gefangen im Zauber des Wasserfalls, und gab ihm einen langen, leidenschaftlichen Kuss. »Der Dettifoss ist großartig, aber mir wird der Goðafoss der liebste bleiben. Er ist der Wasserfall meines ersten Polarlichts.«

Hand in Hand spazierten sie am Rand des Dettifoss entlang, grüßten die wenigen Touristen, die wie sie der Kälte trotzten, und blieben immer wieder stehen, um sich zu küssen.

»Schau nur, was für ein glückliches Paar«, hörte Laura eine ältere Deutsche zu ihrer Freundin sagen. »Hach, noch einmal so jung zu sein.«

»Ich könnte die Welt umarmen«, flüsterte sie Kristján zu. »Lass uns nach Hause fahren.«

»Wie Mylady wünscht.« Er zog sie an sich, um sie leidenschaftlich zu küssen. Sie konnte es kaum erwarten, zum Auto zurückzukehren, damit sie gemeinsam zu seinem Hof fuhren.

Nachdem sie eingestiegen waren, sah sie aus dem Fenster. Ihr Herz jubelte. Das Leben war einfach nur schön, unglaublich schön. Sie befand sich in diesem wunderbaren Land, an der Seite dieses einzigartigen Mannes, hatte einen unglaublichen Wasserfall gesehen, die Wintersonne stand am Himmel und ließ den Schnee glitzern wie Diamanten. Sie war so sehr in ihren Gedanken versunken, dass sie zusammenzuckte, als Kristján sie ansprach.

»Das Schöne am Winter ist, dass die Sonne so früh untergeht.« Kristján zwinkerte ihr zu. »Meinst du nicht auch?«

»Du findest es schön, dass fast der ganze Tag aus Dunkelheit besteht?«

»Warte ab.« Er folgte einem schmalen Pfad, der sie auf einen Hügel führte. Es gab nur sie beide und den Schnee. »Folge mir.«

Kristján hielt den Wagen an, stieg aus und nahm ihre Hand und zog sie hinter sich her. Als sie auf dem Gipfel ankamen, musste Laura ihm zustimmen, der Sonnenuntergang war spektakulär. Die Enge des Fjordes war rechts und links begrenzt von dunklen schneebedeckten Felsen; zwischen ihnen erstrahlte der Himmel gelb, orange und in einem sanften Violett vor dem Hintergrund eines hellen Blaus. Die Farben spiegelten sich im Wasser wider und verliehen ihm einen geheimnisvollen Schimmer.

»Habe ich dir zu viel versprochen?« Kristján zog sie in seine Arme. Sein Daumen strich ihr über die Wange, die Härchen an ihren Unterarmen stellten sich auf. Sie wünschte sich nichts mehr als einen Kuss. Als seine Lippen ihre berührten, schloss sie die Augen und ließ sich fallen. Selbst der kalte Wind konnte das warme Gefühl nicht vertreiben, das in ihr aufstieg.

»Wir müssen die Pferde füttern«, holte Kristjáns tiefe Stimme sie auf den Boden der Tatsachen zurück. »Leider.«

»Dann sollten wir zurückfahren.« Mit Kristján wäre es auch romantisch, den Pferden ihr Futter zu geben, solange sie nur zusammen waren.

Kapitel 23

Im Wagen schmiegte Laura sich an Kristján, genoss seine Wärme und Nähe, während er das Allradauto geschickt über die schneebedeckten Straßen steuerte. Sie schaute ihn nur an, betrachtete sein Profil, entdeckte eine kleine Narbe unter seinem rechten Auge und fragte sich, welche Geschichte sich wohl dahinter verbarg. Da er schwieg, ließ sie ihre Gedanken wandern.

Ihr Herz riet ihr dazu, sich voll und ganz auf Kristján einzulassen, alle Sicherheitsnetze außer Acht zu lassen und sich auf das dünne Seil zu begeben. Nur wenn du den Mut findest, mit aller Kraft zu lieben, kannst du über den Abgrund tanzen, meinte ihr Herz. Sei vorsichtig, du bist gerade erst schlimm verletzt worden, gab ihr Verstand zu bedenken. Du kennst diesen Isländer kaum.

»Denkst du an deine Mutter?«, fragte Kristján und hauchte ihr einen Kuss aufs Haar. »Du siehst traurig aus.«

»Ich habe über das *Huldufólk* nachgedacht, der Wasserfall

wirkte so magisch, dass ich verstehen kann, warum ihr Isländer an Elfen glaubt.« Sie musterte ihn von der Seite. »Gehörst du zu den Gläubigen?«, fragte sie dann.

Kristján runzelte die Stirn, während er nachdachte.

»Wie du selbst gesagt hast, ist unsere Landschaft beeindruckend und Ehrfurcht gebietend.« Er schien jedes Wort abzuwägen. »Wenn man allein mit einem Pferd durch Schnee und Eis reitet, hat man oft das Gefühl, von jemandem begleitet zu werden. Mehr als das, von jemandem beschützt zu werden.«

»Oh«, antwortete sie. »Ich dachte, Island wäre ein ungefährliches Land.«

»Meine Heimat ist sicher – in den Städten.« Kristján gab ihr einen Kuss. »Aber unsere Natur sollte man respektieren, möglicherweise sogar fürchten. Ein falscher Schritt birgt große Gefahren. Du kannst in eine heiße Quelle geraten oder von einer Welle fortgespült werden.«

»Ernsthaft?«

»Glaub mir, das ist mehr Touristen passiert, als man denken würde.« Nun zuckte er mit den Schultern. »Ich bin immer wieder überrascht, wie naiv sich manche Menschen in der Natur verhalten. Nur weil sie wunderschön aussieht, ist sie nicht harmlos.«

»Das hätte ich auch nie gedacht«, erwiderte Laura nach kurzem Nachdenken. »Ich finde Islands Landschaften so beeindruckend, dass ich mir ganz klein vorkomme.«

»Das geht nicht nur dir so.« Sein Tonfall klang liebevoll. »Und deshalb gibt es das *Huldufólk*, das uns lehrt, verantwortungsvoll mit der Natur umzugehen.«

»Wie das?«, hakte Laura nach.

»In den Geschichten, die man sich vom verborgenen Volk erzählt, gibt es oft eine Moral. In manchen von ihnen ist das *Huldufólk* ganz schön gruselig.«

»Bei Trollen kann ich mir das vorstellen, aber ich dachte immer, Elfen wären wunderschöne Wesen.« Laura lächelte. »Wahrscheinlich denke ich an ›Herr der Ringe‹ und die Verfilmung.«

»Oh ja, Legolas.« Kristján erwiderte ihr Lächeln. »Und natürlich die einzigartige Galadriel. Die allerdings sind Elben, unser verborgenes Volk ist vielfältiger.«

»Davon hat Erla Hulda mir schon erzählt. Sie meinte, dass die Elfen sich sogar Straßenbauten widersetzen.«

»Das ist es nicht allein. Meine Mutter hat mir Geschichten von Kindern erzählt, die sich den Wünschen der Elfen widersetzten, und dann starb ihr Lieblingspferd, oder sie verschwanden.«

»Das ist ja furchtbar.« Laura schüttelte sich. »So rachsüchtig habe ich mir das verborgene Volk nicht vorgestellt.«

»Durch die Elfengeschichten sollen wir als Kinder lernen, die Natur zu respektieren und zu achten.« Kristján machte eine Pause, um nachzudenken. »Die Erzählungen sagen uns, dass wir die Natur in Frieden lassen und achtsam mit ihr umgehen sollen.«

»Dann sind Elfen ja Ökos«, versuchte Laura die gruselige Stimmung aufzulockern.

»Sie schützen die Natur. Davon können wir heute noch lernen.« Kristján wirkte plötzlich ernst. »Der Tourismus hat

Island überrollt, und wir müssen erst lernen, ihn in Bahnen zu lenken, damit unsere Umwelt keinen Schaden nimmt.«

Ihn so engagiert und ernsthaft zu sehen ließ Lauras Herz schneller schlagen. Ihre Gefühle überwältigten sie, und sie öffnete den Mund, um ihm zu sagen, was sie für ihn empfand. Doch da zeichnete sich etwas auf seinem Gesicht ab, das sie nicht eindeutig benennen konnte. War es Schrecken oder Erstaunen? Sie folgte seinem Blick und sah eine Frau vor dem Haus stehen, angeleuchtet durch die Lampe über der Tür.

Und nicht nur sie hatte die Frau entdeckt. »Sigríður«, flüsterte Kristján mit tonloser Stimme und trat das Gaspedal durch, sodass der Wagen in rasendem Tempo auf den Hof schoss. Laura klammerte sich an den Sitz, ihr Herz raste, und sie fragte sich, was gerade geschah. Nur ein Gedanke beschäftigte sie: Was machte Sigríður hier, was war nur zwischen ihr und Kristján vorgefallen?

Kristján trat auf die Bremse und stieg aus. Laura musterte die Frau, die sie bisher nur auf einem Foto gesehen hatte. Das Bild wurde ihr nicht gerecht, dachte Laura sprachlos, als sie die atemberaubende Schönheit vor sich erblickte. Die Frau sah so aus, wie Laura sich eine isländische Elfe vorstellte: hochgewachsen und schlank mit weißblondem Haar, hohen Wangenknochen und eisblauen Augen. Designerjeans schmiegten sich an ihre Beine, ein Parka mit Fellbesatz umschmeichelte ihren Körper.

»Hallo«, sagte die unglaublich schöne Frau. »Ich bin Sigríður, Kristjáns Frau.«

Laura konnte die elfengleiche Isländerin nur ungläubig

anstarren. Kristján hatte nie etwas davon gesagt, dass er noch verheiratet war. Wie hatte sie nur so naiv sein können?

Es durfte nicht sein, dass sie jetzt diejenige war, die eine Ehe zu zerstören drohte, genau wie Vanessa ihre Ehe zerstört hatte. Sie drehte sich zu Kristján um, der die Frau nur musterte. Laura konnte seinen Gesichtsausdruck nicht deuten.

Schließlich stieß er ein paar Worte auf Isländisch hervor, die Laura zwar nicht verstehen konnte, aber sein Tonfall sprach Bände. Außerdem sah er aus, als hätte er einen Geist gesehen.

Die Frau antwortete ebenfalls auf Isländisch, aber ihr Tonfall war deutlich ruhiger als der von Kristján. Laura verstand nur zwei Worte: den Namen Ingibjörg und den der Stadt Akureyri.

Wie selbstverständlich ging Sigríður auf die Tür zu und nahm Laura damit die Möglichkeit, sich unauffällig an ihr vorbei ins Haus zu schleichen. Fieberhaft überlegte sie, was sie nun tun sollte. Dem sich abzeichnenden Streit der beiden wollte Laura aus dem Weg gehen. Das ging sie wirklich nichts an, und sie hatte bei Weitem kein Interesse, der elfenhaften Sigríður zu erklären, wer sie war und was sie hier tat. Sie holte tief Luft, um wenigstens der Höflichkeit Genüge zu tun.

»Hallo, ich ... ich bin Laura und besuche jetzt Drifa. Und lass euch allein.« Sie fühlte sich, als hätte ihr jemand in den Magen geboxt. Während sie in Richtung der Weide ging, kostete es sie all ihre Kraft, einen Fuß vor den anderen zu setzen. Obwohl sie sich versucht fühlte, sich umzudrehen und zu prüfen, ob Kristján ihr nachblickte, stolperte sie einfach weiter, begleitet von einem lautstark ausgetragenen Disput, nun auf Isländisch.

»Drifa«, rief sie mit brechender Stimme. Die Schimmelstute stand am Zaun und starrte in die Ferne, als ob sie etwas hörte, was nur sie vernehmen konnte. »Komm her, Schönheit.«

Etwas an ihrem Ton weckte die Aufmerksamkeit des Islandpferdes, das den Kopf schüttelte und dann zu Laura kam. Sie streckte der Stute die Hände entgegen und spürte deren warmen Atem und weiche Nüstern.

»Es tut mir leid, meine Schöne. Ich habe heute nicht einmal einen Fruchtriegel für dich.«

Vorsichtig hob Laura die Hand, um Drifa über den Hals zu streichen, aber das Pferd schreckte zurück und galoppierte dann davon.

»Tschüss, Schönheit«, murmelte Laura, bevor sie sich umdrehte und zum Hof zurückstakste. Die Kälte des Windes schreckte sie nicht, denn in ihrem Herzen war es viel kälter. Hoffentlich kam sie ungesehen an Kristján und seiner Frau vorbei.

Dieses Mal meinte das Schicksal es gut mit ihr. Sigríður und Kristján hatten ihren Streit vom Hof in die Küche verlegt. Auf Zehenspitzen schlich Laura daran vorbei in ihr Zimmer.

Als sie dort angekommen war, versagten ihre Beine, sie ließ sich zu Boden sinken und lehnte mit dem Rücken an der Wand. Was sollte sie nur tun? Sie konnte auf keinen Fall länger hierbleiben. Nicht jetzt, da Kristjáns Frau da war.

Belle! Belle war in Reykjavík. Das hatte sie gestern geschrieben und Laura noch einmal eingeladen, gemeinsam mit ihr durch die Klubs zu ziehen und sich die Kunstszene der Stadt anzuschauen. Laura hatte das Angebot abgelehnt, da sie fest daran geglaubt hatte, dass sie Weihnachten mit Kristján feiern würde. Aber heute ... Heute war seine Frau angekommen.

Laura schlug die Hände vors Gesicht. Obwohl sie sich weigerte zu weinen, ließen sich die Tränen nicht zurückhalten. Warum hatte Kristján ihr nicht gesagt, dass er verheiratet war? Warum hatte sie ihn nicht gefragt? Was sollte denn jetzt werden? All die Überlegungen, die Laura getroffen hatte, all die Zukunftspläne, die sie vorsichtig geschmiedet hatte, zerbrachen in winzige Stücke.

Kristján war verheiratet, und seine Frau war auf den Hof zurückgekehrt. Laura blieb nur eines übrig: Sie musste ihre Koffer packen und zurück nach Deutschland reisen. Oder vielleicht doch zu Belle und Rick nach Reykjavík?

Nein. So traurig, wie sie war, würde sie niemals durch Klubs ziehen wollen. Aber bei der Vorstellung, allein in Deutschland in ihrem Haus zu sitzen und Weihnachten und ihren Geburtstag zu feiern, wurde ihr übel. Also doch Reykjavík. Mit zitternden Fingern wählte sie Belles Nummer.

»Störe ich?«, fragte sie, nachdem Belle abgehoben hatte. Im Hintergrund waren laute Stimmen zu hören und eine Band, die wohl ihre Instrumente stimmte. »Hast du kurz Zeit?«

»Für dich immer. Was ist passiert? Du hörst dich nicht gut an.«

»Es tut mir leid, ich rufe dich nur an, wenn es mir schlecht geht«, stammelte Laura.

»Lass den Blödsinn, und erzähl mir endlich, was los ist.«

»Kristján und ich …«

»Ich wusste es«, unterbrach Belle sie, »entschuldige, sprich weiter.«

Laura musste gegen die Tränen ankämpfen, aber schließlich sagte sie: »Alles war wunderbar und romantisch, und heute ist seine Ehefrau aufgetaucht.«

»Oh nein.« Belle schwieg kurz, um dann zu sagen: »Komm zu mir. Reykjavík ist eine tolle Stadt. Sie wird dir helfen, Kristján zu vergessen. Wenn du das willst.«

»Ich … ich weiß nicht. Ich würde Rick und dir nur die Stimmung verderben.«

»Wir muntern dich schon auf.«

»Danke. Ich muss jetzt packen, solange es noch hell ist.«

»Vielleicht solltest du erst einmal mit ihm reden. Möglicherweise gibt es eine einfache Erklärung.«

»Die gibt es, er ist ein Ehebrecher und ich jetzt auch.«

»Liebes, du hörst dich ein bisschen melodramatisch an.«

Erst wollte Laura zornig sein, dass ihre Freundin sie nicht ernst nahm, dann musste sie eingestehen, wie recht Belle hatte.

»Ich«, flüsterte sie, »ich dachte, das zwischen uns wäre etwas Besonderes.«

»Dann solltest du wirklich mit ihm sprechen. Gib nicht auf!«

»Danke, Belle, ich hab dich lieb. Grüß Rick von mir.«

»Mach ich. Ich drücke dir die Daumen.«

Nachdem sie aufgelegt hatte, fühlte Laura sich etwas besser. Was immer das Leben ihr auch an Steinen in den Weg legte, es gab Menschen wie Belle, auf die sie sich stützen konnte. Mit dem Wissen, dass ihre Freundin in Reykjavík auf sie warten würde, konnte sie die Situation hier besser ertragen.

Obwohl Laura sich vorgenommen hatte, nicht zu lauschen, konnte sie den lautstark ausgetragenen Streit nicht überhören. Kristján und seine Frau vergaben sich nichts und hatten beide kräftige Stimmen. Wie ärgerlich, dass Laura kein Isländisch sprach. Doch plötzlich wurden ihre Stimmen leiser. Deutete sich da etwa eine Versöhnung an?

Laura wollte nur noch weg. Als sie den Schrank öffnete, fiel ihr Blick auf die Wichtelgeschenke für Kristján, die sie gekauft, ihm aber noch nicht überreicht hatte. Ihr kamen die Tränen, als sie sich erinnerte, wie sehr sie sich darauf gefreut hatte, ihn damit zu überraschen. Was sollte sie mit den Kleinigkeiten nun anfangen?

Kurz erwog sie den Gedanken, alles mit nach Deutschland zu nehmen und Merle zu schenken, aber das kam ihr schäbig vor. Sie hatte die Geschenke speziell für Kristján ausgewählt, hatte sich Gedanken gemacht und versucht, ihm so eine Freude zu machen. Für einen Mann, der verheiratet war und ihr das verschwiegen hatte.

Laura warf ihren Koffer aufs Bett und packte ihre Kleidung, die Geschenke für ihre Freunde und Familie in Deutschland ein, ebenso wie die Wolle und den angefangenen Schal. Mit Mühe und Not konnte sie den Koffer schließen, es würde eine elende Plackerei werden, ihn durch den Schnee zu ziehen.

Draußen heulte ein Automotor auf, und Laura konnte sich nur schwer davon abhalten, in die Küche zu gehen. Stattdessen hievte sie den Koffer vom Bett und zerrte ihn hinter sich her. Da tauchte Kristján im Flur auf.

»Laura! Laura bitte, lass es mich erklären!«, rief er und breitete die Arme aus, während sie den schweren Koffer durch den Flur zerrte. »Wie willst du denn hier wegkommen?«

»Es gibt Taxis«, entgegnete sie barsch. »Ich will keine Erklärung von dir, ich will weg.«

»Bitte, gib mir eine Chance.« Seine Stimme klang so flehend, dass sie einfach nicht weitergehen konnte. Sie sah ihn an, wortlos.

»Ein Vorschlag.« Kristján nahm ihr den Koffer aus der Hand. Nach kurzem Zögern ließ Laura los.

»Ja?«

»Ich koche uns einen Tee und erzähle dir die ganze Geschichte.« Er stieß den Atem aus wie einen Seufzer. »Wenn du dann immer noch gehen willst, dann geh. Ich fahre dich zum Flughafen.«

Hatte er die Chance wirklich verdient?

»Ist sie deine Ehefrau?«

»Ja.« Erneut fühlte es sich an, als hätte Laura jemand mit voller Kraft in den Magen geboxt. Ihr wurde flau, und sie hätte sich am liebsten hingelegt. Aber sie ballte die Hände zu Fäusten und blieb stehen. »Dann brauchst du mir nichts mehr zu erklären.«

»Doch, das muss ich. Sigríður ist *noch* meine Ehefrau.«

»Was soll das heißen?«

»Nicht hier auf dem Flur.«

»Also gut.« Laura schleppte sich in die Küche und ließ sich dort schwer auf einen Stuhl fallen. Ihr Blick glitt durch den Raum, suchte nach den verräterischen Anzeichen, dass eine Frau hier gelebt hatte, aber es war nichts zu finden. Die Spitzengardinen gab es nicht mehr, die Blumenvasen gab es nicht mehr, es wirkte funktional und schlicht wie die Junggesellenbude eines Mannes. Langsam trat Neugier neben den Schock. Wollte sie wirklich die Geschichte von Kristján und seiner Noch-Ehefrau hören?

Kapitel 24

»Kristján«, begann Laura, vorsichtig und tastend, aber dann verstummte sie. Ihre Gefühle waren immer noch in Aufruhr. Sie konnte nicht glauben, dass er ihr seine Noch-Ehefrau verschwiegen hatte. Andererseits kannten sie einander erst wenige Tage, und da konnte sie nicht erwarten, alles von ihm erfahren zu haben.

Nein! Es war das eine, nicht zu wissen, ob er lieber Weißwein oder Rotwein trank; etwas ganz anderes war es, plötzlich herauszufinden, dass es eine Frau gab, mit der ihn noch einiges verband. So einen Streit führte man nicht, wenn man einander gleichgültig war.

»Laura.« Kristján musterte sie und schien nach Worten zu suchen. Zu ihrer Überraschung fragte er: »Möchtest du Schokolade? Ich denke, das wird ein Gespräch, für das man Süßigkeiten braucht.«

»Ich hätte gern Weihnachtskekse, aber so was hast du bestimmt nicht.« Für einen Augenblick fühlte es sich zwischen ihnen an wie vorher, bevor Sigríður aufgetaucht war. Am liebsten hätte Laura sich an diesen Moment geklammert, um sich nicht der Wahrheit stellen zu müssen.

»Ich habe *Laufabrauð*.«

»Brot?« Sie verzog das Gesicht. Eigentlich war es egal, denn sie würde ohnehin kaum etwas hinunterbekommen. »Dann nehme ich lieber Schokolade.«

»Es heißt nur Brot.« Kristján lächelte und ging zum Schrank, öffnete dessen Tür und holte eine rote Keksdose, die mit goldenen Ornamenten verziert war, heraus. Eine ziemlich große Dose. »Bitte schön.« Kristján stellte sie auf den Tisch, lächelte Laura an und fragte: »Tee oder Kaffee?«

»Lieber Tee, Kaffee würde mich nur noch mehr aufregen.«

Er zuckte zusammen. Nervös rieb Laura sich mit den Handflächen über ihre Oberschenkel und versuchte, ruhiger zu atmen und sich zu entspannen. Auch Kristján war aufgewühlt, zweimal ließ er die Teetassen fallen und fing sie beide Male auf, kurz bevor sie auf dem Boden zerschellten. Laura musste an sich halten, um nicht aufzuspringen und ihm die Tassen aus der Hand zu nehmen. Stattdessen beobachtete sie ihn, und ihr Herz zog sich voller Traurigkeit zusammen, weil ihr seine Bewegungen so vertraut erschienen.

Sie hatte sich in ihn verliebt, das ließ sich nun nicht mehr leugnen. Mehr noch, ihre Gefühle für Kristján waren so stark, dass die Vorstellung, es wäre vorbei, ihr die Luft zum Atmen raubte.

Endlich kochte das Wasser für den Tee, und Kristján stellte die Tassen vor sie auf den Tisch, mit so viel Schwung, dass heißes Wasser über den Rand schwappte.

»Verdammt!«, zischte er, holte einen Lappen, wischte den Tisch ab und nahm dann Teller für das Gebäck aus dem Schrank. Laura konnte sich nicht helfen, sie wippte angespannt mit dem Fuß.

»Bitte setz dich endlich. So machst du mich völlig nervös.«

»Entschuldige, es ist nicht so leicht.« Kristján warf den Lappen in die Spüle und setzte sich dann an den Tisch, ihr gegenüber, sodass sie ihn direkt ansah. Er lächelte, ein wenig zögernd.

»Mach das *Laufabrauð* ruhig auf. Ich sehe doch, dass du neugierig bist.« Es kam ihr vor, als versuchte Kristján, etwas zu finden, über das er reden konnte, um das eigentliche Thema zu umschiffen. Und da auch sie am liebsten darüber geschwiegen hätte, ging sie auf das Spiel ein. Sie öffnete den Deckel der Keksdose und spähte hinein. »Oh, was ist das?«

Innen waren handtellergroße, sehr dünne Kekse mit auffallender Musterung übereinandergestapelt. Sie erinnerten Laura an indisches Fladenbrot, aber dieses Gebäck war noch dünner. Hauchzart sahen die Kekse aus, als würden sie bei der kleinsten Berührung zerbröseln.

»Das ist das traditionelle isländische Weihnachtsgebäck.« Kristján nahm sich einen Keks, dessen Ränder bereits abbröckelten. »Jede Familie hat ein eigenes Muster.«

»Hat deine Frau sie gebacken?«, sagte Laura bitter.

»Nein. Das *Laufabrauð* habe ich gebacken.« Kristján seufzte. »Sigríður ist keine große Bäckerin. Sie ist eher ein Mensch, der essen geht, als einer, der selbst kocht.«

»Das dürfte hier schwierig werden.« Laura versuchte,

durch einen Scherz die Situation zu entspannen. Sie schwankte zwischen Wut und Mitleid, weil sie sah, wie Kristján sich wand. »Oder gibt es in der Nähe ein Fünf-Sterne-Restaurant, das du mir verschwiegen hast?«

»Schön wär's.« Sein Gesicht wurde ernst. »Sigríður und ich haben viel zu schnell geheiratet, obwohl von Beginn an klar war, dass wir nicht zueinanderpassen.«

Den Eindruck hatten sie auf dem Foto, das Laura gefunden hatte, nicht gerade gemacht. Eher das Gegenteil war der Fall: Beide hatten unfassbar glücklich ausgesehen. Aber wie viel Aussagekraft hatte ein Bild schon?

»Wo habt ihr euch kennengelernt?«

»Ganz klassisch auf einer Party, als wir die Universität in Reykjavík besucht haben. Ich habe Ingenieurwissenschaften studiert, sie Psychologie.«

»Und warum habt ihr nicht zusammengepasst?«

»Ich habe die Stadt gehasst.« Kristján fuhr sich mit der Hand übers Gesicht. »Ich bin einfach ein Mensch für den einsamen Hof, für die Weite des Nordens, für die Stille, die nur vom Rauschen des Meeres unterbrochen wird. Die vielen Menschen, der Verkehr, die Geräusche der Stadt, es hat mich wahnsinnig gemacht.«

Das konnte Laura nur zu gut verstehen. Seit sie auf Island angekommen war, hatte sie die Ruhe genossen, die Weite und die Einsamkeit. Sie war ebenfalls kein Mensch für große Städte und viele Menschen, für Lärm und Gedränge.

»Warum bist du dann nach Reykjavík gegangen? Du hast doch hier alles, was du brauchst.«

»Ich hatte meinen Eltern versprochen zu studieren. Der

Hof lief schon lange nicht mehr gut, und sie wollten, dass ich was Vernünftiges mache, mit dem man sich seinen Lebensunterhalt sichern kann.«

»Hast du je als Ingenieur gearbeitet?«, hakte Laura nach. Sie konnte sich Kristján nicht an einem Schreibtisch vorstellen.

»Nein. Das Studium hat mir Spaß gemacht, aber ich gehöre hierher. Nach Dalurstadir.«

»Und deine Frau? Ihr hat es hier nicht gefallen.« Sie zögerte kurz, bevor sie die nächste Frage wagte. »Warum hast du sie geheiratet, wenn ihr so unterschiedlich wart?«

Kristján kratzte seinen Bart. »Es ging alles ganz schnell. Wir waren sehr jung, haben nicht an die Zukunft gedacht. Und wenn Sigríður etwas will, kann sie jeden Menschen in ihren Bann ziehen. Und aus unerfindlichen Gründen wollte sie mich.«

»Und dann?« Laura trank einen Schluck Tee und nahm ein Stück des dünnen Gebäcks aus der Dose. Es schmeckte eher fettig als süß.

»Wir haben uns, wie man so schön sagt, Hals über Kopf ineinander verliebt.« Kristján trank einen Schluck Tee und zerbröselte das Stück des *Laufabrauðs*, das auf seinem Teller lag. »Ich habe ihr bald gesagt, dass ich nicht in Reykjavík leben will, und sie war vollkommen begeistert von der Idee, hier zu wohnen, zu reiten und die Landschaft zu genießen.«

»Aber das hielt nicht lange an?« Laura ahnte, wie die Geschichte ausgehen würde.

»Sie hat es wirklich versucht.« Kristján zuckte mit den Schultern. »Aber bald nach der Hochzeit reichte es ihr nicht mehr, die Nachbarn zu besuchen und die Abende mit Lesen zu verbringen. Sigríður wünschte sich das Stadtleben, sie wollte Klubs, sie wollte Freunde treffen. Ich wünschte mir, dass sie glücklich ist.«

»Hat es ihr nicht gefallen, das Leben mit den Pferden?« Laura konnte sich kaum etwas Schöneres vorstellen. Vor allem, wenn es gemeinsam mit Kristján war.

»Das Leben auf einer Farm, die Pferdezucht, das ist etwas, das musst du mit ganzem Herzen machen. Sonst hat es keinen Sinn; halbherzig kann man keine Farm betreiben.«

»Also hat sie dich verlassen?«

»Sie hat sich eine Wohnung in Akureyri genommen, in der sie häufiger war als hier, aber wir wollten uns nicht aufgeben. Wir haben uns sehr geliebt.«

Kristján strich über seine Wangen.

»Du musst mir nicht alles erzählen.« Laura konnte es kaum ertragen, seinen Schmerz zu sehen. Und sie wusste auch nicht, ob es ihr guttat, noch mehr über die Frau zu erfahren, die Kristján offensichtlich sehr geliebt hatte. »Ich habe genug Fantasie, um mir den Rest denken zu können.«

»Vielleicht ist es mal gut, darüber zu reden.« Er sah sie nicht an, sondern schob die Keksbrösel auf dem Teller hin und her. »Dann hatten meine Eltern einen Autounfall. Sie mussten nach Reykjavík ins Krankenhaus, und es stand schlecht um sie.«

»Das tut mir leid. Du musst nicht weitererzählen, wenn es dir zu schwerfällt.« Laura betrachtete ihn und sah, wie sehr es ihm zusetzte, über diese Zeit zu sprechen.

»Sigríður und ich hatten einen von vielen Streits, ich weiß

nicht einmal mehr, weshalb wir uns angebrüllt haben.« Kristján sprach schnell weiter, als wollte er es hinter sich bringen. »Sie ist wütend nach Akureyri gefahren.«

Er sprang auf und tigerte in der Küche auf und ab, die Hände hinter dem Rücken verschränkt. Ab und zu löste er die Hände und rieb sich mit Zeige- und Mittelfinger die Nasenwurzel. »Drifa sollte fohlen. Die Stute und ihr Fohlen waren die große Hoffnung meiner Zucht.«

»Und dann?«, flüsterte Laura.

»Das Krankenhaus hat angerufen, ich musste nach Reykjavík, konnte keinen der Nachbarn erreichen und habe Sigríður eine Nachricht hinterlassen.«

»Sie hat die Nachricht nicht gehört«, zählte Laura zwei und zwei zusammen.

»In der Nacht gab es einen schlimmen Sturm. Normalerweise fohlen unsere Pferde ohne Hilfe, aber es war Drifas erstes Fohlen, sie war jung und voller Angst und allein.« Kristján konnte kaum weitersprechen.

»Wie furchtbar.« Laura traten Tränen in die Augen vor Mitleid mit dem einsamen Pferd. »Was ist mit ihr geschehen?«

»Der Sturm hat sie wohl erschreckt, und sie hat sich einen sicheren Ort zum Fohlen gesucht.« Kristján setzte sich wieder hin und legte die Hände auf den Tisch. »Als ich am Sonntagabend zurückkam, haben Arnór, Erla Hulda und ich Stunden nach ihr gesucht, aber es war zu spät.«

»Oh nein.« Laura streckte ihre Hand aus, um sie auf Kristjáns Hände zu legen.

»Als wir sie endlich fanden, war das Fohlen tot.« Kristján

drückte ihre Hand. »Sigríður hätte da sein müssen. Ich konnte ihr das nie verzeihen.«

»Das verstehe ich«, flüsterte Laura.

»Danach haben Sigríður und ich uns getrennt. Wir haben nicht mal richtig darüber geredet. Es war klar, dass es aus ist und wir keine Zukunft mehr haben.« Kristján seufzte. »Wir haben lange nichts voneinander gehört. Und dann hat sie plötzlich angerufen in den letzten Tagen. Als ob sie gemerkt hätte, dass es dich in meinem Leben gibt.«

»Was wollte sie?« Laura spürte eine Beklemmung in sich aufsteigen. »Will sie wieder zurückkommen?«

»Nein. Sie wollte über das reden, was damals zwischen uns geschehen ist.« Er verzog das Gesicht zu einer Grimasse. »Dass ihr Frauen immer über alles sprechen wollt.«

»Wir brauchen einen ordentlichen Abschluss«, erklärte Laura. »Das kann ich nachvollziehen. Dass ihr Männer nie reden wollt.«

»Ich wollte das alles nicht aufwühlen. Vor allem nicht, weil …«, er nahm Lauras Hände in seine. »Weil etwas Neues zwischen uns begann. Da wollte ich nicht zurückschauen.«

»Und warum war sie heute hier?«

»Sigríður wollte sich verabschieden.«

Laura musste an sich halten, damit sie keinen erleichterten Seufzer von sich gab, aber Kristján bemerkte es dennoch und drückte ihre Hand.

»Sie ist hergekommen, um unsere Ehe endgültig zu beenden, bevor sie in die USA geht.«

»Nach Amerika?«

Er nickte. »Nach New York. Nun hat Sigríður das, was

sie sich immer gewünscht hat: eine große Stadt, die niemals schläft.«

»Mir wäre New York viel zu groß«, stieß Laura spontan hervor. »Meinst du, dass du ihr jemals verzeihen kannst?«

»Ja, dank dir.«

»Wieso dank mir?«

»Weil du es geschafft hast, Zugang zu Drifa zu bekommen.«

»Danke«, flüsterte Laura. »Aber ich weiß selbst nicht, warum die Stute mich mag.«

Kristján seufzte. »Es kommt mir manchmal vor, als würde mich die Stute hassen, weil ich sie im Stich gelassen habe.«

»Das glaube ich nicht«, flüsterte Laura. »Sie trauert wahrscheinlich und braucht Zeit, um über den Verlust hinwegzukommen.«

»Aber auf dich ist sie zugekommen.«

»Möglicherweise hat sie gespürt, wie traurig ich war. Lass ihr Zeit.« Laura drückte seine Hand.

»Bis du hier angekommen bist, war der Kater der Einzige, den Drifa in ihrer Nähe geduldet hat.« Kristján lächelte. »Deshalb habe ich so überreagiert, als sie zu dir gekommen ist. Ich konnte es einfach nicht fassen.«

»Es tut mir leid, dass ich einfach abhauen wollte.«

»Du konntest es ja nicht wissen.«

»Da wir gerade bei Geständnissen sind: Mein Mann hat mich wegen einer anderen verlassen. Vor zwei Monaten.« Gespannt beobachtete sie ihn. Wie würde er auf ihre Beichte reagieren? »Du wirst verstehen, dass ich auf Ehebruch sehr sensibel reagiere.«

»Dein Mann muss ziemlich dumm sein, wenn er eine Frau wie dich verlässt.« Kristján sah sie voller Liebe an.

»Es gibt bestimmt auch Menschen, die es merkwürdig finden, sich von einer so schönen Frau wie Sigríður zu trennen.«

»Du bist in meinen Augen viel schöner als sie.« Kristján erhob sich, nahm Lauras Hände in seine und zog sie aus dem Stuhl in seine Arme. Er presste sie fest an sich, küsste ihr Haar und flüsterte: »Glaube mir. Gib uns eine Chance, bitte.«

Sie zog seinen Kopf zu sich heran und küsste ihn. Dieser Kuss sagte mehr als tausend Worte. Sie wollte ihm eine Chance geben. Und sich selbst.

»Eine Bedingung habe ich allerdings«, sagte Laura, nachdem sich ihre Lippen voneinander gelöst hatten. »So einfach kommst du mir nicht davon.«

Kapitel 25

Als Laura erwachte, tastete sie mit der Hand auf die rechte Seite des Betts und war enttäuscht, als sie dort nur eine Decke spürte. Sie öffnete die Augen, blinzelte und bemerkte, dass sie wirklich allein war. Vor dem Fenster war es immer noch dunkel, aber langsam dämmerte es. Von draußen hörte sie die Geräusche der Pferde und Kristjáns Stimme, der leise zu den Tieren sprach, während er sie fütterte. Sie schloss die Augen wieder und erinnerte sich an die Nacht. Ihre zweite gemeinsame Nacht war sanfter und liebevoller gewesen als die erste, die voller Leidenschaft gewesen war. Niemals hätte Laura erwartet, noch einmal so tiefe Gefühle zu entwickeln, so ein starkes Begehren und so eine intensive Leidenschaft. Jeder Kuss von Kristján weckte in ihr den Wunsch nach mehr, nach weiteren Küssen, nach Berührungen, danach, jeden Zentimeter seines Körpers zu erforschen.

Himmel! Ich bin fast vierzig und denke wie ein verliebter Teenager. Na und! Dann höre ich mich eben so an, aber so fühle ich auch. Ich will mich nicht mehr nach dem richten, was die Leute denken, was man von einer Frau erwartet. Ich habe das Recht, glücklich zu sein, und Kristján macht mich glücklich.

Sie kuschelte sich tiefer in die Wärme des Kissens und überlegte, ob sie aufstehen und ihm helfen sollte oder ob sie ihn mit einem Frühstück überraschen sollte. Da hörte sie bereits, wie die Haustür sich öffnete und wieder schloss. Dann erklangen leise Geräusche aus der Küche, als ob dort jemand herumwerkelte, der sich bemühte, sie nicht zu wecken. Wie rücksichtsvoll von ihm. Erneut spürte sie die Wärme, die sie immer fühlte, wenn sie an ihn dachte. Sehnsucht überkam sie. Konnte man wirklich jemanden vermissen, der nur wenige Schritte von einem entfernt war?

Während sie im Halbschlaf über diese Frage nachsann, wehte der Duft von frischem Kaffee aus der Küche. Laura öffnete die Augen, setzte sich auf und wollte gerade die Decke zurückschlagen, als sich die Tür öffnete.

»Guten Morgen, ich dachte schon, du wolltest diesen Tag verschlafen. Dabei haben wir viel vor.« Kristján trug ein Tablett, auf dem zwei Tassen, die Kaffeekanne, Teller und ein großer Teller mit Pfannkuchen standen. Auch Marmelade und Sahne hatten dort ihren Platz gefunden.

»Ich liebe es, im Bett zu frühstücken.« Laura ließ sich wieder in das Kissen sinken. »Das ist wundervoll. Danke schön.«

Warum nur bildete sich ein Kloß in ihrem Hals?

»Warte ab.« Kristján stellte das Tablett auf den Nachttisch und küsste sie. »Ich weiß nicht, ob dir die veganen Pfannkuchen schmecken werden.«

»Du hast für mich vegane Pfannkuchen gemacht?« Der Kloß wurde größer und größer. »Vegetarisch hätte gereicht.«

»Ich habe das Rezept im Internet gefunden und gedacht, ich probiere es aus.«

Als ihr die Tränen kamen, senkte sie den Blick, aber Kristján bemerkte es trotzdem. Sanft legte er zwei Finger unter ihr Kinn und hob ihren Kopf, bis sie sich in die Augen sahen. Laura sah ihn nur verschwommen, weil die Tränen ihren Blick verschleierten.

»Habe ich etwas falsch gemacht?« Er nahm die Finger von ihrem Kinn und griff nach ihren Händen, die er vorsichtig drückte. »Laura, bitte sag doch etwas.«

»Nein, nein.« Sie schniefte. »Hast du ein Taschentuch?«

Wie furchtbar, dass sie diesen romantischen Moment durch ihre Tränen zerstörte. Was stimmte nicht mit ihr?

»Hier, bitte.« Kristján stand auf und kramte in einer Schublade. Dann drückte er ihr ein gebügeltes Stofftaschentuch in die Hand.

»Danke.« Laura wischte sich die Tränen ab und putzte sich die Nase. Damit war die Romantik wohl endgültig gestorben.

»Tut mir leid«, schniefte sie, »das ist einfach zu viel für mich. Ich hätte es nicht gedacht, aber anscheinend gibt es so was wie zu viel Gefühl.«

»Was soll das heißen?« Kristján sah sie fragend an. »Ehrlich, ich begreife gar nichts.«

»Ich war mehr als zwanzig Jahre verheiratet.« Laura versuchte ein Lächeln. »Ich erinnere mich nicht einmal mehr, wann ich das letzte Mal ein Frühstück ans Bett bekommen habe.«

»Von mir würdest du das jeden Tag erhalten«, sagte Kristján, und dann senkte er den Blick, als hätte er schon zu viel gesagt. »Lass uns die Pfannkuchen probieren. Ich fürchte, kalt schmecken sie noch seltsamer. Übrigens ist die Sahne auch vegan, die gab es in Akureyri.«

Bevor ihre Gefühle sie wieder zum Weinen brachten, teilte Laura mit der Gabel ein großes Stück Pfannkuchen ab, das sie mit Sahne und Heidelbeeren bedeckte und zum Mund führte. Sie kaute und kaute und hatte das Gefühl, der Pfannkuchen würde in ihrem Mund immer größer werden. Sie spülte mit Kaffee nach und schluckte den Klumpen herunter. Auch Kristján hatte inzwischen den Pfannkuchen probiert und sah sie an.

»Ich würde sagen«, er brach in lautes Lachen aus, »hier sollte der Gedanke zählen. Wenn du einverstanden bist, mach ich uns neue Pfannkuchen mit echter Sahne.«

»Damit bin ich sehr einverstanden.« Laura fiel in sein Lachen ein. »Einen Versuch war es wert.«

»Möchtest du deinen aufessen?« Kristján deutete auf den Teller.

»Muss ich?« Sie zwinkerte ihm zu. »Ich spring unter die Dusche und bin gespannt auf die zweite Runde.«

»Sehr gern.« Kristján beugte sich vor, um ihr einen Kuss zu geben, der nach Heidelbeeren und Sahne schmeckte.

Während er in der Küche beschäftigt war, nutzte sie die Gelegenheit und sammelte so viele Schuhe und Stiefel, wie sie brauchte. Sie befüllte das Schuhwerk mit ihren Präsenten und stellte es in die Fensterbänke des Schlafzimmers, bevor sie duschte und zu ihrem Liebsten in die Küche ging.

Nachdem sie gefrühstückt hatten, sagte Kristján mit gespieltem Seufzer: »Du hast gestern die Bedingung gestellt, dass du das Haus weihnachtlich schmücken möchtest. Und wenn ich mich nicht irre, habe ich Ja gesagt.«

»Ich hatte Sorge, du hast es vergessen.« Laura schmunzelte.

»Hätte ich die Chance?«

»Niemals. Weihnachten braucht Lichterketten, einen Tannenbaum, Kugeln, einen Adventskranz, Lebkuchen oder etwas Ähnliches, das volle Programm.« Laura trank einen Schluck Kaffee. »Ich liebe Weihnachten, habe ich das schon gesagt?«

»Ungefähr hundertmal.«

»Bist du etwa ein Weihnachtsmuffel?«

»Verglichen mit dir ist, fürchte ich, nahezu jeder ein Weihnachtsmuffel.« Kristján bedachte sie mit einem liebevollen Blick.

»Das stimmt nicht. In Deutschland gibt es viele Menschen, die noch weihnachtlicher sind als ich. Ich bin mir sicher, auch in Island wird es etliche geben, die ihr Haus weihnachtlich schmücken.« Laura überlegte kurz. »Ich sage nur: Rúrik und Pétur.«

»Die beiden sind sehr speziell«, entgegnete Kristján. »Jedenfalls, was Dekorationen angeht.«

»Auch bei Erla Hulda und Arnór habe ich Lichterbögen und Weihnachtskränze gesehen. Nur bei dir nicht.«

»Ich gebe mich geschlagen«, sagte er, »wir sollten aber bald fahren, sonst ist möglicherweise alles ausverkauft.«

»Wirklich?« Laura schoss hoch. »Das wäre ja furchtbar. Können wir online etwas bestellen?«

»Es war nur ein Scherz.« Kristján bedeckte die Augen mit der Hand. »Aber ich ahne Furchtbares.«

Spielerisch boxte sie ihn auf den Oberarm. »Stell dich nicht so an, im tiefsten Innern deines Herzens bist bestimmt auch du ein Weihnachtsfan.«

»Das wüsste ich aber.«

Das werden wir ja sehen, dachte Laura und gönnte sich innerlich ein breites Grinsen.

»Kannst du mir bitte mein Telefon aus dem Schlafzimmer holen, ich trinke noch einen Kaffee.«

»Klar«, antwortete er, aber musterte sie fragend. Sie musste sich eingestehen, dass die Ausrede, mit der sie ihn in das Zimmer schickte, nicht besonders kreativ war. Er küsste sie. »Ich bin gleich wieder da.«

Laura wartete kurz, erhob sich und schlich ihm auf Zehenspitzen nach.

»Was hat das zu bedeuten?«, erklang seine Stimme. »Laura, wann hast du das alles gemacht?«

»Gekauft habe ich das, als ich mit Erla Hulda in der Stadt war, verpackt habe ich alles in den letzten Tagen, aber es gab nie eine Gelegenheit, es in die Stiefel zu legen. Daher sind es heute so viele.«

Täuschte sie sich, oder glitzerten seine Augen verdächtig?

»Ich habe nichts für dich«, brachte Kristján stotternd hervor.

»Das macht nichts. Ich wollte *dir* eine kleine Freude berei-
ten.«

»Das ist dir gelungen.« Er zog sie in seine Arme und bedeckte ihr Gesicht mit Küssen. Lauras Gefühle brodelten in
ihr auf, und beinahe wären ihr die wichtigen drei Worte ent-
schlüpft, aber noch erschien es ihr zu früh.

Kristján nahm jedes Geschenk in die Hand, so vorsichtig,
als wäre es aus feinstem Porzellan. Schließlich öffnete er eine
Verpackung und lächelte.

»Schokolade mit Lakritze. Perfekt.«

»Das habe ich gehofft.« Laura blinzelte gegen Tränen der
Rührung an. »Es sind nur Kleinigkeiten.«

»Es ist mehr als das. Ist es in Ordnung, wenn ich die anderen später auspacke?« Seine Stimme klang weich. »Ich
möchte Zeit dafür haben. Und wir müssen gleich los.«

Er schaufelte sich die Schuhe und Stiefel auf die Arme
und ging aus ihrem Zimmer. Ein Glücksgefühl durchströmte
Laura, weil es ihr gelungen war, ihm eine Freude zu machen.

Während sie die bequeme Hose gegen eine dicke Unter-
hose und Jeans tauschte, hörte sie es plötzlich gewaltig auf
dem Flur krachen.

»Ist alles in Ordnung?«

»Nix passiert, aber bleib sicherheitshalber in deinem
Zimmer, bis ich dir Bescheid gebe.«

Das klang etwas bedrohlich. Dick eingemummelt, setzte
Laura sich aufs Bett und wartete auf Kristjáns Signal.

»Alles wieder okay«, rief er, und sie öffnete die Zimmer-
tür. Vorsichtig schaute sie hinaus, aber der Flur sah aus wie

zuvor. Ob ihm Sachen aus dem Schrank entgegengefallen waren?

»Komm mal zum Wohnzimmer«, hörte sie Kristjáns Stimme.

Was hatte das wohl zu bedeuten? Lauras Neugier wuchs. Vor der Wohnzimmertür erwartete Kristján sie und lächelte breit.

»Überraschung.« Kristján nahm ihre Hand und zog sie hinter sich her. Die Wärme seiner Hand in ihrer erzeugte ein warmes Gefühl in ihrem Herzen. Wie konnte es sein, dass sie sich in diesen brummigen Mann verliebt hatte? Wie konnte es sein, dass dieser Brummbär so liebevoll war?

Im Wohnzimmer standen drei Kisten, die vorher noch nicht dort gewesen waren.

»Ist es das, was ich denke?«

»Ja, das ist alles, was ich an Weihnachtsdekoration besitze.« Kristján zwinkerte ihr zu. »Reicht das?«

»Drei Kisten.« Laura klatschte begeistert in die Hände. »Das ist schon mal ein Anfang.«

»Ein Anfang?« Kristján schüttelte den Kopf. »Der Horror, der Horror«, sagte er lachend.

»Übertreib es nicht.« Laura öffnete die Kisten und entdeckte Weihnachtskugeln in vielen Farben, Rentiere aus Holz und Lichterkränze.

»Wie wunderschön. Dann brauchen wir nur noch ein paar Lichterketten und ein bisschen mehr Deko.«

»Du siehst mich erleichtert.« Kristján verzog das Gesicht. »Was bedeutet bei dir ›ein bisschen‹?«

»Ich hätte gern die Weihnachtswichtel und die Weihnachtskatze.« Laura sah ihn bittend an. »Meinst du, das ist machbar?«

»Das wird sich bestimmt finden lassen. Komm, wir fahren schnell nach Akureyri.« Kristján gab ihr einen schnellen Kuss. »Wenn wir uns beeilen, können wir später noch gemeinsam ausreiten.«

Nach der Autofahrt schlenderte sie durch die Einkaufsstraße.

»Wir sollten Akureyri bald noch einen Besuch im Dunkeln abstatten, wenn du magst.« Kristján lächelte sie an. »Dann sieht die Stadt aus wie ein Märchenland. Die Lichter in den Fenstern und von den Sträßenlaternen und natürlich von der Weihnachtsbeleuchtung werfen einen Schimmer auf die Stadt, und die Berge glänzen dahinter in einem ganz besonderen Blauton.«

»Das würde ich sehr gern«, sagte Laura. »Lass uns nicht zu lange warten. Ich muss es doch ausnutzen, dass du in weihnachtlicher Stimmung bist.«

Er legte den Arm um sie, sie schmiegte sich an, und so schlenderten sie durch die Einkaufsstraße. In den vergangenen Nächten hatte es wieder geschneit, der Schnee lag beinahe kniehoch. Autos krochen im Schritttempo an ihnen vorbei. Nur ein schmaler Fußweg war frei geschoben, sodass Laura und Kristján noch etwas enger zusammenrücken mussten. Der Schnee bedeckte die Bäume, die Weihnachtsdekoration und lag wie eine weiße Mütze auf Dächern und Häuservorsprüngen. Laura, die in den vergangenen Jahren in Deutschland weiße Weihnachten sehr vermisst hatte, ging das Herz auf.

»Was für eine hübsche Straße«, sagte sie und bewunderte ein tintenblaues Haus mit weißen Fenstern und rotem Dach, vor dem ein kleiner geschmückter Weihnachtsbaum stand. Durch kleine Türmchen und Erker sah das Haus aus wie ein Zuckerbäckerschloss. Eine weihnachtliche Girlande führte von Laterne zu Laterne, leider war es zu hell, als dass sie die Lichter genießen konnte.

Laura führte Kristján zu dem kleinen Kunsthandwerksgeschäft, in dem sie die Kugeln für ihn und ihre Freunde gekauft hatte. Obwohl er sich bemühte, interessiert zu wirken, merkte sie ihm an, dass es nicht seine Welt war. Daher kaufte sie schnell Figuren der Wichtel und der Katze, noch ein paar Weihnachtskugeln und einen Lichterbogen, bevor sie zum Auto zurückkehrten.

Als etwas ihren Blick fing, blieb Laura stehen, so unvermutet, dass Kristján in sie hineinstolperte.

»Ist etwas, mein Herz?«, fragte er.

»Schau nur.« Sie lachte laut auf. »Statt eines Männchens zeigt die Ampel ein rotes Herz.«

»Für Menschen wie uns.« Kristján zog sie in seine Arme und gab ihr einen langen Kuss. »Für Menschen, die ihr Glück an Weihnachten finden.«

Kapitel 26

Laura konnte es kaum fassen, dass in drei Tagen bereits Heiligabend war. Unglaublich, wie schnell die Zeit vergangen war. Seitdem Kristján und sie zueinandergefunden hatten, raste die kostbare Zeit noch schneller dahin.

»Lohnt es sich überhaupt noch, die Pferde zu satteln?«, fragte Laura, als sie aus Akureyri zurückkamen. Es würde höchstens noch zwei Stunden hell sein.

»Für die kommenden Tage haben sie schlechtes Wetter angesagt.« Kristján nahm ihre Hand und küsste deren Innenfläche, was Laura einen Schauder über den Rücken jagte. »Wir sollten die Chance nutzen. Lass uns die Einkäufe verstauen, und dann holen wir die Pferde.«

»Erst muss ich mit meiner Tochter skypen. Das habe ich ihr versprochen.«

»Dann kümmere ich mich um die Pferde, damit du deine Ruhe hast.«

»Danke.«

Kristján zog sie in seine Arme und küsste sie. »Lass mich nicht zu lange warten.«

»Ich gebe mir Mühe.« Laura riss sich los und eilte ins Haus. Während sie die Lebensmittel im Kühlschrank und in den Schränken verstaute, fing Kristján die Pferde ein und sattelte sie, was Laura aus dem Küchenfenster beobachtete. Ihn mit den Pferden zu sehen machte sie einfach glücklich, und sie konnte es kaum erwarten, mit ihm auszureiten. Aber sie hatte Merle versprochen, sich heute zu melden.

»Mama, wie schön, dass du anrufst.« Merle wirkte gelöst und fröhlich wie schon lange nicht mehr. Ob sich ihre Tochter ebenfalls verliebt hatte?

»Liebes, du siehst glücklich aus. Was ist passiert?«

»Papa hat angerufen, er hat sich von Vanessa getrennt. Ist das nicht toll?«

»Oh«, war das Einzige, was Laura dazu einfiel.

»Wir können wieder eine richtige Familie werden«, sagte ihre Tochter. »Das wäre schön, oder? Natürlich verstehe ich, wenn du sauer bist, aber trotzdem kannst du Papa eine Chance geben? Du liebst ihn doch.«

Laura war hin- und hergerissen. Einerseits wollte sie ihre Tochter nicht enttäuschen, andererseits hatte sie sich in Kristján verliebt. Und wenn sie ehrlich war, hatte sie schon länger nicht mehr an Dominik gedacht. Sicher, sie wusste nicht, ob aus Kristján und ihr je mehr werden würde als ein wunderbarer Urlaubsflirt. Aber wollte sie wieder mit Dominik leben? Kein Frühstück mehr ans Bett, keine veganen Pfannkuchen, selbst wenn die furchtbar schmeckten, kein Island, keine Pferde, kein Kristján mehr in ihrem Leben? Bei der Vorstellung drohte Lauras Herz zu brechen.

»Mama.« Merle sah sie bittend an. »Versprich mir, darüber nachzudenken.«

»Ich weiß nicht, wie das funktionieren sollte«, sagte Laura schließlich. »Dein Vater hat mich so tief enttäuscht. Ich kann mir schwer vorstellen, wie ich ihm verzeihen soll.«

»Du musst es ja nicht gleich entscheiden, nicht wahr? Was hast du für einen schönen Schal?«, fragte Merle abrupt, als wollte sie das Thema wechseln.

»Den habe ich selbst gestrickt und bin sehr stolz darauf. Soll ich dir auch einen stricken?«

»Ich glaube, in Australien brauche ich den nicht.«

»Aber du wirst wieder nach Deutschland kommen, oder?«

»Bestimmt.« Merle zögerte merklich. »Aber es gefällt mir hier schon sehr gut.«

»Willst du mir sagen, dass du für immer in Australien bleiben willst?«

»Das weiß ich noch nicht. Ich muss los, Mama, ich muss ins Bett, ich muss morgen früh raus.«

»Tschüss.« Laura klappte das Notebook zu und stieß einen Seufzer aus. In Deutschland war Laura ihr Leben oft gleichförmig und fast schon langweilig vorgekommen, und jetzt überschlugen sich die Ereignisse.

Ihr Mann verließ sie für eine Jüngere, ihr Mann trennte sich von der Jüngeren, sie verliebte sich in einen Isländer, und ihre Tochter plante, für immer in Australien zu bleiben.

Auch wenn Merle das abgestritten hatte. Aber Laura kannte ihre Tochter zu gut, als dass sie nicht ahnte, was sie vorhatte.

Aber darüber wollte sie später nachdenken, jetzt musste sie sich auf den Ritt konzentrieren. Eines hatte sie gelernt: Ein Pferd spürte es, wenn man abgelenkt war, und reagierte darauf. Also atmete sie tief ein und aus und schob alle Gedanken an Dominik und Merle in den Hintergrund.

Als sie sich im Flur in den Overall zwängte, klingelte ihr Smartphone. Auf einem Bein hüpfte sie in die Küche, wo sie es hatte liegen lassen.

»Liebes, wie geht es dir?«, hörte sie die Stimme ihrer besten Freundin.

»Belle, wie schön, ich habe nicht viel Zeit. Kristján und die Pferde warten.«

»Also kommst du nicht nach Reykjavík.«

Laura schlug sich die Hand vor den Mund. Dass sie vor Kurzem noch nach Reykjavík flüchten wollte, hatte sie schon fast wieder vergessen.

»Oh, ich hätte dich anrufen sollen, aber die Ereignisse haben sich überschlagen.« Laura schloss die Augen. »Ich habe deinen Rat befolgt und lebe völlig im Moment. Wie läuft es mit Rick?«

»Fast schon zu perfekt.« Belles Tonfall klang zögernd. So kannte Laura sie gar nicht. »Ich fürchte, ich verliebe mich.«

»Du?« Laura konnte es kaum glauben. »Erzähl.«

»Geh du zu deinem Kristján und den Pferden. Wir telefonieren später.«

Bevor Laura etwas sagen konnte, hatte Belle bereits aufgelegt. Als sie vor die Tür trat, warteten ihr Liebster und die

Pferde bereits auf sie. Der Wind frischte auf, pfiff um die Hausecken und biss ihr in die Wangen. Laura zog den Schal höher, aber der Wind war durchdringend und zog und zerrte an ihr, bis sie sich umwandte, um ihm zu entgehen. Nun konnte sie verstehen, warum die Islandpferde sich immer mit den Hintern in Windrichtung drehten.

In Deutschland hätte sie bei dem Wetter darauf verzichtet, vor die Tür zu gehen, aber Kristján hatte ihr einen landschaftlich schönen Ritt versprochen. Also zog Laura den Schal ein wenig enger und den Reithelm etwas tiefer ins Gesicht und stellte sich dem Wind entgegen.

»Es ist Islandpferde-Wetter«, rief Kristján ihr über das Tosen des Windes zu. »Sie werden heute mutiger und lauffreudiger sein als in den vergangenen Tagen.«

»Das kann ja heiter werden.« Sie tätschelte Vinurs Hals. »Auf dich kann ich mich verlassen, nicht wahr?«

»Kannst du die beiden halten, damit ich meinen Overall anziehen kann?« Kristján kam zu ihr, um sie leidenschaftlich zu küssen. »Das muss aber vorher noch sein.«

In ihrem Magen schienen Blumen zu erblühen, und ihr Herz vollführte einen Purzelbaum. Jeder Kuss von ihm fühlte sich an wie der erste, jeder Kuss von ihm war einzigartig, und sie konnte sich nicht mehr vorstellen, ohne Kristján zu sein. Voller Glück sah sie ihm nach, als er zur Haustür ging. Er war wirklich ein ausnehmend attraktiver Mann, selbst mit den langen Haaren, was sie bei Männern eigentlich nicht mochte, aber zu Kristján passte es einfach. Es gefiel ihr sogar. Mein Wikinger, dachte sie und lächelte.

Sie mochte das Gefühl der Schwielen an seinen Händen,

wenn er über ihre Haut strich. Sie genoss jede Berührung, selbst das Kratzen seines Barts fühlte sich gut an. Der dunkle Klang seiner Stimme jagte ihr Schauder über den Rücken, und ein Blick in seine gletscherblauen Augen ließ ihre Knie weich werden. Sie konnte es kaum erwarten, dass er endlich zurückkehrte. Wie gelang es ihm nur, in diesem furchtbaren Overall so gut auszusehen?

»Ab mit dir aufs Pferd.« Kristján beugte sein Knie, damit sie es als Aufstiegshilfe nutzen konnte. »Vinur kann es kaum erwarten.«

»Ich auch nicht.« Laura kletterte auf den Rücken des windfarbenen Wallachs und beugte sich zu Kristján hinab, um ihn zu küssen. Sie beobachtete ihn, als er schwungvoll auf seinen Rapphengst stieg, und ihr Herz flutete über vor Liebe.

Als sie Vinur die Hilfen gab, verfiel er in einen ruhigen Schritt. Laura staunte darüber, wie sicher sie inzwischen im Sattel saß, wie selbstverständlich ihr Körper sich den Bewegungen des Pferdes anpasste und wie vertraut ihr das Islandpferd geworden war.

Ihr Weg führte sie zu einem kleinen Bachlauf. Kristjáns Pferd sprang elegant darüber hinweg, aber Vinur stemmte die Hufe in den Boden und weigerte sich, einen Schritt ins Wasser zu tun. Er blieb stehen, selbst als Laura ihm die Hacken in die Seiten drückte.

»Du musst nach vorn sehen und daran denken, wie ihr gemeinsam den Fluss überquert«, sagte Kristján, der seinen Rappen gewendet hatte und zu ihnen zurückkehrte. »Glaub an dich und an ihn.«

Obwohl Laura stark bezweifelte, dass ihr Pferd Gedanken lesen konnte, konzentrierte sie sich darauf, sich vorzustellen, wie Vinur über den Bach sprang und sie gemeinsam ihren Weg fortsetzten.

»Lass ihm die Zügel länger«, rief Kristján ihr zu.

»Wird er dann nicht umdrehen?«

»Vertrau euch beiden.«

»Also gut.« Laura ließ die Zügel lang und blickte Kristján an, um sich und ihr Pferd davon zu überzeugen, dass sie den Bachlauf überqueren könnten.

Zu ihrer Überraschung senkte Vinur den Kopf, setzte einen Huf ins Wasser und machte dann einen gewaltigen Satz.

»Wer zuerst auf dem Hügel ist, muss heute Abend nicht kochen«, rief Kristján ihr zu.

»Ich wusste nicht, dass es einen Wettbewerb gibt!«, rief Laura, doch da galoppierte Kristján bereits an. Sie musste ihrem Pferd keine Hilfen geben, Vinur sprang sofort los und schien genauso begierig zu sein wie sie, sich mit Kristján und seinem Pferd zu messen.

Die Hufe trommelten über den Schnee. Als sie Kristján erreicht hatte, trafen sie Schneebrocken, die Halastjarnis Hufe hochwirbelten. Laura senkte den Kopf tief über Vinurs Mähne und feuerte ihr Pferd mit einem Schnalzen an. Sie vertraute darauf, dass Vinur sie sicher ans Ziel bringen würde. Obwohl der Wallach sich streckte, gelang es ihm nicht, Kristján und seinen Hengst einzuholen.

Beide wartete auf dem Gipfel des kleinen Hügels, und ihr Liebster grinste breit, als Laura ihr Pferd anhielt und nach Atem rang.

»Schön, dass ihr euch auch noch herbemüht.«

»Du hast geschummelt«, warf sie ihm gespielt zornig vor. »Während ich noch überlegte, bist du bereits losgerast.«

»Such keine Ausrede dafür, dass du so langsam warst.« Seine Augen leuchteten, ein Lächeln erhellte sein Gesicht. »Ich werde dir beim Kochen helfen, denn ich würde dich sonst zu sehr vermissen.«

»Das ist sehr freundlich von dir«, erwiderte sie und hoffte, dass ihr Gesicht ihre wahren Gefühle nicht verriet. Noch war alles zu frisch und zu unsicher, als dass sie ihm ihre Liebe erklären wollte. »Wir sollten umkehren.«

Hoffentlich stimmte es, dass Pferde immer den Weg zurück nach Hause fanden, denn inzwischen war der Himmel grau geworden, so grau, dass man nur noch wenige Meter weit sehen konnte. Der angekündigte Sturm schien näher zu kommen. Laura drehte den Kopf nach rechts und nach links, aber für sie sah das alles gleich aus. Eine Wüste voller Schnee. Wir können uns an unseren Spuren orientieren und müssen nur in ihnen zurückreiten, dachte sie und war erleichtert, bis sie bemerkte, dass es mehrere Spuren gab, die sich kreuzten und überschnitten und in alle Richtungen wiesen.

Glücklicherweise tauchte schon bald die vertraute Silhouette des Hofs vor ihnen auf.

»Was ist mit dir?« Kristján musterte sie prüfend. »Du bist angespannt. Vinur bemerkt das auch. Ist es wegen des Wetters? Der Sturm kommt frühestens morgen.«

»Meine Tochter«, begann Laura, aber dann wusste sie nicht, was sie sagen sollte.

»Ja?«

»Meine Tochter hat mir erzählt …«

»Oh nein, wer ist das denn nun schon wieder?«, unterbrach Kristján sie und deutete auf den Hof. Es kam Laura vor wie ein Déjà-vu. Sie ritt hinter Kristján auf den Hof, und dort stand jemand, den sie kannte und den sie niemals hier erwartet hätte.

»Nein!« Vor Überraschung zog sie so stark an den Zügeln, dass Vinur protestierend wieherte. »Nein, das kann nicht wahr sein.«

Kapitel 27

»Dominik! Was willst du hier?« Lauras Stimme überschlug sich, und Vinur tänzelte nervös auf der Stelle. Beruhigend strich sie ihm über den Hals.

»Kommt jetzt ständig jemand unangemeldet aus Deutschland vorbei?«, grummelte Kristján. Er nickte Dominik knapp zu, bevor er sein Pferd zum Stall ritt und es anband.

»Was willst du hier, Dominik?«, wiederholte Laura und bemühte sich nicht einmal, Irritation und Ärger aus ihrem Tonfall zu halten.

»Willst du nicht erst einmal vom Pferd steigen?« Dominik lächelte sie an. Mit diesem Lächeln, in das sie sich vor zwanzig Jahren verliebt hatte und das sie ewig nicht mehr gesehen hatte. Nun half ihm dieses Lächeln auch nicht mehr, zu stark war ihr Zorn über seinen unerwarteten Besuch.

»Ja, ja, klar«,, stammelte sie und ärgerte sich sofort, dass sie nicht gelassener reagieren konnte. »Ich sattele das Pferd ab und stelle es in den Stall. Dann können wir reden.«

»Gibt es hier keinen Stallburschen?«, hakte Dominik nach.

»Jeder Reiter ist für sein Pferd selbst verantwortlich«, erklärte Laura mit fester Stimme.

Sie stieg aus dem Sattel und wäre beinahe gestürzt, weil ihre Beine sich wackelig anfühlten. Im letzten Moment hielt sie sich an Vinurs Mähne fest. Nachdem sie sich beruhigt hatte, zog sie das Pferd von Dominik weg. Vinur hatte sich ihm neugierig genähert, wohl in der Hoffnung, eine Möhre abzustauben.

Kristján hatte seinen Hengst bereits auf die Koppel gebracht und kam ihr nun entgegen. Mit zitternden Fingern band Laura Vinur das Halfter um. Da trat der Isländer neben sie und fragte mit rauer Stimme: »Das ist dein Mann, nicht wahr?«

»Ja, nein, ich weiß nicht. Mein Ex, glaube ich jedenfalls«, platzte sie heraus. »Es ist kompliziert.«

»Dann geh zu ihm, ich kümmere mich um Vinur.« Seine Stimme klang rau, der Tonfall glich eher einem Knurren. Wenig erinnerte an den glücklichen Mann, mit dem sie eben noch um die Wette galoppiert war.

»Das mache ich.« Laura brauchte die Zeit, um sich an den Gedanken zu gewöhnen, dass Dominik plötzlich in Island aufgetaucht war. »Kristján, ich wusste nicht, dass er kommt. Er hat sich von mir getrennt.«

»Du musst nichts erklären. Geh zu deinem Mann.« Sein Tonfall war eisiger als der Vatnajökull. Laura zuckte zurück.

»Kristján, bitte«, begann sie, aber er drehte sich weg von ihr. Sein Rücken strahlte so viel Abwehr aus, dass sie es aufgab, mit ihm reden zu wollen. Sie sattelte ab, putzte Vinur und verließ den Stall.

Immerhin war sie nun zornig genug, um ihrem Mann entgegenzutreten. Wie typisch für Dominik, dass er erwartete, sie würde ihn mit offenen Armen empfangen. Tief atmete Laura die kalte Luft ein. Der Schnee knirschte unter ihren Stiefeln, und sie zog ihren Overall enger um sich.

Dominik schaute ihr lächelnd entgegen, als erwartete er, dass sie sich dankbar in seine Arme werfen würde. Möglicherweise hätte die alte Laura das getan, aber die neue Laura war ein anderes Kaliber. »Was soll das?« Sie baute sich vor ihm auf, stemmte die zu Fäusten geballten Hände in ihre Hüften. »Woher weißt du überhaupt, dass ich hier bin?«

»Merle.«

Mist, das hätte Laura sich nach dem Telefonat mit ihrer Tochter denken können. Merle wünschte sich, dass ihre Eltern wieder zusammenfänden, und hatte daher das Naheliegendste getan. Ich bin selbst schuld, dachte Laura, weil ich Merle schonen wollte und ihr nicht deutlich gezeigt habe, wie sehr Dominiks Verhalten mich getroffen hat. Kein Wunder, dass sie sich noch Hoffnungen macht, dass ihre Eltern wieder zueinanderfinden.

»Zum dritten und hoffentlich letzten Mal: *Was* willst du hier?«

»Ach, Laura, ich habe einen Riesenfehler gemacht.« Dominik bemühte sich, ein zerknirschtes Gesicht zu machen. Aber sie kannte ihn gut genug und fiel nicht auf diese Masche rein. Bevor sie etwas sagen konnte, kam Kristján aus dem Stall gestürmt, musterte sie beide von oben bis unten und sagte dann: »Ein Sturm kommt auf, ich überprüfe die hinteren Weiden. Ihr habt also genug Zeit für euch allein.« Mit großen Schritten stampfte er davon.

»Das ist also die viel gerühmte isländische Freundlichkeit. Wie hältst du das nur aus?« Dominik schüttelte den Kopf und lächelte sie an. »Laura, ich war ein Idiot.«

»Ja«, sagte sie nur, denn dieser Selbsterkenntnis konnte sie auf keinen Fall widersprechen. »Soll das eine Entschuldigung sein?«

»Das muss die Midlife-Crisis gewesen sein.« Er schaute sie flehend an. »Ich … ich will nicht mit Vanessa zusammen sein, ich will mit dir zusammen sein.«

»Das fällt dir jetzt ein. Nach zwei Monaten. Zwei Monaten, von denen ich weiß.« Laura erschrak selbst über die Bitterkeit in ihrer Stimme. »Was hat deinen Sinneswandel bewirkt? War sie zu fordernd für dich?«

»Autsch!«, sagte er nach einem Moment des Schweigens. »Aber das habe ich wohl verdient. Nenn mir deinen Preis. Ich werde alles tun, um es wiedergutzumachen. Ich habe einen Riesenfehler gemacht, und ich …«

Sie hob die Hand, um ihn zum Schweigen zu bringen. In ihrem Kopf rasten die Gedanken und purzelten übereinander. Es wäre so einfach, wieder zu ihrem Ehemann zurückzukehren. Zu ihm und ihrem alten Leben mit seinen Grenzen, aber auch seiner Sicherheit. Zurück zu Dominik, den sie so gut kannte, während sie über Kristján so gut wie gar nichts wusste. Nun ja, ganz so gut kannte sie ihren Ehemann wohl nicht, sonst hätte er sie nicht mit seiner Affäre überrascht.

»Komm mit ins Haus«, sagte sie schließlich. »Das ist kein Gespräch für draußen auf dem Hof. Ich koche uns einen Tee.«

Als wollte der Himmel ihre Worte unterstreichen, rissen in diesem Moment die tief hängenden Wolken auf, und dicke Schneeflocken fielen herab. So plötzlich und so stark, dass Laura Dominik kaum noch sehen konnte, obwohl er nur eine Armlänge entfernt stand. Hoffentlich kommt Kristján bei diesem Wetter bald wieder zurück, schoss Laura durch den Kopf. Hoffentlich ist er meinetwegen nicht so wütend, dass er seine Sicherheit außer Acht lässt.

»Nun komm schon«, fuhr sie ihren Mann an und zog sich schnell die Jacke über den Kopf, bevor sie in Richtung der Tür spurtete, so schnell es die Reitstiefel zuließen. Obwohl es nur ein kurzer Weg war, war sie eingeschneit, als sie die Tür endlich erreicht hatte. Kalt rieselte der Schnee in ihren Nacken, und sie schüttelte sich. Mit aller Kraft stieß Laura die Tür auf und genoss die Wärme, die ihr entgegenstrahlte.

Einen Moment später kam auch Dominik herein, er wirkte mit seiner eleganten Winterkleidung seltsam unpassend in dem kleinen gemütlichen Haus. Laura zog ihre Stiefel aus und öffnete den Reißverschluss des Overalls. Aus dem Augenwinkel bemerkte sie, wie Dominik grinste.

»Das Rot steht dir«, sagte er schließlich. »Der Overall sieht … warm aus.«

»Das ist er auch.« Sie zog das Kleidungsstück aus und deutete auf Dominiks Füße. »Bitte zieh die Schuhe aus, das macht man hier so.«

»Gibt es Hausschuhe?«

»Nein, aber dicke Socken.« Laura griff nach einem Paar, das auf dem Schuhregal lag.

»Meinetwegen.« Neugierig sah Dominik sich um, und Laura konnte an seinem Blick ablesen, wie wenig er von Kristjáns Heim hielt. Ja, die Möbel waren bestimmt von seinen Eltern geerbt, aber trotzdem strahlte es etwas Gemütliches aus.

»Geradeaus ist das Wohnzimmer. Ich koche Tee, oder willst du einen Kaffee?«

»Soll ich dir helfen?«, fragte Dominik jetzt.

Laura stutzte. Das war wirklich ein neuer Dominik.

»Nein, lass mal, setz du dich hin.«

Doch er ging nicht ins Wohnzimmer, sondern blieb auf dem Flur stehen und wirkte wie ein kleiner Junge, der auf dem Schulausflug verloren gegangen war.

»Himmel, dann komm halt mit.« Sie ging in die Küche, nahm zwei Beutel des bitteren Kräutertees und setzte Wasser auf. »Wie lange willst du bleiben?«

»Solange du willst. Merle hat mir erzählt, hier wären noch Zimmer frei.«

Seine Unverfrorenheit nahm ihr den Atem.

»Du kannst nicht einfach über Kristján und sein Haus verfügen.«

»Aha, ihr seid also schon bei Kristján und Laura?«

Das war anscheinend das Einzige, was ihn interessierte.

»Hier in Island nennen sich alle beim Vornamen. Und es gibt auch nicht so was wie das förmliche Sie wie bei uns.« Sie goss das Wasser auf. »Wenn du einen der Reiseführer für *unsere* Reise gelesen hättest, wüsstest du das.«

»Ich hatte es vor. Wirklich.« Dominik seufzte.

»Es gibt hier wenige Einwohner. Im ganzen Land nur ein paar Tausend mehr als in Bochum. Daher hilft man einander und ist nicht so förmlich wie bei uns.« Sie überlegte kurz. »Was ich übrigens sehr angenehm finde.«

»Das ist neu.«

»Also, sag schon, was willst du?«

»Ich meine das wirklich ernst, Laura.« Dominiks zerknirschter Gesichtsausdruck erinnerte sie an einen dieser Faltenhunde, was sie zum Kichern brachte. Das wiederum irritierte ihn so, dass die Zerknirschung einem beleidigten Gesichtsausdruck wich. »Ich finde das nicht lustig.«

»Ich fand es auch nicht lustig, dass du mich völlig aus dem Nichts damit konfrontiert hast, dass ich abserviert werde.« Sie seufzte. »Hast du dir je überlegt, was das für mich bedeutet? Wie ich mich gefühlt habe?« Obwohl sie den Streit nicht führen wollte, war sie so tief getroffen, dass ihr die Worte entglitten.

»Es wäre mir falsch vorgekommen, dich an deinem Geburtstag zu belügen«, sagte Dominik jetzt aufgebracht.

»Aber vorher hattest du damit kein Problem?«

»Ach, Laura.« Er seufzte, als wäre sie diejenige, die den ganzen Schlamassel verursacht hatte. »Ach, Laura.«

»Komm mir nicht mit ›ach, Laura‹. Dominik, du hast mich zutiefst verletzt. Kannst du dir nicht vorstellen, was das für mich bedeutet hat?«

Er starrte sie nur an. Die Eieruhr klingelte, und Laura nahm die Teebeutel heraus, froh darüber, eine Beschäftigung gefunden zu haben.

»Hier.« Sie drückte Dominik zwei Tassen in die Hand und nahm selbst die Teekanne. Die Wärme tat ihr gut nach der Kälte des Ausritts und der frostigen Atmosphäre zwischen Kristján und ihr. Mit der Kanne ging sie ins Wohnzimmer, und Dominik folgte ihr.

»Setz dich«, sagte sie, weil Dominik wie bestellt und nicht abgeholt mitten im Raum stand.

»Wohin?« Sein Blick wanderte von dem Sofa hin zu einer Decke voller Katzen- oder Pferdehaare, die auf dem alten Schaukelstuhl lag. Sein Gesicht verzog sich, was Laura ärgerte, weil sie den Raum nun durch seine Augen betrachtete. Mit einem Seufzen wählte Dominik den Sessel, stellte die Tassen auf den kleinen Beistelltisch und ließ sich nieder.

»Vorsicht!«, rief Laura, aber zu spät. Dominiks Hintern hatte die Polster noch nicht berührt, als ein wütendes Fauchen ertönte. Denn ihr Ex-Mann hatte zielsicher den Sessel ausgewählt, auf dem der Kater gut getarnt schlief.

»Himmel, das Biest hat mich gebissen!« Dominik sprang hoch wie von der Tarantel gestochen, während hinter ihm der Kater über die Sessellehne hinweg genauso schnell hinaus in den Flur schoss. »Hoffentlich hat das Vieh nicht Tollwut.« Panisch untersuchte er seine feste Winterhose, auf der zwei winzige Zahnabdrücke zu sehen waren.

»Stell dich nicht so an!«, fuhr Laura ihn an. »Der Kater hat kaum noch Zähne.«

»Früher hattest du mehr Mitgefühl.« Er musterte sie. »Bedeute ich dir gar nichts mehr? Wir hatten doch gute Jahre.«

Obwohl sie wütend auf ihn war, musste sie ihm zustimmen. Es hatte gute Zeiten gegeben. Sie deutete auf den Sessel: »Setz dich. Jetzt ist es ungefährlich.«

Er öffnete den Mund, aber schloss ihn dann wieder, ohne etwas zu sagen. Nachdem sie Dominik und sich Tee eingegossen und sich aufs Sofa gesetzt hatte, kehrte der Kater zurück. Er sprang neben sie aufs Sofa, aber außerhalb ihrer Reichweite. Er legte sich hin und starrte Dominik aus seinen verengten gelbgrünen Augen an. Man konnte förmlich sehen, was der Stubentiger dachte: »Geh weg! Verschwinde aus meinem Sessel!«

»Bist du sicher, dass er keine Räude oder so was hat? So zottelig, wie er aussieht.«

»Er ist nur alt.« Traurigkeit vermischte sich mit Zorn. »Es kommt nicht auf das Äußere an, so hast du früher auch gedacht.«

»Ich hab's verstanden. Laura, bitte lass uns Waffenstillstand schließen. Für Merle.« Dominik sah sie mit flehender Miene an.

»Lass unsere Tochter aus dem Spiel. Das betrifft erst einmal nur uns beide.« Laura seufzte. »Dominik, du kannst nicht einfach hier auftauchen und erwarten, dass ich dir begeistert in die Arme stürze. Wie soll ich dir je wieder vertrauen?«

»Ich verspreche dir, ich tue alles, um mir dein Vertrauen wieder zu verdienen.« Dominik wirkte ehrlich erschüttert. »Sag mir, was du dir von mir wünschst, ich tue es.«

Seine Stimme war ihr so vertraut, ebenso die Geste, mit der er sich durchs Haar fuhr. Zwanzig Jahre waren eine lange Zeit – sollte sie nicht in der Lage sein, ihm einen Fehler zu verzeihen? Und was war mit Kristján? Hatte sie nur Angst, sich auf ihn einzulassen? Was sollte sie bloß tun?

»Dominik, das ist nichts, was sich durch eine Entschuldigung und eine gute Tat so einfach wiedergutmachen lässt.«

»Du hast recht, ich war egoistisch und habe dir wehgetan. Aber ich habe viel nachgedacht, und ich möchte dir sagen, dass ich dich immer noch liebe.«

Laura suchte nach Worten.

Dominik wollte noch etwas hinzufügen, doch er wurde durch einen Ruf von draußen unterbrochen.

»Kristján! Kristján!« Jemand hämmerte erst gegen die Tür und stürmte dann in den Flur. Es war Erla Hulda. Ihre Jacke war voller Schnee, ihr Gesicht gerötet, und sie atmete, als wäre sie den ganzen Weg von ihrem Hof hierher zu Fuß gelaufen. »Laura, wo ist Kristján? Es ist etwas Furchtbares passiert.«

Kapitel 28

»Erla Hulda, was ist los? Du machst mir Angst.« Laura musterte die Isländerin, die vollkommen aufgelöst wirkte. »Ist Kristján etwas passiert?«

»Wo ist er?«, brachte Erla Hulda erneut keuchend hervor. »Er geht nicht an sein Telefon.«

»Er wollte zu den Weiden.« Automatisch zog Laura den linken Daumen zum Mund und knabberte an ihrem Fingernagel. Als sie es bemerkte, zog sie ihn mit der rechten Hand weg. »Das ist Dominik, mein … mein … Was ist los?«

»Kannst du Kristján erreichen?« Erla Hulda wirkte so aufgeregt, dass Lauras Puls anstieg. »Der Sturm hat den Zaun an der Ostweide zerstört.«

Laura brauchte einen Moment, bis sie die Tragweite von Erla Huldas Aussage begriff.

»Dort …« Sie konnte es kaum aussprechen. »Dort, wo Drifa steht?«

»Kristján muss sofort herkommen.«

Da Erla Hulda ihre Frage nicht beantwortet hatte, stieg Lauras Nervosität ins Unermessliche. Dominik sah sie nur mit großen Augen an. In einer Krise war er wirklich keine Hilfe.

»Ich verstehe immer noch nicht, was los ist?«, brachte sie zitternd hervor. Niemals wäre Erla Hulda so durcheinander, wenn es nur um einen kaputten Zaun ginge.

»Drifa ist weg. Ich fürchte, sie ist auf dem Weg zu der Stelle, wo sie ihr Fohlen verloren hat.« Erla Hulda presste ihre Hände an die Wangen. »Wir müssen sie finden, bevor der Sturm stärker wird.«

»Versuch du bitte weiter, Kristján anzurufen.« Laura hatte eine Entscheidung getroffen. Ihr Herz überschlug sich vor Sorge, Sorge um Kristján, aber auch um die Stute. »Ich hole meine Jacke und eine Taschenlampe.«

»Laura, was hast du vor?« Zum ersten Mal meldete sich Dominik zu Wort. Er deutete zum Fenster. »Draußen tobt ein Schneesturm. Du musst verrückt sein, wenn du da raus-gehst.«

Mit einem Ohr hörte Laura, wie Erla Hulda hektisch auf Isländisch ins Telefon sprach.

»Dominik, für Diskussionen habe ich jetzt keine Zeit«, sagte sie scharf.

»Wie willst du vorankommen? Habt ihr Schneemobile oder so was?«

»Wir haben etwas, das besser ist. Wir haben Island-pferde.« Laura fühlte eine Stärke in sich aufsteigen, die sie von sich nicht kannte.

»Das glaube ich jetzt nicht.« Er schüttelte den Kopf.

»Kristján kommt, er wird gleich hier sein.« Erla Hulda schaute von Laura zu Dominik. »Ich mache mich auf die Suche«, sagte sie dann.

»Ich begleite dich.« Laura wandte sich zu ihrem Ehemann. »Falls Kristján zurückkommt, sage ihm bitte, dass wir in Richtung der Höhle unterwegs sind.«

Dominik nickte, und dann schüttelte er den Kopf. Wenn er gefragt hätte, ob er helfen könnte, dann hätte sie ihm möglicherweise eine Chance gegeben.

»Du willst doch nicht dein Leben für einen Gaul riskieren?«, brachte er jetzt hervor.

»Es ist ein Pferd, Dominik. Und ich riskiere nicht mein Leben, ich versuche, eines zu retten.«

»Ich warte hier auf dich. Wenn du zurückkommst, fahren wir in die Stadt und reden über alles.«

»Erst einmal kümmere ich mich um Drifa.« Laura konnte nicht fassen, dass Dominik in diesem Moment über ihre Beziehung verhandeln wollte.

»Seit wann sind dir Pferde so wichtig?«, hakte Dominik jetzt nach.

»Das verstehst du nicht.« Sie ging an ihm vorbei, suchte die dickste Jacke und feste Handschuhe sowie ein weiteres Paar Strümpfe. Schließlich schlüpfte sie in den Overall und fühlte sich unbeweglich.

Erla Hulda wartete an der Tür und trat von einem Bein aufs andere. Laura folgte ihr nach draußen. Dort sah sie hoch zum Himmel und schauderte. Sie kannte Schneefall aus Deutschland, aber das war keinesfalls vergleichbar mit dem gewaltigen Wetter, das ihr jetzt entgegenschlug. Kaum war sie aus der Tür getreten, biss der eisige Wind ihr in die Wangen und wehte ihr dicke Schneeflocken ins Gesicht und auf die Brille. Laura blinzelte, konnte aber nur wenige Schritte weit sehen, weil die Schneeflocken eine dichte Wand bildeten. Angst stieg ihr ins Herz: Wie sollten sie Drifa in dieser Schneehölle finden? Sie musste darauf vertrauen, dass Erla Hulda sich in der Gegend auskannte und dass ihre Islandpferde ihnen zur Seite stehen würden.

Obwohl Laura sich um Drifa sorgte, blieb sie einen Moment stehen, um Erla Huldas Grauschimmel zu bewundern.

»Was für ein wunderschönes Pferd.« Die prachtvolle Mähne und der lange Schweif ließen den großrahmigen Hengst noch imposanter wirken. »Wie heißt er?«

»Ich habe ihn Sleipnir getauft, denn auch Odins Pferd war ein Grauschimmel.« Erla Hulda gab dem Pferd ein Leckerli, woraufhin es sie mit der Nase anstupste. »In den Sagas schrieb man grauen Pferden besondere Macht zu.«

»Hoffentlich stimmt das, und er hilft uns, Drifa zu finden«, überlegte Laura. »Wir können jede Unterstützung gebrauchen. »Ich hole Vinur und Halfter und Strick für Drifa.«

»Danke.«

Mit gesenktem Kopf stemmte Laura sich dem Sturm entgegen. Die paar Schritte bis zur Weide kamen ihr unendlich lang vor. An den Stellen, an denen ihre Haut dem Schneesturm ungeschützt ausgesetzt war, fühlte es sich an, als ob jemand auf sie einprügelte. Sie senkte den Kopf noch ein bisschen tiefer und beeilte sich.

Dicht an dicht drängten sich die Pferde aneinander und drehten ihre Hinterteile dem Wind zu. Eiskristalle glitzerten in ihrem Fell und in ihren Mähnen. Nun verstand Laura, warum die kleinen Pferde das zottelige Fell brauchten.

Hoffentlich würde es ihr gelingen, Vinur gleich zu fangen. Manchmal machten sich die Islandpferde einen Spaß daraus, vor den Menschen davonzulaufen, als wollten sie übermütig spielen.

Doch Vinur schien zu spüren, wie wichtig es war, dass er sich benahm, und ließ sich problemlos einfangen, satteln und trensen. Die Handgriffe waren inzwischen so eingeübt, dass sie wie automatisch abliefen. Laura zog den Gurt noch einmal an, bevor sie gemeinsam mit Vinur gegen den Sturm ankämpfte, um zu Erla Hulda zu gelangen.

»Kristján holt Hunar, der ist sein zuverlässigstes Pferd.« Erla Hulda trat nervös von einem Fuß auf den anderen. »Arnór wartet an der Ostweide auf uns.«

»Laura«, erklang Kristjáns Stimme laut gegen den Schneesturm. Neben ihm ging ein großer Fuchs mit extrem dichter Mähne und zotteligem Fell. Dem Pferd schien das Unwetter kaum etwas auszumachen. »Laura, du bleibst hier. Es ist zu gefährlich«, sagte Kristján mit fester Stimme.

»Ich helfe euch. Das ist allein meine Entscheidung.« Sie holte tief Luft. »Ich habe genug von Männern, die meinen zu wissen, was ich kann und was nicht.«

Einen Moment sah es so aus, als wollte er ihr widersprechen, aber dann nickte er nur: »Danke.«

»Nicht dafür.« Sie eilte zu ihm, gab ihm einen Kuss und umarmte ihn. »Wir finden sie. Am Ende wird alles gut.«

»Das hoffe ich.« Er erwiderte die Umarmung. »Dann lasst uns aufbrechen. Ich reite am Schluss.«

Laura strich Vinur noch einmal über den Hals, bevor sie sich in den Sattel schwang.

»In welche Richtung müssen wir?«, fragte sie Erla Hulda, die bereits auf dem Rücken von Sleipnir saß.

»Zu den Weiden«, antwortete Erla Hulda und trieb ihr Pferd in einen schnellen Schritt. »Du bleibst am besten in meiner Nähe.«

Laura nickte nur bestätigend, denn jedes Mal, wenn sie zum Sprechen den Mund öffnete, fühlte es sich an, als ob der Sturm ihr Schnee in den Mund rieb. Der Wind fühlte sich eisig an, und sie zog ihren Schal noch etwas höher, um die Lippen zu bedecken. Nun waren nur noch ihre Nase, die Augen und ein Stück ihrer Wangen den Gewalten ausgeliefert, aber das reichte, um sich eiskalt zu fühlen.

Es war ein Wetter, um im Haus zu bleiben, *Gluggaveður* – Fensterwetter, wie man es in Island nannte. Das Schneetreiben sah sicher wunderschön aus, wenn man es aus der Sicherheit und Wärme eines Zimmers anschaute, am besten einen warmen Kakao in der Hand. Direkt den tosenden Gewalten und den wirbelnden Schneeflocken ausgeliefert zu sein ängstigte Laura.

Aber für Drifa und Kristján war sie bereit, ihre Angst zu überwinden und sich um das Pferd zu kümmern. Sie trieb Vinur etwas schneller an, damit sie Erla Hulda und Sleipnir, die vor ihr gingen, nicht aus den Augen verlor. Nun verstand sie, warum die dicken Overalls knallrot waren. Selbst in den wirbelnden und tanzenden Schneeflocken war Erla Huldas Gestalt auszumachen, während ihr Grauschimmel mit der

Umgebung verschwamm und wie das mystische Pferd Odins wirkte.

Während Vinur dem Wetter trotzte und unermüdlich weitertrottete, stiegen in Laura die Fragen auf, die sie beschäftigten. Wollte sie zu Dominik zurückkehren? Wie sollte sie Kristján davon überzeugen, dass ihre Gefühle für ihn echt waren? Aber das hieß ja nicht, dass sie ihr Leben in Deutschland für ihn aufgeben könnte. Mit Dominik verbanden sie zwanzig Jahre, mit dem Isländer nur wenige Tage. Aber was für welche ... War das alles überhaupt von Bedeutung, jetzt, wo Drifa in Gefahr war? Würden sie in dem Unwetter das Pferd überhaupt finden können?

»Am besten trennen wir uns«, sagte Arnór, nachdem sie ihn an den Weiden getroffen hatten. »So können wir ein größeres Gebiet absuchen.«

»Ich reite mit Laura«, sagte Erla Hulda. »Das ist besser so. Sonst ist Kristján zu sehr in Sorge um sie.«

Das klang so, als wäre Laura eine Belastung, aber dann erkannte sie, dass ihre Freundin recht hatte.

»Eine gute Idee«, stimmte sie zu, nickte Arnór und Kristján zum Abschied zu und konzentrierte sich dann darauf, mit Sleipnir Schritt zu halten.

Tränen traten in ihre Augen bei dem Gedanken, dass die unglückliche Stute ihr Leben verlieren würde. Das durfte nicht sein. Egal, was es kosten würde, Laura würde alles geben, um Drifa zu retten.

Durch den Schnee war der Abend nicht ganz so dunkel, wie Laura befürchtet hatte, aber trotzdem konnten sie nur Schritt reiten. Laura hatte jegliches Zeitgefühl verloren, sie wandte den Kopf von rechts nach links und von links nach rechts, um Drifa zu entdecken. Je länger sie unterwegs waren, desto weniger konnte sie sich noch vorstellen, dass sie das Pferd tatsächlich finden würden.

Immer wieder spielten ihre Sinne ihr einen Streich, sie hielt einen schneebedeckten Stein für die Stute, dann ein winziges Bäumchen – mit jedem Irrtum sank ihre Hoffnung.

»Dort ist sie.« Erla Hulda hielt Sleipnir an und zeigte mit der Hand nach vorn. Laura verengte die Augen, aber sie sah nur das Weiß des Schnees und der Schneeflocken. Sie lehnte sich nach vorn. Ja, das konnte der Umriss eines Pferdes sein. Unglaublich, dass Erla Hulda die Stute sofort gesehen hatte.

Als Erla Hulda und Laura sich Drifa näherten, begann diese, nervös in kleinen Kreisen auf und ab zu traben. Vinur wieherte, als wollte er Drifa versichern, dass alles gut war, aber die Stute bäumte sich auf. Sofort hielt Erla Hulda ihr Pferd an, und Laura tat es ihr gleich.

»Wir müssen vorsichtig sein«, flüsterte die Isländerin ihr zu. »Wir müssen versuchen, sie einzufangen.«

Erla Hulda beugte sich zu Laura und wisperte noch leiser: »Drifa darf uns nicht entkommen, sonst finden wir sie möglicherweise nicht wieder.«

Lauras Kehle verengte sich vor Sorge um das Pferd.

»Wie machen wir es?«, flüsterte sie im gleichen Tonfall zurück. »Wollen wir neben sie reiten und ihr das Halfter überstreifen?«

»Das würde unsere Pferde und sie gefährden. Schau nur, wie nervös sie ist.«

Inzwischen war Drifa stehen geblieben, aber so angespannt, als wollte sie sofort losrennen.

»Am besten steigen wir ab und locken sie an.« Erla Hulda sandte ihr ein ermutigendes Lächeln. »Ich habe Leckerlis dabei.«

Laura nickte. Gut, dass die Isländerin daran gedacht hatte, Laura war viel zu aufgeregt gewesen, um sich richtig darauf vorzubereiten, was sie tun würden, wenn sie Drifa fanden. Erla Hulda stieg ab, überreichte Laura die Zügel und näherte sich Drifa mit ausgestreckter Hand, wobei sie leise auf die Stute einsprach. Das Pferd starrte sie an und sprang in einem gewaltigen Satz zur Seite.

»Bitte bleib stehen!«, rief Laura gegen den brausenden Sturm an. »Lass es mich versuchen. Sag du Arnór und Kristján Bescheid, wo wir sind.«

Mit ruhigen Bewegungen und sehr langsam ging Erla Hulda rückwärts auf Laura zu, argwöhnisch beobachtet von Drifa.

»Hat sie sich verletzt?« Es kam Laura vor, als ob die Stute humpelte.

»Sie blutet am Bein.« Erla Hulda presste die Lippen zusammen. »Sei bitte vorsichtig.«

Laura nickte nur, glitt von Vinurs Rücken und übergab der Isländerin die Zügel. Erla Hulda legte ihr ein paar Leckerlis in die Hand und holte ihr Telefon hervor. Leise redete sie auf Isländisch, während Laura sich langsam und bedächtig der Stute näherte.

»Hallo, Schönheit. Schau mal, was ich hier für dich habe.« Der Schnee knirschte unter Lauras Stiefeln, die wirbelnden

Flocken landeten in Augen und Ohren, aber sie ging unbeirrt weiter. »Komm mit uns nach Hause, Süße. Alles wird gut. Das verspreche ich dir.«

Als sie Drifa erreicht hatte, erhob sich das Pferd auf die Hinterbeine und wirbelte mit den Vorderbeinen durch die Luft, gefährlich nah an Lauras Kopf vorbei.

»Nein! Laura, nein, du bist mir wichtiger!«, erklang Kristjáns Stimme hinter ihr. Er musste angekommen sein, während Laura sich ganz auf das Pferd konzentriert hatte. »Bitte sei vorsichtig!«

In dem Moment machte die Stute einen gewaltigen Satz geradewegs auf Laura zu.

Kapitel 29

Laura konnte das Pferd nur anstarren, das sich vor ihr aufbäumte. Drifa rollte mit den Augen, schlug mit den Hufen und kam knapp neben Laura zum Stehen. Die Stute zitterte am ganzen Körper und schien einem Zusammenbruch nahe.

»Nein!« Abwehrend hob Laura den linken Arm, vorsichtig, um Drifa nicht zu erschrecken. »Kristján, bleib, wo du bist.«

Langsam senkte sie den Arm wieder und sprach leise auf die Stute ein, auf Deutsch, weil sie müde und zu durchgefroren war, um nach den englischen Worten zu suchen. »Vertrau mir, Schönheit, du musst mit uns kommen. Du kannst hier nicht bleiben.«

Das Pferd zitterte immer noch, aber es bewegte sich nicht. Nur seine Nüstern bebten, und es schien immer noch angespannt, als könnte es jederzeit losspringen.

Aus dem Augenwinkel bemerkte Laura, dass Kristján, Erla Hulda und Arnór regungslos hinter ihr standen. Sie konnte nur hoffen, dass die drei ihr genug vertrauten und ihr den Spielraum gaben, den sie brauchte.

»Schau her, meine Hübsche, hier ist etwas Leckeres für dich. Es ist zwar kein Fruchtriegel, aber bestimmt genauso gut.« Langsam streckte Laura die Hand nach vorn, wobei sie Drifa im Blick behielt. Die Stute spielte mit den Ohren, aber wirkte etwas ruhiger. Vorsichtig, Zentimeter für Zentimeter streckte sie die Schnauze vor, bis sie Lauras Hand berührte.

Sollte sie jetzt versuchen, dem Pferd das Halfter umzu-legen, überlegte Laura, oder war es zu früh? Als Drifa zwei Schritte auf sie zukam, wallte die Ungeduld in Laura auf, und sie wollte der Stute den Strick um den Hals werfen. Stattdes-sen blieb sie stehen und wartete, bis das Pferd noch näher kam. Bleib ruhig, redete Laura auf sich ein, verdirb es nicht.

Endlich war Drifa so nahe herangekommen, dass Laura einen Versuch wagen konnte. Sie hob das Halfter, und die Stute schob freiwillig ihren Kopf hinein.

Mit zwei großen Schritten war Kristján neben Drifa und nahm ihr den Strick aus der Hand. Gerade zur rechten Zeit, denn Laura fiel um wie ein Baum. Nun, da die Anspannung vorbei war, trugen ihre Beine sie nicht mehr, und sie sank in den Schnee.

Drifa sprang erschrocken zur Seite, aber Kristján hielt sie sicher am Halfter.

»Erla Hulda, kannst du das Pferd halten, bitte?« Sein Ton klang drängend, aber leise, wohl um Drifa nicht noch mehr zu erschrecken.

Nachdem die Isländerin den Strick übernommen hatte,

beugte Kristján sich zu Laura und hob sie hoch, als wäre sie leicht wie eine Feder.

»Bist du wahnsinnig?«, zischte er ihr ins Ohr. »Ich bin tausend Tode gestorben, als Drifa vor dir gestiegen ist.«

»Ich war mir sicher, sie wird mir nichts tun«, antwortete Laura und ließ sich gegen seine Schulter sinken. »Mir blieb keine Zeit, um Angst zu haben.«

»Kannst du zurückreiten?« Nun klang er besorgt und liebevoll. »Wie geht es dir?«

»Alles ist gut. Du kannst mich wieder runtersetzen.«

Kristján entließ sie aus seinen Armen, aber beobachtete sie genau, als ihre Füße den Boden berührten. Laura fühlte sich ein wenig wackelig, aber stabil genug.

»Ich wusste, dass du mutiger bist, als du meinst.« Erla Hulda zwinkerte ihr zu. »Aber du hättest nicht gleich so übertreiben müssen.«

»Anscheinend habe auch ich Feuer im Herzen.« Laura atmete tief aus. »Können wir bitte zurückreiten?«

Erneut hob Kristján Laura hoch, dieses Mal, um sie auf Vinurs Rücken zu setzen. »Wenn dir schwummerig ist, sag mir sofort Bescheid.«

»Ich mag diesen Befehlston«, versuchte sie einen Scherz, aber er lächelte nicht.

Kristján wandte sich zu den beiden Isländern um. »Ich kann euch gar nicht genug danken.«

»Du hättest dasselbe für uns getan.« Arnór nickte ihm zu. »Kommt gut nach Hause.«

Laura konnte vor Erschöpfung nur nicken. Das musste das Abebben der Anspannung sein. Sonst war sie nicht so.

Aber sonst kämpfte sie sich auch nicht durch einen Schneesturm, um ein Pferd zu retten.

Vor Kälte spürte sie ihre Finger kaum noch und fürchtete, ihre Zehen würden abfrieren. Wie lange dauerte es wohl, bis der Frost bedrohlich wurde? Ihre Wangen brannten von dem eisigen Wind und Sturm, der auf sie einpeitschte, als wäre er wütend, dass sie Hals und Kopf verhüllt hatte und ihm nur wenig Angriffsfläche bot. Aber all das war unwichtig. Wichtig war nur, dass sie Drifa gerettet hatten und dass Kristján und sie gemeinsam zum Hof zurückkehrten.

Erla Hulda und Arnór hatten sie an der Weggabelung verlassen und ihnen alles Gute gewünscht. Zum Abschied hatte Erla Hulda gesagt, dass sie sie Weihnachten besuchen würden, so wie früher. Kristján hatte nur genickt und geantwortet: »Ja, so wie früher.« Obwohl Laura neugierig war zu erfahren, was das zu bedeuten hatte, fühlte sie sich zu müde und erschöpft, ihm eine Frage zu stellen.

Kristján, der Drifa als Handpferd neben sich führte, trieb seinen Hengst neben Vinur. »Laura, ich …«

»Schon gut.« Laura hob abwehrend die Hand. »Es war selbstverständlich, das zu tun.«

»Danke«, sagte er, »ohne dich hätte ich sie verloren. Diesmal für immer.«

Seine Stimme drohte zu brechen. Sie wandte den Kopf und versuchte, sein Gesicht trotz der wirbelnden Schneeflocken zu erkennen, aber sie sah ihn nur von der Seite, wie er stur geradeaus blickte. Sie senkte den Kopf noch etwas, gab vor, damit dem eisigen Wind auszuweichen, doch in Wahrheit wollte sie nicht, dass er ihre Tränen bemerkte.

»Kristján«, flüsterte sie und spürte, wie der Sturm das Wort von ihren Lippen pflückte und mit sich riss.

»Kristján«, wiederholte sie etwas lauter. Er wandte ihr seinen Kopf zu. In seinem Bart hatten sich Schneekristalle gebildet und ließen ihn noch mehr nach einem Wikinger aussehen als zuvor. »Mein Mann, ich habe ihn nicht eingeladen. Und ich werde nicht mit ihm zurückkehren.«

»Meinetwegen?«, rief er gegen das Heulen des Windes.

»Nein und ja.«

»Was soll das bedeuten?«, brüllte Kristján. In dem Moment legte sich der Sturm so plötzlich, wie er gekommen war. Der Wind flaute ab, und nur noch einzelne Flocken rieselten vom Himmel. Laura versuchte, ihre Gedanken in Worte zu fassen. »Du bist kein Ersatz für ihn. Ich will ihn nicht mehr. Egal, was zwischen uns wird.«

»*Mir* ist es nicht egal, wie es mit uns weitergeht.«

»Mir doch auch nicht!«, sagte sie. Um sie herum war es plötzlich ganz still. »Natürlich möchte ich bei dir bleiben, aber ich will dir klarmachen, dass du kein Ersatz bist, sondern …«

Er zwinkerte ihr zu: »Wenn es nicht so kalt wäre, würde ich dich jetzt küssen.«

»Dafür bleibt uns noch Zeit, wenn wir erst wieder im Warmen sind.« Obwohl der Wind immer noch eisig über ihre Wangen strich, kam er nicht gegen die Wärme an, die sich von Lauras Herzen ausgehend in ihrem Körper ausbreitete. Vinur schnaubte zufrieden, während er unermüdlich voranschritt. Dem Pferd schien die Kälte kaum etwas auszumachen, und Laura beneidete es um sein dickes Fell.

»Sieh mal, das ist ein Elfenstein.« Kristján deutete auf einen schlicht aussehenden Felsen. »Es heißt, die Elfen zeigten sich den Menschen, die Pferde lieben.«

»Hast du schon einmal eine gesehen?«

»Bisher nicht, aber das kann noch werden.« Sein Lächeln machte sie glücklich. »Sie sollten sich dir zeigen, weil du Drifa gerettet hast.«

Die Stute trottete neben Hunar her und schonte sichtlich ihr Hinterbein, sodass sie Schritt reiten mussten.

»Hoffentlich werde ich sie überhaupt erkennen«, antwortete Laura, um dann wieder ernst zu werden. »Wie schlimm ist Drifas Verletzung?«

»Ich hoffe, nicht allzu sehr.« Kristján sah zu der Stute. »Sie hat so viel durchgemacht, ich hoffe, sie erholt sich.«

Als sie den Hof erblickte, überkam Laura das wohlige Gefühl, als kämen sie nach Hause. Konnte das wirklich sein? War sie mitten im Schneesturm, in einem Land, dessen Sprache sie wahrscheinlich nie lernen würde, endlich angekommen?

Wenn sie eines in den vergangenen Wochen gelernt hatte, dann, dass man das Leben auf sich zukommen lassen musste, dass man dem Leben eine Chance geben sollte, sich von seiner besten Seite zu zeigen, und nicht immer planen und alles gestalten musste.

Sie fühlte sich glücklich bis zu dem Moment, als sie den Leihwagen entdeckte, mit dem Dominik gekommen war. Sie musste sich eingestehen, dass sie gehofft hatte, er wäre bereits gefahren.

Der alte Dominik hätte das wahrscheinlich getan, zornig

darüber, dass Laura ein Pferd ihm vorgezogen hatte. Vielleicht wollte er sich doch ändern. Das konnte er gern tun, aber nicht für sie. Sie wollte ihn nicht wieder. Weder den alten noch den neuen Dominik. Ihre Ehe war vorbei. Obwohl sie sich da sehr sicher war, scheute Laura das Gespräch.

»Soll ich dir zur Seite stehen?« Kristján besaß ein Gespür für ihre Stimmung, das Laura manchmal überraschte. »Ich bin für dich da.«

»Danke, aber das muss ich allein klären. Wäre es in Ordnung, wenn ich dir Vinur überlasse?«

»Selbstverständlich.«

Laura stieg vom Pferd, übergab dessen Zügel an Kristján und wandte sich um. Dann jedoch entschied sie sich anders. Sie kehrte zu dem Isländer zurück, zupfte ihn am Ärmel und küsste ihn, als er sich zu ihr herabbeugte.

»Bis gleich.« Sie straffte ihre Schultern, um Dominik entgegenzutreten. Zögernd öffnete sie die Tür zum Haus, legte Overall und Stiefel im Flur ab und betrat das Wohnzimmer, wo Dominik unverändert auf dem Sessel saß.

»Zum Glück ist dir nichts passiert.« Ihr Ehemann sah ihr entgegen und schüttelte den Kopf. »Du weißt schon, wie verrückt es war, bei dem Wetter loszureiten. Ich habe mir Sorgen gemacht.«

»Du hättest nicht auf mich warten müssen. Ich komme nicht mit dir mit«, brachte Laura mit fester Stimme hervor.

»Ist es seinetwegen?« Dominik deutete auf Kristján, der die Pferde zum Stall führte. »Er ist viel jünger als du.«

»Willst du etwa behaupten, Vanessa hätte dein Alter?«

Laura seufzte. »Dominik, ich will mich nicht streiten. Wir waren einfach nicht mehr glücklich zusammen.«

»Wir könnten es wieder sein.« Dominik fixierte sie mit seinen braunen Augen.

»Bis zur nächsten Vanessa oder Pia?« Laura schüttelte den Kopf. »Du hast uns beiden einen Gefallen getan. Ich wünsche dir, dass du dein Glück findest.«

»Laura, glaubst du wirklich, dass du hier«, Dominik machte eine ausholende Bewegung mit den Armen, »leben kannst? Hier gibt es nur Landschaft, Schafe und Pferde. Das bist nicht du.«

»Vielleicht nicht, vielleicht doch.« Laura zuckte mit den Schultern. »Ich werde es herausfinden.«

Dominik sackte in sich zusammen. »Was soll ich jetzt Weihnachten allein machen?«

»Schau dir Reykjavík an oder den Golden Circle. Das Land ist sehenswert.«

»Ich habe genug gesehen.« Er stand auf, ging in den Flur und öffnete die Haustür. Ohne Abschiedsworte lief er zu seinem Wagen und fuhr davon. Laura sah ihm nach, schüttelte den Kopf und nahm ihr Smartphone. Sie sandte Belle eine Nachricht:

Dominik war hier!
Ich habe eine Entscheidung getroffen.
Du hattest recht, einfach zu leben ist ein prima
Rezept.
Danke!!!
Was machst Du an Weihnachten?

Kapitel 30

»Rieche ich hier Kaffee?« Laura schnupperte und öffnete dann die Augen. Vor ihr stand Kristján, ein Tablett in der Hand.

»Ich habe dir versprochen, dass du jeden Morgen dein Frühstück im Bett bekommst.« Kristján lächelte sie voller Liebe an. »Liebes, ich kann dir gar nicht sagen, wie dankbar ich dir wegen Drifa bin.«

»Ich habe auch nicht mehr getan als deine Freunde und Nachbarn«, wehrte sie ab. »Das war selbstverständlich. Das hätte jeder getan.«

Erst nachdem sie die Worte ausgesprochen hatte, fiel ihr ein, was Kristján über Sigríður erzählt hatte. Für seine Frau war es nicht selbstverständlich gewesen, das Wohl des Pferdes über ihr eigenes zu stellen. Um ihre Verlegenheit in den Griff zu bekommen, nahm sie Kristján das Tablett aus der Hand.

Neben dem Becher mit Kaffee stand eine einzelne Rose in

einer meerblauen Glasvase. Wo Kristján die im Winter wohl herhatte, fragte sie sich, aber die Frage verschwand, als sie den Teller mit den wunderbaren isländischen Pfannkuchen bemerkte. Ihr Magen knurrte, und sie setzte sich auf.

»Da bin ich wohl gerade noch rechtzeitig gekommen«, neckte Kristján sie. »Wenn man deinem Magen glauben kann, bist du kurz vor dem Verhungern.«

»Es war ja auch eine Nacht mit viel Bewegung«, erwiderte sie seine Neckerei und grinste, als sein Hals und seine Wangen erröteten. »Danke für das Frühstück. Du weißt, dass ich das jetzt jeden Morgen erwarte.«

»Dein Wunsch ist mir Befehl.« Vorsichtig stellte er das Tablett auf dem Nachttisch ab und beugte sich zu ihr, um sie zu küssen. Laura versank in dem Kuss und vergaß ihren Hunger und ihren Wunsch nach Kaffee. Sie dachte nur an den Mann, den sie aus vollem Herzen liebte.

»Nicht aufhören«, bat sie, als er seine Lippen von ihren löste.

Er schüttelte den Kopf. »Erst frühstücken wir, für alles andere haben wir noch Zeit.«

»Du bist unromantisch.« Laura gab vor zu schmollen, aber ihr knurrender Magen verriet sie.

»Etwas Romantischeres als einen Mann, der dir vegane Pfannkuchen backt, findest du wohl kaum«, entgegnete er und drohte gespielt ernsthaft mit dem Zeigefinger. »Das ist ein neues Rezept. Ich habe sie vorher probiert. Sie sind viel besser als die ersten.«

»Schlimmer geht es auch kaum«, neckte sie ihn. »Um das

beurteilen zu können, muss ich die Pfannkuchen erst probieren.«

»Bitte sehr.« Er teilte ein Stück mit der Gabel ab und fütterte sie.

»Lecker.« Genießerisch schloss Laura die Augen. Die Pfannkuchen waren wirklich gut. Sie musterte Kristján, und ihr Herz begann zu hüpfen. Sie hätte nie gedacht, dass sie so starke Gefühle für jemanden entwickeln könnte. Beinahe musste sie Dominik dankbar sein, dass er sie verlassen und ihr die Chance gegeben hatte, einen neuen Mann zu finden, einen besseren als ihn.

Dann jedoch schob sie jeden Gedanken an Dominik beiseite. Er war ihre Vergangenheit, ein wichtiger Teil ihres Lebens. Aber Kristján war ihre Zukunft.

Nachdem sie den gröbsten Hunger gestillt hatte, sah sie ihn an. »Wie geht es Drifa? Warst du schon bei ihr?«

Sie hatten die Stute am vergangenen Abend in den Paddock gestellt, damit sie getrennt von den anderen Pferden blieb. Kristján hatte ihr Heu und Kraftfutter gegeben und auch Wasser hingestellt, aber Drifa hatte nichts fressen wollen. Möglicherweise erinnerte das Wetter die Stute an den Tag, an dem sie ihr Fohlen verloren hatte. Ob Pferde so intensiv fühlen und sich überhaupt erinnern konnten, wusste Laura nicht, aber sie konnte es sich vorstellen.

»Zum Glück hat Drifa heute etwas gefressen, und Kjartan ist in ihrer Nähe.« Kristján lächelte. »Das tut ihr immer gut.«

»Ich hoffe, du hast ihm auch etwas zu futtern hingestellt.« Lauras Herz floss über vor Glück bei der Vorstellung, dass der grollige Kater die einsame Stute tröstete, dass es so etwas wie Freundschaft zwischen Tieren unterschiedlicher Art geben konnte und dass die beiden einander stützten.

»Selbstverständlich, ich kann ihm nicht zumuten, bei dem Wetter Mäuse zu fangen.«

»Hast du dir schon überlegt, was wir Weihnachten kochen werden?« Laura lächelte Kristján an. »Außerdem müssen wir das Haus noch weiter schmücken.«

»Noch mehr?« Kristján riss die Augen in gespielter Panik auf. »Du hast doch fast alles aus den Weihnachtskisten aufgehängt oder verteilt.«

»Papperlapapp«, entgegnete Laura. »Der Weihnachtsschmuck, den wir in Akureyri gekauft haben, hat noch keinen Platz gefunden.«

Da er nichts sagte, fügte sie hinzu: »Es ist unser erstes gemeinsames Weihnachten. Da möchte ich es so schön wie möglich haben.«

»Ich doch auch«, sagte er und nahm ihr das Tablett aus den Händen, um es auf dem Nachttisch abzustellen. »Bist du noch sehr hungrig, oder kann ich dich zu etwas anderem überreden?«

»Das kommt auf deine Überredungskunst an«, sagte sie und schloss die Augen in Erwartung seines Kusses. Seine warmen und rauen Hände strichen über ihren Körper, der sich ihnen entgegenstreckte.

»Ich wollte eigentlich bis morgen warten, bis ich dir die große Überraschung verkünde«, sagte Kristján und küsste ihre Halsbeuge, »aber es fällt mir unglaublich schwer, das Geheimnis für mich zu behalten.«

»Eine Überraschung. Ich liebe Überraschungen, jedenfalls meistens«, sagte Laura und kuschelte sich an ihn. Sie blickte zu ihm auf, strich über seinen Bart, über seinen Hals und seine Brustmuskeln. »Bitte verrate es mir. Bitte!«

»Ich habe einen Tannenbaum für uns bestellt.« Er lächelte sie an. »Ich hoffe, das war richtig. Obwohl …«

»Selbstverständlich. Ein Tannenbaum gehört zu Weihnachten. Was meinst du mit ›obwohl‹?«

Anstatt ihr zu antworten, glitten seine Finger über die empfindliche Haut zwischen Hals und Schlüsselbein. Als er die Stelle küsste, vergaß Laura beinahe ihre Frage. Doch so schnell gab sie nicht auf: »Was verschweigst du mir noch?«

»Du gibst keine Ruhe? Bin ich so ein mieser Küsser?«

»Kristján!«

»Also gut.« Er seufzte auf. »Ich habe nicht nur einen, sondern zwei Tannenbäume bestellt.«

»Zwei?«

»Einen kleinen für uns beide und einen großen für alle.«

»Hmm?« Laura sah ihn fragend an. »Was meinst du mit ›für alle‹?«

»Den kleinen stellen wir im Haus auf, den großen auf dem Hof, damit die Pferde, die Schafe und der Kater auch etwas davon haben.«

»Du bist ja doch ein Weihnachtsromantiker.« Auf so eine Idee konnte nur er kommen. Hinter Kristjáns schweigsamer Fassade verbarg sich ein wunderbarer Mann. Sie dankte dem Leben, dass es ihr diese zweite Chance gegeben hatte. Doch dann fiel ihr das große Dilemma ein. »Wenn wir zwei Tannenbäume haben, sind nicht genug Lichterketten da.«

»Ich hatte befürchtet, dass du das sagst.« Kristján seufzte

erneut, und sie boxte ihm mit dem Ellenbogen in die Seite. »Autsch. Du solltest freundlicher zu mir sein, denn ich habe mitgedacht und Lichterketten bestellt.«

»Du bist großartig«, sie zog seinen Kopf zu sich heran, um ihn zu küssen. »Wann holen wir die Tannenbäume ab?«

»Du musst dich bis morgen gedulden, erst dann sind die Bäume und die Lichter in Akureyri angekommen.«

»Dann schmücken wir heute das Haus mit dem, was wir haben.«

»Ich komme wohl nicht drum herum?« Kristján bedachte sie mit einem leidenden Blick.

»Du hast es mir versprochen.« Einen Moment fühlte sie sich unsicher. Sollte sie ihn wirklich einspannen, wenn er gar keinen Spaß daran hatte? Dann erhellte ein Lächeln sein Gesicht, und sie warf ihm ein Kissen an den Kopf. »Ich dachte schon, du meinst es ernst!«

»Ach, eigentlich mag ich Weihnachten ganz gern.« Sein Blick war so voller Liebe, dass ihr warm ums Herz wurde. »Vor allem jetzt, da wir zu zweit feiern werden.«

Bevor die Rührung sie übermannen konnte, stand sie auf und kleidete sich an. »Ich suche schon mal die Deko heraus, die wir in Akureyri gekauft haben.«

Nach Lauras Vorgaben dekorierte Kristján, unter Ächzen und Seufzen, eine Lichterkette über dem Bücherregal, als eine fröhliche Männerstimme erklang, die »Góðan dag« rief, gefolgt von ein paar isländischen Worten.

»Oh, das ist der Postbote.« Kristján sprang von der Leiter und sagte ebenfalls etwas auf Isländisch. Er verschwand im

Flur und kehrte mit einem rundlichen, etwa sechzigjährigen Mann zurück, der Laura breit anlächelte.

»Das ist Laura aus Deutschland«, stellte Kristján sie vor. »Das ist Birkir Jóhannesson, er bringt uns Briefe und Pakete. Und heute hat er etwas ganz Besonderes für uns dabei.«

»Hallo, Laura«, antwortete Birkir zu ihrer Überraschung in nahezu akzentfreiem Deutsch. »Ich habe in Hannover studiert und ein paar Jahre dort gelebt.«

»Hallo, hat es Ihnen, hat es dir dort gefallen?« Laura errötete über ihren Fauxpas. Sobald sie Deutsch sprach, verfiel sie automatisch ins Sie. »Sollten wir nicht Englisch reden, damit Kristján uns versteht?«

»Nein, nein, ich freue mich immer, mein Deutsch zu üben«, sagte der Mann. Er wandte sich Kristján zu und sagte auf Englisch: »Laura und ich sprechen noch ein bisschen Deutsch, okay?«

Kristján nickte. »Ich koche uns Kaffee.«

Birkir und Laura folgten ihm in die Küche.

»Zu deiner Frage«, sagte der rundliche Isländer, »ich mochte Deutschland sehr, aber es hat mich nach Hause gezogen. Island ist meine Heimat.«

»Das kann ich verstehen«, stimmte Laura ihm aus vollem Herzen zu. »Es ist wunderschön hier. Du arbeitest als Postbote?«

»Eigentlich züchte ich Pferde, aber dreimal in der Woche reise ich umher, um Briefe und Neuigkeiten zu bringen.« Birkir zwinkerte ihr zu. »Alle freuen sich, mich zu sehen, und ich bekomme Kuchen.« Er strich über sein Bäuchlein. »Man sieht das.«

Während des Kaffeetrinkens erzählte Birkir den neuesten Klatsch und Tratsch aus der Nachbarschaft auf so eine charmante und humorvolle Art, dass Laura verstand, warum er so gern gesehen und mit Kaffee und Kuchen verwöhnt wurde.

»Danke für den Kaffee.« Birkir stand auf und streckte sich. Dann sagte er: »Ich habe sie mitgebracht.«

»Komm mit.« Kristján reichte Laura seine Hand. »Wir bekommen ein neues Pferd.«

»Wie aufregend.« Laura begleitete die beiden Männer vor die Tür, wo ein großes braunes Pferd angebunden war, auf dem Rücken ein Sattel – und daneben stand eines ohne Sattel, das sie kannte. »Aber das ist doch Drifa«, bemerkte Laura überrascht.

Doch nein, als sie sich dem Pferd näherte, erkannte sie ihren Irrtum. Dieser Schimmel war schmaler als Drifa, und vor allem hatte er blaue Augen.

»Es ist Drifas Halbschwester«, erklärte Kristján, »derselbe Vater, andere Mutter.«

»Sie ist eine Schönheit.« Vorsichtig streckte Laura der Stute ihre Hand entgegen und strich ihr über das weiche Maul. »Wie alt ist sie?«

»Fünf Jahre.« Birkir kraulte den Hals des Pferdes. »Sie ist angeritten und lieb. Du wirst es hier gut haben, Kisa.«

Dann wandte er sich an Kristján. »Ich werde die Kleine vermissen.«

»Du kannst sie jederzeit besuchen. So wie Drifa auch.«

Birkir nickte nur, verabschiedete sich und stieg auf sein Pferd.

»Lass uns das Kätzchen auf den Paddock stellen und die Zeit bis zum Dunkelwerden für einen Ritt nutzen.«

»Das Kätzchen?«

»So heißt sie, weil sie so sanft ist, aber auch anders kann.« Kristján lächelte, dann wurde seine Miene ernst. »Birkir hat mir einen guten Preis gemacht wegen Drifa.«

»Ich hole Möhren für die Pferde«, antwortete Laura und ging ins Haus. Sie wollte Drifa nicht aufgeben, sie war ganz sicher, die Stute benötigte nur Zeit und Liebe.

Als sie zum Paddock kam, hatte Kristján Kisa bereits dort untergebracht. Die junge Stute lief am Zaun auf und ab und wieherte, wie um Drifas Aufmerksamkeit zu erregen, doch die ältere Stute ignorierte sie.

»Ich hatte gehofft …«, begann Kristján, aber Laura unterbrach ihn: »Gib Drifa etwas Zeit. Ein gebrochenes Herz heilt nicht von heute auf morgen. Das solltest du wissen.«

Sie selbst wusste es nur zu gut und war bereit, der Stute all die Zeit zu schenken, die sie brauchte.

Statt einer Antwort zog Kristján sie in seine Arme und küsste sie, dass ihr die Luft wegblieb.

»Lass mich ihnen wenigstens die Möhren geben.« Sie schob ihn von sich. »Außerdem hast du mir einen Ausritt versprochen.«

»Der Himmel ist heute klar. Wir könnten am Strand entlanggaloppieren, wenn du magst.«

»Das fragst du noch? Das wäre ein Traum.«

»Dann bekommst du heute wieder Nipa, denn Vinur ist kein großer Galopper. Er ist ein Fünfgänger, und im Galopp auf langen Strecken verheddert er sich gern mal zwischen

Galopp und Rennpass, und das möchte ich dir nicht zumuten.«

»Das klingt nach einem rasanten Ritt. Ich freue mich drauf.« Laura lächelte und konnte ihr Glück kaum fassen.

. . .

Nach dem Ritt, der noch schöner und wilder gewesen war, als Laura ihn sich ausgemalt hatte, saß sie im Hotpot und ließ sich vom warmen Wasser umspülen. Kristján wollte gleich nachkommen und bereitete noch etwas zu essen und zu trinken für sie vor. Das gab Laura die Zeit, ihre Gedanken und vor allem ihre Gefühle zu sortieren.

Kristján gab ihr das Gefühl, wahrgenommen und gesehen zu werden, so wie sie war. Dominik hatte sie in den letzten Jahren ihrer Ehe nie so geschätzt. Sie waren ein funktionierendes Team gewesen, ja, aber er hatte sie nicht mehr als eine besondere Frau gesehen, sondern als seine Ehefrau, die ohnehin immer da war, ohne dass er sie noch umwerben musste.

Laura hatte für andere gelebt, für ihre Familie und ihre Arbeit. Dabei hatte sie sich selbst aus dem Blick verloren. Das musste sie sich jetzt eingestehen. Doch nun, mit Kristján an ihrer Seite, hatte sie wieder zu sich selbst gefunden. Durch seine Augen sah sie sich als die kluge, besondere, schöne Frau, die sie war.

Plötzlich spürte sie eine Bewegung neben sich und sah, dass sich Kjartan zu ihr gesellt hatte. Er miaute leise und rieb seinen Kopf an ihrer Hand.

»Hey, kleiner Kerl«, sagte Laura und streichelte ihn sanft. »Du bist auch etwas Besonderes, nicht wahr?«

Der Kater schnurrte zufrieden. Laura spürte, wie ihr Herz vor Freude weit wurde. Sie fühlte, dass sie endlich wieder sie selbst sein konnte, dass sie wieder in Kontakt mit ihrer inneren Stimme war und dass sie bereit war, neue Wege zu gehen. Dass sie den Mut gefunden hatte, der ihrer Mutter gefehlt hatte.

»Danke, Mama«, flüsterte sie, »ohne dich hätte ich nie hierhergefunden.«

Kapitel 31

»Wenn wir noch mehr Lichterketten an den armen Tannenbaum hängen, kann man uns aus dem Weltall sehen.« Kristján lächelte sie liebevoll an. »Wenn heute nicht Heiligabend
wäre, würde ich in den Streik treten.«

»Ich muss nachholen, was du in den ersten Tagen ver-
säumt hast.« Laura erwiderte sein Lächeln und beugte sich zu
ihm, um ihn zu küssen. »Außerdem sind es gar nicht so viele
Lichterketten. In Deutschland habe ich viel mehr.«

Als sie das sagte, wurde sein Gesicht ernst. Sofort bereute
sie, über Deutschland gesprochen zu haben. Bisher hatten sie
dieses Thema vermieden. Sie waren gemeinsam nach Akureyri gefahren, um dort Weihnachtsschmuck zu kaufen, und
gemeinsam hatten sie das Haus dekoriert. Alles war perfekt
und harmonisch. Nahezu alles, denn keiner von ihnen hatte
bisher über die Zukunft gesprochen. Obwohl Laura sich vorgenommen hatte, im Moment zu leben, drückte ihr das auf
die Stimmung.

Genug davon! Heute ist Heiligabend, den lasse ich mir durch nichts verderben.

»Ich hatte so viele Vorstellungen von diesem Land.« Laura lehnte sich an Kristján und spürte seine Wärme. »Aber keines der Fotos, keiner der Filme kann Island gerecht werden.«

»Dabei hast du es in der Jahreszeit gesehen, in der der Schnee vieles versteckt.« Er gab ihr einen Kuss auf die Wange, und sie drehte sich ihm zu, um einen richtigen Kuss zu erhalten.

»Ich mag den Winter«, flüsterte Laura nach dem atemlosen Kuss. »Ich habe Heuschnupfen und leide im Frühling und Sommer.«

»Hier möglicherweise nicht. Die Schafe halten die Pflanzen klein.«

Wollte er damit sagen, dass sie zurückkommen sollte? Dass er sich wünschte, mit ihr den Sommer hier zu verbringen? Zu viele Fragen, zu viel Grübeln über die Zukunft, sie hatte sich versprochen, das nicht zu tun, und küsste ihn erneut.

»So.« Kristján stieß einen demonstrativen Seufzer aus. »Mehr Dekoration besitzen wir nicht. Lass uns zusammen etwas zum Mittagessen kochen!«

Eng umschlungen schlenderten sie in die Küche. Als sie in den Raum trat, prickelte die Wärme auf Lauras Haut, und sie legte sich die Handflächen an die Wangen, um sie wieder abzukühlen.

Kristján suchte die Schneidebretter und Messer, während Laura das Gemüse aus dem Kühlschrank holte. Inzwischen waren sie ein eingespieltes Team und verstanden sich ohne

Worte. Nachdem sie sich an den Küchentisch gesetzt hatten, fragte Laura: »Sollen wir Erla Hulda und Arnór zu Weihnachten einladen?«

»Sie kommen ohnehin vorbei. Das haben sie jedes Jahr gemacht.« Kristján kniff sich mit Daumen und Zeigefinger in den Nasenrücken. »Ich hatte ein Leben vor dir. Du kennst Sigríður.«

»Und du kennst Dominik.« Laura dachte kurz nach. »Jeder von uns hat eine Vergangenheit.«

»Weiß deine Tochter von mir?«, fragte er vorsichtig.

»Ich habe sie angerufen, bevor Dominik ihr brühwarm alles berichten konnte.«

»Wie hat sie es aufgenommen?«

»Hmm.« Laura wiegte den Kopf hin und her. »Sie hat sich schon gewünscht, dass wir wieder zusammenkommen, aber sie lebt ihr eigenes Leben und will, dass ich glücklich bin. Ich denke, dass es noch einige Zeit dauern wird, bis sie es akzeptieren kann. Aber sie versteht, dass ich mich nicht wieder für Dominik entscheiden konnte.«

»Ich hoffe, dass ich sie irgendwann einmal kennenlerne.« Kristján seufzte.

»Das hoffe ich auch.« Laura lächelte und widmete sich wieder dem Paprika. Nachdem sie das Gemüse geschnippelt hatten, sah Kristján sie an.

»Kann ich dich einen Moment allein lassen? Ich muss nach den Pferden schauen.«

»Geh ruhig, das Curry muss ohnehin durchköcheln.« Zu Lauras Erstaunen gab er ihr nur einen schnellen Kuss und eilte dann hinaus. Ob es Drifa schlechter ging, als er zugeben wollte? Sie sah ihm nach und überlegte, ihm hinterherzugehen, aber nein, er hätte es ihr gesagt, wenn die Stute krank wäre. Also konzentrierte sie sich auf das Gemüsecurry. Sie nahm einen Löffel, um es zu probieren, und fand, es könnte mehr Schärfe vertragen.

Zu ihrer Überraschung besaß Kristján eine Vielzahl wunderbarer Gewürzmischungen, die er allerdings kaum genutzt hatte, sodass sie sich kochend austoben konnte. Sie schmeckte ab, gab noch einen Schuss Kokosmilch hinzu und stellte den Timer auf zwanzig Minuten.

»Laura?« Kristján öffnete die Tür, als hätte er gespürt, wie sehr sie ihn vermisste. »Kannst du bitte kurz herkommen?«

»Ist etwas mit Drifa?« Lauras Herzschlag beschleunigte sich, und sie rannte zur Tür.

»Nein, keine Sorge, ich muss dir nur etwas zeigen.« Und schon war er wieder verschwunden.

»Ich komme.« Laura schnappte sich die dicke Jacke, stieg in ihre Stiefel und folgte ihm hinaus in den Schnee. Es stürmte nicht mehr, nur noch wenige Flocken fielen vom Himmel, aber es hatte ausgereicht, um die Weiden und den Paddock unter einer weißen Decke zu verbergen. Aber es war etwas anderes, das Lauras Aufmerksamkeit auf sich zog.

Angebunden am Zaun, standen Vinur und Kisa; beide Pferde trugen je eine dicke rote Schleife um den Hals. Während der Wallach versuchte, die Dekoration mit den Zähnen zu erreichen, stand Kisa brav da und schaute ihnen entgegen. Vinur schüttelte wild Kopf und Hals, aber die Schleife blieb, wo sie war.

»Was tust du den armen Pferden an? Was hat das zu bedeuten?« Laura blickte Kristján an. Sie hatte eine Idee, aber konnte es nicht glauben. Kristján kam auf sie zu, nahm sie in die Arme und gab ihr einen innigen Kuss.

»Dieses Mal musst du nicht auf das große Geschenk bis zu deinem Geburtstag warten«, sagte er. »Frohe Weihnachten, mein Herz.«

»Das meinst du nicht ernst.« Laura blieb vor Verblüffung der Mund offen stehen »Du kannst mir kein Pferd schenken. Und zwei schon gar nicht.«

Ihr wurde warm ums Herz. Dass Kristján sich daran erinnert hatte, wie traurig sie als Kind gewesen war, weil sie auf das richtige Geschenk bis nach Weihnachten hatte warten müssen. Sie hatte es nur einmal nebenbei erwähnt, als sie über ihren anstehenden Geburtstag gesprochen hatten.

»Vinur und du, ihr gehört zusammen. Das habe ich vom ersten Tag an gewusst.« Kristján legte den Arm um sie und hielt sie fest. Laura spürte seine Wärme und seine Muskeln. »Und wenn er in Rente geht, wird Kisa alt genug sein.«

»Danke«, flüsterte sie. »Danke.«

»Vinur wird immer für dich da sein, wenn du hier bist«, sagte Kristján. Eine Frage schwang in seinen Worten mit, aber er stellte sie nicht.

Laura fand keine Worte, um ihr Glück auszudrücken, aber ein Blick in seine Augen zeigte ihr, dass er sie auch so verstand.

»Lass uns die armen Pferde von den Schleifen befreien«, sagte Laura nach einem Räuspern. »Dann gehen wir wieder ins Haus, und du bekommst mein Geschenk.«

Sie streichelte Vinur und Kisa und konnte es immer noch

nicht fassen, dass diese wundervollen Tiere ihr gehörten. Gemeinsam brachten Kristján und sie die Pferde zurück auf die Koppel und den Paddock. Obwohl ein eisiger Wind wehte, blieb Laura noch etwas stehen, um ihnen dabei zuzuschauen, wie sie Heu verputzten.

»Danke«, wiederholte sie. »Mein Geschenk kann leider nicht ganz mithalten, fürchte ich.«

»Ich werde es lieben, weil es von dir ist.« Kristján nahm ihr Gesicht zwischen seine Hände und gab ihr einen sanften Kuss. »Aber nun bin ich neugierig.«

»Eigentlich«, sagte Laura und seufzte theatralisch, »wollte ich dir einen Pullover schenken, aber weil die Ereignisse sich überstürzten und …«

»Mach es nicht so spannend.«

Sie lächelte und küsste ihn. »Aber weil du mich an den Abenden und in den Nächten so viel beschäftigt hast, ist es nichts geworden.«

»Also bin ich schuld.«

»Ein kleines bisschen liegt es wohl auch an mir.« Sie überreichte ihm die Wolle, die sie in rot-goldenes Papier eingeschlagen hatte. »Ich habe nicht gewagt, den Pullover zu beginnen, aus Angst vor *Jólakötturinn*. Hoffentlich magst du die Farben und das Muster, das ich ausgesucht habe.«

Er nahm das Paket so vorsichtig entgegen, als enthielte es etwas äußerst Zerbrechliches. Dann jedoch riss er das Papier auf und sah sich die Wolle und das Foto des Musters schweigend an. Mochte er etwa kein Blau? War ihm das Muster mit Islandpferden vielleicht zu kitschig?

»Danke«, sagte Kristján schließlich. Er zog Laura in seine

346

Arme und sah ihr tief in die Augen. Sofort flatterten die Schmetterlinge in ihrem Magen auf. »Nun muss ich nur noch eines wissen. Wirst du wieder nach Island und zu mir zurückkehren? Schließlich musst du noch einen Pullover für mich stricken.«

Laura musste nicht lange überlegen. Ihr Herz kannte die Antwort.

»Selbstverständlich werde ich zurückkommen, aber nicht nur für zwei oder drei Wochen.« Sie küsste ihn lange und voller Leidenschaft. »Ich will den Frühling, den Sommer, den Herbst und den nächsten Winter mit dir erleben – und all die Jahre, die folgen. Wenn du das willst?«

»Hast du wirklich Zweifel?« Kristján stieß einen tiefen Seufzer aus. »Ich hatte mir schon überlegt, zu dir nach Deutschland zu kommen. Ich hatte mich kundig gemacht, ob ich dort als Pferdetrainer arbeiten kann.«

»Das würdest du für mich tun?« Lauras Herz floss über vor Glück. »Aber das brauchst du nicht.«

»Es wäre mir schwergefallen, die Pferde zu verlassen.« Kristján sah sie an. »Mir scheint, du hast bereits alles geplant. Gründlich, wie ihr Deutschen nun einmal seid.«

»Ertappt. Ich kann einfach nicht anders.«

»Das ist einer der Gründe, warum ich dich liebe.«

»Ich liebe dich auch.« Laura wusste, dass es noch sehr früh für die wichtigen drei Worte war, aber ihr Herz log nicht.

Er küsste sie liebevoll. »Verrätst du mir, was du dir ausgedacht hast?«

»Nur, wenn du mich noch einmal küsst.«

»Dein Wunsch ist mir Befehl.« Mit zwei Fingern zog er ihr Kinn zu sich heran und sah ihr lange in die Augen, bevor er seine Lippen auf ihre presste.

Nachdem Laura wieder zu Atem gekommen war, sagte sie: »Wenn wir … wenn ich das Haus verkauft habe, habe ich genug Geld, um auf Island eine Weile ohne Job zu überleben.«

»Kannst du als Deutsche ohne Arbeit sein?« Sein Blick war skeptisch. »Wärst du wirklich damit zufrieden?«

»Wer sagt, dass ich nicht arbeiten will? Wir können uns gemeinsam um die Touristen kümmern.« Sie grinste. »Dann wäre es so, wie ich es mir ausgemalt habe, als ich die Reise gebucht habe.«

»Und das wäre?« Fragend hob Kristján eine Augenbraue. »Nun sag schon, was hast du damals gedacht?«

»Ich war mir ganz sicher, dass der grummelige Kristján für die Pferde zuständig ist und eine wunderbare Frau hat, die sich um die Menschen kümmert.« Ihr Lächeln wurde breiter. Bevor sie mehr sagen konnte, verschloss er ihr den Mund mit einem Kuss.

»Erla Hulda und Arnór kommen morgen Abend zum Essen, so haben wir Heiligabend für uns.« Kristján sah sie fragend an. »Ist dir das recht?«

»Ich freue mich, ich mag die beiden sehr.« Sie lächelte. Nun würde sie doch noch Weihnachten feiern, so wie sie es sich gewünscht hatte. Nur Merle und Belle würden ihr fehlen.

»Oh«, fiel ihr ein. »Ich muss Belle schreiben und fragen, ob sie ein neues Engagement hat. Sie hat mir nicht einmal gesagt, wann sie wieder nach Deutschland fliegt. Ihr Rick scheint sie ganz schön verzaubert zu haben. Ihr Isländer macht es einem wirklich leicht, sein Herz an euch zu verlieren.«

»Mach das.« Kristján entließ sie aus seinen Armen und lächelte geheimnisvoll. Was hatte das zu bedeuten?

Kapitel 32

Obwohl Kristján gesagt hatte, Laura sollte es mit den Essensvorbereitungen nicht übertreiben, stand sie seit dem frühen Morgen in der Küche und schnippelte Gemüse. Kristján war im Stall und kümmerte sich um Drifa. Als Überraschung für ihn und die Pferde wollte Laura ein paar Pferdekuchen aus Äpfeln, Möhren und Haferflocken backen, damit auch die Islandpferde Weihnachten feiern konnten.

Gestern hatte Laura Erla Hulda angerufen, um zu erfahren, ob sie und Arnór mit einem vegetarischen Weihnachtsessen einverstanden wären.

»Ich schon, aber Arnór besteht auf seinem Lachs zu Weihnachten.« Erla Huldas Lächeln ließ sich über das Telefon erkennen. »Und auf seinen gesengten Schafskopf an Heiligabend. Männer!«

»Das passt gut, wir haben Lachs gekauft.« Laura musste ihrer Freundin ja nicht erzählen, dass der Fisch eigentlich für den Kater gedacht war. Kristján hatte ihr verraten, wie sehr

Kjartan Lachs liebte. Ein Gedanke nagte an ihr, aber sie bekam ihn nicht zu fassen. Erst als Kristján zur Tür hereinkam und sie anlächelte, fiel es Laura wieder ein.

»Sag mal, warum haben wir einen ganzen Lachs gekauft?« Sie rieb sich die Stirn. »Ist das nicht etwas übertrieben für Arnór, den Kater und dich?«

»Kjartan ist verfressen.« Kristjáns Lächeln verriet ihn.

»Was verheimlichst du mir?«

»Du musst dich noch etwa eine halbe Stunde gedulden.«

»Bitte sag es mir.« Sie stellte sich auf die Zehenspitzen, um ihm einen Kuss zu geben. »Bitte.«

»Dann wäre es doch keine Überraschung mehr!«

»Zur Strafe musst du Zwiebeln schneiden.« Sie drückte ihm ein Messer in die Hand. »Oder du verrätst mir dein Geheimnis.«

»Ich wähle die Zwiebeln und schweige.« Kristján setzte sich an den Tisch und schälte das Gemüse. Laura beobachtete ihn und fragte sich, was er wohl verbarg. Es konnten nur weitere Gäste sein.

»Pétur und Rúrik kommen zu Besuch?«, riet sie.

»Schöne Idee, aber leider daneben. Sie feiern bei ihren Familien.« Kristján blinzelte, denn die Zwiebeln bissen in seinen Augen. »Lerne Geduld, junger Padawan.«

»Es ist Birkir.«

»Dir bleibt noch eine Viertelstunde.« Er schob ihr den Teller mit den Zwiebelwürfeln zu. »Du solltest dir etwas Festlicheres anziehen.«

»Es ist wirklich fies, mich im Dunkeln tappen zu lassen.« Sie schüttelte den Kopf in gespielter Empörung. »Erst wenn die Lasagne bereit für den Ofen ist, ziehe ich mir mein kleines Schwarzes an.«

Bevor Kristján antworten konnte, ertönte lautes Hupen auf dem Hof. Laura blickte aus dem Fenster, rief »Belle!«, warf das Küchenmesser zur Seite und rannte aus der Küche. Sie hatte es so eilig, zu ihrer Freundin zu kommen, dass sie nur schnell in ihre Stiefel schlüpfte und ohne Jacke hinaus in den Schnee lief. »Belle! Was machst du hier?«

»Wolltest du etwa Weihnachten ohne mich feiern?« Obwohl ihre Freundin fröhlich wie immer klang, glitzerten ihre Augen verdächtig. »Immerhin verfügt dein Wikinger über eine bessere Erziehung als du und hat daran gedacht, mich offiziell zu euren Feierlichkeiten einzuladen.«

»Ich … ich … ich …«, begann Laura, aber überwältigt von ihren Gefühlen, brachte sie keinen geraden Satz heraus. Endlich sammelte sie sich so weit, dass sie hervorstieß: »Ich dachte, du wärst längst wieder in Deutschland.«

»So war es geplant.« Belle zuckte mit den Schultern. »Aber das Leben geht eigene Wege.«

»Ich verstehe kein Wort.«

Belle hob die Hände, »Rick hat mir angeboten, gemeinsam mit ihm in den Klubs zu spielen. Hier in Island.«

»Hallo, Laura.« Rick tauchte hinter dem Auto auf, zwei gewaltige Koffer in den Händen.

»Hallo, Rick, schön, dich zu sehen.« Rick stellte die Koffer ab und verschwand wieder in den Tiefen des Kofferraums, sodass Laura ihrer Freundin die Frage stellen konnte, die ihr auf den Nägeln brannte. »Du willst auf Isländisch singen?«

»Natürlich nicht, um diese Sprache zu lernen, brauche ich Jahre.« Belle schüttelte sich. »Wir singen auf Englisch.«

Wie hatte Laura nur vergessen können, was für eine wunderbare Stimme ihre Freundin hatte.

»Du bist gebucht für die Weihnachtslieder, aber jetzt kommt endlich rein.« Zu Lauras Überraschung trat Kristján hinter sie und umarmte sie. Obwohl es immer noch schneite und die Schneeflocken auf ihrem Haar schmolzen, obwohl der Wind ihr eisig ins Gesicht blies, fühlte Laura sich warm, wie immer, wenn er in ihrer Nähe war.

Was für ein wunderbarer Mann war Kristján, dass er auf die Idee gekommen war, Belle offiziell einzuladen, während Laura ihr nur eine Nachricht geschrieben hatte. Allerdings hatte Belle ihr auch verschwiegen, dass sie ihren Rückflug zugunsten von Rick gecancelt hatte.

»Wenn du mir jetzt noch sagst, dass Merle zum Weihnachtsbesuch kommt, dann halte ich dich für einen Zauberer oder Troll oder Elfen.« Laura wand sich aus seinen Armen, um ihm ins Gesicht zu sehen. »Welche Überraschungen hast du noch auf Lager?«

»Nein. Deine Tochter wollte in Australien bleiben. Nur für ein paar Tage hierherzufliegen erschien ihr ökologisch bedenklich.«

»Du hast mit ihr telefoniert?« Laura sah ihn ernst an.

»Nein.« Kristján schüttelte den Kopf und grinste dann breit. »Das hat Belle übernommen. Ich wollte deine Tochter doch nicht erschrecken.«

»Du … du … du …«, stieß Laura hervor, aber bevor sie die

richtigen Worte finden konnte, verschloss er ihren Mund bereits mit einem langen, langen Kuss.

Hand in Hand folgten sie Rick und Belle ins Haus. Obwohl Laura am liebsten getanzt hätte vor Freude, konnte sie sich einen Scherz einfach nicht versagen.

»Heute gibt es übrigens gesengten Schafskopf«, rief sie ihrer Freundin hinterher. »Das ist ein traditionelles isländisches Weihnachtsessen.«

»Schafskopf?« Belle blieb stehen und ließ ihren Koffer vor Schreck zu Boden fallen. »Gesengt – verbirgt sich dahinter das, was ich befürchte?« Belle schüttelte sich. Vor Aufregung war sie ins Deutsche verfallen, sodass Kristján und Rick sie überrascht ansahen. Also wiederholte Belle ihre Frage auf Englisch.

»Die Augen sind eine Delikatesse. In isländischen Familien streitet man sich darum, wer sie essen darf«, antwortete Kristján. Rick nickte bestätigend.

»Ihr verderbt mir wirklich den Appetit. Und das zu Weihnachten.« Belle schaute angewidert in die Runde.

»Das darf nicht sein.« Rick grinste so breit, dass Laura ihre Show nicht länger aufrechterhalten konnte und in lautes Lachen ausbrach.

»Keine Sorge. Es gibt Lachs für diejenigen, die Tier essen, und Gemüselasagne für alle, die Nudeln mögen.« Laura umarmte ihre Freundin. »Alles wird gut. Erla Hulda bringt einen *Skúffukaka* mit.«

»Einen was? Das klingt ja schlimmer als der Schafskopf.«

»Es ist ein Schokoladenkuchen mit Lakritze. Wenn du den einmal gegessen hast, lässt du alles andere stehen.«

Zwei Stunden später hatten Belle und Laura das Essen vorbereitet, sich gegenseitig auf den neuesten Stand der Liebes- und Lebensdinge gebracht und sich umgezogen. Nun warteten sie gemeinsam mit ihren festlich gekleideten Liebsten auf die Gäste. Laura kniff sich unbemerkt von den anderen in den Unterarm, weil sie ihr Glück kaum fassen konnte. Vor zwei Monaten hatte sie gefürchtet, ein einsames Weihnachten ohne ihre Tochter und ihren Ehemann verbringen zu müssen. Und nun feierte sie ihr liebstes Fest mit einem wunderbaren Mann, ihrer besten Freundin und neu gewonnenen Freunden im schönsten Land der Welt. Der Insel aus Feuer und Eis, die Laura eine neue Heimat werden sollte.

»Möchtet ihr einen Sekt?« Kristján sah sie an und schien ihre Aufregung zu spüren. »Es kann noch ein bisschen dauern, bis die Gäste kommen. Isländische Pünktlichkeit.«

»Auf jeden Fall!«, rief Belle, und Rick nickte. Laura schloss sich ihnen an.

Geschickt öffnete Kristján den Verschluss und ließ den Korken knallen. Der Sekt sprudelte in die Gläser, und sie stießen miteinander an.

»Frohe Weihnachten. Wie schön, dass ihr da seid.« Laura hob ihr Glas und kämpfte mit den Tränen. Aber es waren Tränen der Freude. »Lasst uns feiern.«

Sie hatten kaum angestoßen, als ein lautes »Gleðileg jól« im Flur ertönte. Erla Hulda, die eine Tortenplatte trug, und Arnór brachten den Geruch von Schnee ins Haus. »Frohe Weihnachten.«

»Herzlich willkommen.« Laura nahm der Isländerin den Kuchen ab und brachte ihn in die Küche. Dann gingen sie gemeinsam ins Wohnzimmer, wo der gedeckte Tisch und Sekt auf sie warteten. Belle blickte ihnen neugierig entgegen und sprang auf, um Erla Hulda und Arnór zu begrüßen. Laura freute sich sehr, dass ihre alte Freundin und ihre neue Freundin sich auf Anhieb verstanden.

»Da Laura und Belle gekocht haben«, meldete sich Kristján zu Wort, »werden Rick und ich heute das Servieren übernehmen. Bitte setzt euch.«

Das ließen sich Laura und die Gäste nicht zweimal sagen und setzten sich an den weihnachtlich geschmückten Tisch. Die Tannenzweige verbreiteten ihren typischen Duft, rote Kugeln und Kerzen schimmerten sanft. Tischdecke und Geschirr waren schlicht weiß, die roten Servietten waren mit winzigen Islandpferden bedruckt.

Kaum hatten sie alle Platz genommen, sahen Rick und Belle sich an, grinsten und stimmten »Last Christmas« an.

Laura schüttelte den Kopf, denn ihre Freundin wusste nur zu gut, dass Laura jedes Jahr versuchte, diesem Song zu entgehen. Sosehr sie Weihnachten liebte, so wenig mochte sie den Dauerbrenner. Trotzdem klatschte sie gemeinsam mit allen Beifall, nachdem Belle und Rick ihre Darbietung beendet hatten.

Rick erhob sich, um gemeinsam mit Kristján in die Küche zu gehen. Während die Männer die Vorspeise, einen Wintersalat, auftrugen, lehnte Laura sich zurück und betrachtete die festliche Tafel. Erla Hulda und Belle lachten miteinander, als ob sie sich schon ewig kannten. Laura fing Arnórs Blick auf, der ihr zunickte. Ihr wurde warm ums Herz.

»Guten Appetit.«

Gerade, als sie sich den Salat und das noch ofenwarme Brot mit Butter schmecken ließen, ertönte ein gewaltiges Scheppern. Laura und Kristján sprangen gleichzeitig auf und rannten in die Küche. Hier thronte Kjartan auf der Servierplatte mit kaltem Lachs und besaß nicht einmal die Höflichkeit, ertappt auszusehen. Stattdessen schnappte er sich ein gewaltiges Stück Fisch, sprang vom Tisch und raste davon.

»Ich dachte, er wäre draußen«, murmelte Kristján.

»Katzen finden immer ihren Weg«, sagte Erla Hulda und lachte. Sie und die anderen Gäste waren ebenfalls in die Küche gekommen. »Für den kleinen Krieger ist das ein gewaltiges Weihnachtsfest.«

»Zum Glück ist der Rest des Fischs im Ofen.« Laura musste ebenfalls lachen. »Der kalte Lachs reicht Kjartan bis ins neue Jahr.«

Sie sammelte die Platte auf und verpackte den Fisch in eine Schale.

»Verschwindet ins Wohnzimmer.« Kristján wedelte mit den Händen. »Ich kümmere mich ums Essen.«

Die ohnehin gute Stimmung stieg durch den Lachsdiebstahl noch weiter an. Sie aßen und tranken, scherzten und freuten sich darüber, das Weihnachtsfest gemeinsam zu verbringen.

»Was für ein unglaublicher Kuchen«, sagte Belle und lud sich ein weiteres Stück *Skúffukaka* auf ihren Teller. »Seltsamer Name, aber großartiger Geschmack.«

»Da ihr hoffentlich alle gesättigt seid, verschwinde ich kurz, um den Pferden ihr Weihnachtsgeschenk zu bringen.«

Laura erhob sich. »Ohne Drifa hätte ich wohl nie bemerkt, wie wundervoll Kristján ist.«

»Hört, hört!«, rief Belle und erhob ihr Glas. »Auf euch.«

Nachdem sie ihr Glas geleert hatte, stand Laura auf und ging in die Küche, um den Möhrenkuchen zu holen.

»Darf ich dich begleiten?« Erla Hulda war ihr gefolgt.

»Sicher, sehr gern.« Laura schnitt den Kuchen in Stücke. »Kannst du Scheiben nehmen?«

»Selbstverständlich.« Erla Hulda nickte.

Nachdem sie beide ihre Jacken und Stiefel angezogen hatten, gingen sie in die Dunkelheit hinaus. Die Lichterkette des gewaltigen Tannenbaums erleuchtete ihren Weg. Schweigend gingen sie zum Paddock und fütterten die Pferde. Auf dem Weg zurück zum Haus wandte sich Laura an ihre Freundin: »Gehe ich recht in der Annahme, du begleitest mich nicht nur, um mir Gesellschaft zu leisten?«

Erla Hulda lächelte ihr zu. »Wenn die Feiertage vorbei sind, würde ich gern mehr über deine Mutter erfahren.«

»Du weißt …« Laura suchte nach Worten, »dass Arnór und sie … Also, das war lange vor eurer Zeit.«

Obwohl sie wirklich nichts dafür konnte, war es Laura beinahe peinlich, so etwas Privates über die Isländerin und ihren Mann zu wissen.

»Arnór und ich haben keine Geheimnisse voreinander.« Erla Hulda lächelte. »Er hat mir schon früh erzählt, was für eine wilde Reiterin sie gewesen ist.«

»Aha«, konnte Laura nur sagen.

»So mutig, dass sie sein Herz im Galopp mitgenommen

hat.« Die Isländerin verdrehte gespielt die Augen. »Seine Worte, nicht meine. Ich würde es prosaischer ausdrücken.«

»Meine Mutter hat ihre Zeit auf Island nie vergessen.« Laura seufzte. »Ich kann es mir kaum vorstellen, wie es wäre, wenn … Wenn sie den Mut gehabt hätte hierzubleiben, wenn ich Isländerin wäre.«

»Auch dann hätten wir uns gefunden«, erklang Kristjáns Stimme. Er kam ihnen entgegen. Laura hatte gespürt, dass er sich genähert hatte. So wie sie es immer spürte. Ihr innerer Kompass, ihr Herz richtete sich so sehr nach ihm aus, dass sie es fühlte, sobald er in ihre Nähe kam. »Wir gehören zueinander. Das Schicksal hätte uns immer zusammengeführt.«

»Ich lasse euch allein.« Erla Hulda zwinkerte Laura zu. »Das Schicksal oder das *Huldufólk*.«

»Das klingt schön«, entgegnete Laura und kuschelte sich an ihren Wikinger, »aber es hätte schon sehr, sehr vieler Zufälle bedurft, damit wir uns finden.«

»Auf gar keinen Fall.« Er lächelte ihr zu, voller Wärme und Liebe. »Wir hätten schon als Kinder zusammen gespielt. So weit sind mein Hof und der von Arnór ja nicht voneinander entfernt.«

Das war etwas, was Laura erst einmal verdauen musste. Vor ihrem inneren Auge tauchten Bilder auf, wie Kristján – ein niedlicher blonder Junge, der Michel aus Lönneberga sehr ähnlich sah – und sie miteinander spielten, wie sie gemeinsam miteinander reiten lernten und mit den Pferden am Strand entlanggaloppierten, im Sommer mit ihnen schwammen. Was wäre das für ein wunderbares Leben gewesen.

»Wichtig ist nur«, flüsterte Kristján ihr ins Ohr, als hätte er ihre Gedanken gelesen, »dass wir uns gefunden haben. Vielleicht ist es sogar besser, dass wir uns nicht schon als Kinder kannten, sondern dass wir jetzt den Rest unseres Lebens damit verbringen können, einander kennenzulernen.«

»Ich liebe dich.« Laura lehnte sich an ihn an. »Das ist das schönste Weihnachten, das ich mir vorstellen kann.«

Anhang

Jólasveinar, die isländischen Weihnachtsgesellen

Statt eines Nikolaus gibt es auf Island dreizehn Weihnachtsgesellen oder Trolle, die ab dem 12. Dezember aus ihren Höhlen im Hochland zu den Menschen hinabsteigen.

Es sind die Söhne der bösen Trollfrau Grýla und ihres dritten griesgrämigen Ehemannes namens Lepperlúði, die so gut wie nie ihr Zuhause verlassen dürfen. Nur zu Weihnachten ist Grýla etwas milder gestimmt und schickt ihre Söhne einen nach dem anderen in die Dörfer und Städte.

Hier suchen sie nach etwas Essbarem und treiben allerhand Schabernack. Ab dem 25. Dezember kehren sie wieder in ihre Höhlen zurück, in der Reihenfolge, in der sie gekommen sind.

Das sind die dreizehn Weihnachtskerle:

12.12. Stekkjastaur, der »Pferchpfosten«, schlüpft in den Schafstall, um die Milch von Mutterschafen zu stehlen.

13.12. Giljagaur, der »Schluchtenkobold«, schleicht sich in den Kuhstall, um dort den Milchschaum zu trinken.

14.12. Stúfur, der »Knirps«, stibitzt sich Reste aus der Bratpfanne.

15.12. Þvörusleikir, der »Kochlöffellecker«, leckt Kochlöffel und weitere Kochutensilien ab.

16.12. Pottaskefill, der »Topfschaber«, schabt sich die Reste aus den Kochtöpfen.

17.12. Askasleikir, der »Essnapflecker«, leckt Essgeschirr aus, das er sich vom Tisch stibitzt.

18.12. Hurðaskellir, der »Türzuschläger«, schlägt Türen zu und macht Krach, um die Hausbewohner zu ärgern.

19.12. Skyrgámur, der »Skyr-Gierschlund«, futtert am liebsten isländischen Quark (Skyr).

20.12. Bjúgnakrækir, der »Wurststibitzer«, schnappt sich die Räucherwürste vom Haken.

21.12. Gluggagægir, der »Fensterglotzer«, schaut heimlich durch die Fenster.

22.12. Gáttaþefur, der »Türschlitzschnüffler«, schnüffelt überall herum auf der Suche nach Essen.

23.12. Ketkrókur, der »Fleischkraller«, gibt sich alle Mühe, sein Stück vom Weihnachtsbraten abzubekommen.

24.12. Kertasníkir, der »Kerzenschnorrer«, hat eine ungewöhnliche Vorliebe für den Geschmack von Kerzentalg.

Wie viele Familien hat auch die von Grýla, Lepperlúði und ihren dreizehn Söhnen ein Haustier – eine Katze namens *Jólakötturinn*. Normalerweise jagt sie in der wilden Natur Islands, nur an den Weihnachtstagen kommt sie in die Dörfer und Städte, um dort faule Menschen zu fangen. Ihre Lieblingsbeute sind diejenigen, die ihre Schafe bis Weihnachten nicht geschoren haben, oder diejenigen, die ihre Pullover und Jacken nicht bis zum Fest gestrickt haben.

Quellen: http://www.inreykjavik.is/die-13-islandischen-weihnachtsmanner/ sowie https://blog.katla-travel.is/jolasveinar-die-island-weihnachtsgesellen

Laufabrauð

Das Rezept stammt aus dem Kochbuch »Nordic« von Magnus Nilsson und ergibt ca. 40 Laubbrote. Man braucht einen hohen und weiten Topf (oder eine geeignete Pfanne), in dem die Fladen (Durchmesser ca. 15–20 Zentimeter) flach liegen können, ein kleines Messer zum Verzieren oder ein *Laufabrauðsjárn* (ein Messingstanzrädchen, das gleichmäßige Dreieckskerben in den Teig ritzt), einen kleinen Teigroller (oder ein Nudelholz) sowie folgende Zutaten:

500 g Mehl
20 g Zucker
½ TL Backpulver
½ TL Zucker
20 g Butter
250 ml lauwarme Milch
Neutrales Öl zum Frittieren

Alle Trockenzutaten werden in einer großen Schüssel vermischt. Die Butter in der warmen Milch zerlassen. Eine Mulde in das Mehl drücken, die Flüssigkeit hineingießen und zu einem recht festen und vollständig glatten Teig rühren.

Den Teig halbieren, die Hälften zu Rollen formen, in Frischhaltefolie einschlagen und 30 Minuten ruhen lassen.

Das Öl in dem Topf auf 190–200 Grad erhitzen.

Ab jetzt ist es hilfreich, zu mehreren zu arbeiten, weil der Teig – wie erwähnt – rasch austrocknet. Eine dünne Teigscheibe abschneiden und zu einem hauchdünnen 15–20 cm großen Fladen ausrollen. Sofort an den nächsten Mitbackenden weiterreichen, der ihn verziert und wiederum an den Nächsten zum Frittieren weitergibt.

Mit einem *Laufabrauðsjárn* ist der Fladen kinderleicht zu verzieren.

Das Frittieren dauert nur Sekunden, bis der Faden sehr blass goldgelb ist. Sobald sie frittiert sind, kann man die Brote kurze Zeit zwischen zwei Brettern flach pressen, was aber ausschließlich ästhetischen Zwecken dient. Die fertigen Brote auf Kuchengittern abkühlen und aushärten lassen – und bis Weihnachten am besten in Keksdosen aufbewahren …

https://blog.katla-travel.is/was-ist-eigentlich-laufabraud

Skúffukaka – isländischer Schokoladenkuchen

Zutaten

300 g Mehl
240 g Zucker
60 g Kakaopulver
1 TL Natron

1 TL Backpulver

½ TL Salz

1 TL Zimt

120 g Buttermilch

60 g zerlassene Butter

40 ml heißes Wasser

2 Eier

50 g Lakritz (etwas zerkleinern)

Für die Glasur

3 EL starker Kaffee

250 g Puderzucker

20 g Kakaopulver

20 g zerlassene Butter

1 Päckchen Vanillezucker

Kokosraspel

Anleitung

Den Backofen auf 175 °C Ober-/Unterhitze vorheizen. Alle trockenen Zutaten in eine Schüssel geben und verrühren, dann Buttermilch, heißes Wasser, Eier und zerlassene Butter zugeben und gut verrühren, zum Schluss die Lakritze unterheben.

Den Teig in eine mit Backpapier ausgelegte Form geben und den Kuchen in den vorgeheizten Backofen geben und 25 Minuten backen.

Für die Glasur

Puderzucker, Vanillezucker und Kakaopulver vermischen und flüssige Butter und den Kaffee zugeben und verrühren.

Die angerührte Glasurmasse auf den noch heißen Kuchen streichen und anschließend mit Kokosraspel bestreuen. Den Kuchen nach dem Auskühlen aus der Form lösen.

https://backmaedchen1967.de/wprm_print/3123

Danke

Velkomin!

Hier möchte ich mich bei all den wunderbaren Menschen und Tieren bedanken, die dazu beigetragen haben, dass »Winterglück auf dem kleinen Pferdehof in Island« entstehen konnte.

Zunächst danke ich meiner Agentin Anna Mechler, mit der ich die Idee für diese Geschichte entwickelt habe. Ohne ihre Inspiration und ihre kreativen Impulse wäre dieses Buch niemals entstanden.

Ein großes Dankeschön geht an den Ullstein Verlag, der sich von Anfang an für meine Geschichte begeistert und ihr ein wunderschönes Cover geschenkt hat.

Besonders bedanken möchte ich mich auch bei meiner Lektorin Inga Lichtenberg, die mit ihrer Begeisterung und ihrem wunderbaren Gespür für Sprache maßgeblich dazu beigetragen hat, dass die Geschichte zu dem geworden ist, was sie heute ist.

Ein herzliches Dankeschön geht an den Katla-Blog und Britta Wagner, das »Backmädchen«, die mir die Abdruckerlaubnis für ihre leckeren Rezepte gegeben haben.

Einen lieben Gruß an Anabelle Stehl, deren Vorname perfekt zu Lauras Freundin passt.

Natürlich darf ich die Menschen und Pferde der Islandpferdehöfe nicht vergessen, die mir Inspiration gegeben haben. Herzlichen Dank an das wunderbare Team der Nordpferde in Ahnatal, insbesondere an den zuverlässigen Pjalfi, der das Vorbild für Vinur ist, an die elegante Nipa für unsere Ausritte sowie an den unvergleichlichen Hunar, der mir den Spaß am Galopp wiedergab.

Ein besonderer Dank gilt der großartigen Clara Miel-Berndt von den Islandpferden vom Friedrichstein, Reitlehrerin und Islandkennerin, die alle meine Fragen beantwortet und mir wertvolle Einblicke in die Welt der Pferdehöfe auf Island gegeben hat.

Meine Katze und mein Kater haben mich während des Schreibens begleitet und mir gezeigt, dass es wichtig ist, auch mal eine Pause einzulegen und sich zu entspannen.

Nicht vergessen darf ich Ann und Melinda Maeß, die besten Katzensitter, die man sich wünschen kann. Danke!

Danken möchte ich auch Matthias, der sich für mich auf das Abenteuer »Reiten« eingelassen hat und mit mir in die Welt der Islandpferde eingetaucht ist.

Last, but not least danke ich meinen Leserinnen und Lesern. Eine Geschichte wird nur dann lebendig, wenn jemand in ihr versinkt. Ich hoffe, dass ihr genauso viel Freude beim Lesen habt wie ich beim Schreiben.

Herzliche Grüße und Bæ!

Christiane Lind